큰 무대

큰 무대
(상권)

김해권 장편소설

도화

목차(상권)

작가의 말

제1부 전쟁의 상흔　09

제2부 바깥 세계로의 눈 뜸　151

제3부 내면의 충일　241

제4부 오지 않는 여명　403

목차(하권)

작가의 말

제5부 갈채의 예감   09

제6부 갈채   129

제7부 큰 무대   327

―――――――――――――――――― 작가의 말

　나는 장편소설 『큰 무대』의 완성을 보았다. 끝난 작품의 성적(성과)은 나로서 알 수가 없는 듯하다.
　작품의 완성을 보게 한 시작의 자세는 제대로 되어 있었던 것 같기도 하다.
　초등학교 입학을 몇 달 앞두고 엄마와 나는 이리 시에서 기차를 타고 군산까지 간 후 내려서 버스를 타고 옥서 면까지 갔다. 버스라 해봤자 미군용 트럭의 엔진을 기본 틀로 하여 개조한 것으로서 털털거리는 소음이 많이 나고 속도가 느렸다. 버스는 너무도 빽빽이 승객을 실어서 좌측 또는 우측으로 기우뚱하며 쓰러질 듯이 몸통을 움직였다. 버스가 바닷가를 지날 때 어렸던 나는 특별한 이유 없이 가슴이 서늘해지고 쓸쓸해졌다. 차창은 바다와 갈매기들을 담아내고 있었다. 바닷쪽에서는 기울어진 채

물에 자빠진 배들의 모습이 감지되었다. 나는 다시는 건너올 수 없는 미지의 먼 세상으로 건너뛰어 가는 것만 같았다. 몇십 년이 흐른 뒤에도 때때로 어머니가 생각나면 바닷소리가 나의 귓전으로 밀려들어와서 뇌리를 가득 메웠다.

그 몇십 년 후에 나는 그 바닷소리들이 착각과 관계하는 것이 아닌가 하고 생각했다. 어머니에 대한 애틋한 그리움 즉 비애의 미학이 시켜, 상상의 세계에서 가공된 소리인 듯 생각되었다.

그런 소리들과 시각적 인상들은 착각인지도 모른다고 굳게 생각되기까지 했다. 나에게 있어 착각이냐, 아니냐 하는 것은 중요한 문제였다. 어머니와 사실상의 생이별 시간은 나를 기억 상실로 만들어 버렸거나 머리가 돌아 버리도록 만들어 버릴 수 있기 때문이다. 나는 바닷가나 눈 속에서 냉동된 인간이 되었다가 다시 깨어난 이상한 괴물 인간이 되었을지도 모른다. 사실상 생이별의 시간을 사이에 둔 현재와 과거 사이의 완충 지대는, DMZ와도 유사한 구획 지대로서 연결이 잘 안 되는 구간이다. 바로 냉동의 구간이라 할 수 있다. 나는 냉동의 구간을 인생에 끼운 채 살 수는 없다.

나는 앞에서 버스 안에서 버스 밖의 파도소리, 갈매기 우는 소리 등과, 기울어져 물에 잠긴 배를 듣고 보거나 감지할 수 있었다고 했다. 그러나 이들은 믿을 없는 감정만의 세계일 수도 있다. 하지만 내 지각의 세계는 착각이 아님이 밝혀졌다. 문득 버스의 차장車掌이 버스의 문을 열었다는 것이 기억의 표면 위로 솟았다. 차장이 버스의 문을 열었기 때문에 나는 실제로 바깥 세계의 소리를 들을 수 있었고 모습을 확인할 수 있었던 것이다.

그런 것들이 증명되었기에 나는 나를 믿고 쓸 수 있었다. 나의 글쓰기 과업은 완수되었고 작가로서 나는 존립할 수 있었다고 할 수 있겠다. 자-,『큰 무대』위에서의 교향곡과 협주곡 속으로 들어가 보자.

제1부
전쟁의 상흔

노랫소리

3월 14일 서울을 재탈환하고 난 그해(1951년) 7월, 전라북도 이리 시(현재 익산시)의 외곽 지대에는 태양이 폭염의 독화살을 쏘아 내리꽂고 있었다. 저녁이 되어도 폭서는 맹위를 떨치고 있었다.

아이를 돌봐 주기로 되어 있는 하숙집 한 방에서 저녁 무렵 엄마는 2시간 시간을 얻어서 밥을 먹이고 모기장 안에서 아이를 재우고 있었다. 장춘옥에 다시 돌아가기 위해서였다. 아이는 네 살 반이나 되는, 썩 적지도 않은 나이였지만 엄마가 곁에 없으면 좀처럼 잠들지 않는 터였다. 엄마는 아이에게 계속 부채질을 해 주었다. 그러나 후텁지근한 바람이 고개를 떨군 채 힘없이 일렁이며 기신거리고 있을 뿐이었다. 꽤 오랫동안 계속해서 부채질을 함으로써 아이는 가까스로 잠들었다. 아이가 옆으로 누워 한쪽 팔을 엄마가 누웠던 방향으로 뻗치고 등을 새우처럼 구부리고 배꼽에 닿을 정도로 무릎꿈치를 굽힌 모양이 흡사 태아의 몸자세와 같았다.

"애야, 너는 지금 엄마의 뱃속인 태내에서 생활하는 게 아냐. 태내에서와 같은 포근함, 아늑함, 부드러운 어두움—이 모든 것을 전쟁이 다 앗아갔단다. 전쟁이 나면 사람도 송두리째 바뀌어질 수밖에 없어. 너도 바뀌어져야 한단다. 방생된 물고기처럼 넓은 바다로 나아가렴."

엄마 김재선金才仙은 속삭이듯 이렇게 말하고는 서둘러 집을 나섰다.

그러나 아이 박형진朴螢眞은 잠든 지 두 시간쯤 되어서 깨어났다. 아이가 본능적으로 옆자리를 더듬다가 눈을 떴을 때 엄마가 나가고 없다는 사실을 깨달았다.

"엄마아—"

아이는 울음을 토해내면서 일어났지만 아무 곳에서도 대답은 들려오지 않았다.

아이는 쪽마루로 나와서 고무신도 제대로 꿰지 않은 채 마당을 가로질러 삽짝문을 나섰다. 밖으로 나오자 여치와 베짱이의 울음소리가 귓전에 확 끼쳐왔다. 그러나 어떤 소리보다도 개구리 울음소리가 온누리를 채우고 자오록했다. 그 음은 잠을 깨우며 무르익을 대로 무르익은 여름밤을 난숙함을 공간에 꽉 채우고 있었으나 아이에게는 풍요 속의 심한 결핍이었다. 엄마를 찾아야 하는 막막함과 아득함인 동시에 홀로 남는 슬픔이었다. 아이는 울음소리를 그쳤으나 연신 눈물을 흘리는 채로 마구 뛰었다. 그러다가 숨이 찬 듯 멈추어 선 채 눈물을 닦고는 빠른 걸음으로 걸었다.

아이가 걷고 있는 길 우측 언덕에는 복숭아밭이 있었고 좌측으로는 수박밭이 자리하고 있었다. 아이가 얼마 걷지 않았을 때 길 우측은 그대로 복숭아밭이었으나 좌측으로는 참외밭이 이어지고 있었다. 창백하게 여위어진 달이 인색한 빛을 내어 대지에 흩뿌리고 있었다. 흩뿌려지는 달빛 아래 원두막이 가까스로 그 윤곽을 드러내고 있었다.

한동안 비스듬한 내리막길을 걸었을 때 아이는 그만 주춤거리고 있었다. 길 오른편으로 공동묘지가 자리하고 있기 때문이었다. 곧 아이는 꼼짝도 아니하고 멈춰 서버리고 말았다. 공동묘지 주변을 통과해 나갈 자신이 없었다. 온 길을 돌아다보았다. 그러나 아이는 다시 돌아가기는 몹시 싫다고 생각했다.

"엄마아―"

아이는 이렇게 울부짖으며 공동묘지 옆길을 돌격하듯이 뛰었다. 소복을 하고 머리 푼 여자 귀신이 뒤쫓아 와서 아이의 머리털을 움켜잡을 듯만 싶었다. 길바닥의 돌에 걸려 아이는 그만 넘어지고 말았다. 한층 더 다급해진 아이는 얼른 일어섰다. "엄마아―" 하는 소리를 연발하며 더욱 빨리 뛰었다. 왼쪽 무릎꿈치에 무엇이 끈적거리는 것 같기도 하고 그 부위가 쓰라렸다. 공동묘지를 다 지나서도 한참이나 더 뛰었다. 매우 힘껏 달렸기 때문에 몹시 숨이 차서 멈춰 섰다. 아이는 뒤는 돌아다보기도 싫다는 듯 앞쪽 멀리에서 불빛을 발산하는 시의 도심지를 바라보았다. 도심지는 마치 여러 가지 꽃들의 빛깔을 발산하는 커다란 늪지처럼 가라앉아 있었다. 아이는 무릎을 내려다보며 손으로 만졌다. 왼쪽 무릎꿈치에 피가 흐르고 있었다. 거의 하체 전체가 흙으로 부옇게 된 것을 달빛이 흐릿하게 비추어 주었다.

아이는 다시 눈물을 흘리며 비교적 천천히 걸었다. 조금 떨어진 앞쪽으로 논이 보였다. 개구리의 농도 짙은 울음소리가 아이의 귀와 가슴을 향해 전진해 왔다. 얼마 안 있어 개구리울음의 합주 소리가 아이의 귀를 가득 점령하고 몸 전체를 적셨다. 그 소리는 아이의 등짝을 밀어 설움과 답답한 갈증 속으로 침몰시켰다. 길은 농로의 역할을 하는 것으로 지금까지 걸어온 길보다 얼마간 더 넓었고, 양쪽으로는 수양버들이 산발을 하고 도열해 있었다.

아이는 자그마한 다리께에까지 이르렀다. 다리 아래에는 폭이 좁은 시냇물이 흐르지만 깊고 맑은 물이라는 것을 아이는 알고 있었다. 시냇물에서 사람들이 두런거리는 소리가 아이의 귓전을 스쳤다. 물소리를 들으니, 몸이 흙 치장이 된 데다가 덥고 몹시 땀을 흘렸다는 느낌이 뒤통수를 훑었다. 아이는 물을 몹시도 좋아했었다. 세숫대야에 물을 떠서 종이배를 만들어 물에 띄우며 노는 일이 많았었다. 아이는 사람들이 있는 시냇가로 가서 옷을 벗었다. 무릎의 쓰림은 더위에 압도당할 정도여서 첨벙 물속으로 들어갔다. 다리만 씻고 온몸을 편안히 물에 잠기도록 했다. 아이는 몸이 시원하고 평안해지자 머리마저 생각에 잠겨들었다.

한국전쟁 즉 6·25전쟁이 바로 작년 이맘때에 발발했지만 아이에게는 전쟁에 대해서 별로 기억되는 것이 없었다.

물에 잠겨 있으니 문득 물뱀의 모습이 떠올랐다. 이리 시에서 미군 전폭기 소리가 나고 사이렌이 울릴 때 거리의 사람들은 개천 가의 방공호로 급히 대피했었다. 방공호 속에서도 전폭기의 폭격 소리가 들렸다. 한참이나 있다가 아이는 엄마와 고모와 함께 도로로 올라갔을 때 몇 사람이 사람의 키만큼 긴 물뱀에게 고문을 가하고 있었다. 막대기 끝으로 물뱀의 머리를 짓찧는가 하면 몸통을 후려치고 있었다. 물뱀에 형벌을 가하는 사람들이나 구경하는 사람들은 그 물뱀이 전쟁만큼이나 흉측스럽다는 듯이 흥분과 살의에 가득 차 있었다. 새디즘 중후군이 있는 사람들 같았다. 동족상잔에 의한 검질긴 증오심도 가미되어 있는 것 같았다.

이것 외에 6·25전쟁과 그 후에 대하여 엄마의 말을 듣고 아이에게 아렴풋이 기억될 듯 말 듯한 것들은 다음과 같은 일들뿐이었다.

아버지 박규수朴規守는 아이와 마찬가지로 고향이 전남 여수시였으나 일찍부터 서울에 유학을 하여 졸업 후 남전(한전의 전신)에서 근무하다가 1949년에 국방경비대에 입대했다. 그러다가 일 년 뒤에 한국전쟁에 종군하게 되었다.

엄마는 6·25전쟁이 발발하자 무조건 남쪽의 고향인 여수시로 내려가기로 마음먹었다. 실상은 여수에는 시집이나 친정의 피붙이가 거의 없고 친지들마저 뿔뿔이 흩어진 상태에 있었다. 그러나 38선 쪽보다 먼 남쪽이 보다 안전하다고 생각되었다.

1950년 6월 27일 자정이 가까워질 무렵 엄마는 아이와 어린 시누이를 데리고, 또한 이리시가 고향인 옆집의 은정이 엄마와 은정과 함께 피난길을 나섰다. 엄마는 집에 있던 손수레를 끌고 피난민들의 뒤를 따랐다. 손수레 위에는 아들 형진이와 은정이가 올라앉아 있었고, 또한 형진이네의 쌀자루와 재봉틀 보퉁이와 옷가지를 싼 보퉁이와, 그리고 은정이네의 짐 보퉁이 두 개가 실려 있었다. 말이 끄는 짐수레에 올라타고 가는 피난민도 있었다. 농촌 지역 사람들은 소가 곧 돈이므로 느리지만 우직한 소가 끄는 수레에 앉거나 수레를 따라 걸어서 피난민 대열에 끼어 가고 있었다. 후에 사회적인 큰 문제로 대두되지만, 한강교를 폭파해야 한다는 것이었다. 그 소문이 나돌자 사람들은 앞을 다투어 한강교를 건넜다. 엄마의 일행이 한강교를 건넌 6월 28일 새벽 두 시가 못되어서 과연 육군 공병 부대가 한강교의 통행을 통제했다. 이미 다리 위를 가고 있는 사람들을 빨리 통과하도록 독려했고, 아직 한강교 초입에 닿지 못한 사람들을 되돌려 보내고 하면서 피난민들과 공병 부대 군인들이 옥신각신하고 있었다.

피난민들이 항의했다.

"누구는 도강하고 누구는 못한다, 이거요?"

군인들 중에 하나가 목이 쉰 채 외쳤다.

"폭파하지 않으면 인민군들이 이 강을 건너기 때문에 위기를 맞게 돼요. 왜 시간을 지키지 않으셨소?"

권총을 뽑아들고 공포탄과 실탄을 하늘로 쏘아대면서 윽박지르는 군인들도 있었다.

엄마의 일행은 간신히 한강교를 건넜다. 한참 뒤에 엄마의 일행 뒤에서 '우지직 꽝꽝' 하는 음을 연발하며 다리가 폭파되는 소리가 들렸다. 하늘을 찢어발기는 엄청난 굉음이며 괴성이었다. 세상 전체가 진동했다. 난리로 상처 입기 시작한 땅이 신음하고 탄식하고 있었다. 많은 사람들이 행보를 멈추고 뒤를 돌아다보았다. 마치 서커스의 신기한 장면을 구경하는 것처럼.

거의 대부분 흰옷을 입고 있는 피난민의 행렬이 강물처럼 흐르고 있었다. 충남과 전북의 경계선 부근에 이르기도 전에 엄마의 일행은 육체적이라기 보다는 정신적으로 피곤함에 젖어들었다. 또한 예기하지 못한 일이 생겼다. 아이의 몸에 열이 심하게 나면서 천연두의 조짐이 보였다.

"형진이에게 병이 생겼음에 틀림없어. 아이부터 살려 놓아야 허지 안컸어?"

고향이 이리 시인 은정이 엄마가 매우 걱정스러운 표정으로 말했다. 형진이네는 완전한 표준말을 쓰고 있었으나, 서울에서 산 지가 일천한 은정이네는 단어만 표준어에 가까웠고 억양은 전라도식이었는데, 거주한 일이 있었던 충청남도식의 어미가 종종 튀어나왔다.

엄마 재선은 자신의 우유부단함을 스스로 탓하듯이 탄식을 내뿜으며 입을 열었다.

"정말 설상가상이야. 어쩌면 좋을까?"

은정이 엄마가 달래듯이 말했다.

"우리 일단 솝리(이리)로 가서 임시로 자리를 잡도록 혀. 인민군이 내려온다고 해도 선량한 양민에게 함부로 총부리를 들이대겄어? 어쨌든 애를 살려 놓고 보아야 허지 안컸어?"

"언니, 정말 형진이부터 살려 놓고 봐야 하지 않겠어?"

나이 어린 시누이도 심히 걱정을 하는 안색이었다.

"그렇게 하는 수밖에 없겠어. 그리고 상황을 봐서 여수로 내려가든지 해야 하겠어."

재선은 가슴을 가득 메우는 다급함 속에서 가까스로 결정을 내렸다.

은정이 엄마가 맞장구를 치듯 말했다.

"이리에 가면 내가 아는 사람도 있고 허니 거처헐 방도 얻을 수 있을 거여."

그들은 서울로부터 하루와 한나절 이상을 걸려서 이리 시에 도착했다. 그들 일행 모두는 은정이 엄마 시가로 갔다.

은정이 할머니가 혀를 끌끌 차며 말했다.

"너희들 둘은 무사허구나. 애비도 군대에서 무사히 돌아와야 헐 텐디."

"그러길 빌어 왔습지요."

은정이 엄마는 그러면서 형진이 모자를 소개했다. 은정이 할머니가 또 혀를 끌끌 찼다.

"난리 통에 낯선 곳에서 고생이 많을 거구먼. 여기서도 논밭을 많이 가지고 있는 사람들은 남쪽으로 향해 피난 가 버렸당게."

그들 일행 다섯은 요기를 하고 한숨 잤다. 그리고 나서 은정이 엄마는 재선 일행 셋을 데리고 앞장서서 역에서 얼마 떨어져 있지 않은 한 농가로 갔다. 초가집이었다. 주인은 건강하게 보이는 육십대 초반의 노인이었다. 은정 엄마가 인사를 하고 재선 일행을 소개하자 노인은 말했다.

"저기 문간방이 비어 있는디… 그런디, 한가지 특별히 주의해야 할 점이 있소. 나가 특별히 강조하고 싶은 말이오. 인민군이 내려오면 군경 가족이라는 말은 절대로 입 밖에 내서는 안 되여. 그네들이 내려오기 전 마을 사람에게라도 절대로 입 밖에 내서는 안 되여. 그쪽 신상에 좋지 않을뿐더러 잘못하면 우리까지 다칠 수 있당게."

노인은 선선히 거주를 허락하는 살가운 마음씨를 보이면서도 무엇인가 불안해하는 그림자가 눈에 서려 있었다.

"알겠습니다. 참으로 고맙습니다. 이 은혜 잊지 않겠어요."

재선은 공손하고 다소곳이 말했다.

세 식구가 기거한지 며칠 동안 재선은 아이에 대한 간병에 정성을 다했다. 참으로 다행스럽게도 아이에게서 천연두는 스쳐 지나갔다. 폭풍은 밀려왔지만 나무는 쓰러지지 않았다. 아이의 얼굴은 깨끗했다.

그러나 아이의 몸은 몹시 쇠약해져 있었다. 재선은 계속해서 흰죽을 끓여 먹였다. 몸이 허약해진 아이를 데리고는 여수시는커녕 몇 십 리도 내려가지 못할 형국이었다. 얼마 안 있어 인민군은 이리 지역마저 점령했다. 재선은 남향을 단념했다. 인민군이 전 국토를 장악할 것이라는 소문이 자자했기 때문이기도 했다. 재선은 아이의 흰죽을 쑤기 위한 약간의 쌀을 남기고 보퉁이에서 쌀을 꺼내어 보리로 바꾸었다.

그들 모자와 시누이를 위협하듯이 시간은 빨리 흘렀다. 보리마저 떨어져 갈 무렵 재선은 만일을 위해서 가져온 재봉틀을 꺼내어 조립했다. 처음 얼마간은 그래도 삼베 바지·저고리 등의 일감이 들어오는 등 주문이 답지하는 때도 있었지만, 나중에는 거의 일감이 들어오지 않았다. 더 지나서는 세 식구가 밥을 굶게 될 지경에 이르게 되었다. 재선은 아직 추수하기는 좀 이른 시기였지만, 그래도 벼가 제대로 익은 들녘의 추수에 품을 팔아서 간신히라도 연명을 해야 되겠다고 생각했다. 그리고는 열두 살 난 어린 시누이, 연순에게 말했다.

"고모, 우리가 이렇게 가만히 있다가는 세 식구가 다 굶어 죽게 되겠어. 심부름꾼 겸 식모 자리를 구해 줄 테니까 얼마 동안만 거기서 밥벌이를 하도록 해."

"언니, 싫어! 난 언니와 형진이랑 같이 살 테야. 함께 굶어 죽어도 좋아. 제발 함께 살도록 해."

연순은 눈물이 그렁그렁해지더니 이내 흐느끼고 있었다. 울음소리가 벽에서 반향되어 일렁이는 것만 같았다.

"전쟁과 난리는 얼마 안 가서 끝날 거야. 우리 세 식구는 무슨 일이 있어도 그때까지 살아 남아야 돼. 한 사람이라도 죽어서는 안 돼. 그래서 지금 총칼을 들고 있는 오빠를 반드시 만나야 해. 그때까지만 이를 악물고 참아야 해."

재선은 울먹이고 있는 시누이의 눈물을 닦아주었다. 그러면서 간절한 표정으로 시누이를 추스렸다.

재선은 그들이 거처하는 곳에서 멀지 않은 집으로 연순을 보냈다.

재선은 추수 거들기가 몹시 힘이 딸렸다. 품삯으로 주는 보리도 보잘것없는 양이었다. 이렇게 추수에 품팔이를 하고 있을 즈음 국군과 유엔군은 서울을 수복했다.

시월에 이르도록 재선의 추수 품팔이는 계속되었고 나날이 쌓이는 피로가 채 풀리기도 전에 일터로 나갔다. 두 식구가 먹는 꽁보리밥에 반찬은 집주인 집에서 얻는 간장 한 가지 뿐이었다. 토지 개혁이 있었다고 하나 여전히 대지주, 소지주가 존재했고, 은정이 할머니의 말대로 대지주들은 피난 가고 없었다.

이런저런 생각 끝에 재선은 말하자면 중류층 지주의 집에 마침 자리가 나 있는 식모로 들어갔다. 아이까지 데리고 가서 더부살이를 할 수는 없었으므로 아이는 거처하던 집에 하숙하도록 했다.

보다 정거장 쪽에 가까이 있는 집의 식모로 있으면서 샘물을 길으러 가는 연순은 거의 매일 아침 조카 형진을 만날 수 있었다. 형진은 기생충이 있는 듯 매일 아침 대문 밖 길바닥에 나와 쪼그려 앉아서 침을 뱉어 내고 있었다. 이럴 때면 연순은 억제할 수 없이 눈물을 흘렸다. 그리고는 거의 매일 아침 삶은 고구마나 혹은 다른 먹거리를 형진의 손에 쥐어 주었다.

"형진아, 배가 아프냐?"

"아냐, 속이 메스꺼워."

"엄마는 집에 있냐?"

"아냐, 지금 여기에는 엄마가 없어. 식모 살이 하러 갔어."

"이 불쌍한 애야…나도 갇혀 있는 신세란다. 엎어지면 코 닿을 곳에 있어도 이렇게 만나기가 어렵구나."

연순은 억제하지 못하고 끝내 울고 있었다.

형진이 하숙을 하고 있는 집의 주인에게는 슬하에 삼남 일녀를 두고 있었다. 농고 3학년인 장남 경수와, 같은 학교 1학년인 영수와 중학교 2학년인 길수와, 길수의 누나가 되는 순정을 두고 있었다. 순정은 국민학교(초등학교)만 나와서 집안 일을 하고 있었다.

경수는 교내 악대부원으로서 트럼펫을 맡고 있었다. 봄, 여름, 가을이며, 겨울에도 눈·비가 오지 않을 때면, 잔디가 깔려 있고 철로를 뒤로 두고 있는 뒷산에서 트럼펫을 불었다. 경수가 트럼펫으로 연주하는 곡은 "산골짝의 등불", "오 대니 보이", "산타 루치아", "오 수잔나", "매기의 추억", "올드 블랙죠", "금발의 제니", "즐거운 나의 집", "로렐라이" 등 클래시컬한 곡을 비롯하여 "황성 옛터", "신라의 달밤" 등 유행가로서 레퍼토리가 풍부했다.

어느 날 경수는 영수와 함께 뒷산 잔디밭에 앉아서 트럼펫을 불고 있었다. 아이는 그들과 조금 사이를 둔 나무 등걸에 걸터앉아 있었다. "산골짝의 등불"을 불다가 그치고 경수는 형진을 불렀다. 경수는 친근감을 주는 표정을 지으며 물었다.

"너 이 곡이 좋으냐?"

"네, 참 좋아요."

"이 나팔은 트럼펫이라고 부른단다."

"조금 전에 불던 것은 무슨 노래죠?"

"아, 그거……? '산골짝의 등불'이라는 곡이여. 어머니와 시골 고향에 대한 그리움을 잘 나타내 주고 있단다. 그런데 너 노래할 줄 아냐? 부를 줄 아는 곡이 있냐?"

"열 곡이 훨씬 넘어요."

"좋아하는 것은 무슨 노랜디?"

"저…'고향초', '타향살이'와 '울 밑에 선 봉선화', '이별의 노래'지요. 모두 엄마가 직접 가르쳐 준 노래죠."

"한번 불러 보면 쓰겄는디. 잘 부르면 형이 딴 노래를 가르쳐 줄 수 있당게."

형만큼 놀기를 좋아하는 영수가 대화에 끼어들었다.

아이는 부끄러워하며 머뭇거리다가 '고향초'를 부르기 시작했다. 조 옮김 된 높은 음역에서 노래를 불렀다.

"맑고 부드러운가 하면 감미로운 음색에다가 예사롭지 않게 높은 음이 죽죽 벋어나가는디."

노래를 2절까지 마치자 경수가 예사롭지 않은 표정을 지으며 말했다.

영수도 예사롭지 않은 시선을 아이에게 던지며 말했다.

"그게 바로 보이 소프라노라는 거여. 형진이 너는 보이 소프라노 중에서도 고음의 명수 어린아이여."

"전국 대회에서 우승하는 어린이 노래 선수라도 고음을 내는 성대의 한계에 부딪쳐 아주 높은 고음에 약세를 보이지. 그래서 음이 막히는 듯 갑자기 사그러들어, 가성과 거의 똑같은 소리를 내게 되는데, 너 형진이는 그렇질 않아. 고음의 한계가 훨씬 높은 선수 중의 선수여. 너 정말 숨어 있는, 아무레도 심상치 않은 재주꾼인디. 사실상 선수 중의 선수여!"

경수는 감탄조로, 그러나 진지하게 아이에게 말했다.

"노래를 더 많이 배우면 쓰겠는디."

영수가 그렇게 말했다.

"예, 좀 가르쳐 주세요."

"너에게 매일 두 곡 이상을 가르쳐 주겠어."

"오늘도 두 곡이야. 형진이, 너 자신 있냐?"

"아녜요. 자신이 없어요."

"원, 수줍어 허긴…? 따라서 불러 봐. 정확히 따라 해야 해.…… 두만강푸른물에노젓는뱃사공……"

경수는 이렇게 육성으로 부른 후 음색이 아름다운 트럼펫으로 소리를 내어 흥을 돋구며 따라 부르게 했다.

"두만강푸른물에노젓는뱃사공……"

아이는 이렇게 시작하여 끝까지 곡을 따라 불렀다. 그리고는 경수와 같이 불렀다. 이렇게 하여 아이는 노래 한 곡을 정확히 암기했다. 이런 식으로 하여 '비 내리는 고모령'도 혼자서 잘 불러 내었다. 아이는 곡이나 가사를 잘 암기하기도 하지만 음에 관한 감별력이 뛰어났고, 특히 경수나 영수가 말한 대로 고음이 새털같이 가볍게 올라가서 죽죽 뻗는가 하면 마치 공간에다 터치하는 식으로 발성되는 것이었다.

어떤 날은 세 곡 이상을 배웠다. 나중에는 클래시컬한 노래들도 배웠다. 이를테면 '나의 살던 고향' 등의 곡이었다. 그리하여 아이는 별로 좋하지도 않는, '목포의 눈물', '목포는 항구다', '대지의 항구' 같은 여러 곡을 추가하여, 아이가 부르는 노래의 레퍼토리는 제법 많아졌다.

  그런데 경수는 아이인 형진의 두뇌가 뛰어나게 영특하다는 것을 알아내게 되었다. 그래서 경수는 아이에게 한글을 가르쳤다. 노래 가사를 정확히 전달하기 위해서라도 글을 가르칠 필요가 있다고 판단했다. 그때 아이의 연령인 네 살 반이라는 나이는 썩 어린 나이가 아닌지 모른다. 형진은 여유 있게 잡아 4일만에 글을 다 터득해 버렸다. 첫날에는 초성을, 다음 날에는 모음을, 셋째 날에는 받침을, 넷째 날에는 종합을 – 이렇게 학습해 냈다. 이때 밝아, 밟아 등 구조 자체를 휑하니 터득해 버렸다. 하기는 6세 이상의 보통 정도의 지능인 어린이도 한글을 배울 수 있기는 하다. 그러나 구조 파악이 완벽하지 못하여 책 읽기는 역부족이다. 그래서 학습이 잘 될 수 있도록 조직된 교재와 프로그램으로 30일의 시간이 소요된다. 평소 사람들의 언어 생활에서 관찰·응용을 할 수 없기 때문이다. 그러나 형진과 같은 우수아에게는 특별 프로그램 없어도 된다. 그래서 '톰 소여의 모험', '돈키호테', '홍길동전' 등을 시원스럽게 읽어 치워 버린다.

  형진은 산수도 배웠다. 단 자리의 덧·뺄셈과, 십 자리와 단 자리간의 덧·뺄셈을 암산으로 빠르고 정확하게 계산할 줄 알았다. 이후 며칠 이내로 국민(초등)학교 2학년 '국어'와 '산수' 책을 읽고 이해하고 문제를 풀 수 있었다.

  학교의 동급생보다 나이가 약간 많은 경수는 감탄하여 다른 사람들에게 형진에 대한 자랑을 했다. 그것도 오랫동안 자랑을 해서 형진은 노래와 글의 신동이라고까지 하여 소문이 퍼져나갔다.

가끔 재선은 쇠고기를 사 들고 형진의 하숙집으로 왔다. 그럴 때는 집안 식구 모두가 불고기를 즐겼는데, 그럴 때 식후에는 형진이 이빨이 아프다고 했다. 그럴 때마다 경수는 아이의 이빨을 쑤셔 주었다. 그것은 마치 삼촌이, 아니, 차라리 젊은 아버지가 아들에게 베푸는 정성 같았다. 형진이 배가 아프다고 하면 경수나 영수는 배를 주물러 주는가 하면 등을 두드려 주었었다.

처참한 전쟁은 계속되었다.

전쟁이 일진 일퇴를 거듭하는 사이에 고급 술집인 장춘옥의 주인을 비롯한 가족들은 피난 갔던 먼 남쪽에서 이리 시로 올라와서 다시 영업을 했다. 그 즈음해서 재선은 대우가 더 나은 장춘옥으로 식모 자리를 옮겼다.

그런데 어느 날 대낮에 느닷없이 은정이 엄마가 장춘옥으로 재선을 찾아왔다. 은정이 아버지는 부상을 당해서 제대를 하고는 이리 시로 가족을 찾아왔었다. 재선은 은정 엄마를 빈 방으로 데리고 가서 함께 앉았다.

"내 말을 듣고 너무 놀라지 말어."

은정 엄마는 간곡한 표정으로 달래듯이 입을 열었다.

"무슨 얘긴데?"

"형진이 아버지는 더 이상 기다리지 않는 것이 좋겠어. 전사하셨대."

"뭐라구?"

"전사하셨대. 은정이 아빠와 같은 대대에 있으면서 너무나 분명히 입에서 입으로 전해졌대."

재선은 목에서 얼굴을 앞쪽으로 떨어뜨렸다. 한참 동안이나……. 그리고는 말했다.

"제대로 사시려면 끝까지 살아 남든지, 왜 나를 속절없이 기다리게 하고 가셨소?"

"형진 엄마, 이럴 때일수록 마음을 강하게 먹어."

"알겠어요, 은정 엄마. 수고하셨어요."

재선은 은정 엄마를 보내고 점심을 거른 채로 거실에 있는 장춘옥 장여사장을 대면했다.

"장춘옥 장사장 어른, 이제 제 얘기를 들어 주세요. 제 얘기를 들으시고 우선 저에 대한 보수를 더 올려 주십시오. 그리고 소위 식모가 하는 중에서 손에 물 묻히는 일 하지 않도록 해 주십시오. 그리고 저는 정식 접대 기생은 하고 싶지 않으나, 제 나이가 적지 않은즉 얼굴마담을 시켜 주십시오. 제가 얼굴마담으로서 술판에 나가지 않는 대신으로, 접대 기생들에 대한 금전 관리, 근태 관리, 대외적인 섭외를 맡도록 하게 해 주십시오. 연회 때의 주안상 예약 같은 것 말이지요. 잘 해 보겠어요."

"알겠수, 김 양. 여태까지 주안상 차리기, 식재료 구입등 그 치부 관리와 계산하던 것 인정허우."

"예, 사장 어른, 그렇게 말씀해 주셔서 고맙습니다. 그런데 저는 정식 접대 기생으로 나가기는 싫어요. 그리고 저는 정식 접대 기생 자격이 없어요. 첫째, 저는 어린 20대 전후가 아니어요. 둘째, 저는 미혼이 아니죠. 셋째, 저는 아이까지 딸려 있어요. 넷째, 저는 체질적으로 술을 못 마셔요."

"알겠소, 김 양. 김양은 내가 말 안 허두 훤히 꿰고 있구먼. 김양이 주장하는 대로, 김 양은 손님이 너무 많을 때 다른 주점 기생 지원이 있을 때까지 임시적으로 잠시 앉는 것 외에는 술상 앞에 앉도록 허지 않겠수. 그 대신 대외적으로 기생을 대표하는 얼굴마담이 되어 손님 끌어오기, -뭐라더라- 그래, 손님 끌어오기 경쟁에 앞장 서기를 잘 해 줘. 물론 장춘옥의 기생에 대한 금전 관리, 근태 파악, 독려, 대외적으로 연회와 술상 예약과 섭외를 잘 하믄 되우. 김 양은 얼굴과 머리, 둘 다가 출중하오. 그걸 다 살려요.

그런데 김 양은 몸이 좀 바쁘겠지만, 이제부터는 술상을 위한 식재료 구입을 위해 몸으로 뛰지 않고 식모들에게 지시를 잘 하도록 하며 교육을 잘 허시우. 이제 몸으로 뛰지 않고, 뭐라더라 -그래, 결산이지- 술집 영업에 대한 월말 결산을 잘 해 주어. 김양은 6년제 중학교 3년을 마쳤으니, 돈 관리와 치부책 정리와 결산을 하여 내가 영업 운영 자체를 잘 파악하도록 허슈. 김 양은 우리 영업소 재정 파악을 함께 하는 도우미가 될 수 있을뿐더러 장래에 영업을 위한 사장이 될 수 있어. 그런디 무엇보다 이제부터 김 양에 대한 보수를 대폭 올려 주겠수."

"아, 사장 어른 대단히 고맙습니다. 저는 일 잘 해 보겠습니다."

"그런디 남편이 전사 하셨다구?"

"그런데 어디서 들으셨지요?"

"아까 은정 엄마가 귓띔해 주었는디…… 김 양, 진정 애도의 마음을 전하우. 내 간소한 제사상을 만들어 주겠수."

"감사합니다만, 시신이 있어야 제사상을 차리죠? 좀 더 기다려 보겠습니다."

"그럼, 그렇게 하지."

그런데 어느 날 저녁 느닷없이 시누이 연순이 장춘옥으로 찾아왔다.

"언니, 이 집 식모로 일하고 있어?"

"그래, 이 집 다섯 명 식모 중의 하나란다."

"언니, 나 여수로 내려가야 하겠어."

"거긴 이제 아무도 없잖아?"

"고모가 이사는 했지만 시내에 계셔. 그전 주소로 편지를 보냈더니 요행히도 받은 집 주소의 사람이 편지를 받아 보고 고모와 연락이 되었어."

어린 시누이의 얼굴은 상기되어 있었고 조급한 말투였다. 그러면서 눈빛은 탈출의 쾌감에 젖어 있었다.

"고모가 거기서 무얼 하신데?"

재선은 의아해져서 물었다.

"막걸리 집을 하고 계셔, 거기로 가면 살 길이 생기겠지. 여기 내가 있는 집의 주인은 인색하고 나를 가두어 놓고 공짜로 먹고 잔다고 해서 월급도 한푼 주지 않아. 하녀처럼 부려먹고 있어. 조금만 실수를 해도 마구 때려. 이제는 내가 도망칠까 싶어서 시장에도 내보내지 않아."

"안주인이 지독히 드세더군. 내가 '학대하는 것'이라고 항의하면서 고모를 빼내 오려고 했어. 그때 하는 말이, 이 난리 통에 먹고 입고 자고 한 대가를 치르라는 거야. 일단 자기 집에 들어왔으면 자기 사람이고, 죽어도 자기 손에 죽어야 한다는 거야."

"지금 밤차로 떠날 테야. 차비만 좀 구해 줘, 언니."

"이 불쌍한 고모, 그토록 고생을 하고 있어도 조금도 도와주지를 못했어."

"아냐, 모두가 전쟁인가 뭔가 하는 난리 때문이야."

재선은 재빨리 여사장을 찾아서 돈을 빌었다. 그리고는 차비를 넘는 충분한 돈을 연순의 손에 쥐어 주었다.

"오빠는 돌아 가셨데."

"뭐라구?"

연순은 아연실색을 했다. 말도 눈물도 제대로 나오지 않았다.

"이제 집안의 큰 기둥은 무너지고 말았어. 그렇지만 무사히 가야 돼. 그리고 건강히 살아 있어야 돼. 다시 만날 때까지……"

 재선은 연순을 추스렸다. 그제서야 연순의 눈에는 눈물이 그렁그렁했다.

 "언니와 형진이도 잘 있어야 돼."

 끝내는 둘 다 눈물을 흘리며 작별 인사를 나누었다.

 연순은 아무도 눈치 채지 않게 걸음을 빨리하여 역으로 갔다. 연신 눈물이 쏟아졌다. 일단 탈출은 성공했다고 그녀는 생각했다. 3월이라 하지만 아직 겨우내를 저승에서 헤매다 오는 듯한 밤의 서늘한 바람결이 검정 치마·저고리를 입은 그녀를 내습해 와서 얼굴을 훑었다.

 연순이 역의 대합실에도 미처 들어가지 못하고 있을 때 여수행 완행 열차가 플랫폼으로 들어오고 있었다. 연순은 매표구로 달려가서 차표를 끊었다. 마구 달려서 개찰구의 역무원에게 차표를 내밀었다. 역무원이 개찰을 해주었다. 바로 그 순간에 억세게 생긴 한 여자가 고함을 치며 개찰구로 달려오고 있었다. 연순이 있던 집의 여주인이었다.

 "저년 잡아요! 도둑 년이여. 우리가 해 준 옷가지까지 다 챙겨서 도망치고 있당게."

 역무원은 반사적으로 연순의 왼쪽 손목을 잡았다. 이젠 붙잡혔구나, 또 매질을 하겠지, 하면서 연순은 젖 먹던 힘까지 내어 오른 손으로 보통이를 홱 내던지고는 역무원의 팔을 세차게 치며 그의 손을 손톱으로 할퀴었다. 엉겁결에 손을 놓은 역무원은 제 힘에 못 이겨 나둥그러졌다. 이때를 틈타서 억센 주인 여자는 개찰구를 빠져나와서 연순을 뒤쫓았다. 연순은 있는 힘을 다해 플랫폼으로 뛰었다. 열차는 이미 출발하고 있었다. 연순은 어디서 들은 대로, 가고 있는 열차를 타려면 앞으로 뛰면서 올라타야 한다는 것을 생각해냈다. 연순은 열차의 승강구의 손잡이를 잡고 마구 뛰다가 올라탔다. 억센 여자도 마구 뛰어왔다. 연순은 만약 억센 여자가 올라타려고 한다면 발로 차 버릴 작정이었다. 열차가 더욱 속력을 내자 억센 여자는 지친 듯 뜀뛰기를 멈추었다.

이렇게 하여 연순의 탈출은 성공했다. 성격이 온순한 연순은 억센 주인 여자에게 한마디 욕설이라도 뱉어 주고 싶었으나 그러지 못하고 오히려 무서움에 벌벌 떨고 있었다. 차가운 늪지를 헤매다 오는 듯한, 3월 답지 않은 싸늘한 바람이 승강구를 세차게 엄습하며 연순의 더위와 땀을 식혀 주었다.

이때 연순에게는 못된 주인 여자에 대한 증오나 탈출의 쾌감이 느껴지지 않았다. 눈물이 앞섰다. 마치 젊은 엄마와도 같은 올케와 형진을 영원히 만나지 못할지도 모른다는 일종의 예감 같은 것이 그녀의 가슴을 싸늘하게 회초리질하고 있었다. 연순은 부모를 잃은 것 이상으로 통증을 불러일으키는 감정을 다스리지 못하고 연신 눈물을 쏟고 있었다. 증기 기관차의 구성진, 향수 어린 기적 소리가 꼬리를 흔들었다. 모두가 전쟁인가 뭔가 하는 것 때문이야. 아군이니 적군이니 하는 것이 도대체 다 무엇이야? 거창한 말의 잔치들은 다 무엇이며…. 누구를 위한 전쟁이야? 아버지는 빨치산과 내통했다는 터무니없는 누명을 쓰고 여수의 앞 바다에서 산 채로 수장되고, 우리의 기둥이 될 오빠는 전사하고……. 아무것도 죄 지은 것 없이 왜 우리는 모든 것을 다 잃고 슬퍼해야 할까?

이후로 매일 아침이면 형진은 길에 나와서 고모를 기다리고 있었으나 만날 수 없었다. 고모와 엄마가 슬픈 이별을 한 사실─즉 하나의 삽화─을 나중에 엄마에게서 들어서 알고 있었다.

형진은 물 속으로부터 시냇가로 나와서 물도 닦지 않아 몸이 시원하게 젖어 있는 채로 옷을 입고 있었다. 그리고는 장춘옥으로 가는 길로 들어섰다. 철로 곁으로 나란히 따라가는 길이었다. 역에서 얼마간 떨어져 있는 지점인데 역에서 여럿으로 뻗어 나온 철로 위에 증기 기관차가 폭파되어 있는 채로 방치되어 있었다. 낮에는 형진이, 보다 조금 나이가 많은 아이들과 함께 그 폭파된 기관차의 운전석에 올라타고 놀았었다. 그러나 밤이 되니 그 폭파된 기관차는 석탄을 뒤발하고 있는 커다란 해골을 가진 유령의 형상으로 변해져 있었다.

이미 여객 열차가 운행을 하는데도 폭파된 기관차가 그대로 방치되어 있는 것은 좀 이상했는데, 흔히 역 부근에서 그랬었다. 그런데 폭파된 기관차가 서 있는 지역 일대가 폐허화되어 있었다. 그것은 전쟁으로 인한 적나라한 상흔 그 자체였다. 형진은 역 광장을 지나서 마침내 장춘옥까지 왔다.

쇠고기 굽는 냄새가 진동했다. 그 당시에도 고기는 숯불에다 구웠다. 그러나 프라이팬이 아닌, 철사 그물처럼 생긴, 검게 그을러진 적쇠에 고기를 올려놓고 구웠다. 그렇게 구워 낸 쇠고기는 프라이팬에 구운 불고기보다 맛이 낫고 특히 양념을 발라서 구울 때의 냄새가 좋았다. 고기가 약간 타기 때문이기도 했다.

장춘옥은 수목을 심은 정원이 넓고 집 전체가 잘 꾸며져 있었다. 하얀 페인트가 칠해지고 멋을 낸 목책이 집을 둘러싸고 있었다.

집의 대문에서도 주객들과 술상이 나무에 가려진 채 보였으나 형진에게는 좀 멀다고 느껴졌다. 그래서 형진은 목책을 돌아서 집 뒤쪽으로 갔다. 목책의 나무가 얼마간 잘려져 나간 부분을 통해서 주객이 들어 있는 방이 정면으로 보였고, 구경하는 사람에게는 가까운 거리였다. 누군가가 구경하기 위하여 일부러 목책의 나무 일부분을 잘라 놓은 것 같았다. 방은 여럿이었지만 이날은 하나의 방만 불이 켜져 있었고 주객과 여자들이 부채를 쥔 채 술상을 둘러싸고 있었다.

형진은 주객들 사이에 끼어 있는 엄마를 보았다. 얼마간 언짢았지만 일단 장춘옥까지 와서 엄마를 본 것은 잘한 일이라는 안도감이 생겼다.

손님들은 전쟁 중 이리시로 임시 이전했던 T대학교 아홉 명의 대학생들로 술상을 가운데 두고 대체로 마주앉아 있었다. 형진이 보고 있는 위치에서볼 때, 술상 건너 쪽의 우측 끝으로부터 시계가 가는 반대 방향으로 남자1, 남자2, 남자3, 남자4가 앉아 있었고, 남자4의 맞은편(목책에서 가까운 쪽)에 목책을 뒤로하고 남자5, 그 오른편에 남자9까지 앉아 있었다. 그리고 그 사이 사이마다(즉 남자의 오른쪽마다) 여자 9명이 끼어 앉아 있었다.

문득 남자1이 재선을 보더니 말했다.

"그런데 김재선 양은 손님을 모시지 않는데 오늘은 웬일로 밤이 깊도록 앉아 있는 거지?"

재선이 답변했다.

"오늘 하루만 특별히 예외적으로 손님 방에 앉기로 했어요. 오늘은 너무나 찌는 더위라서 다른 주점에서 접대 기생 지원이 없는 탓이기도 해요. 그런데 저도 더위를 무척 타는 편이고 대낮부터 잠을 잤으므로, 점잖고 귀한 대학생님들을 아침까지 조용히 격에 맞게, 불편이 없도록 해 드리기 위에서였죠."

"아, 그렇군. 낮만큼 더운 이런 밤에 차라리 날이 훤히 새는 아침까지 늘어지게 마시도록 예약되었었지."

그런데 남자3과 남자2는 가장 심각한 표정이 되어 앉아 있는 것을 목책의 바깥에서도 살펴볼 수 있었다. 그 둘은 매사에 회의적이고 시니컬한 태도를 취하는 것이 몸에 밴 듯했다. 가장 심각하고 우울한 표정인 남자3의 곁에 엄마가 얼굴을 목책 쪽으로 향한 채 앉아 있었다. 남자 아홉은 대개들 술을 한 잔 들이키고는 별로 술을 마시지는 않고 이야기에 열중하는 편이었다.

남자2의 말에 모두들 귀를 기울였다.

"비록 서울이 재탈환되었지만 사태가 불안하고 불투명한 것만 같아. 4월에 유엔군 총사령관 맥아더가 해임되고 리지웨이 미8군 사령관이 유엔군 총사령관으로 승진 발령을 받았지. 그 자체만 해도 불안해. 국내의 정치적 측면만 봐도 그렇지. 5월에 이시영 부통령이 사임하고 인촌이 그 후임으로 당선되었지."

가장 냉소적인 남자3이 말을 받았다.

"그렇지. 그 자체가 고무적인 사태로 전환될 것이라는 보장이 없어. 이 박사가 이시영에게 했듯이 또 틀림없이 인촌에게도 정무에 손을 못 대게 할 테니까."

남자4의 말. "이시영처럼 또 인촌도 나중에 가서 사표를 던지고 말 것이 틀림없지 않을까?"

남자3의 말. "자유민주주의 정부라고 떠들어대지만 건국 초기부터 부정 부패가 드러나고 장래가 불투명한 것 같아."

남자6. "무슨 얘기야?"

남자5. "거창 사건과 국민 방위군 사건만 봐도 그 꼴이 말이 아니지."

남자3. "거창군 신원면에서 공비와 내통했다는 누명을 씌워 양민 오백 명 이상을 무차별 학살했지. 소위 국군이면서도 그토록 무자비할 수가 없어."

남자2. "제11 사단 9연대 3대대의 장병들이 미쳐 날뛴 거지."

남자3. "미쳐 날뛴 것은 주모자가 아닐까? 3대대장 한동석 소령 말이지."

남자1. "무슨 정치적 이야기만 하고 있는 거야?"

남자3. "특별 조사위원인 국회의원들이 현지에서 조사를 하려고 왔을 때 인민군 복장을 한 장병들에 의해 피습 당했지 않아?"

남자2. "그게 다 조작극이었다는 것은 의심할 여지가 없었지."

남자3. "계엄 민사부장 김종원 대령이 꾸몄다는 것은 거의 알려진 사실이지. 더욱더 우스운 것은 신성모 국방장관이 그런 사실이 없다는 복명서를 이 박사에게 제출한 것이지."

남자5. "이 박사가 속은 것일까? 아니면 그 여우같은 양반이 속아 준 것일까? 정부의 도덕성에 훼손이 가지 않도록 말이야."

남자2. "국민 방위군 사건만 봐도 어이가 없어."

남자6. "사실상 국민 방위군 예산 25억을 모두 착복한 게 아닐까?"

남자2. "소집된 국민 방위군 즉 제2 국민병 수천 명이 아사하거나 병사했다면 알아 볼 만한 얘기가 아닌가?"

남자4. "그러나 방위군 사령관 김윤근은 그런 사실이 없다는 담화문을 버젓이 발표했지."

남자1. "대낮에 버젓이 말이지."

남자3. "거기다가 한술 더 떠서 신성모 국방 장관은 김윤근을 두둔했지.

남자5. "역시 대낮에 버젓이 말이지."

남자2. "이전부터 국방 장관 신성모와 내무 장관 유석 조병옥의 사이가 좋지 않았는데, 그 일로 대립과 갈등이 더욱 심화되었지."

남자4. "문제는 그들이 대낮에 '눈 가리고 아웅하는' 것이지. 그리고 이 박사는 도대체 무얼 하는 것이었을까? 신성모의 말을 믿은 것으로 나타나고 있으니까."

남자1. "나도 한마디 끼어들자면, 신성모 그자는 무능하기는 했지만 이 박사에 대해 충성심이 대단했지. 비서들보다도 경무대의 이 박사에게 먼저 나타나서 문안을 드리는가 하면, 이 박사 앞에서 눈물을 흘리는 '읍소 작전'을 걸핏하면 구사했다는 거야."

남자6. "신성모 그자의 무능은 지독한 것이었어. 6월 25일 이전부터 경무대의 질문에 대하여 '걱정할 것 없다'고, 남침을 개시해도 '문제 없다'고 호언 장담을 했지."

남자5. "6월 25일 인민군이 이미 38선을 넘었는데도 경무대의 질문에 '대수로운 것이 아니다'라고 보고했다는 거야."

한동안 실내는 잠잠했다. 술잔을 그냥 입술에 대기만 하듯 홀짝거리며 마시는 남자도 있었다.

남자1이 침묵을 깨뜨렸다.

"우리는 부르주아야. 술이나 마셔. 아버지들 덕분이지. 우리는 선택할 수 없었어. 아니, 자의와 관계없이 선택된 자들이야."

남자3. "변명이 심하군. 섣부른 자기 합리화가 아냐?"

남자4. "우리는 선택할 수 없었던 게 아니라, 스스로의 새로운 선택을 할 용기가 없었던 게 아냐?"

남자3. "우리는 학도병에도 지원하지 않았어."

남자2. "우리는 엄밀한 의미에서 어느 진영에도 속하지 않는지도 모르지. 무국적자일 수도 있어. 우리는 무엇을 위하여 죽어야 하나? 위대한 자유민주주를 위하여? 아니면 이 박사를 위하여? 누구를 위하여 그리고 무엇을 위하여 죽을 수 있다는 것은 그래도 행복한 거야."

남자3. "남조선 인민의 해방을 위하여 죽을 수 있다는 인민군이나 빨치산처럼? 우리는 무엇인가를 위하여 죽을 수도 없었고 또한 죽음을 두려워하는 겁장이였는지도 모르지. 여기 이렇게 들 앉아서 한가히 술이나 마실 수 있지. 풍성한 말의 성찬을 하면서…"

남자1. "말조심들 해. 낮말은 국군이 듣고 밤 말은 빨치산이나 이 여자들이 듣고 있어."

남자2. "인민군이나 빨치산들은 아주 논리적이야. 그러니까 두려워하지 않고 생각을 행동에 옮기지."

남자1. "우리는 반박할 수도 없다는 애기야?"

남자3. "사회주의 이론은 거기에다 대고 아무리 허점을 찌르고 논박해도 항변하고 정당화시킬 수 있는 이론과 주장이 얼마든지 있어."

남자2. "사회주의를 논하는 많은 책들 가운데 마르크스의 '자본론' 하나만 해도 방대하고 무궁무진이야."

남자3. "차라리 우리가 더 일찍 태어나서 일제 치하에 있었다면 더 행복했을지도 몰라. 그때는 술을 마시면서 '민족'을 생각하고 논할 수가 있었을 테니까."

남자1이 화를 내는 어조로 말을 내뱉었다.

"이봐들, 정신 좀 차려. 일제 때 독립군도 우익과 좌익으로 갈라져 있었고 서로들 상대 쪽을 헐뜯고 있었어. 그럴 수밖에 없었던 것이 우리 민족의 운명이었어. 윤동주의 시나 이상화의 시도 좌익 쪽에서 보면 우스운 것이었다는 거야."

남자1 곁에 딱 붙어 앉아 있는 여자1이 맞장구를 치듯 말했다.

"심각한 야그들을 이렇게 오래들 하고 계시네요. 술 좀 드시지 않고…"

남자1. "그래, 우리들은 그다지 자의와 관계없이 나아가야 할 길이 대체로 선택된 사람들이야. 민족의 미래를 위하여 앞으로 무엇인가 할 일이 있겠지. 어서 술이나 마시고 노래들을 부르도록 해."

이들 광경을 내내 지켜보고 있던 형진은 어렸기 때문에 그들의 말을 세부적으로 알아들을 수는 없었다. 그러나 네 살이나 되는, 아주 심하게 어리지는 않은 나이로서 그들의 말 전체의 줄거리는 대체로 알아들을 수 있었다.

남자1. "먼저 다 함께 건배를 하고 잔을 돌리도록 해."

여자들이 술을 채워 준 잔을 들고 남자들 모두가 "건배!"하는 발성을 하고 술을 쭉 들이켰다.

남자6. "시원한 밤바람 한 점 없군…우리는 고민하기 위해서 여기에 온 것이 아냐. 더위를 식히기 위해 먼저 다 함께 제창을 하자."

남자5. "그것 좋지. 무슨 곡으로 할까?"

남자1. "신라의 달밤…… 어때?"

남자4. "그 곡 좋지. 모두 다 함께, 자, 준비……시작!"

"아신라의밤이여불국사의종소리들리어온다……"

여자들까지 가세하여 모두들 노래를 뽑아대었다. 그들은 노래가 끝나자 술잔을 돌리며 여자들이 따라 주고 하면서 실내는 점점 흥이 돋구어지고 있었다.

"자, 돌아가면서 노래를 하세. 나부터 말이네."

남자1이 제안을 했다. 옛 대학생들은 의젓한 척, 나이들은 척, 얼마간 늙은 척-하느라고 '하세', '말이네', '일세', '자네' 등 예사높임말을 즐겨 쓰고 했는데, 남자1의 입에서 은연중에 그러한 어투와 억양이 밖으로 표출되었다.

엄마는 백부의 호적에 실린 것과는 달리 출생지와 자라난 고향이 전남 여수이기는 하지만 혼인 후 서울에서 남편과 시누이와 함께 몇 년간 거주했었기 때문에 완전한 서울말을 썼으나, 다른 여자들은 전북의 방언과 충남의 방언이 섞인 말을 쓰고 있었다.

남자1의 제안에 이구동성으로 "그것 좋지." 하는 말이 나왔고, 남자1은 '대지의 항구'를 불렀다.

남자1, 여자1, 남자2, 여자2, 남자3이 노래를 마쳤다. 그 동안 많은 박수가 오갔다. 다음은 여자3 즉 어머니의 차례였다. 어머니는 좀 긴장된 목소리로 말했다.

"나는 학교 노래밖에 몰라요. 맨 나중에 하겠어요."

"괜히 내숭뜨네. 선수 급의 노래여. 그럼 아껴 두었다가 맨 나중에 부르도록 해."

여자2의 지원 사격이었다.

"그렇다면 좋아. 맨 나중에 불러."

남자4는 이렇게 말하며 어머니를 건너뛰어 그 자신의 노래를 진행시켰다.

이렇게 하여 남자9까지 노래가 계속 되었다. 여태까지 불려진 노래들에는 '목포는 항구다', '울고 넘는 박달재', '백마강 달밤에', '홍도야 울지 마라' 등이 포함되어 있었다.

여자9까지 노래를 불렀다. '목포의 눈물' 이었다.

여자9까지 노래를 마치자 남자3은 좀 빈정거리는 어투로부터 시작하여 입을 열었다.

"목포의 눈물? 아이가 딸린 나이 먹은 아줌마가 질질 짜는 노래 같아. 자, 내 파트너 차례야. 한번 기대해 보지."

어머니는 노래를 부르기 시작했다. '눈물 젖은 두만강'이었다. 노래를 마쳤을 때 모두들 환호성을 내질렀다.

"희한하고 독특한 발성법으로 부르는군. 명곡(예술 가곡이나 오페라 아리아와 클래시컬한 노래를 총칭하는 당시의 속어)풍이야."

남자1이 감탄하면서 말했다. 이어서 가장 냉소적이었던 남자 3이 거들었다.

"역시 내 파트너가 최고야. 앙코르! 목소리의 품위도 대단해. 모두들 젓가락을 두드린다든지 따라서 노래한다든지 하는 일이 없어야 해!"

"앙코르라고 외치지 않아도 몇 곡 더 부르려고 했어요. 노래에는 욕심쟁이이니까. 그리고 노래들이 짧아서 불만족스러우니까 2절 3절 다 부르겠어요."

어머니는 이렇게 말하고는 또 노래를 불렀다. 이번에는 '베사메 무쵸'였다. 이어서 틈을 주지 않고 어머니는 '고향초'를 2절까지 불렀다. 그 노래는 어머니의 신산스러운 삶의 현실을 잘 나타내 주는 노래인 것 같았다. 노래를 마치자 남자1이 또 감탄의 발성을 했다.

"'목포의 눈물'처럼 질질 짜는 노래가 아니면서도 실향민의 정서와 뼈아픈 슬픔을 잘 표현하여 불렀어. 노래 자체도 좋지만 가수의 목소리가 빛나고 섬세했어."

"영락없는 가수의 목소리야. 차라리 가수로 나가지 그래! 자, 또 앙코르야!"

어머니는 또 노래를 불렀다. '타향살이' 3절까지였다. 노래가 끝났을 때 또 '앙코르'하는 소리가 이구동성으로 흘러나왔다. 그러나 어머니는 그만 부르려는 듯이 침묵을 지키고 있었다. 그러자 여자2가 어머니의 소매를 끌어당기면서 말했다.

"같은 여자이지만 여자 마음까지 사로잡는 노래 솜씨여. 질투가 일어나지 않지. 노래를 부르면 저절로 눈이 감겨지고 감미로움과 아늑함에 취하게 만들고 있당게. 자, 눈을 감을 테니, 한 곡만 더……, 응?"

"자, 나도 눈을 감을 테니 한 곡만 더……. 마지막으로."

같은 파트너인 남자3이 간청하듯이 말했다.

"좋아요. 그러나 이번엔 마지막이에요."

어머니는 선곡을 하여 또 노래를 불렀다. 이번에는 '울 밑에 선 봉선화'였다. 이 곡은 정말 예술가곡풍으로 즉 벨 칸토 창법과 어느 정도 가까운 목소리로 불렀다. 부드럽고 투명했다. 중음·저음은 가볍고 부드럽게, 고음은 쩡쩡 울리는가 하면 청아한 목소리로 노래했다.

노래를 마치자, 늘 생각에 잠기고 삶에 회의적이고 냉소적인 남자3이 노래에 감탄하여 말했다.

"이거 내 파트너의 성대는 예사로운 것이 아니야. 유행가 가수는 뺨치고 이태리로 유학 가야 할 목소리야. 정말 명곡이나 불러야 하겠는데. 정말 소위 말하는 진짜 '미성'이야."

이런 광경을 몰래 훔쳐보고 있던 아이는 술집 방안의 냄새며 분위기까지 아이 자신의 몸에 묻고 있는 것만 같았다. 그리고 시종 어머니의 노래에 빠져 있었고 황홀경의 심연에 깊숙이 내려앉는 것만 같았다. 어머니의 마지막 노래는 벨 칸토 창법은 아닐지라도 그와 어느 정도 통하는 이탈리아식 창법이었다. 형진은 후일에 가서 똑같은 곡 '울 밑에 선 봉선화'를 노래하는 한국의 세계적 소프라노의 창법과 비슷한 점이 있다는 것을 알게 된다. 마치 볼품없는 노래처럼 버려진 곡을 자신의 독특한 창법으로 매력적인 노래로 살려 내는 점조차도 상당한 수준을 유지하고 있는 성악가를 닮지 않았나, 하고 후일에 생각했다.

한 차례의 노래들이 끝나자 모두들 조용해져서 술을 달게 마시고 서로들 술잔을 돌렸다.

아이는 목책에 기대어 생각해 보았다. 경수 형의 트럼펫 연주와 또한 경수 형의 노래와, 전쟁터와 마찬가지인 땅에서의 어머니의 노래와의 공통점과 차이점은 무엇일까? 아이는 서구 음악이 무엇인지 모르지만―즉 서툴고 엉성한 언어를 동원하여 관념적으로가 아닌 경험론적인 사고이었지만―두 사람의 음악은 어쨌든 서구 음악을 지향하고 있다고 생각했으며 순수하고 정갈했다. 또한 아이는 벨 칸토가 무엇인지 모르지만, 어쨌든 객관적으로 볼 때, 음악적·비음악적 다른 요소를 희생시키더라도 두 사람의 음악은 유별나게 아름다움과 고운 목소리에 치중하는 미성의 싹이 엿보였다. 이들이 두 사람의 음악의 공통점이었다.

차이점은 무엇일까?

경수 형의 음악이 기악의 범주에서 크게 벗어나지 못하는 음악 세계임에 반하여, 어머니의 음악은 성악의 한 단면을 나타내 주고 있었다고 아이는 서투른 언어를 동원하여 생각했다. 어머니는 성악도 다양성이 있으며 악기 이상으로 아름답고 감미로운 세계가 있다는 점을 아이에게 일깨워 주웠다.

또한 경수 형의 음악은 연습의 영역에 머물고 있다고 생각되었다. 그러나 '벌이'와 '고생'과 '고통'이 무엇인지 어렴풋이 알고 있는 아이로서, 아이 자신의 노래 속에서나 혹은 상상 속에서만 이상적으로 존재하던 음악이 벌이와 고생과 관련이 있는, 전쟁터와 마찬가지인 땅에서의 어머니의 노래를 통하여 가시적이며 구체적으로 나타났다.

이들이 차이점이라고 아이는 생각했다. 정말 참으로 엄마의 노래는 좋았다. 엄마는 황홀한, 아늑한 꿈 자체라고 느꼈다. 곁에서 자기만 하면 저절로 꾸게 되는…….

나도 엄마처럼 노래를 잘 할 수 있을까? 아니다, 자신이 없다. 아니다, 잘 할 수 있다. 경수 형이 말한 대로 사람들을 사로잡는 노래 선수가 될 수 있을지 모른다.

조금 전에 '눈물 젖은 두만강'을 제외한 엄마가 부른 노래들은 엄마가 곱고 예쁜 목소리로 아들에게 가르쳐 준 노래들이었다. 아들 역시 곱고 예쁜 목소리로 따라 부르며 익혔었다.

아이는 목책을 돌아서 장춘옥 대문으로 가서 안으로 들어갔다. 정원에는 모깃불이 피워져 있었다. 혼자서 공동묘지를 지나서 돌아갈 수는 없어. 오늘은 여기서 자고 가자.

아이는 정원의 평상에 누웠다. 엄마는 부르지 않는 것이 좋다. 엄마가 욕을 먹고 야단맞을지도 모르니까. 그대로 여기서 잠들면 되는 거야.

 아이는 엄마에 대한 꿈을 꽃 피우게 하여, 그리고 그 꿈을 마시며 잠들고 싶어졌다.

 아이의 눈 위에는 정원수에 가려진 좁은 하늘에서 총총한 별들이 속삭이고 있었다.

유년의 노래, 그리고 이별

당시의 기생 사회는 문란해져 있었다. 그러나 일제 강점기의 기생조합, 권번券番의 전통은 눈에 보이지 않게 주점에 잔재하고 있었으며, 기생의 얼마간의 자존심은 존재하고 있었다. 그래서 주객은 기생에게 함부로 잠자리 시중을 요구하지 않았다. 기생의 주업은 그때까지도 가무歌舞였다. 기생들은 베르디의 오페라 '라 트라비아타'(당시 '춘희'라는 말로 퍼져 있었다)의 '비올레타'를 심리학적으로 동일시하는 분위기가 퍼져 있었다.

한번은 명월옥 가까이에 있는 곳으로 어머니는 형진이의 하숙을 옮겨 주었다. 하숙을 전문으로 하는 집이었다. 바로 역 가까이에 있는 곳이라서 기차의 소음이 한결 심했다. 그 집의 늙은 총각, 엄상철 역시 형진의 재능이 비상하다는 것을 확실히 재확인

했다. 때문에 형진을 동정하면서 돌봐주었고 형진을 위해서 신경을 썼다. 형진은 그를 상철 아저씨라고 불렀다. 그럴 만큼 나이가 들었고 믿음직했다. 상철은 한쪽 눈가에 큰 사마귀가 있었다. 그는 다른 사람에게 형진에 대해서 진정으로 칭찬을 했으며 자랑을 했다. 때문에 형진에 대한 소문이 더욱 퍼져 나갔다. 언젠가 한번은 상처받기 쉬운 아이의 가슴을 말로서 슬쩍 찔렀다.

"너의 엄마는 무엇을 하지?"

"화로게에 있어요."

"화로게가 아니라 화류계야. 그런데 진짜 착한 어머니를 두고 그런 소리를 함부로 해서는 안되여. 엄마는 다만 '얼굴 마담'일 뿐이며, 식재료와 결산 담당 주무일 뿐이여."

상철 아저씨는 자그마한 아이에게 던진 자신의 질문을 후회하면서, 아이에게 주의를 주었다.

상철의 동생 상수도 살가운 데가 있었다. 상철과 상수는 정기적으로 형진의 머리를 감겨 주었고 목욕탕에서 형진의 때를 밀어 주었다. 후에 성인이 되어서 형진은 자신이 대체로 얼마간은 남자보다 여자를 더 좋아하는 것 같은데, 어릴 때에는 엄마를 빼놓고는 여자보다 남자를 더 좋아했던 이유를 쉽게 알 수 없었다. 힘이 세고 용감하고 손재주가 있어 무엇을 잘 만들어 주고 하는 것 때문이었을까.

아이의 기억에 선연히 남은 것은 어머니와의 기차 여행이었다. 정읍이나 김제로 공적 단기 출장을 갈 때는 엄마를 따라갔다. 어머니와의 기차 여행은 즐거웠다. 기차가 서서히 출발한다. 객실의 창 밖을 보면 마음이 설렌다. 역구내마다 흔히 볼 있는 측백나무가 뒤로 밀려간다. 창 밖의 아래를 보면 여러 가닥의 철로가 두 가닥으로 합쳐진다. 열차가 빨리 달린다. 이윽고는 창 밖의 전신주의 전선이 올라갔다 내려갔다 하고, 논·밭과 초가가 빠른 속도로 뒤로 달린다. 열차 바퀴가 구르는 소리가 아이를 미지의 딴 세상으로 데려가는 것 같다. 마음이 더욱 설렌다. 창 밖으로 끝 쪽에 있는 객차들이 보이고 열차는 뱀처럼 구부려져 있다. 길게 가물거리는 기적 소리가 일종의 아늑한 향수를 불러일으킨다. 석탄 연기의 내음마저 매우 정겹게 느껴진다.

세월은 빨리 흘렀다. 재선은 세상 돌아가는 것을 알고 있었다. 1952년 부산 충무로에서는 내각 책임제를 실현시키려는 의원들에 대한 규탄 대회가 있었다. 5월에는 국회 해산과 내각 책임제 개헌을 추진하려는 의원에 대한 인신공격이 있었다. 그 내용의 벽보가 나붙고 삐라가 뿌려졌다. 그리고 국회 의사당이 포위되었다.

모두가 '백골단', '땃벌레', '민중 자결단'이라고 불려지는 깡패 무리들을 동원해서 각본대로 밀고 나간 것이었다. 바로 5월 26일 부산 정치 파동이 있었다. 의원 50여 명을 태운 통근 버스가 헌병대에 의하여 강제 연행되었다. 국제 공산당 비밀 자금 사건과 관련되어 있다는 죄목을 덮어씌워 곽상훈등 많은 의원들을 체포

했다. 6월에는 많은 사람들이 예상한 대로, 아니나 다를까, 인촌이 부통령직을 사임했다. 그러면서 성명을 내어 현정부를 신랄하게 비판했다. 7월에는 '제독회'를 생략하고 '거수'로 소위 '발췌 개헌안'을 표결했다. 8월에는 대선이 있었고 이승만, 함태영이 각각 대통령, 부통령으로 당선되었다. 역시 부패한 정권이 연장되었다고 재선은 생각했다. 그런데 이런 현상들이 자신의 전락한 인생이나 처지와는 아무런 관련이 없을까? 과연 그럴까? 나의 시대에 있어 내 인생을 나 혼자 몸으로 책임질 수 있었을까? 이런 저런 정치배들의 장난과 놀음판과 전쟁의 소용돌이 속에서 내가 휩쓸려 떠내려가지 않고 버티어 낼 수 있었을까?

그녀는 마침내 자기 자신의 본래적인 모습까지 까마득하게 망각하게 되는 자기 소외 속에 깊이 잠겨 있었다. 1953년에 재선은 사랑하는 남자가 생겼다. 그녀가 얼굴 마담이 되었을 때부터 그녀를 점찍어 온 남자였다. T대학교 졸업반 학생으로서 그녀보다 나이가 더 많았다. 결혼까지 약속을 한 사이가 되었다.

재선은 냉정하게 판단하여 아이와 헤어질 수밖에 없다고 생각했다. 어떠한 방법을 통해서 헤어지느냐? 자식이 없는 집에 양자로 보내는 것이 좋을 것이다. 그렇게 되면 아이에게도 유익하고 앞날을 보장받는 것이 될 것이다. 아이는 두뇌가 명민하고 재주꾼으로 소문이 나 있기 때문에 누군가가 쉽게 양자로 데려갈 가능성이 많을 것이라고 생각했다.

역시 쉽게 합의가 되었다. 논·밭이 많고 일본식 집이 있는 부잣집으로 아이를 보내기로 되었다.

아이는 영문도 모르고 그 집에 들어갔다. 여기에서 하숙하는 걸까, 하고 아이는 생각했다. 그 집 곳간에는 고구마, 사과, 곶감 등 먹을 것이 많았다. 그러나 시일이 좀더 흘러도 어머니는 나타나지 않는다. 하숙하는 것이 아니다—라고 아이는 판단했다. 주인 내외와 그 집 식구들은 아이를 즐겁게 해 주기 위해 여러 방법을 써서 달래고 좋은 옷을 입히고 선물을 주기도 했다. 그리고 얼마 안 가서 주인 내외는 아이에게 '아버지'와 '어머니'라고 부르도록 타일렀다. 그러나 아이의 목과 입으로부터 발성되어 나오지 않았다. 시일이 더 지나갔다. 어머니는 나타나지 않았고 외관상으로는 아이에게는 어머니가 조금씩 잊혀져 가는 듯했다. 그러나 아이의 내심으로는 어머니를 잊지 못하고 있었다. 아이는 병을 앓았다. 걸핏하면 감기에 걸려서 코를 훌쩍거렸다. 그 점이 주인 내외의 마음에 들지 않았다. 아이는 조금씩 삐뚤어져 갔다. '아버지'와 '어머니'라고 부르기는커녕 가끔 울면서, "엄마를 찾아 줘요"라고 말했다. 그리고는 엄마가 없는 장춘옥에 찾으러 갔다가 오는 일도 있었다. 그런가 하면 일본식 집 변소 밑으로 성인용 고무신을 빠뜨렸다. '아버지'는 그렇지 않아도 실망하는 마음이 자라나고 있었는데, 그런 일을 보고 아이가 칠칠치 못하고 마음에 들지 않아 간다고 판단했다.

7월 27일 드디어 휴전 협정이 조인되었다. 결국 주인 내외는 아이를 돌려보내기로 결정을 했다.

며칠 안 있어 아이는 부시장 댁으로 옮겨졌다. 아이를 직접 보면 마음이 달라질지 모른다고 생각하며, 또한 독한 마음으로 정을 끊기 위해 재선은 나타나지 않고 뒤에서 조종하듯 다른 사람을 아이에게 보내어 부시장 댁 양자로 들어가게 했다.

부시장은 호방한 기질의 소유자였다. 아이를 데려오자 맨 먼저 한글 읽고 쓰기 테스트를 했다. 사랑방으로 아이를 불렀다. 사랑방임에도 장롱이 으리으리하고 병풍이 고급스러웠다. '홍길동전'을 꺼내어 읽으라고 했다. 아이는 술술 읽어냈다.

"너, 거기에 담긴 뜻을 아느냐?"

"예, 압니다."

"그럼 쓰기 시험을 치러 보자."

부시장은 종이와 연필을 아이에게 주고 '홍길동전'의 뒷부분을 폈다.

"나가 읽는 것을 한번 적어 봐."

부시장은 읽고 있었고 아이는 따라 적었다.

"너 정말 명민한 아이구나."

아이가 쓴 것을 검토한 뒤 부시장이 말했다. 그리고는 이어서 부시장이 덧붙여 말했다.

"구름처럼 훨훨 떠다니는 엄마이지만 글을 가르쳐 주었군. 내년에는 학교에 가야 쓰겠지?"

"예."

"그런데 너 몸이 무척 허약한 것 같구나. 음식을 잘 먹고, 또

약도 먹어야 돼. 그럼 네가 있던 방으로 가 봐."

아이는 사랑방에서 일어서서 나가려고 했다.

"인사를 하고 가야지. 그렇지 않혀?"

아이는 말없이 허리를 굽혀 인사하고 나갔다.

"먼저 예절 교육을 좀 받아야 쓰겠군."

그 후 부시장은 아이에게 예절을 가르치라고 집사에게 일러줬다. 그리고 아이가 음식을 잘 먹도록 신경을 쓰라고, 또한 한약을 좀 먹이라고 아내에게 말했다.

식탁에 자주 오르는 반찬은 쇠고기 장조림이었다는 것을 아이는 기억했다. 나중에는 싫증이 났던 그 쇠고기 장조림.

휴전 협정의 조인으로 사람들이 들뜨고 술렁이는 가운데 시간은 빨리 흘렀다. 추석을 동반하고 가을이 왔다. 부시장네는 많은 논 가운데 한쪽에서 익어 가는 벼를 베어 찐쌀을 만들었다. 그리고 찐쌀로 밥을 했다. 아이는 찐쌀 밥을 먹고 있다가 느닷없이 대청마루로 달려나와서 뜰층계 옆에다 질질 토해냈다. 찐쌀 밥이 메스꺼움을 일어나게 하기 때문이었다. 토하는 것을 보고 사람들은 상을 찌푸렸다.

어느 날은 부엌에서 배추 나물을 삶고 있었다. 그 냄새는 아이에게 무척 메스껍고 역겹게 느껴졌다. 채독에 걸린데다가 똥물이 뿌려진 배추 밭을 연상해서 그리한 것 같았다. 다른 곳으로 뛰어갈 사이도 없이 아이는 부엌에서 멀리 가지 못하고 구토를 했다. 바로 부엌 부근이므로 사람들은 눈살을 찌푸렸다. 부시장 부

인도 참지를 못하고 혀를 끌끌 차며 한 마디 했다.

"애가 왜 이렇게 사람들에게 애를 먹이는 거여?"

아이를 관찰해 오던 부시장은 아마 아이의 몸에 기생충이 있는 것 같다고 판단했다. 그래서 아이를 의원에게 보냈다. 아이의 병은 채독(십이지장충 감염 증세)이었다. 부시장 내외가 처방된 약을 먹이려고 했다. 그러나 그 알약은 꽤나 큰 것이어서 아이의 목구멍으로 넘어가지를 않았다. 아이는 몇 번이나 넘기도록 침을 넘겨 목구멍이 확장되도록 하고 물을 마시기도 했지만 되지 않았다. 끝내는 목구멍으로 넘기는 것을 포기하지 않으면 안 되었다.

"대를 이어가려면 무엇보다도 건강한 사람이어야 허우. 건강이 어떠한 항목보다도 중요허우. 그런데 아이는 병약한데다가 약도 못 넘기는 겁쟁이지요."

아이가 안방에서 나간 후 부시장 부인이 참다못한 듯 남편에게 말했다.

"남자는 건강하고 호방해야 해. 호연한 기상이 있어야 허지. 애는 재주꾼이지만 너무나 병약하당게. 재주가 아깝지만 좀 생각해 보아야 쓰겄어."

이렇게 말한 부시장은 아내와 더 상의한 끝에 결국 아이를 되돌려 보내기로 결정을 했다.

그 후 며칠 되지 않아 부시장은 아이를 돌려보냈다. 아이는 쫓겨난 것이다.

재선과 결혼 약속을 한 나이 많은 졸업반 대학생 애인(서동호)이 T대학교가 원상 복귀하여 이전한 후 재선과 미래에 대한 약속을 거듭하고 서울로 떠났다. 대학 당국은 방학 일수가 거의 없도록 방학을 단축했다. 거의 재선은 장춘옥등 술집과 일절 관계를 끊고 세를 얻은 방에서 조용히 머물렀다. 말하자면 장춘옥과 명월옥 등 모든 술집과 완전히 등을 돌리면서 떨어져 나왔다. 생활비는 재선의 저축된 돈과 동호에게서 도움 받는 돈으로 충당했다. 그런데 두 번이나 쫓겨난 형진을 다시 곁에 둔 재선은 '불쌍하고 가엾다'는 생각과 '헤어져야 한다'는 생각과의 갈등 때문에 괴로운 눈물을 흘렸다. 얼마 후 잠시 내려온 애인과 상의를 했다. 애인은 옥서면에 있는 미군 부대 (비행장)에 먼 친척인 타이피스트가 있다고 하면서 어차피 재선과 결혼을 하려면 그 타이피스트를 통해 아이를 고아원에 맡기는 것이 좋겠다고 자신의 의사를 피력했다. 재선도 그렇게 하는 수밖에 없다고 생각했다.

1953년 12월 24일 일몰을 얼마간 남겨 놓고 있는 시각. 이리시에서 군산시를 거쳐 상당히 떨어져 있는 옥구군 옥서면. 산 위에 오르면 서해 바다가 보여 그쪽에서 바람이라도 불면 바다의 짭쪼름한 내음이 실려 오는 듯한 위치였다. 미군 부대, 즉 미군 비행장으로 가는 길목. 비포장도로의 건너편에는 끝이 보이지 않을 정도로 너른 호수가 있었다. 호수의 둑을 길로 삼아 길에서 호수의 반대쪽으로 깊숙이 길 아래로 내려앉아 있는 지점의 주막집 안에 네 사람이 앉아 있었다.
 재선과 형진, 이렇게 둘이 먼저 도착했고 이어서 '일'을 주선한, 재선과 결혼 약속을 한 나이 많은 대학생 애인이 도착한 후 미군 부대의 타이피스트가 맨 나중에 왔었다.
 재선과 형진 모자는 이리시에서 군산시까지 기차를 탄 후 내려서 버스를 타고 옥서면까지 왔다. 버스라 해 봤자 미군용 트럭의 엔진을 기본 틀로 하여 개조한 것이어서 털털거리는 소음이 많이 나고 느렸다. 아이는 기차와 버스를 타는 것이 재미있다는 듯 따라왔었다.
 버스는 너무도 빽빽이 승객을 실었으므로 좌측 또는 우측으로 기우뚱하며 쓰러질 듯이 몸통을 움직였다. 그러다가 정류장에 멈춰 섰다. 차장車掌이 문을 열자 빽빽이 심어져 있던 승객의 일부가 마치 뿌리가 가까스로 뽑혀져서 움직이듯이 차에서 내렸다. 문이 열려진 상태로 있자 바깥 세계의 소리가 밀려 들어왔다. 바다에서 달려드는 소리들이었다. 어린 형진은 별다른 이유 없이 가슴이 서늘해지고 쓸쓸해졌다. 쏴아쏴아하는 파도 소리와 까르륵까르륵하는 갈매기 소리였다. 형진의 귀에 그 소리의 흐름은 단조의 화음으로 전개되었다. 창 밖을 바라보니 바다와 갈매기들과, 기울어져서 반쯤 물에 잠긴 큰 배가 있었다. 형진은 다시는 건너올 수 없는 미지의 먼 세상으로 건너뛰어 가는 것만 같았다. 몇 십 년이 흐른 뒤에도 때때로 어머니가 생각나면 그들 소리가 형진의 귓전으로 밀려 들어와서 뇌리를 가득 메웠다. 차의 문을 닫고 차가 출발하자 바다 소리가 사라지고 다시 엔진 소리가 요란해졌다. 마치 거인이 잠자리에서 코 고는 소리가 진동하는 듯 느껴졌다. 그 코 고는 듯한 소리 위에서, 슬픔의 실체를 학습한 애늙은이가 된 형진의 귀에는 별다른 이유 없이 잠시 파도 소리와 갈매기 소리가 가득히 그리고 자오록이 메워졌다.

몇십 년 후에 형진은 그 바다 소리들이 착각과 관계하는 것이 아닌가 하고 생각했다. 어머니에 대한 애틋한 그리움 즉 비애의 미학이 시켜, 상상의 세계 속에서 가공된 소리인 듯 생각되었다. 그러나 사실 착각이 아니었다. 차장이 버스의 문을 열었기 때문에 실제로 들려온 소리들이었다.

그들은 탁자 양쪽의 긴 나무 의자에 마주 앉아 이른 저녁 식사를 마쳤다. 재선의 애인인 졸업반의 대학생은 적령기를 넘어서 학교를 입학했던지 재선보다 나이가 더 많았다.

첫눈이 내린 후이라서 눈이 여기 저기 희끗희끗하게 쌓여 있었다. 눈 온 뒤라 하지만 심히 부는 바람은 차고 매서운 바람은 아니었지만 심히 몸부림치는, 매몰찬 바람이었다. 주막의 뒤 왼쪽 야산의 숲이 바람에 떨며 울먹였다. 그러다 못해 바람에 대항하여 탄식하는 소리를 내질렀다. 그러다가 바람은 주막의 창을 덜덜 떨도록 위협했다.

그들은 할 말이 없는 듯 좀처럼 입을 열지 않았다. 그리고 아이를 제외하고는 모두가 죄를 짓는 듯한 표정이었다. 그리고 재선의 표정은 침통한 비감이 배어 있었다.

"정말 그 일이 가능할까요?"

재선이 가까스로 침묵을 깨고 타이피스트에게 물었다. 아이가 눈치채지 못하게 '그 일'이라는 말을 강조했다.

"거기 '소망의 집'에서 받아들이는 일 말이지요? 걱정 말아요. 그 일은 쉽당게요."

타이피스트가 대답했다.

다시 무거운 침묵이 이어졌다. 재선의 눈에 안개처럼 서려 있는 비애의 흔적은 여전했다. 어머니의 표정을 읽고 아이는 무엇인가 석연치 않다고 생각하면서도 애상의 분위기에 젖어 들어가고 있었다.

"엄마, 무슨 일이 생겼어?"

아이가 침묵을 견디어 내기가 괴롭다는 듯 물었다.

"그래, 그렇단다."

재선은 말을 잇지 못하고 목이 잠긴 소리를 내었다. 다시 간신히 입을 열었다.

"사실대로 얘기를 해 줄게. 엄마가 무슨 일이 있어서 서울에 갔다 온단다. 그러니까 지금 우리가 갈 '소망의 집'이란 곳에 형진이 네가 며칠만 머물러 있어야 해. 그러면 너를 다시 찾으러 오겠어."

재선은 눈시울을 적시며 말을 마쳤다. 평소에 아이에게 어머니는 거짓말을 하지 않았으므로 아이는 어머니의 말을 액면 그대로 받아들였다. 그리고 아이는 얼마간 철이 들어 있었으므로 떼를 쓰거나 하지 않았다.

숲이 한 차례 술렁이고 외쳐대는 소리가 바람을 타고 질주해 왔다. 그 소리에 의해서 주막의 창이 창백해졌다. 얼마 안 있어 야산의 기슭인 숲에서 누군가가 소프라노의 발성 연습을 했다. 그러더니 노랫소리가 들려왔다.

"산촌에 눈이 쌓인 어느 날 밤에
촛불을 밝혀 두고 홀로 울리라.
……………………………………."

엄마에게 배워서 형진이 부를 줄 아는 '이별의 노래' 3절이 끝나고 얼마 되지 않아서 비교적 긴 노랫소리가 숲을 헤집고 오롯이 바람에 실려 왔다.

"꽃잎은 하염없이 바람에 지고
만날 날은 아득타.
기약이 없네.
무어라 맘과 맘은 맺지 못하고
한갓되이 풀잎만 맺으려는고.
한갓되이 풀잎만 맺으려는고.

바람에 꽃이 지니 세월 덧없어.

만날 길은 뜬구름.

기약이 없네.

무어라 맘과 맘은 맺지 못하고

한갓되이 풀잎만 맺으려는고.

한갓되이 풀잎만 맺으려는고."

 아이는 그 노래가 '동심초'라는 것을 몰랐다. 그러나 노래의 아름다움을 충분히 받아들여서 감상해냈다. 그토록 아름답고 품격 높은 노래를 듣기는 처음이었다. 그리움의 애절함이 또한 오랜 기다림의 고적함이 전편을 통해서 마디마다 동기(motive)마다 촉촉이 배어 있었다. 이 노래는 형진의 가슴속에 새겨져 일생 동안 못 잊는 노래가 되었다. 그 목소리는 어머니의 음성만큼 투명하고 곱고 청아하지는 않았지만, 그 목소리의 주인공은 예술가곡을 많이 아는 듯했고 목소리가 단아하고 청순하다고 아이는 생각했다. 노래를 듣고 있는 재선은 또한번 눈에 안개가 서리고 눈시울이 젖서졌다.

 그들은 일어나서 밖으로 나왔다. 고아원인 '소망의 집'으로 향했다. 비스듬하게 위로 올라가는 들녘의 길가에는 눈이 쌓인 보리밭이 있었다. 그들이 걷고 있는 왼편에 야산의 숲 전체가 또 한차례 술렁대고 파도처럼 일렁거렸다. 바람은 공중에서 선회하며 춤을 추다가 전신주에 대들어 그것을 윙윙거리게 했다. 낙엽은

삭막한 한숨 소리를 내며 시나브로 땅 위를 구르거나, 황량한 목소리를 내지르며 땅을 긁어댔다. '소망의 집' 정문까지 와서 그들은 멈춰 섰다.

"엄마, 어디로 멀리 가서 돌아오지 않는 것 아냐?"

세 사람의 표정이며 태도며 행동이 석연치 않다고 생각한 아이는 다시 한번 다짐을 하듯이 그렇게 물었다.

"아니야. 그렇지 않아. 형진아, 너는 남자니까 울지 말고 잘 있어야 해. 다섯 밤만 자면 데리러 온단다."

재선은 흐느끼며 울먹이는 음성으로 말했다. 재선은 주체하지 못하고 눈물이 쏟아지고 있었다. 이 세상에서 최후로 헤어지기나 하는 듯한 말이며 눈물이었다. 대학생 애인도 숙연해지는 듯 고개를 떨구고 있었다.

재선은 아이의 앞에 쪼그려 앉았다. 아이의 양복저고리의 오른쪽 주머니에 재선이 직접 만든, 접은 손수건 두 장을, 왼쪽 주머니에 돈을 넣어 주었다. 그리고는 앉은 채로 아이를 꼬옥 끌어안았다. 한참 동안이나 그러고 있다가 재선은 일어났다. 끊어져 있던 소프라노의 노래는 다시 계속되고 있었다.

이렇게 하여 어머니와 아이는 헤어졌다. 재선과 그녀의 애인은 정문 앞에서 오른쪽 콘크리트 담을 따라 난 길로 발걸음을 옮겼다. 재선은 곧 아이가 보이지 않게 될 무렵 한참동안 되돌아보며 멈춰섰다. 그때 아이도 고개를 돌려 어머니를 한참동안 바라보았다. 이미 내리기 시작한 저녁 어스름 속에 녹아들 듯이, 노랫소리를 전달하는 바람에 삼켜지듯이 둘은 사라졌다. 타이피스트는 아이와 함께 정문의 왼편에 있는, 수위실을 겸하는 사무실로 들어갔다.

몽유병과 개구멍, 그리고 입학

 간단한 수속을 마치고 형진은 정식으로 '소망의 집'의 원아가 되었다. 물론 서류 상에 '전쟁 고아'로 적히는 것까지 다 보았지만, 형진은 5일 후면 어머니가 데리러 온다는 말을 믿고 있었다.
 간사는 사무실의 장롱 옆에 놓여 있는 커다란 박스에서 군용 모포 새 것을 내 주었다. 그리고는 무슨 병이 있느냐고 물었다. 형진이 '채독'이 있다고 말하자 간사는 미국제의 12지장충 구충제를 물과 함께 내 주었다. 알약은 크지 않아서 물과 함께 잘 넘길 수 있었다. 그리고 간사는 원아들이 쓰는 거실 겸 침실로 형진을 데리고 갔다. 다른 모든 아이들이 크리스머스 전야의 예배를 보러 원내 교회로 가고 없었다. 교회에서 뜰을 가로질러 거실의 창으로 찬송가이며 목사의 설교하는 소리가 건너왔다. 방은 학교 교실 하나 반 정도의 면적이었으며 형진까지 포함하여 38명을 수용하는 곳이었다. 형진은 방의 중간쯤 유리창 가에 자리를 잡고 쪼그려 앉았다. 방의 문 바로 안쪽에는 드럼통을 잘라서 만든 커다란 오줌통이 있어서 형진은 그것을 피하여 자리를 잡았었다. '소망의 집' 정문 바깥에서 볼 때 오른쪽에 있는 교회로부터 뜰을 가로질러 오는 찬송가 소리와 동시에, 바람이 처마 한 귀퉁이를 윙윙 울려 유령의 울음 소리를 연상시키는 음향이 창을 통해서 실내로 내습했다. 그리고 창문마저 바람의 손길에 할퀴어지며 울먹이고 있었다.

형진은 생각에 잠겼다. 이제는 경수 형제나 상철 형제나 고모와 같은 의지할 만한 사람도 없다. 다섯 밤만 자고 나면 온다고 하던 어머니 외에는 믿고 기댈 사람이 없다. 그러나 어머니를 다시 만난다고 해도 다시 헤어질 수밖에 없다. 어머니는 짧은 뿌리를 물 속에 담그고 떠서 흐르는 개구리밥―저 뭐라고 하더라?―그래, 부평초와 같다. 어머니는 언제나 어렵게 만나지고, 만나자마자 쉽게 헤어진다. 아쉬운 시간만이 어머니와 아들의 몸 주위를 감돈다. 만남은 짧고 헤어짐은 길고 떠남은 아쉬움이었다.

어머니의 삶의 방식이 그러하니 형진마저 하나의 자그마한 부평초처럼 떠서 흐르고 있으며 뿌리를 흙 밑에 내릴 수 없다는 생각이 들었다. 그러면서 어미 부평초를 따라잡지 못하고 어미 풀잎에 닿을 듯 말 듯하며 외롭게 떠돌고 있다는 생각이 들었다. 형진은 우두커니 쪼그려 앉아서 이렇게 아이답지 않게 자신의 처지를 비관하고 있었다.

상당한 시간이 흐른 뒤에 교회에서 예배를 마친 원아들이 왁자지껄하며 몰려나오고 있었다. 원아들은 거실로 들어오면서 당시에 유행하던, 찬송가에 상스러운 가사를 붙인 노래를 불렀다.

"기쁘다, 구제품 나왔네. 받으러 가자! 온 동네 다함께 일어나 받으러 가자. 받으러 가자.……"

잠시 후에 느닷없이 '원장 아버지'가 아이들의 거실로 들어와서 호통을 쳤다.

"야, 이 못난 짐승 같은 놈들아! 학교에서 그것밖에 못 배웠냐?"

이윽고 아이들은 쥐 죽은 듯이 잠잠해졌다.

원장 아버지가 나가고 난 뒤 잠시 후에 간사가 들어왔다. 간사는 형진의 곁으로 와서 형진을 일어서게 한 후 소개를 했다.

"너희들, 잘 들어. 이 애는 오늘 들어왔는데, 박형진이라고 해. 앞으로 서로 화목하게 지내도록 해. 서로 위로해 주면서 말야. 알겠나?"

"예."

원아들은 일제히 대답했다.

간사가 나가자 국민학교(초등학교) 6학년이며 우락부락하게 생긴 김동수라는 아이가 형진에게 와서 호기를 부렸다.

"여기에 있는 아이들은 모두 다 너보다 여기에 일찍 들어왔으며, 모두 다 너보다 나이가 많은 형들이야."

"……"

"새로 들어온 아이라면 방의 가운데를 차지해서는 안 돼. 저기 문가로 가."

시키는 대로 형진은 모포를 들고 방 입구 쪽 문 가로 갔다. 오줌통이 가까이 있는데다가 원아들이 들락날락할 때마다 문이 열려서 냉기가 확 끼쳐 들어왔다.

그래도 형진은 잠들고 싶었다. 양복 윗저고리를 벽에다 걸고는 모포를 덮고 누웠다. 형진이 생각했던 것보다는 방바닥에 온기가 있었다.

기상 시간을 알리는 종소리가 원내 전체를 일렁이게 했다. 원아들은 둘씩 짝을 이루어 모포를 접어서 개고 있었다. 형진은 자신의 번호가 적힌 모포를 혼자서 개어서 원아들이 방 한쪽에 쌓아 둔 위에 얹어 두고 세수를 하러 갔다. 우물가에는 원아들이 웅성거리고 있었다. 대부분의 원아들이 세수를 하면서 누렇게 짙어진 코를 풀어내는가 하면 잿빛의 짙은 가래를 뱉어 내는 것을 보면, '소망의 집'에서는 감기를 대수롭게 여기지 않으며 치료를 해 주지 않아서 원아들은 감기 증세가 만성으로 되어 버린 것 같았다. 그리고 모든 원아들이 한 개의 방을 쓰므로 쉽게 전염되었을 것이다.

형진은 두레박으로 물을 떠서 세수를 하고 방으로 들어왔다. 얼굴을 닦으려고 걸어 둔 양복 윗저고리에서 손수건을 꺼내기 위해 오른쪽 주머니에 손을 넣었다. 그러나 손에 잡히는 것이 없었다. 왼쪽 주머니까지 뒤져보았다. 역시 아무것도 없었다. 어머니가 넣어 준 손수건은 물론 돈도 없어진 것이다. 형진은 퍼뜩 안주머니에 손을 넣어 보았다. 어머니와 함께 찍은 사진도 없었다. 밤중에 누군가가 주머니마다 털어서 훔쳐 간 것임에 틀림없다는 생각이 순식간에 뇌리에 퍼졌다. 돈과 손수건을 잃은 것보다 어머니와 함께 찍은 사진을 잃은 것이 훨씬 애석하다는 생각이 한 차례 차갑게 가슴 속 전체를 휘저었다. 손수건과 합하여 어머니의 분 냄새가 느껴지는 일종의 마지막 물건 두 가지를 상실해 버리고 만 것이다.

형진은 텅 빈 허탈감의 늪으로 밀려 내려져 눈물을 흘렸다.

아침 식사를 마친 후 9시 30분에 타종이 있었다. 뜰에 나온 원아들은 가지런히 정렬을 하고 있었다.

10시가 되니 미군들이 왔다. 그들 중에 흑인 병사도 섞여 있었다. 그들 중 다섯 사람이 정렬해 있는 원아들에게 장난감을 하나씩 선물로 나누어주었다. 다섯 명이 나누어주었으니 원아들은 각자가 다섯 개씩 선물을 받은 것이다.

미군들이 돌아가고 나자 간사는 정렬해 있는 채로 있는 원아들 각자로부터 선물 다섯 개 중 네 개씩을 회수했다. 장난감을 넣을 마대까지 준비한 것을 보면 이미 준비된 각본대로 연출을 하는 것 같았다.

형진은 소형 승용차, 트럭, 비행기, 권총과 기차의 장난감을 받았었다. 그는 기차를 가질까, 권총을 가질까—하는 선택의 어려움을 겪다가 마침내 권총을 택했다. 어머니와의 여행을 추억

하기 위해 가장 먼저 눈에 들어오는 것이 기차였으나 권총을 택하고 나머지 네 개를 마대 속에 넣어 주고 말았다. 후일 어른이 되었을 때 선물 중 하나를 권총으로 택한 것을 의아해 하고 있었다. 어릴 때 자신의 무의식의 내면을 들여다보고 싶어졌다. 어머니를 빼앗아 간 남자에게 향하는 살의가 있는 복수심에서였을까? 그럴 듯하기도 하지만 사실은 그것이 아니었다. 이제부터의 행동은 형진이 혼자서 결정하여야 한다. 어머니나 경수나, 다른 도와 줄 사람은 이제 없을 것만 같았다. 이제 형진에게 있어서는 방어하고 공격할 무기가 절대로 필요했다. 약하고 고독한 아이가 험난한 세파를 헤쳐나가기 위한 권총이 필요했다.

어머니의 약속은 지켜지지 않았다. 5일이 지나고 10일이 지나고, 마침내 20일이 흘러도 어머니는 나타나지 않았다. 형진은 절망적인 눈에 이슬이 맺히며 기다리고 또 기다렸다.

형진은 곰곰이 생각해 보았다. 내가 엄마를 미워하는 것일까? 그렇다. 나를 두고 남자를 따라갔으니까. 엄마가 나를 버렸을까? 엄마는 내가 하숙집에 있을 때 명절마다 어린이용 신사복을 사 들고 찾아 왔었지. 남의 집 아이들에게 빠지지 않게 입히고 싶었기 때문이었지. 사실은 아들에게 관심이 많았던 거야. 그런데 그보다도 특별히 잘 생각해야 할 한가지 일이 있어. 나를 부잣집이나 부시장 집으로 보내기 직전에 엄마와 나는 함께 사진을 찍었지. 그 사진을 엄마와 나는 각각 간직하고 있었어. 내가 여기에 온 첫날 밤 그 사진을 도둑맞은 때까지는……. 남을 올바르게 생각해 주려고 하는 것을 뭐라고 하지? …… 그래, 인정이지. 그리고 옛 일을 돌이켜 생각하는 게 뭐지?…… 그래, 기억과 추억이지. 아들을 인정하지 않고 기억과 추억을 지워 버리려고 했다면 사진을 찍지 않았을 거야. 그래, 그건 그래. 속마음으로 아들임을 인정하고 가슴 아픈 추억을 간직하기 위하여 사진을 찍었음에 틀림없었어. 엄마는 나를 버린 것일까? 아니면 둘은 헤어진 것일까? 사실은 헤어진 것일 거야. …… 아냐, 버렸다고 해도 좋아. 미워서 버린 것은 절대로 아냐. 사람을 깊이 좋아하는 것이 뭐지?…… 그래, 사랑이지. 엄마는 사랑과 추억을 간직하면서 나를 버린 거야.

그런데 엄마의 그림자를 애쓰고 애써서 가까스로 붙잡고 나면 이내 그 그림자는 빠져 달아나듯이 지워지고 말았었어.

형진은 이제 엄마의 그림자마저 한번 스쳐갈 가능성도 없어진 것만 같은 절망적인 상념에 빠졌다. '스침'과 '닿음'이라고 하지만 그것들마저 떨어짐과 멀어짐과 헤어짐의 시작이었었다.

식사 시간을 제외하고는 형진은 송판에 콜타르를 입혀 놓은 창고 밖 양지쪽에 기대어 망연히 서 있었다. 식사 때마다 식탁에 오르는, 짜고 지긋지긋한 건어가 창문을 통하여 냄새를 풍겨 놓고 있었다. 태양 볕을 잘 흡수하는 콜 타르 때문에 양지쪽은 제법 따뜻했다. 형진이 양지쪽에 기대어 망연히 서 있는 모습은 어미 닭의 품에 안김을 당할 수 없는 깨진 달걀 껍질이 세워져 있는 것처럼 허약하고 창백해 보였다.

제트기가 '소망의 집' 바로 위로 폭음을 떨어뜨리며 날았다. 휴전 협정이 조인되었다고는 하지만 당장이라도 폭격할 듯만 싶어 형진은 가슴이 철렁했다.

저녁 무렵이면 '소망의 집' 바깥의 야산 숲에서 소프라노의 애끓는 노랫소리가 들려왔다. 그 노랫소리가 없는 날에는 어쩐지 그 소리가 기다려지다 못해 그리워졌다.

자고 있던 형진이 몸을 일으켜 방문을 열자, 눈이 내린 바로 뒤라 소름끼치게 하는 바람이 형진의 몸에 확 끼쳐 왔다. 가수면과 꿈의 상태라고 하지만 추위를 느끼고는 본능적으로 담요를 몸에 둘렀다. 그리고는 자기의 신발을 찾는 둥 마는 둥 하더니 짝짝이 신발을 꿰고 뜰로 나왔다. 전국적으로 전력이 모자라는 판이라 밤중에는 그 공급이 끊어져 있어서 수위실 겸 사무실과 뜰에는 전등불이 꺼져 있었다. 그 대신 사무실 앞에는 석유등이 켜져 있었다.

형진은 정문으로 발걸음을 옮겼다. 역시 문은 안에서도 열지 못하도록 자물쇠를 채워 놓고 있었다. 사무실 안에서는 수위 외에는 사람이 없는 것 같았다. 수위마저 잠들어 있는 것 같았다.

형진은 잠긴 문을 무슨 소중한 것인 양 쓰다듬었다. 그리고 난 후 반쯤은 눈을 감은 채 콘크리트 담벽을 따라서 걷기 시작했다.

형진의 마음 상태를 보면, 반쯤은 각성 상태이기는 하지만 반쯤은 가수면 상태와 꿈의 상태이므로 말을 발성하여 마음껏 내뱉지 않고 내적으로 마치 꿈꾸듯이 생각 속에 빠져 있었다. 그러다가 마구 절규하고 싶은 대목에서는 말을 소리 나게 발성하여 표현했다.

형진은 담벽을 따라 교회 출입문 가까이까지 걸었다. 엄마는 이 담벽을 따라서 떠나갔지. 이 높은 담의 바깥에서.

형진은 담을 따라서 더 걷다가 뜰에서는 보이지 않는, 담과 교회 사이의 나무들을 향해 얼굴을 들었다. 눈꽃이 하얗게 피어 있군. 그러나 여기의 목련과 라일락이 꽃을 피우려면 아직 멀었어.

눈 위에 새로운 발자국을 내며 형진은 담벽 아래 통로나 몸이 빠져나갈 만한 틈이라도 있을까 하여 아래쪽을 살피며 내려다보면서 걸었다. 그전에도 이런 추위에, 그리고 이런 눈길을 따라 장춘옥이나 명월옥으로 엄마를 찾아갔었지. 눈 속에 미끌어지며, 넘어지며, 파묻히며.

"엄마, 엄마 없이는 살 수 없어. 문은 잠겨 있어. 엄마, 담 바깥에서라도 내가 빠져나갈 수 있는 통로를 좀 찾아 줘."

아이로서 '자유'가 무엇인지 구체적으로 모르지만 그 대강의 뜻을 알고 있는 형진으로서는, 담에서의 통로는 그림자가 아닌 엄마의 실체에 가까이 이를 수 있는, 또한 엄마의 노래를 가까이 할 수 있는 자유를 위한 (자유에의) 길이며 관문이라고 생각되었다.

형진은 교회의 중간쯤 되는 위치와 마주보는 담벽까지 왔다. 전쟁중이라서 어른들은 동족인 적에 대해 조금만 이상한 기분이

들면 총과 대포를 마구 쏘아댔다고 하더군. 그런데 왜 죄 없는 아이의 외침에 대해서는 귀를 기울이려고 하지 않나요? 여기에 작은 통로가 나도록 기관총 따위로 쏘아 줄 수 없다는 건가요?

교회의 앞쪽과 담벽 사이까지 와서는 형진은 절규하듯이 또한 애늙은이처럼 간절히 말했다.

"하늘에 계신 우리 아버지, 저는 전쟁 고아랍니다. 엄마가 시퍼렇게 눈을 뜨고 있는데 말입니다. 어쨌든 이 전쟁 고아를 구해 주소서. 엄마를 찾아 주소서. 아니면 담에 개구멍이나 틈을 내주소서."

형진은 자신이 전쟁 고아보다도 더 아픔이 심하다고 생각했다. 그러면서 전쟁 고아보다도 더 짙은 슬픔을 가슴에 안고 있으며 더 깊은 상흔을 지니고 있다고 생각했다. 형진은 담벽을 툭툭 찼다. 혹시나 개구멍이라도 생길까 하여. 담벽에 가까이 있는 나뭇가지에서 눈이 떨어져 내려 형진의 머리와 담요에 얹혔다.

담벽을 따라 교회를 돌아서 뜰의 화단까지 왔다. 여기에 심어진 진달래와 철쭉이 피려면 얼마나 더 기다려야 하나? 꽃이 필 즈음에 이르러도 엄마는 나타나지 않을 거지?

엄마 나라의 성城과 나의 나라의 외로운 성을 이어 주는 줄인 사진과 손수건을 잃어 버렸어. 누군가가 훔쳐가 버렸지.

장춘옥이나 명월옥에 가기는 너무 멀어. 철문이 굳게 닫혀져 있고 자물쇠가 채워져 있으니까. 담 위에는 깨진 유리와 가시철사가 박혀져 있어. 나는 높고 무서운 벽과 철문 안에 갇혀져 있어. 다시는 장춘옥이나 명월옥에 엄마를 찾으러 가지 않겠어. 엄마, 당장 지금이라도 폭격기 소리가 울려 올 것만 같아. 엄마, 폭격기 소리가 나는 쪽으로 가지 마. 그리고 혼자서만 가지 마.

형진은 울음 섞인 말을 뿌렸다. 담 바깥에 마치 어머니가 있기나 한 듯이.

"엄마, 구해 줘. 살려줘. 개구멍을 찾아 줘. 안되면 여기 이곳의 미군들이 가지고 다니는 총의 구멍 만한 구멍이라도 좋으니 틈을 좀 찾아 줘. 만들어 줘. 엄마의 그림자를 느낄 수 있는 틈 말이야. 엄마, 이러한 틈마저 낼 수 없다면, 담 바깥에서 무슨 말이라도 좀 해 봐. 목소리를 내 봐."

사무실에서도 형진의 이상한 행동을 알게 되었다. 무엇인가 심한 충격으로 인한 병이라는 것도. 자다가 일어나서 가수면 상태에서 말의 발설을 함으로써 깊은 한을 내뱉고 일시적 욕구 충족을 하며 돌아다니는 병임을 알아내었다.

형진은 사무실에서 자신을 특별히 감시하는 것을 안 뒤에는 밤중에 나가서 걷지 않았다.

형진은 '소망의 집'에 들어온 지 3개월이 되었다. 어머니를 향한 기다림의 몸부림 속에서 형진은 지쳐 버렸고 그 지침 속에서 차츰 어머니를 잊게 되었다.

면역이 생기게 되었다. 몸서리치는 고통과 고통이 쌓아 올려진 후의 아물어진 마음의 면역이었다. 슬퍼하려고 하지 않았고 마음 아파하지 않으려 했고 외로워하지 않으려고 했다. 그 해 (1954년) 형진은 형진보다 나이가 더 많은 갑룡과 옥수와 함께 옥봉국민학교(초등학교)에 입학했다. 왼쪽 가슴에 명찰과 코 푸는 손수건을 달고 입학식을 했다. 입학 축하를 위해 '소망의 집' 간사까지 학교에 나왔다. 담임 선생이 미리 운동장에 나와서 정렬하는 방법을 가르쳐서 줄을 세워 놓고 입학식을 했다. 담임 선생은 중년을 넘어 초로를 맞고 있는 노련한 여선생이었다.

갓 입학한 아이들로서는 특이하게 느껴지는 것이 있었는데, 그것은 '우리의 맹세'라는 것이었다.

교감이 단상에 올랐다. 그러더니 '우리의 맹세'를 읊기 시작했다. 종이쪽지에 적은 것을 가지고 단상에 올랐으나, 그것은 보지도 않고 엄숙하게, 얼마간은 노랫조로 말했다.

"우리의 맹세"

"일, 우리는 대한민국의 아들 딸, 죽음으로써 나라를 지키자.

일, 우리는 강철같이 단결하여 공산 침략자를 쳐부시자.

일, 우리는 백두산 영봉에 태극기 날리고 남북 통일을 완수하자."

형진은 '우리의 맹세'가 이승만을 위한 '우리의 맹세'와 같다고 생각되었다.

입학식이 끝나자 1학년 3반인 형진의 담임 선생은 운동장에서 아이들을 원으로 둥그렇게 앉게 하고 그 가운데에 서서 말했다. 선생이라서 억양까지 입에 익은 완전한 서울 표준말이었다.
"이름표는 절대로 잃어버리면 안돼요. 길을 잃었을 때 어른들이 그것을 보고 집을 찾게 해 주는 것이니까요. 손수건도 항상 달고 다녀야 해요. 만약 손을 씻거나 콧물이 나면 그것으로 닦아야 해요. 그런데, 자기의 이름과 성을 절대로 잊어 버려서도 안돼요. 이름과 성만 알면 나쁜 사람이 나타나서 붙잡아 가지도 못해요."
담임 선생은 그 자리에서 인사말을 가르쳤다. "안녕하세요?", "안녕히 계셔요.", "학교에 다녀왔습니다."
그리고 담임 선생은 인사하는 몸의 자세에 대해서 가르쳤다.
그리고 나서 재미있는 놀이를 했다. '수건 돌리기'를 했다. '벌'을 치르는 어린이는 노래를 하거나, 수줍어서 노래를 못하는 어린이는 조금 전에 가르친 '인사하기'를 다섯 번이나 하게 했다. 아이들은 재미있어 하였다.
담임 선생은 매일 학교에 오는 시각과 '안전한 도보'를 주지시키고 나서 아이들을 귀가시켰다.
내향적인 형진으로서는 입학 전에는 학교에 다니는 것이 얼마간 두렵게 여겨졌다. 그러나 막상 입학을 하고 보니 학교 생활이 재미있었다. 특히 옛날 얘기와 역사와 여러 나라의 풍물을 포함한 선생님의 얘기가 재미있었다. 하루 세 시간 정도인 수업이 적다고 느낄 지경이었다.

이미 어머니를 향한 슬픔과 아픔에 대하여 면역이 생겼던 형진은 학교 생활에 재미를 붙이자 더욱 더 면역이 강해졌다.

형진과 갑룡과 옥수, 이렇게 셋은 넓고 운치 있는 호수를 옆에 끼고 등교와 하교를 했다.

"저기 호수 한가운데에 돛배를 띄우면 아주 멋있을 텐데."

형진은 잔잔한 물결이 이는 호수 한가운데를 바라보며 말했다. 갑룡이 형진의 말을 받았다.

"우리 셋이서 한번 돛배를 만들어 볼까?"

"그 돛배를 타고서 도망치면 어떨까?"

옥수가 제안을 하듯이 말했다.

"도망……? 뭣담시 도망이랑가?"

갑룡은 옥수의 심적 상태를 잘 꿰뚫어 보고 있지만 시치미를 떼고 물었다.

"갑룡이 너는 아버지가 계시기 때문에 그걸 희망으로 삼고 살아가고 있지 않어? 그러나 나는 그렇지 않어. '소망의 집' 담벽과 철문 안에 갇혀 있을 뿐이랑게."

옥수는 얼마간 어눌한 어조로 말했다.

"그래, 도망……, 좋아. 도망친다면 어디로 가겠어?"

갑룡의 물음에 옥수가 대답했다.

"미국으로 가겠어. 로스케, 아니 노서아(러시아)에게도 이긴, 그리고 우리 나라에 원조를 하는 부자 나라 미국으로 가고 싶다는 말여."

"만약 내가 도망친다면, 바나나와 야자수가 많은 나라로 가겠어."

갑룡이 말했다. 둘의 말을 경청하고 있던 형진은 혼잣말하듯이 말을 내뱉었다.

"그런 곳이 뭐라더라? ……그래, 지상 낙원이래. ……나에게도 엄마가 있었지. ……지금은 모르지만……. 뭐가 어떻게 된지 모르겠어. 만약 지금도 엄마가 있다면, 나는 엄마가 빠져나갈 수 없는, 남태평양의 경치가 좋고 멋이 있는……, 뭐라더라?…… 그래, 운치가 있는 외딴 섬으로 엄마와 함께 가겠어."

갑룡에게는 아버지가 있었다. '소망의 집'에서 얼마 떨어지지 않은 작업장에서 크고 작은 깡통 자르는 것이 아버지의 직업이라면 직업이었다. 갑룡의 아버지는 갑룡과 그의 친구 둘에게 필통을 만들어 주었다. 울긋불긋한 그림과 문자가 있는 캔 겉면이 필통의 겉면이 되도록 만들었다. 그러나 세 어린이에게는 그것마저 예쁘고 신기한 것으로 여겨졌다. 세 어린이는 부지런하고 착실히 함께 학교에 다녔다. 그리고 어디서나 서로 다정하게 지냈다. 당 공천 후보제로 바뀐 5·20 총선이 있게 되자 온 면과 유세장인 학교가 떠들썩했다.

'소망의 집' 안에서 볼 때 오른쪽 숲 속에서 거의 매일 노래를 부르는 소프라노의 여성은 누구였을까? 알고 보니 형진이 다니는 옥봉국민학교의 4학년 2반의 담임 선생님이었다. 상당한 미모의 처녀 선생이었다. 처음으로 보는 순간 형진에게 느닷없이 엄마에 대한 그리움을 떠올리게 했다. 형진은 음악실에서 그녀가 손수 피아노를 치며 노래 부르는 것을 보았다. 그녀는 '소망의 집'이 있는 들녘의 한 집에서 하숙을 했다. 미군 부대와 자매 결연을 맺은 옥봉국민학교는 여름이 되자 미군 부대 안에 뿌릴 잔디 씨를 채집하기로 했다. 시간을 내어 동원된 1학년 아이들은 채집을 하기 위하여 산 위에 올랐다. 형진은 같은 반인 갑룡과 옥수와 함께 잔디 씨 채집을 하면서 되도록이면 산 위에 높이 오르자고 했다. 바다가 보고 싶었기 때문이었다. 더 높은 산등성이에 오르니 서쪽으로 바다가 보였다. 마치 소금기를 머금은 바람이 바다로부터 달려오는 듯했다. 서해를 보니 형진에게는 그가 태어났다는 여수시와 남해 바다가 떠올랐다. 다른 상세한 기억은 없고 오직 푸르디 푸른 깊은 바다가 생각났다. 그러나 형진에게는 어머니에게 들은, 기막히고 통절한 이야기가 기억났다.

형진의 할아버지 박윤석은 한국 전쟁 전의 '대구 폭동', '여순 반란 사건', '제주도 사건' 등의 이른바 혼란한 격동기의 와중 속에서 당신의 명을 다하지 못한 채 돌아가셨다.
광양 백운산 빨치산들이 보급 투쟁을 하러 여수시까지 왔을 때 할아버지는 쌀을 한 가마 제공했다. 그렇게 한 것은 좌우익을 가리지 않고 순전히 여린 동정심에서였다. 아사하고 있는 사람들이 늘어나고 있던 그때 그들에게 야멸치게 거절을 할 수 없었다. 이것을 두고 우익 측의 사람들은 공비와 내통하였다는 둥, 심지어는 부역附逆에 가담했다는 둥 혐의를 씌웠다.

할아버지는 특히 형진의 출생을 몹시 기뻐하고 손자의 장래가 촉망된다고 생각했다. 할아버지는 나이 어린 고모가 형진을 업고 나가면 항상 주의를 주었고 만약 어디에 부딪쳐서 다치기라도 하면 심하게 혼을 내주었었다.

할아버지는 안경 낀 일종의 현자이며 선비로서 과거 제도가 없어진 것을 한평생 한탄했다.

할아버지는 형진이 아버지를 닮지 않았다는 것을 간파했다. 형진은 며느리인 어머니를 많이 닮았고, 한편으로는 할아버지 당신을 닮은 점도 분명히 몇 가지가 있다고 판단했다. 심지어는 형진의 출생을 자신의 재래再來로 까지 생각할 정도였다. 할아버지는 할머니를 상당히 닮은 당신 아들의 유년 시절과 비교하여 유년 시절의 형진이 더 영리하다는 점을 발견해 내었다. 할아버지는 자신이 세상을 떠난다 해도 당신과 닮은 장손자를 남기고 간다고 하면서, 내면적·심리적 욕구를 장손자가 충족시켜 준다고 생각했다.

할아버지 박윤석은 우익 측의 사람들에게 체포되어 소위 "내통"과 "부역"에 관계된다고 혐의를 받은 많은 사람들과 함께 통통배가 끄는 정방형의 철선에 태워져 여수시 앞 바다로 갔다.

할아버지는 집을 떠나기 전에 며느리와 손자와 다른 식구들을 마지막으로 보면서 말했다.

"형진아, 나는 억울하게 간다. 너는 너무 어려서 이 할아비를 구해 줄 수 가 없구나. 부디 크거든 아주 큰사람이 되어 이 할아비의 원수를 갚아다오. 원한의 혼이 여수의 앞 바다 위를 떠돌며 방황하며 자라는 너를 지켜볼 것이다. 언제나 고향 바다를 잊지 말아라. 고향의 아름다운 바다는 푸르디 푸르고 투명하고 깊고 정직하기만 하다."

작은아들과 며느리와 딸과 잠시 머물러 있는 조카들은 울면서 박윤석의 마지막 길을 지켜보며 갈 수 있는 데까지 따라갔다.

커다란 정방형의 철선 위에 오르기 전 우익 측의 살벌한 살의가 끼어 있는 사람들은 사형 '선고'(?)를 받은 사람들에게 무거운 돌로 채워진 등짐을 고정시켜 매도록 했다. 여수시의 앞 바다로 꽤나 멀리 나간 철선 위에서 우익 측의 사람들은 사형 '선고'를 받은 사람들에게 총부리를 들이대거나 발길로 차서 그들을 해면으로 떠밀려 내리게 했다. 우락부락한 한 남자가 할아버지에게 다가왔다.

"이 새끼, 너도 뛰어내려!"

이러면서 박윤석을 발로 찼다. 박윤석을 포함하여 그들은 바다 위로 떨어지자 마자 가라앉았다. 천 년의 한을 들이키며…….

여수시의 1 세대 3 채의 집을 지키고 관리하던 할아버지의 죽음 후 일가는 풍지박산이 되고 말았다.

형진은 시집을 지키려 했던 어머니의 이야기를 통해 모든 것을 알았다. 어머니는 반드시 원수를 갚아야 한다는 말까지 강조했었다.

형진은 더 해야 하는 잔디 씨 훑기를 멈춘 채, 또한 부지런히 움직이고 있는 두 친구마저 잊은 채, 서해 바다를 망연히 바라보고 있었다. 더욱 생각에 잠기고 있었다.

원래는 시집 집안을 지키려 했던 엄마가 '시집'으로부터 떠나가 버림으로써 나는 잘 자랄 수도 없게 되었고 할아버지의 원수를 갚지도 못하게 되었어. 여수시의 아름다운 바다를 사랑할 수도 없게 되었으며. 할아버지의 원한의 혼은 여수시의 앞 바다 위를 떠돌겠지. 그리고 외롭게 지내는 손자를 지켜보면서 쓸쓸히 울먹이시겠지.

할아버지가 살아 계시도록 되었더라면 지금과 같은 불행도 없었을 것이다. 아버지는 서울로 떠날 것이 아니라, 할아버지 곁에서 여수시와 그 변두리에 있는 재산과 농토를 지켜야 했었다. 이제 어른들이 나에게 대하여 기대할 수 있었던 것은 다 없어지고 말았다. 나는 아름다운 바다와 함께 모든 것을 다 잃었다. 모든 것들은 내게서 떠나고 말았어.

"형진아, 어디가 아프냐?"

잔디 씨를 훑다가 멈추고 갑룡이 물었다.

"아냐, 아프지 않아."

"형진아, 너 아무래도 제 정신이 아닌 것 같아. 좀 쉬어. 우리가 훑어 놓은 것을 좀 나누어 줄 테니께."

옥수도 걱정이 된다는 듯 말했다.
"고마워. 우리 내려가자. 바다를 보지 말아야 하겠어. 나는 엄마와 할아버지와 바다를 잃었어."
형진은 바다 쪽으로부터 얼굴을 돌리며 말했다.
"그게 무슨 말이여?"
갑룡이 물었다.
"나중에 얘기하지."
형진이 무엇을 체념하듯 쓸쓸한 어조로 말했다.
"집에 가서 말이여?"
형진의 말들이 밑도 끝도 없어 궁금하다는 듯이 옥수가 물었다. 형진이 대답했다.
"아니야, 우리가 더 크면 말이야."

장티푸스.
그리고 아듀,
소망의 집과 옥봉국민학교!

여름 방학이 끝나고 개학을 했다. 온 면내의 변소간에는 파리와 티푸스균이 분뇨와 함께 폭염 아래서 들끓었다. 사람들이 대소변을 보고는 평소와 같지 않게 손을 씻으려고 하면서 우물의 두레박을 만짐으로써 우물 물까지 오염되었다. 그러면서 사람들이 죽어 갔다.

'소망의 집'에서도 두 명이 이상한 증세를 보였다. 환자들은 지속적인 고열, 설사, 복통을 앓기 때문에 설사 약이나 복통 약을 투약시켰다. 그러나 소용없었다. 시름시름 앓으며 머리털이 빠지면서 장 출혈을 했다. 그러다가 죽어 가면서 또 세 명에게 전염시켰다.

그 무렵 형진, 갑룡, 옥수가 함께 학교에서 돌아오는 것을 보고는 갑룡의 아버지는 갑룡을 불렀다.

"아무래도 일이 심상치 않게 돌아가고 있어. 장티푸스라나— 뭐 그런 전염병이 나도는 모양이여. 돌림병이 수그러질 때까지 넌 여기 아버지와 함께 있어. 목숨을 보전하기 위해서여. 형진이도 불러내어 함께 있어."

"옥수까지 데려와야 허지 않겠어요?"

"안돼. 보리쌀이 턱없이 모자란다는 말이랑게."

"예, 알겠어요. 형진이를 데리고 나오겠어요."

그리하여 원장의 허락을 받고 갑룡과 형진은 갑룡의 아버지의 판잣집에 머물게 되었다.

"어떠한 일이 있어도 너희들은 살아 남아야 헌다. 몸과 마음을 언제나 깨끗이 유지해야 헌다. 알겠냐?"

갑룡의 아버지는 결의에 찬 말로 주의를 주었다.

'소망의 집'에서는 원장이 모든 음식을 반드시 끓여 먹도록 지시를 내렸다.

그러나 전염병은 수그러드는 기미를 보이는 것이 아니라 이제 시작인 것 같았다. 학교도 휴업에 들어갔다.

'소망의 집'에서 죽은 두 아이를 매장한다는 소문이 있었다.

그 소문을 듣고는 갑룡은 형진에게 말했다. 대낮 해에서 내리는 따가운 비늘들이 판잣집을 후끈하게 달구었으므로 둘은 그늘로 나와 앉아 있었다.

"원장은 지독한 사람이여. 미군 부대에서 받은 우유를 아이들에게 나누어주지도 않고 내내 짠 건어 반찬만 주었당게. 아이들이 미군에게서 선물로 받은 장난감 다섯 개 중 네 개씩을 거두어 군산의 시장에 팔아먹었데."

"그게 사실일까?"

형진이 의아스럽다는 듯이 물었다.

"이봐, 글쎄, 지난 봄에 우리 셋이 소풍 갔을 때를 잘 생각해 보랑게. 우리 셋에게 점심밥도 안 싸 준 채 비스켓 한 깡통만 주었잖어? 그리고 6·25 전에 성인이 다 된 원아의 시체를 의과 대학에 팔아 먹었다고 하더랑게. 원장 소유의 산이 있지만 틀림없이 죽은 아이들을 주인이 먼 곳으로 가 있는 '소망의 집' 뒷산에다…… 뭐라 하더라?…… 그래, 암매장이지— 바로 그 암매장을 한데."

저녁이 되자 갑룡과 형진은 시신을 묻는다고 하는 '소망의 집' 뒷산으로 갔다. 둘은 비스듬한 언덕에 엎드렸다. 저만치 떨어져 있는, 비교적 민틋한 곳에서 원장이 횃불을 들고서 마스크를 한 채 지시를 하고 인부 둘은 삽질을 하고 있었다. 이윽고 인부 둘이서 두 개의 구덩이를 팠다. 그리고는 거적을 말아서 묶어 놓은 시신을 넣고 흙으로 덮고 나서 표시가 나지 않게 마무리 작업을 했다. 떳장이 있고 잡풀이 돋아나 있는 흙을 또 덮는 것이었다.

시일이 더 흐르자 면내에서는 죽은 사람이 부쩍 늘었다. '소망의 집'에서도 감염되었다가 머리털이 빠진 채 용케도 나은 아이도 있었지만, 열다섯 명이나 죽었다.

갑룡과 형진은 거의 매일 밤마다 모험을 했다. '소망의 집' 뒷산의 언덕에 납짝 엎드려 원장과 사람들의 행동거지를 관찰했다. '소망의 집'에서는 도합 21명이 사망했고 이미 9명은 따로따로 매장을 했다. 형진과 갑룡이 엎드려 있을 때 여전히 원장은 마스크를 한 채 횃불을 들고서 지시를 했다. 이번에는 12구의 시신을 실어 왔다. 구덩이를 엄청나게 크게 팠다. 이윽고는 각각의 시신에 거적을 두르지도 않은 채 12명 모두를 한 구덩이에 들이붓듯이 쏟아 넣었다.

갑룡과 형진은 시신의 맨 위에 누워 있는 옥수의 희멀건 모습을 보고 놀랐다.

"옥수에게 너무 미안한 느낌이 드는 걸."

갑룡이 말했다. 형진도 몹시 충격을 받고는 말을 내뱉었다.

"아냐, 큰 죄를 지은 기분이야. 그리고 못 볼 것을 봤어. 우리 같은 어린 나이에 죽음을 알다니……."

12구의 시신 위에 석회가 뿌려졌다. 여러 인부들은 비지땀을 흘리며 구덩이를 흙으로 덮고, 뗏장이 있고 잡풀이 돋아나 있는 흙을 다시 덮어 마무리를 했다.

원장이 횃불을 든 채 한동안의 무거운 침묵을 깨고 말했다.

"누군가 이 광경을 훔쳐보는 녀석은 없을랑가? 한번 살펴보아야 쓰겄는디."

그러더니 원장은 맨 뒤쪽(형진과 갑룡이 엎드려 있는 맞은편 지점) 키 낮은 소나무가 가득한 곳으로 가서 횃불을 들이대고 살펴보았다. 이어서 시계가 움직이는 방향으로 돌아서 억새풀이 우거진 쪽(형진과 갑룡이 엎드려 있는 언덕에 가까운 오른편 지점)에다 횃불을 비추어 살펴보았다. 그러더니 원장은 그들이 숨어 엎드려 있는 지점으로 다가오기 시작했다. 형진과 갑룡은 덜컥 놀라서 어찌할 바를 몰랐다. 몹시 가슴이 두근거렸다. 그때 원장이 멈춰서서 말했다.

"훔쳐보면 보라지 뭐. 면사무소에서도 구덩이에 시체를 들어붓는 집단 매장을 하고 있지."

그리고는 원장은 걸음을 무덤 쪽으로 옮겼다. 그제서야 형진과 갑룡은 안도의 숨을 쉬었다.

한참 후에 가슴의 심한 두근거림이 훨씬 완화되자, 시신들이 묻혀 있는 지점에서 눈을 떼지 않고 망연히 보고 있던 형진이 갑룡에게 귓속말로 속삭였다.

"우리는 너무 일찍 죽음을 알게 되었어. 재미 없는 일이야."

"나도 그런 생각이여. 잊혀지지 않으면 어쩐지 사는 것이 괴로워질 것만 같어."

갑룡이 형진의 말을 받아 속삭였다.

초가을에 들어섰다. 선선한 바람이 불게 되자 티푸스균도 한풀 꺾이게 되어 더 이상 생명을 잃는 희생자는 거의 없게 되었다.

'소망의 집'에서는 도합 23명이 생명을 잃게 되어 남은 원아는 15명밖에 되지 않았다(그런데 이후 11월말까지는 원래의 인원에 가깝도록 아이들이 충원되었다).

학교도 휴업을 해제했다. 형진과 갑룡의 반인 1학년 3반도 65

명 중 27명이 생명을 잃었다.

그런데 형진에게는 무척 슬프고 아쉬운 일이 생기게 되었다. 저녁이면 야산의 숲이나 들녘에 나와서 고운 노래를 부르던 여선생, 그녀도 하숙집을 떠나지 않고 있다가 죽음을 맞게 되고 말았다.

형진은 허전했다. 쓸쓸했다. 가슴이 텅 비고 허탈한 느낌을 지닌 채 야산의 숲과 그 위의 창망한 하늘과 들녘을 바라보았다. 또한 넓은 호수를 시름없이 바라보았다. 그 여선생의 목소리의 한 조각 그림자도 느낄 수 없었다. 목소리마저 죽는다는 것은 참으로 아쉬운 일이었다.

어떤 부락에서는 주민 전체가 희생되었다는 소식에 면민들은 깜짝 놀랐다. 갑룡과 형진은 '소망의 집'으로 복귀했다.

12월 초. 형진은 학교 문고에서 책을 읽다가 늦게 하교했다. '소망의 집'에 이르니 웬 낯선 젊은 남자와 어디서 본 듯한 처녀가 정문 밖에서 형진을 유심히 살피고 있었다. 형진도 걷다가 멈춰서서 두 사람을 살피며 바라보았다. 자세히 보니 처녀는 바로 고모였다. 나이가 형진보다 7세 위이니 사춘기를 넘어 모습이 썩 변했고 키도 훌쩍 커 있었다.

낯선 남자가 고모에게 물었다.

"얘가 형진이 맞냐?"

"그래요, 오빠. 그런데 형진아, 너를 찾기 위해 군산에 있는 고아원이라는 고아원은 모두 다 뒤졌단다."

고모는 눈물을 흘리며 흐느끼며 말했다.

낯선 남자는 일시에 고아원 측에 대한, 한편 재선에 대한 분노가 치솟았다. 그러나 자신의 책임이 보다 더 크다는 것을 느끼고 자제했다. 성질이 급한 면도 얼마간 있지만, 포용력과 인내심도 있는 자신의 본래적 성격대로 눌러 참고 말했다.

"목숨이라도 붙어 있는 것을 다행으로 생각해야 해."

낯선 남자는 형진의 앞으로 바싹 가까이 와서 말했다.

"네가 형진이 맞냐?"

"예, 그래요."

"나는 너의 아버지다. 아버지를 몰라보겠니?"

"처음 보는, 전혀 모르는 얼굴인데요. 아버지는 제가 애기일 때 집을 떠났다고 하던데요. 그리고 아버지는 전쟁 때 돌아가셨다고 엄마가 말했어요. 하늘에 계신다고만 엄마가 말했지요."

"그래, 나도 알고 있어. 잘못 전해진 말이란다. 왼쪽 손 엄지손가락에 총알이 스쳤을 뿐이야. 이 손가락을 보렴. 나는 죽지 않았어. 이렇게 살아 있지 않니? 내가 바로 너의 아버지야."

형진은 그다지 기쁘지가 않았다. 물질적 생활은 지금보다 앞으로 더 나아질지 모르지만, 엄마를 만난다는 보장은 없다.

아버지 박규수는 기쁨이 넘치고 있는 것과 동시에, 측은하고 불쌍해 보이는 형진 때문에 마음이 착잡했다. 할아버지의 죽음과 일가의 파산과 몇 년 동안이나 아내를 돌보지 않고 내버려 둔 것에 대한 자기 책망과 자괴감, 그리고 전쟁 자체에 대한 증오 때문에 괴로웠다. 해서 '소망의 집'을 빨리 떠나고만 싶었다.

세 사람은 사무실로 들어갔다. 아버지 박규수가 작별 인사를 했다.

"원장님, 고마웠습니다. 잘 계셔요."

"예, 그런 말씀을 들으니 오히려 제가 고맙습니다. 애에게 더 잘 해 주지 못해서 아쉬운 느낌이 드는구먼요. 그런디 이보다 더 한 행복이 어디 있겠어요? 돌아가신 아버지를 만나는 것과 다름없당게요."

원장은 덧붙여 말했다.

"부디 행복하게 사시도록 허시오."

"예, 안녕히 계십시오."

형진의 아버지 박규수가 고개 숙여 작별 인사를 했다.

원장의 목소리와 말투는 평소의 그 답지 않게 곰살궂고 정이 담겨져 있었다. 스스로 감동했기 때문인 것 같았다. 형진은 별도로 짐이란 것은 없었기 때문에 책과 공책을 싼 책보자기를 들고 따라나섰다.

이런 광경을 멀리서 바라보며 형진을 포함한 세 사람의 관계에 대해 이리 저리 헤아려 보고 있던 갑룡이 정문 밖까지 뛰어나왔다.

"형진아, 너 왜 가려고 허냐?"

"그래, 나는 너를 두고 가게 되었어. 아버지가 살아서 오셨어."
"너 참 좋겠구나."
"너도 아버지가 계시지 않아? 참, 갑룡아, 나는 너 때문에 이렇게 살아 남은 것 같아. 너와 너의 아버지 덕분이야."
"그렇게 말해주니 무척 고맙구나, 형진아."
"잘 지내도록 해. 그리고 커서는 돈을 많이 벌어 아버지를 잘 모시도록 해. 그럼 잘 있어. 가서 편지할게."
"그래, 잘 가."
끝내 갑룡과 형진은 눈물을 흘렸다. 그러다가 형진은 갑자기 생각이 떠오르는 듯 입을 열었다.
"참, 인사하러 가야 할 텐데. 너의 아버지께 말이야. 지금 어디에 계시니?"
"지금 판자집에 계시지 안혀."
"그럼 나중에 내가 작별 인사를 하기 위해 찾더라고 말을 전해 줘."
"그래, 잘 가."

형진을 포함한 세 사람은 전학 서류를 떼기 위해 형진의 학교로 갔다. 약간 늦은 시각이었지만 담임 선생은 교무실에 있었다.
"형진아, 너 웬일이니?"
"선생님, 아버지와 고모가 오셨어요. 절 찾으러······."
형진이 이렇게 말하자 담임 선생은 걸상에서 일어섰다. 아버지가 형진을 대신하듯 말했다.

"선생님, 형진이의 아버지와 고모입니다. 저의 애를 잘 맡아 주셔서 고맙습니다."

담임 선생은 크게 감격한 것 같았다.

"돌아가셨다는 분이 이렇게 살아오셔서 아들을 찾다니오!"

"모두가 선생님처럼 고마우신 분들 덕분입니다."

"아닙니다. 하늘이 도운 것이어요."

"저의 아들을 잘 보살펴 주셔서 정말 고맙습니다."

"보살핀 면도 있긴 하지만, 아이가 스스로 알아서 학교 생활을 잘 해냈어요."

선생님은 겸손했다. 아버지는 궁금하다는 듯이 말했다.

"이 애의 학교 생활은 어떠했습니까? 학교 성적은 어떠했으며……?"

"쉬는 시간이나 등·하교 시간에 관찰해 보면 우울한 표정이었어요. 그러나 일단 수업 시간이면 누구보다도 귀를 잘 기울였어요. 제가 옛날 이야기를 하든, 교과를 가르치든……. 1학년 때이라 시험은 없고, 성적의 기준은 공책 정리와 숙제에서 동그라미를 몇 개 받느냐 하는 것이죠. 그런 것이라면 형진은 남에게 빠짐 없이 잘 해냈지요. 그러나 그런 것을 가지고 공부를 잘한다고 장담하거나 함부로 말할 수는 없지요. 그러나 형진이가 머리가 썩 빼어나다는 것은 객관적 입장에서 말할 수 있지요. 고학년에 올라갈수록 공부를 잘 할 것이 예상됩니다. 그런데 전과목의 발달 상태는 잠시 보류해 두고, 부모가 알아야 할 일종의 특기 사항이 하나 있어요. 무엇이냐 하면, 애가 노래를 너무 잘한다는 것이죠. 학교에서 노래를 무척 많이 불렀어요. 군가 한 곡을 부르더라도 깨끗이, 시원하게 해 냈어요. 공부도 공부지만, 우리 나라의 학부모들은 자식이 노래 잘하는 것을 싫어하지만, 노래 하나로서 국가적 인물로 성장할 수 있다는 것을 명심해야 되겠지요."

담임 선생은 냉정을 잃지 않고 객관적으로 파악한 사실을 아버지에게 알리려고 노력하는 모습이 엿보였다.

담임 선생은 시간이 별로 오래 걸리지 않아서 전학 서류를 만들어 교장의 결재를 득하여 아버지 박규수에게 주었다.

"저의 애를 잘 돌봐 주셔서 감사합니다. 이만, 작별의 인사를 드려야 하겠군요. 내내 안녕하시기를 빕니다."

규수는 정중히 인사했다.

"부디 행복하게 사십시오. 그리고 형진이를 잘 키우세요."

담임 선생은 이렇게 말하면서 교무실 밖 운동장까지 따라나오면서 세 사람을 배웅했다.

"선생님, 안녕히 계셔요."

형진도 마지막 인사를 했다. 고모도 말 없이 고개를 숙여 작별 인사를 했다.

그들 세 사람은 학교에서 걸어 나와 버스 정류장까지 갔다. 버스 정류장은 '소망의 집'에서 들녘을 거쳐 그다지 멀리 떨어져 있지 않은 곳으로서 호수의 둑 역할을 하는 비포장도로의 한 지점이었다.

"오늘은 늦어서 가지 못하겠어. 여기서 하룻밤 묵고 가자꾸나."

규수가 호수 먼 끝 쪽과 학교 반대쪽 비포장도로를 바라보면서 말했다. 그들은 비포장도로에서 호수의 반대쪽으로 깊숙이 아래로 내려와 있는 지점의 주막집으로 갔다. 약 1년 전 형진이 어머니를 따라와서 숲 속에서의 노래를 들으며 앉아 있었던 바로 그 주막이었다.

저녁 식사를 마치고 규수가 말했다.

"형진아, 엄마를 찾아야 해. 작년 '소망의 집'에 들어갈 때 어머니 혼자만 왔었니?"

"아녜요. 같이 온 사람이 있었어요."

"그럼 누구인지 잘 생각해 봐. 혹시 이 부근에 사는 사람이 아니냐?"

"이 부근에 살지는 않는 것 같아요. 그러나 함께 '소망의 집' 사무실에 들어가서 저를 맡긴 여자가 있어요. 잘하면 그 여자를 찾을 수 있을 것 같아요."

"어떤 사람이란 말이냐?"

"미군 부대에서 타이프를 치는 여자예요. 저 길 위로는 미군인 높은 사람을 빼놓고는 차 타고 다니는 사람이 별로 없어요. 버스가 있다고는 하지만 드물게 다니고 또한 돈을 절약하기 위해 대부분의 사람들이 걸어서 출퇴근해요."

"그럼 잘하면 내일 아침에라도 만날 수 있겠구나."

아버지 규수가 아들의 말을 막으며 말했다. 형진의 말은 계속되었다.

"내일 아침 출근들을 할 때 길목에 지켜서 있다가 찾으면 될 것 같아요. 부대에 근무하는 우리 나라 사람 중에 젊은 여자는 거의 없다고 들었어요."

이튿날 아침 식사를 하고 그들 셋은 길 위의 버스 정류장으로 올라가서 타이피스트를 기다렸다. 시간이 좀 흐름에 따라 걸어서 출근하는 사람들이 많아졌다. 그들 중에서 형진의 눈에 젊은 여자가 보였다. 작년의 어스름 속에서 본 그 타이피스트의 얼굴은 쉽게 기억나지 않았다. 지금 나타난 여자가 젊었기 때문에 가능성을 믿고 말했다.

"바로 저 여자인 것 같아요."

바로 그때 그 여자는 빠른 걸음으로 세 사람을 지나치자 말자 빨리 뛰고 있었다. 문자 그대로 도망이었다. 죄가 없으면 도망칠 리가 없을 것이다. 아버지와 고모는 붙잡기 위해 뒤쫓아 달렸다.

"여보세요, 좀 멈춰 서세요. 댁을 해치거나 괴롭히려는 게 아녜요. 다만 물어 볼 말이 있어요. 잠깐이면 돼요."

규수가 외치듯이 말했다. 그제서야 그 여자는 멈춰섰다. 그리고는 규수에게 물었다.

"왜 그러시는지요?"

"댁이 작년 12월에 저기 서 있는 애를 '소망의 집'에 맡겼지요?

그런 걸 추궁하려는 게 아니오. 긴 말 하지 않겠어요. 저 애 어머니는 지금 어디에 있나요? 그것만 가르쳐 주시오."

그녀는 안도의 숨을 쉬고 멈춰 서서 물었다.

"댁은 누구시지요?"

"저 애의 아버지요."

"애 엄마는 서울 을지로 5가에 있어요. 거기서 술집 주인이 되어 영업을 하고 있어요."

"뭐라구요? 좀 자세히 알려 주시오."

그녀는 규수의 말에 따라 핸드백에서 메모할 종이와 만년필을 꺼내어 지금 재선이 있다고 하는 곳의 번지와 호수를 적고 약도까지 그려 주었다.

그들 셋은 걸어서 어저께 걸어왔던 길을 따라 미군 부대 쪽인 동시에 옥봉국민(초등)학교 부근인 면의 중심지까지 갔다. 우체국을 찾아 규수는 재선에게 전보를 쳤다. 만날 곳은 이리 시 경수네 집으로 했다.

해후

이틀 후, 오후. 이리시 경수네 집 사랑방. 집 밖에는 눈보라가 휘날리고 있었다. 눈이 바람에 부대끼며 공간에 사선을 긋고 있었다.

아버지 박규수, 고모 박연순과 형진은 또한 경수네 집 식구들은 김재선을 기다리고 있었다.

모두들 기다림에 지쳐서 멍하니 있을 때, 사랑방의 뒷문 쪽에서 옷과 기름종이 우산을 터는 소리가 들렸다. 이내 사랑의 뒷문이 열리면서 재선이 들어왔다. 모두들 놀라서 일어섰다.

"언니……"

시누이가 올케의 손을 잡고 말했다.

이어서 시누이는 올케를 뺀 모든 사람의 생각을 대변하듯이 말했다.

"우리는 언니를 얼마나 기다렸는데……"

옷에서 눈을 다 털지 못한 재선은 선 채로 입을 열었다. 얼굴에는 슬픔과 비장한 각오가 서려 있었다.

"저는 앞문으로 당당하게 들어서서 당신을 기쁘게 해 줄 수가 없었어요. 저는 끝까지 기다리지 못했어요. 그렇지만 당신이 살아 있는 것을 생각한 날까지는 식모살이를 하면서까지도 기다릴 수가 있었어요. 저는 끝까지 기다리지는 못했지만 오랫동안 기다리고 기다렸어요. 당신이 나타난 것은 너무 늦었어요. 전사했다는 소식 말고, 살아 있다는 소식을 왜 그토록 오랫동안 고향인 여수에라도 보내지 않았어요?"

무엇인가 가슴을 누르듯, 답답하다는 듯 재선의 말을 끊고 규수가 말했다.

"나는 소식을 전할 수 없었어. 인민군에게 포로로 잡혀 있었으니까. 나는 최근에 이르러서야 포로 신세로부터 벗어날 수 있었어. 정전 협정 직전이지. 나는 기회를 잡아서 몇 명이 함께 도망쳐 나왔어."

눈보라 가운데 몇 줄기의 드센 바람의 무리가 처마 밑을 할퀴고 있었다. 재선이 입을 열었다.

"어쨌든 당신이 우리를 찾아 나타난 것은, 그리고 만남은 너무나 늦었어요."

"전쟁이라는 불가항력 때문이었어."

"우리가 변해 버린 것도 불가항력이에요. 테스의 남편이 테스의 운명이 결정된 이후에야 너무 늦게 테스를 찾아온 것처럼 당신이 찾아 온 것은 너무 늦었어요."

규수는 생각에 잠겨 있다가 눈바람 소리가 잦아들 때를 기다려서 말했다.

"무슨 운명이 결정되었다는 말이지? 결정되었더라도 다시 돌이킬 수가 있어."

"아녜요, 돌이킬 수가 없어요. 박씨 집안으로 다시 들어올 수가 없어요."

"무엇 때문에……?"

규수는 약간 언성을 높여서 물었다.

"이미 다른 남자의 술집에서 사실상 주인으로서 술집 영업을 해 주고 있어요. 제가 당신을 떠나지 않는 한 또 한 사람이 불행해 져요."

"뭐라구……?"

규수는 외치듯 말했다. 분홍빛으로 도배를 한 사랑방의 벽이 규수에게는 창백한 색깔로 변하면서 눈동자를 향해 들어왔다. 규수는 재선과 만난 후 처음으로 질책하듯이 나지막하게 말했다.

"아무리 전쟁 중인 세월이었다고 하지만 자식과 헤어져 돌보지 않은 것은 지나친 게 아냐?"

"제가 잘했다는 것은 절대로 아녜요. 그러나 당신이 여자인 어머니라고 한번 입장을 바꿔 놓고 생각해 보세요."

"당신은 엄연히 어머니가 아니야?"
규수는 언성을 높였다. 이에 대해 재선은 나지막한 어조로 차분히 말했다.
"당신은 아내와 어머니의 의무를 동양적으로만 생각하고 계셔요. 더구나 전쟁 중이며 남편이 전사했다는 소식을 들었다면 당신은 여자이며 어머니로서 어떻게 행동을 취했을 것인가요? 전쟁은 삶과 모든 것에 대하여 인간에게 한계를 넘도록 요구하고 있어요. 저도 인간으로서, 여자로서, 어머니로서 한계를 넘을 수밖에 없었어요. 어쨌든 저는 형진이와 당신에게 죄를 지었어요. 죄 값을 치르기 위해, 다시 말하면 벌을 받기 위해 떠나겠어요."
"언니, 떠나지 말어. 우리는 간신히 다시 만났어. 누군가가 죽어서 다시 못 만날지도 몰랐어. 또다시 헤어져서는 안돼."
연순은 가슴 속에 품었던 울먹임이 터지며 간곡하게 말했다. 재선은 쓸쓸한 어조로 대답했다.
"내가 떠남으로 해서 모든 것이 다 잘 해결될 거야."
재선의 간곡함과 결연함을 보고는 규수는 재선의 말을 가로막고 어조를 낮추어 말했다.
"그만, 그만해 둬. 모든 것이 다 몹쓸 전쟁 때문이며 또한 나 자신 때문이야. 나 또한 책임이 있지. 그리고 전쟁으로 인한 것일 때 모든 것은 다 용서될 수 있어."
재선은 싸늘한 어조로 말했다.

"저는 용서받기를 원하지 않아요."

"그렇다면……?"

"차를 타고 여기까지 오는 동안 내내 생각했어요. 끝내 만나지 못한 것으로 치고 각각의 길을 걸어요."

이때 형진이 불쑥 입을 열며 울먹였다.

"엄마, 가지 마. 어렵게 만났는데 또 떠난다는 말이야? 언제나 그리했듯이……?"

"형진아, 울지 마. 모든 사람들을 위해서 그럴 수밖에 없단다."

재선이 형진을 달래면서 말했다. 이어서 온 방 안이 침묵으로 인해서 조용해졌다. 연순은 울고 있었다. 또 한번 눈을 실은 바람이 처마 밑을 휘갈겼다. 규수가 얼마간 어조를 높여 말했다.

"전장에서 사선을 넘은 사람에게, 기적적으로 구사일생한 사람에게 이렇게 박절하게 대할 수 있다고 생각해?"

"미안해요. 박절하게 대하는 것이 아녜요. 죄 없고 결백한 당신과 형진에게 죄를 지었기 때문에 저는 떳떳할 수가 없는 것이죠. 저는 원래 눈물이 많은 여자였어요. 그러나 전쟁이 저를 단련시켰어요. 이제 제 눈에는 눈물이 없어요. 눈물샘 그 자체가 메말라 버렸어요. 그래서 당신을 봐도 울지 않았어요. 이제 당신은 인정 많은 새로운 여자를 맞아드려 새로운 출발을 하세요."

분노가 치솟는 규수는 문을 박차고 밖으로 나갔다. 눈보라 속에서 뜰을 왔다 갔다 했다. 눈보라를 맞으니 오히려 육체와 정신이 시원하게 느껴졌다. 그는 잠시 생각에 잠겼다. 모든 것이 될

대로 되겠지. 전쟁 중에서도 모든 것에 대한 낙관치에 기대며 살지는 않았었지. 따짐도, 싸움도, 권리의 주장도 다 싫어져 있어. 의욕의 상실이지. 나에게 오지 않는 것은, 나에게 닿지 않는 것은, 그리하여 버릴 수밖에 없는 것은 버리겠어. 모든 것이 될 대로 되어 버려! 그는 눈도 털지 않은 채 방안으로 들어왔다. 머리에 눈이 희끗희끗했다. 그는 말했다.

"나는 모든 것을 원점으로 돌아가서부터 다시 생각해 보았어. 이제 나를 떠나든 말든 당신 생각대로 해. 전쟁 속에서의 무한한 고독—당신은 그걸 이해 못해요."

이어서 방안에서는 갑갑한 침묵이 흘렀다. 잠시 후 그 갑갑한 침묵을 균열시키며 재선은 외치듯이 말했다.

"특히 여자와 어린이를 못 살게 구는 전쟁······. 저와 형진은 전쟁이 요구하는 비용을 너무 많이 치렀어요. 전쟁이란 것은 제게 갚아야 할 빚이 너무 많아요. 저는 그 빚을 받아내야 하겠어요."

"이 세상에서 누가 그 빚을 갚아 줄까? 하나님 여호와께서······?"

규수가 언성을 높이면서 비웃듯이 말했다. 이 말을 받아서 방안에는 아무도 없는 것처럼 재선은 독백하듯이 절실하게 외쳤다.

"전쟁이 저에게 진 빚을 갚을 수 없는 한, 저는 전쟁을 용서하지 않겠어요. 절대로······"

재선의 목소리는 처절한 절규였으며 처연하게 방안을 맴돌고 있었다.

서울에서

이튿날 점심 식사를 마치고 규수, 연순, 형진—이렇게 셋은 서울 행 기차를 타기 위해, 재선은 배웅을 하기 위해 역으로 갔다.
전날 밤에는 네 사람이 경수네의 사랑방에서 함께 잠을 잤다. 규수와 재선은 형진을 가운데 두고 잤다. 아침에 재선은 규수에게 서울에서의 연락처를 알려 달라고 했다. 규수는 앞으로 거처할 미아동의 주소를 적어 주었다.
역에는 여기 저기 눈이 쌓여 있었다. 그들이 개찰구에 이르자 재선은 형진의 얼굴을 어루만졌다. 자신의 임종 때의 이 세상에서 마지막 동작을 취하는 것처럼. 그리고 재선은 크게 뜬 서늘하고 쓸쓸한 눈이 되어 말했다.
"형진아, 잘 가. 그리고 공부 잘해야 한다. 서울에서 또 만나."
얼굴을 어루만짐, 크게 뜬 서늘하고 쓸쓸한 눈, 작별 인사말은 아무도 예측할 수 없었던, 이승에서의 마지막의 것들이 되고 말았다.

열차가 출발하여 역을 벗어나자 경수의 여동생이 철로 옆의 언덕에서 세 사람에게 손을 흔들었다. 여러 사람들이 둘의 재결합이 틀림없고, 만남은 해피 엔드가 되었다고 생각하는 것이 규수의 마음을 아프게 했다.

형진은 어머니의 작별 인사말과 크게 뜬 서늘하고 쓸쓸한 눈이 심상치 않다고 생각하면서도, 기차 여행을 하는 것이 즐겁게 느껴졌다. 창 밖에서 뒤로 물러나는, 온통 은세계가 된 논·밭과 산, 철로 가에서 끊임없이 오르내리는 전선, 석탄 연기 내음—이 모든 것이 정겹게 느껴졌다. 아버지가 형진에게 캬라멜을 사주었다. '해태 밀크 캬라멜'이란 말이 '해태 미루꾸 캬라멜'로 적혀져 있었다. 비교적 오래 정거하는 다음 정거장에서는 병에 사카린을 태운 물을 담아 파는 물장사들이 열차의 창마다에 물병을 들어올려 보이고 있었다.

"단 물이오, 단 물! 단 물 사시우!"

'살려는 의지'가 명하는 아우성이며 허덕임이었다. 아직도 전쟁 중인 듯만 싶은 착각을 불러일으키기에 충분한 정도였다.

열차가 대전에 이르렀다. 당시에는 서대전이 없었으므로 여태까지 열차를 끌고 가던 증기 기관차가 열차의 뒤꽁무니에 붙어서 끌고 가고 있었다. 형진에게는 기차가 이리 시로 되돌아가는 느낌이었다. 그러나 형진이 일시적으로 방향 감각을 잃었을 뿐 기차는 호남선에서 벗어나 북쪽인 서울로 향해 달리고 있었다.

그들은 새벽에 가까운 밤중에 서울역에 도착했다. 역 부근의 여관에서 잠을 잤다.

규수가 아침에 눈을 떠서 벽을 쳐다보니 검정색으로 물들인 군용 야전 점퍼가 보이지 않았다. 혹시나 해서 방바닥과 이불을 개켜 놓은 자리를 둘러보았으나 점퍼는 없었다. 규수는 연순에게 말했다.

"잠바(점퍼)에 돈이 들어 있었는데 잠바 채로 없어졌어."

"그래요? 큰일이네요."

연순도 크게 걱정을 했다. 직업 군인으로서 준위 계급장을 단, 규수의 친동생 규철로부터 받은 돈이었다.

규수는 여관을 드나들며 도둑질을 하는 자들의 소행에 틀림없다고 생각했다. 몹시 아쉬웠다. 동생의 살가운 마음씨를 생각했을 때 더욱 애석하기 짝이 없었다. 얼마간의 돈을 바지에 넣고 있었던 것이 그나마 다행으로 여겨졌다.

그들은 아침 식사를 하고 전차를 탔다. 전차는 느리기만 했고 자동차의 수효가 적기 때문에 자동차의 왕래를 방해하지 못하는 정도였다. 그들은 돈암동에서 내려 미아리 행 버스를 탔다. 지금처럼 암석과 흙을 대폭적으로 깎아낸 미아동 길이 아니라 제법 가파른 고갯길을 버스가 오르고 있었다. 엔진의 소음만 크게 내는 버스는 몹시도 느렸다. 그들이 미아리 종점에 내리자 바로 종점 가까이에는 무덤 투성이인 공동 묘지가 한눈에 들어왔다. 그들은 규수의 친동생 규철이 이미 마련해 놓은 셋방이 있는 집을 찾아갔다.

그후 그들 즉 규수, 연순과 형진은 서울에서 1년 5개월을 살았다. 미아리와 금호동에서였다. 경제적으로 어려운 삶의 계속이었다.

금호동 산비탈이라는 현실에 달랑달랑 매달려 어렵게 살던 것, 곧 천막 생활을 계속하던 것은 삶의 큰 변화이며 극적인 사건이었다. 몇십 년 후에 쓴 형진의 일기식의 긴 감상문이 남아있으므로 여기에 소개한다.

나의 어린 시절 서울에서의 삶은 긴 인생 역정에서 하나의 건널목에 해당된다고 말할 수 있다. 건널목은 위험과 어려움이 내포되어 있는 채로, 시간적·공간적으로 그 거리가 짧기 마련이다. 그리고 과거와 미래 사이에 의미 있게 그어지는 큰 획이 될 수 있다.

나는 오늘 바쁜 가운데 짬을 내어 미아동과 금호동을 찾아보았다.

미아동에는 내가 1955년 중반까지 2학년으로 학적을 둔 S국민학교가 그대로 옛 위치에 자리하고 있었다. 그러나 공동 묘지는 송두리째 싹 없어졌고 그 자리에 상점이 즐비한 상가가 되어 있었다. 그물과 바구니로 고기를 잡던, 또한 목욕을 하던 개천은 복개되어 있었다.

금호동 산비탈에 우리가 거주했던 위치는 간신히 확인할 수 있었다. 작은 산봉우리는 여러 개가 있고 또한 길이 많아졌기 때문이었다.

우리가 거처했던 위치에서 볼 때 북동쪽의 산꼭대기에 군 부대가 있는 것을 어렵지 않게 알아냈다. 듬성듬성 있던 천막이야 걷어져 있었지만, 경사진 땅에 게딱지같이 즐비하게 붙어 있는 낡아 빠진 주택가가 형성되어 비스듬히 엎드려 있었다.

미아리 셋방에 우리가 들어갔었을 때 이미 야전 점퍼와 그 속에 든 돈을 잃었으므로 살아갈 길이 막막했다. 그런데 다행히 규철 첫째 숙부가 우리를 찾아와서 월동 준비를 해주고 얼마간 생활 자금을 내놓으셨다. 이에 앞서 첫째 숙부는 감회가 깊다는 듯 나의 얼굴을 쓰다듬고 안아 주었다.

"형진아, 너는 살아 있었구나. 널 본 것이 몇 년 만이냐?"

"저는 작은 아버지에 대해 전혀 기억나는 것이 없는데요."

"그럴 거야. 형진이가 애기일 때 나는 집을 떠났거든."

겨울이 차츰 뒤로 물러서고 눈이 녹자 아버지는 다이너마이트로 바위를 폭파하던 '돌산'에서 인부로 일하게 되었다. 첫째 숙부가 아버지에게 서울에서도 하필이면 미아리에 월세 방을 구해준 것은 이러한 것에 대한 배려에서였다. 우리는 간신히 연명하고 있었다. 돌산에서 노무를 마치고 귀가한 어느 날 아버지는 현정부를 비판하셨다.

"내가 사무원으로 있던 '남전'에서는 노조의 노동 운동이 일어났어. 나는 단순 가담자였으나 회사측에서 쫓아냈지. 그때는 취직이 어려워서 내가 일손을 놓고 있을 때, 사상을 의심받지 않기 위해 국방경비대에 들어갔지. 그러나 제대를 하고 난 지금 조국은 나를 위해서 해 준 일이 없어. 바로 작년 11월 27일에는 사사오입 개헌이 있었지. 초대 대통령 중임 제한 철폐 개헌이었지. 국민학교 2·3학년만 되어도 사사오입을 알고 있지. 그런데 대학 교수가 사사오입 개헌이 정당한 것이라고 했지. 국민학교 2·3학년 아이가 대학 교수를 가르쳐야 할 판이야. 앞으로 보다 나은 세상이 오겠지. 너는 그때까지 열심히 공부해야 한다. 이건 지나가는 소리가 아냐. 너는 명심하고 있어야 해."

우리가 미아동에 머물고 있을 때 저 건너 번동 쪽에는 암반이 깎인 돌산이, 즉 아버지의 일터가 보였고 그 앞산에는 배 밭이 보였었다.

기다리던 엄마는 오지 않았다. 나는 눈물을 흘렸다. 내가 엄마를 보고 싶다고 했을 때, 애처로움을 느낀 아버지는 고모를 시켜 나를 데리고 혹시나 엄마를 만날지도 모를 을지로 5가 엄마가 거처하는 집의 골목까지 가도록 했다. 그곳에서 고모와 나는 오랫동안 서 있었다. 고모가 할 수 있는 것은 나를 달래는 일 뿐이었다.

나는 그해(1955년) 2월, 겨울 방학을 마치자 마자 미아리 S국민학교에 전학을 했다. 5월부터 우리가 거처하고 있던 셋집에 가까이 살고 있는 벗들과 함께 개천에서 고기를 잡으며 놀았다. 그 물로 고기를 잡는 친구도 있었지만 나와 셋집 주인 아들은 시내 양쪽 가의 물풀이 있는 쪽을 바구니로 눌러대어 붕어 새끼나 모래무지를 잡았다. 6월에 들자 마자 시내에서 목욕을 했다. 헤엄을 치지 못하고 물도 얕았기 때문에 땅 짚고 헤엄치기를 했었다.

우리는 금호동 산비탈로 갔다. 아버지가 벌어들이는 노임으로는 월세를 치르고 나면 쓸 돈이 적었기 때문에 월세라는 굴레에서 벗어나기 위해서였다.

매우 후텁지근한 유월 말 아버지는 동대문 시장에서 군용 천막을 구입한 뒤 천막 뭉치를 양쪽 어깨에 번갈아 지고 때로는 땅에 질질 끌기까지 하면서 금호동 산 고개 위로 올라오셨다. 온 몸은 땀으로 목욕한 셈이었다. 우리 식구들은 천막 치기에 열심이었다. 가장 주의해야 할 일은 천막이 바람에 흔들거리거나 벗겨지는 것을 막기 위해 땅속으로 박는 쇠못을 다루는 일이었다. 천막 안에서도 굵은 막대기를 땅에 박아 천막을 튼튼하게 세웠다. 가마니들을 바닥에 깔고 그 위에 돗자리를 놓아 잠자리를 만들었다. 취사는 풍로로 하기로 하고 천막과 상당한 거리를 둔 위치에 변소 구덩이를 팠다. 그리하여 아버지와 고모와 내가 살, 하늘을 가리는 집이 지어진 셈이었다.

저녁 식사 후 어스름이 연한 물감 퍼지듯 땅 위의 공간으로 내릴 때 나는 홀로 외로움을 짓씹으며 기차 놀이를 했다. 나는 엄마와 함께 기차를 타고 달리는 것이었다. 군 부대 봉우리 아래에서 사거리를 이루는 지점이 이리였다. 우리의 천막 가까이에서 고개를 넘는 선이 호남선이었고 옥수동 쪽 산비탈로 통하는 길은 전라선이었고 군 부대로 올라가는 길은 군산선이었다. 상상 속에서 측백나무가 도열해 있는 정거장에 도착할 때와 정거장에서 출발할 때는 속도를 줄이고 그 전후의 선로에 해당하는 곳에서는 힘껏 속도를 올려서 달렸다. 기차 놀이를 끝내고 천막으로 내려갈 때는 참으로 허전했다. 지금쯤 엄마는 어디에 있을까? 다시는 함께 기차를 탈 수 없을까? 나는 애늙은이의 고독을 짊어지고 있었다.

금호동 고갯마루에서 또 하나의 중요한 것은 나의 교육의 문제였다. 아버지는 청구동에 있는 C국민학교로 전학을 시키려 했으나 쉽게 되지 않았다. 금호동에 거주하고 있다는 증명서(주민등록과 같은 것)가 없기 때문이었다. 무허가 천막 지대가 거주 지역으로 될 수는 없었다.

이사를 했지만 나는 그대로 미아동 S국민학교를 다니기로 했다. 그러나 매일 지각을 했다. 지각하여 늦게서야 교실에 들어가는 것이 몹시 두렵게 되었다. 학교에 갈 버스 노선이라 해 봐야 약수동에서 동대문으로 간 후 홍제동으로 빠지는 것이었다. 나는 동대문에 내려서 미아리까지 그 먼 거리를 걸어야 했다. 더구나 버스 안은 콩나물 시루여서, 버스에 타서 저절로 밀린 후 서 있는 자리에서 엉덩이를 약간 돌리거나 팔을 빼는 것도 어려웠으므로 승객들을 헤치고 걸어서 문으로 가는 것은 불가능할 정도였다.

큰비가 내리고 난 후 어느 날 버스에 탄 나는 동대문 정류장으로 내릴 수가 없었기 때문에 홍제동까지 갔다. 그 당시 홍제동은 버스 종점이며 그 일대가 진흙탕 투성이었다. 차바퀴가 내 몸에 진흙탕 물을 확 끼치고 갔기 때문에 내 옷은 더렵혀져 진흙 투성이가 되고 말았다. 당시 그곳은 주택가였으나 주택이 많이 들어서 있지는 않았다. 그래서 마치 시골 풍경을 보는 듯했다.

"형진아, 학교에 잘 갔다와."

매일 고모가 이렇게 말을 할 때면 나에게는 양심의 가책이 일어났으나, 제법 일찍 일어난다고 해도 지각을 면치 못할 뿐더러 이미 상당한 일 수의 무단 결석 때문에 질책을 받는 것이 무서워서 학교에 갈 수가 없었다. 동대문이나 홍제동에서 때로는 파고다공원에서 놀다가 집으로 돌아왔다. 6월말부터 10월말까지 결석을 했다. C국민학교에 전학이 된다 하더라도 진급을 못할 형편이 되고 말았다.

우리 천막의 앞쪽―약간 계곡 쪽으로 비스듬히 내려간 위치에 있는―천막에 안병훈이라는 내 나이 또래의 아이가 있었다. 공민학교 2학년이었다. 우리가 금호동 고갯마루 부근으로 온 후 얼마 안 있어 앞 천막의 주인 내외와 친밀감 있게 지내게 되었고, 나는 병훈과 가까워졌다.

10월 하순경 미아리 S국민학교에 다녀오신 아버지는 말씀하셨다.

"너 여태까지 줄곧 결석만 했지?"

나는 머뭇거리다가 대답을 했다.

"예."

나는 사실대로 말씀드리고 그 고충에 대해서 이야기를 해 드렸다.

"학교가 너무 멀어서 갈 수가 없어요. 아침에 일찍 일어난다 해도 지각을 면할 수 없어요."

"그래, 알겠다. 그런데 지금부터 그 학교에 계속해서 등교한다고 해도 결석이 많아 진급이 안되고, 가까운 C국민학교에서는 받아 주지를 않아. 하는 수 없어. 병훈이가 다니는 공민학교에라도 가야 하겠어."

그리하여 나는 10월말에 공민학교에 들어갔다. 그 공민학교는 우리가 살고 있는 고갯마루에서 한강 쪽으로 내려가서 금호동의 중심지라 할 수 있는 낮은 지대에 위치한 천막으로 된 학교였다.

11월에 한 장으로 된 학년별 성적 통지표가 나왔다. 석차까지 기재되어 있었다. 나의 성적은 중간치밖에 되지 않았다. 앞 천막의 병훈보다도 석차가 뒤떨어져 있었다. 아버지는 나에게 공부를 하지 않는다고 화를 내어 질책하셨다. 방학을 빼고도 3개월 이상을 학교에 가지 않았다는 점을 감안하지 않으셨다.

"일을 하는 것이 얼마나 어려운 지 알아? 또한 공부하는 것이 얼마나 쉬운 일인지 알아? 당장 내일부터 학교에 다니지 말아. 낫을 가지고 나무나 해."

나는 다음날 낫을 가지고 나무를 했다. 싸리나무를 베고 소나무 밑에 떨어진 솔잎을 긁어 담았다. 나무하는 것은 사실상 고통스럽지 않았다.

다음날부터 학교에 다니지 말라는 아버지의 질책은 엄포를 놓은 것에 불과했다. 하루 결석한 다음날부터 나는 학교에 갔다. 그러나 나는 숙제를 하는 것 외에는 공부를 하지 않았다. 공부를 하는 척하기만 했다. 나는 중학교 1학년말까지 공부 즉 자율 학습이라는 것을 모르고 살았다고 할 수 있다.

겨울이 본격적인 추위를 몰아오게 되자 나는 동네 아이들과 얼음지치기를 했다. 물이 흘러내리던 작은 계곡이 얼어붙어 있었기 때문에 썰매가 필요 없고 송곳만 있으면 되었다. 경사진 얼음판이기 때문에 좀 위험하기는 했지만 아이들과 나는 얼음 위를 신나게 미끄러져 내리다가 다시 계곡 위쪽으로 올라와서 미끄러져 내려갔다.

얼음지치기에 싫증이 나면 아이들과 나는 딱지치기와 구슬치기와 팽이 돌리기를 했다. 아이들이란 나와 병훈과, 판자집과 가게가 있는 아랫동네(한강 쪽)에 살고 있는 비슷한 또래의 남자 아이들이었다.

우리들의 천막은 고갯마루에서 몇 미터 안 되는 지점에 있었다. 따라서 겨울의 폭풍은 심했고 맹위를 떨쳤다.

천막의 꼭대기와 주위에서 머뭇거리고 있다가 갑자기 세차게 천막을 맹타하는 바람. 그 당시 어렸던 초등학교 2학년 아동으로서 내가 읽었던 에밀리 브론테 작 '폭풍의 언덕'에서의 캐씨의 유령의 울음을 머금고 있는 바람. 그러다가 그 유령의 울음 소리를 세차게 뱉어내며 천막의 꼭대기와 한쪽 옆구리를 할퀴는 바람. 천막이 날아갈 듯하게 하고 산허리를 잘라 낼 듯한 격렬하고 매몰찬 바람. 그런 밤 세 식구는 군인인 첫째 숙부 규철이 가져다준 DDT를 뿌린 이불을 머리끝까지 둘러쓰고 얼지 않으려고 서로 따뜻한 몸을 딱 대고 누워서 폭풍의 소리에 귀를 기울였다.

폭풍이 우리들의 잠자리를 더욱 아늑하게 했다. 곧 폭풍이 이불 위에 또 덮는 또 하나의 크고 포근하고 푹신한 이불이었다.

겨울은 우리들의 '폭풍의 언덕'을 떠났고 작은 골짜기의 얼음은 녹으면서 재잘재잘 속삭임을 발하고 있었다. 4월 초순이 되자마자 온 산이 진달래 동산이 되어 있었고 산 주위를 배회하는 공기 자체가 향긋한 입자를 풀어내고 있었다. 산꼭대기 군 부대는 아지랑이 뒤편, 오랜 전설 속에서 아른거리는 궁성이 되어 있었다. 그때 나는 진달래 흐드러진 '바위 고개 언덕'을 노래했다. 고모로부터 배운 노래였다.

이보다 앞서 1월말부터 아버지는 친구의 덕분으로 정릉에서 작은 다리 공사를 하는 건설회사의 사무원으로 취직이 되었다. 3월말이 되자 아버지는 말씀하셨다.

"잘 들어 봐. 우리는 이제 이토록 궁핍한 생활을 하지 않아도 돼. 우리는 대구로 내려가게 되었어. 정릉의 작은 다리를 완공한 우리 회사가 대구에서 다리 확장 공사를 맡게 되었기 때문이야."

"정말 잘 되었네요."

고모가 탄성을 발했고 아버지는 얼마간 흥이 나서 강조하듯이 말씀하셨다.

"내가 먼저 내려가서 자리를 잡아 놓고 너희들을 데리러 오겠어."

이튿날 아침 아버지는 대구로 떠나셨다. 빗속에서 작별 인사를 받으며 '폭풍의 언덕'을 넘어가는 품이 자못 표표해 보였다.

공민학교에서 학년말 성적 통지표가 나왔다. 나의 것에는 석차란에 '1'이라는 숫자가 기재되어 있었다. 과목별 점수를 보니 이상하게도 내가 치른 학년말 시험 점수 그대로였다. 학년말 시험은 몇 개월 놀았음에 불구하고 나에게는 좀 쉬웠다. 거의 전부가 100점이었고 평균 점수가 100점에 가까운 것을 보니 이상한 느낌이 들었다. 학년말 시험에서 거의 완벽하다고 할 수 있는 성적을 내었기 때문에, 내가 시험을 치르지 못한 1학기 0점 성적이나 2학기 중간시험과 합산하여 평균을 낸 것이 아니라 잘 치른 학년말 시험 성적을 전체 성적으로 인정하여 1등을 준 것 같았다. 어쨌든 기뻤으나, 공민학교에서의 성적이며 시험 문제가 쉬웠던 점 때문에 자만할 것은 못된다고 생각되었다.

봄의 산속에서 아이들은 딱지치기나 구슬치기에 싫증이 나면 전쟁 놀이를 했다. 몇 명씩 한패가 되어 전쟁 놀이를 하는 것이었다. 각각의 대표들이 '가위 바위 보'를 하여 지는 쪽이 소련군이고 이기는 편이 미국군이었다. 나를 포함하여 아이들의 반 정도는 화약으로 '딱' 소리를 내는 권총을 가지고 있었고 나머지 반 정도는 나무칼을 갖고 있었다.

전쟁 놀이를 하다가 우리는 어저께까지 보지 못했던 것을 보고는 좀 의아하게 생각했다. 대통령 선거 벽보가 붙어 있었다. '신익희'가 출마하는 민주당의 벽보는 그 구호가 "못 살겠다, 갈아 보자"였다. 그보다 훨씬 아이들을 웃게 하는 구호는 '이승만'이 출마하는 자유당의 구호가 "갈아 봤자 별수 없다."는 것이었다.

우리는 선생님의 입으로부터 나오는, 대통령도 선출하는 것이라는 말을 들었다.

그러면서 '우리의 맹세'라는 구호를 외우게 했다.

그러면서 또 한편으로는 "여든 세 돌 맞이하신 우리, 우리 대통령"이라는 노래를 배우게 했다. 그래서 대통령은 왕과 같아서 죽을 때까지 정권을 잡고, 또한 그 아들이 정권을 세습할 것이라고까지, 은연중에 생각하는 아이들이 적지 않았다.

현재 금호동 일대는 외관상 많이 변했지만 그것은 질적 변화가 아니라 양적 변화에 불과한 것 같았다. 여전히 하류층, 빈민층으로서 소외 계층이 많음에 틀림없었다. 천막을 걷었을 뿐이지 낡은 소형의 주택이 즐비하게, 빼곡하게 서로 붙어 있었다. 골목에서 대낮의 소주 내기 화투치기를 하는 곳이 세 군데나 있었다.

이미 소주 냄새를 풍기는 실업자도 있었다. 다닥다닥 게딱지 같이 붙은 주택가는 이미 슬럼화(slum化)되어 가고 있었다. 금호동의 내가 살던 곳 일대는 바로 '서울 문화'의 한 단면을 보여 주는 표본 같다고 할 수 있었다.

그러나 어쨌든 서울은 내가 태어난 후 얼마 안 있어서부터 살았으므로 나의 제2의 고향인 동시에 나의 제4의 고향이다. 미아리 개천에서 바구니로 고기를 잡고 목욕하던 일을 포함하여 나는 향수를 느낀다. 금호동 '폭풍의 언덕', 시원한 물이 흐르는 작은 골짜기, 폭풍의 언덕에서 보이는, 서쪽의 산성, 한강 쪽에서 군 부대원의 낙하산 내리기 훈련, 내가 옥수동 길을 거쳐서 가 본 한강, 그 강물의 오염되지 않은 빛깔 즉 푸르름과 투명함⋯⋯. 늦은 저녁 무렵 산에서 내려다보이는 서울 야경. 그리고 아침에 눈을 떠서 그대로 이불을 눌러덮고 누운 채로 아버지가 매일 이야기를 들려 주시던 '장발장'('레미 제라블'의 번안 소설)⋯⋯. 특히 진달래 동산에서 여기저기 꽃의 흐드러짐⋯⋯. 나는 다시 향수를 느낀다.

누군가가 거기에 살던 문학가나 작곡가라면 서울의 산속의 아기자기함은 그 창작가에게 창작을 위한 내면적 싹들을 제공했을 것이다.

우리 세 식구는 사막에서의 생활과도 같은 서울 생활의 어려움을 극복해냈다. 그 시절이 그리워질 때가 있다. 추억은 아름답게 다듬어지고 채색된다는 이유에서만은 아니다. 그때 경제적 생활의 어려움은 강자의 학대를 쾌감으로 받아들이는 것과도 같았다. 겨울 밤의 '폭풍의 언덕'의 스산한 바람 소리는 서글픔과 함께 쾌감을 주었다. 때로는 허기진 바람이 헐떡이며 천막을 강타했다. 이미 쓴 것처럼, 폭풍을 이불 위에 또 덮는 또 하나의 크고 포근하고 푹신한 이불처럼 둘러쓰고 귀를 기울이는 우리들의 잠자리는 더욱 아늑했었던 점은 다시 강조할 만한 의미를 지니고 있었다.

사과밭에 에워싸여

 1956년 6월 말, 새벽. 금호강을 경계로 대구와 인접하여 있는, '대구 사과'로 유명한 동촌. 형진이 눈을 뜨고 났을 때 제일 먼저 귓전에 닿는 것은 수레를 끄는, 새벽 공간에 자오록하게 퍼져 나가는 말발굽 소리와 방울 소리였다. 채찍 소리와 마부의 소리도 이따금 들려왔다.
 K2 비행장과 유원지가 있어 더 유명해진 동촌 거리에 사람이 나가면 온통 사과밭에 둘러싸이게 되었다. 그곳은 면사 공장— 주로 금호강 둑 쪽에 적은 땅을 소유하고 있는 주민들이 종사하는—도 많았다. 그래서, 자동차가 많이 모자라는 것이 대도시에서만이 아니라 전국적으로 그러하였으므로 말이 면사를 빼곡이 쌓은 수레를 끌고, 말하자면 행군을 하는 소리가 새벽녘 공기를 휘저었다. 대구는 '대구 사과'로 유명할뿐더러 섬유 도시 즉 공업

도시로 성장해 가고 있었다. 20세기 말 낙후되어 가는 조짐을 보이는 대구와는 대조적이었다. 형진은 아침 식사를 하고 학교에 가기 위해 둑길을 걸었다. 왼쪽은 사과밭 투성이이며 오른쪽은 금호강 강물이었다. 강 건너 유원지에는 아직 사람이 눈에 띄지 않고 키 큰 포플러와 벚나무가 줄고 있는 모습이 강물 위에 비쳐져서 일렁거렸다.

 형진의 아버지는 바로 금호강 다리인 아양교 확장 공사 사무실에서 경리·총무직을 맡고 있었다. 건설 회사의 상호는 '태창산업주식회사'였다. 아버지 규수는 5월 4일에 서울에서 연순과 형진을 데리고 밤 기차로 대구 역까지 와서 시내 버스를 타고 동촌까지 왔었다. 이미 공사를 시작한 아양교를 건너 동촌의 초입에 들자 형진은 전율을 할 정도로 감탄을 했다. 온 땅 위 전체가 사과밭이요, 사과 꽃이었다. 의식주만 적당히 해결된다면 온 과수원 전체는 지상 낙원이라고 할 만했다.
 아양교 부근의, 차도를 사이에 두고 강이 바라보이는 사무실을 규수가 가리켜 주었다.
 규수는 매일 밤 사무실에서 잠을 잤다. 숙직비를 받는 것도 아닌데 규수는 회사 일에 대단한 열성을 보였다. 숙직비가 문제가 아니라 규수에게는 많은 권한이 위임되어 있었다. 소장과 설계·감리 담당 고문이 있으나 부장, 과장이 없는 사무실에서 계장이라고 불려지며 돈줄을 쥐고 있는 부소장격이 되어 있었다. 그리고 근무 시간 중에도 틈이 나면 유원지로 가서 말을 타고 사진을 찍기도 했다.

규수는 연순과 형진이 거처할 방으로 둘을 데리고 갔다. 도로가에 있는 집으로서 축대 아래에 과수원이 있고 전망이 트인 곳이었다.

형진이 학교에 다녀야 할 문제가 남아 있었다. 공사판에서 노무자들과 밥과 술을 거래하는 함바집 주인의 큰아들이 국민(초등)학교 교사이기 때문에 규수는 그와 형진의 전학을 위한 상의를 했다. 뾰족한 수가 없었다. 결국 전학을 위한 공문서를 위조하기로 했다. 그들은 생활기록부와 재학증명서를 위조했다. 말하자면 서울 C국민학교에서의 엉터리 전학이었다. 성적 표시는 마치 위조한 사실을 드러내 놓듯이 모든 과목의 모든 항목이 '미'로 기재되어 있었다. '미미미미미미……' 작성자가 미련스럽다고 할 정도로 '미'가 연속적으로 기재되어 있었다.

어쨌든 동촌의 T국민학교로의 전학은 아무 탈 없이 성사가 되었다. 민주당 대통령 후보 신익희가 타계하고 난 얼마 후였으며 어머니날(현재 어버이날)직후였다. 형진은 3학년 3반으로 배정되었는데 남녀 혼성 반이었으나 좌석 배치는 남자 따로, 여자 따로 되어 있었다.

전학하고 난 뒤 불과 며칠 되지 않아서 일제고사가 있었다. 형진은 작년에 장기 결석을 했다는 점, 공민학교에서의 제대로 다 배우지 못한 점이라는 불리한 조건하에서 일제고사에 임했지만 결과는 94점으로 반 1위였다. 90점 이상을 표창하기로 되어 있었는데 여자인 정은희가 91점으로, 이렇게 2명만이 상을 받게 되었다(정은희는 졸업할 때까지 여학생 중에서 줄곧 1위의 성적을 기록했는데, 만약 그 여자 애가 조금만 더 잘생겼더라면 형진은 후에 사춘기를 넘었을 때 정은희에게 접근해갔을 것이었다).

그 시험에서는 전혀 배우지 못한 것도 있었는데 그런 것은 모두 말하자면 '두뇌'로 해결했다. 사실상 월반이었다. 형진은 아버지의 사무실로 갔다. 사무실에서는 소장, 설계·감리 담당 고문, 규수, 대구 현지에서 채용한 여사무원 한 명과 급사가 근무할 따름이었다.

형진은 아버지에게 상장과 상품을 보였다. 그것들을 자세히 보던 아버지는 말했다.

"공부를 해서 계속 1등을 해야 돼."

"공부 안하고 놀아도 1등인 걸요"

"자만해서는 안돼. 결코 1등 자리를 뺏겨서는 안돼."

"예. 안녕히들 계셔요."

아버지가 나가고 있는 형진을 불러 세웠다.

"오늘 상을 탔기 때문에 아버지도 상을 주겠다. 나중에 시간을 봐서 아버지가 보트를 태워 주고 통통배도 태워 주고 유원지 구경을 시켜 주며 맛있는 것을 사 줄께."

"예."

6월달 일제고사에서도 형진은 1등을 해서 상을 탔다. 남자아이들의 세계에서는 주먹의 세기가 제일의 것으로 되지만, 주먹이 센 아이도 사실은 공부를 잘해서 상을 타는 것은 선망의 대상이라고 생각했다. 그래서 공부를 잘하는 아이를 자기의 세력 하에 끌어들이려고 했다. 공부를 잘하는 아이를 패거리에 가담시킨다는 것은 패거리에 어떤 명분이 생기게 한다. 또한 어떤 패거리가 일종의 깡패 무리라는 선입견을 희석시켜 준다. 그러면서 패거리의 세력을 양성화시키는 효과가 있다. 형진은 김종렬의 패거리에 자연스럽게 끌려 들어갔다.

형진은 아양교 위치에서 1km 정도를 걸어서 학교에 이르렀다. 이날은 토요일임에도 아이들은 도시락을 싸 왔다. 형진도 마찬가지였다.
4교시 수업이 끝났다. 아이들은 풍광이 좋은 학교 뒷문 밖 금호강 둑에 앉아서 점심을 먹는 일을 재미있어 하였다. 형진은 김종렬의 패거리와 함께 학교 뒷문으로 해서 강둑으로 올라갔다. 둑의 허리께쯤에 만들어진, 말하자면 '중간 둑' 위에 앉아서 점심을 먹었다.
김종렬이 이끄는, 김종렬 자신을 포함하여 8명되는 무리―집이 아양교 부근인 무리―가 형진이 전학 온 날 형진에게 애를 먹이려고 했었다.
"서울내기 다마내기 맛 좋은 고래 고기……"

"상고머리, 더벅머리, 이놈아……"

(형진은 졸업할 때까지 머리를 길렀었다.)

"너희들 나를 골탕 먹이지 마. 만약 골탕을 먹이면 돌맹이를 던져 버릴 테다."

형진은 패거리 아이들이 그다지 악해 보이지 않았기 때문에 으름장을 놓았다.

"야, 저 새끼, 곤조가 좋구나. 뭐, 돌맹이라꼬? 봐라, 전마(저놈의 애)가 돌삐이를 돌맹이라 칸다."

상태편 애들은 까르르 웃고 있었다. 그후 바로 이 패거리와 형진은 가까워진 것이다.

아이들의 도시락 반찬은 대개 멸치 볶음, 오징어 채 무침이었고, 어떤 도시락은 고추장 한가지였고 심지어는 된장 한가지였다. 그런데 된장 한 가지만 싸 온 아이는 국민(초등)학교를 졸업한 후에도 별명이 '된장'으로 널리 퍼져 있었다. 밥을 먹으면서 농담들이 오갔다.

"무라까와(물 아까워)상."

"내 벤또 니(너) 까무라(까먹어라)"

"이리로상이노, 가져와라상"

"구드리(구더기) 쌀밥에, 오줌 숭냥(숭늉)에, 얌생이(염소) 똥 콩에, 꺼께이(지렁이) 오징어채에, 똥 된장에……"

도시락 밥을 먼저 다 먹은 아이들이 아직 덜 먹은 아이들에게 식욕을 떨어뜨리면서 약을 올리려고 했으나 식탐에 빠진 아이들의 식욕에는 역부족이었다.

강 건너 대숲(죽림원) 앞에 선착장이 있었고 말하자면 거기가 통통배의 종착점이었다.

강의 상류, 하류로 엇갈려 가는 통통배의 스피커에서 그 무렵 한창 유명해진 대중가요가 강물과 바람을 타고 강둑으로 날아왔다.

"오동추야달이밝아오동동이냐……(오동동 타령)"

"앵두나무우물가에동네처녀바람났네……(앵두나무 처녀)"

아이들이 도시락을 꺼내기 전부터 이쪽 강변 쪽 보리밭 가운데 내내 양산이 펼쳐저 있었다. 여자 혼자서 감히 겁도 없이 양산을 펼치고 앉아 있지는 않을 것임에 틀림없으므로 양산 밑에 남녀가 있다는 것은 아이들이 잘 알고 있었다.

"어이, 남의 보리밭에서 양산 아래에 있는 사람은 누고(누구냐)? 남의 보리밭을 뻬대며 뭐하노? 빠구리(성교)하나? 실컷 많이 해라."

B29가 포문을 여는 듯했다. 그러나 종렬이 역시 뱃심이 강한 듯했다.

"느그들(너희들) 남이 애써 농사지어 놓은 곳에서 정말 뭐하노? 우리 쳐들어간다."

아이들은 깔깔거렸다.

형진은 두가지 면에서 불쾌감을 느꼈다. 첫째 B29가 남녀 관계에 대해서 거침없이 욕설을 해대는 것이 싫었다. 둘째, 양산 아래서 도덕적 양심을 저버리고 남녀가 노니는 것이 불결하게 느껴졌다. 첫째와 둘째의 것은 모두 다 아름답고 꿈 같은 자연을 훼손시키는 것 같았다.

형진은 강 하류 쪽으로 고개를 돌렸다. 아양교와 잔디 입힌 강둑을 아른거리게 하는 아지랑이에서 사과의 엷은 향내가 설핏하게 다가오는 듯만 싶었다.

각자가 빈 도시락을 책 보자기에 쌀 무렵 모두에게 종렬이 말했다.

"우리 오늘 낚시하자."

"그래, 그것 좋다. 마침 오늘이 토요일이니까 실컷 놀아 보자."

B29가 여럿을 대표하듯이 말했다.

B29란 바로 둑 위에서 보이는, 동쪽에서 서쪽으로 활주로가 나 있는 K2 비행장에 있는 큰 전폭기—한국 전쟁 때 위력을 발휘한—를 말하는데, B29라고 불리어지는 아이는 덩치가 크고 뚱뚱해서 붙여진 별명이었다.

모두들 둑길로 해서 아양교 쪽으로 걸었다.

그들이 조금 걸어갔을 때 골프 연습장도 아니고 골프를 흉내 낸—예를 들면 골프 공을 골프채로 쳐서 용의 입 속으로 넣어서 용의 꼬리 부분으로 나오게 하는 유희 등을 하는—'골프 유흥장'이라는 간판이 붙어 있는 곳에까지 이르렀다. 관리인은 '유백식'의 아버지였는데, 형진이 교무실에 들어갔다 나올 때 우연히 백식의 아버지 이름을 알게 되었다.

형진은 걷다 말고 아이들에게 말했다.

"저 사람이 바로 백식의 아버지 유삼봉이야. 한번 약을 올려 주고 도망가자. 우리 모두 둑 위로 올라가서 '어이, 유삼봉, 수고 많이 해라'라고 외치고 도망치면 돼."

그들은 형진의 제안을 받아들였다. 모두들 둑 위로 올라갔다.

"어이, 유삼봉, 수고 몽땅 해라."

B29가 맨 먼저 말했다.

"어이, 유삼봉, 야 임마, 죽도록 몽땅 고생해라."

종렬이 큰 소리로 외쳤다.

이때 형진은 속으로 '아차'했다. 절대로 욕을 섞어서는 안 된다고 주의를 주었어야 했는데…….

유삼봉이 놀란 듯 아이들 쪽을 보자 아이들은 모두 줄행랑을 쳤다. 모두들 얼마간 뛰자 숨이 차서 멈춰 섰다. 뒤를 돌아들 보니 유삼봉은 따라오지 않았다. 사실 형진은 유삼봉을 놀리는 말은 한 마디도 하지 않았고, 또한 하지 않으려고 했었다. 아이들을 시켜서 우스운 것을 즐기기만 했다. 이렇게 형진은 슬그머니 지모를 짜내서 우스운 일을 만들어 내는 짓궂은 면도 있었다.

그들은 유삼봉이 쫓아오지 않는다는 것을 안 뒤에는 둑길을 천천히 걸었다. 통통배는 어지러울 정도로 오고 가고 하면서 강물에 파도를 일으켰다. 강 상류 쪽으로 가는 배에서 백설희의 노래 "별들이소근대는홍콩의밤거리……(홍콩 아가씨)"가 흘러나오는가 하면, 하류 쪽으로 가는 배에서 "나혼자만이그대를알고 싶소……"하며 송민도의 '나 하나의 사랑'이 흘러나와 불협화되고 있었다. 또 다른 배에서 "죽장에삿갓쓰고방랑삼천리……"하며 '떠나가는 김삿갓'도 강물에 젖어들고 있었다.

그들이 조금 더 걷자 수상 건조물들이 나타났다. 'OB 비어 홀'과 '크라운 비어 홀'이 서로 가까이 강물에 떠 있었고, 조금 더 하류 쪽으로 수상 댄스홀이 강물에 떠 있었다. 세 군데 다 여유가 있는 상류층이 아니면 들어갈 수도 없는 위락 시설이었다.

강 건너 꽃이 진 벚나무 아래 잔디가 많은 곳에서는 대개 별 안주도 없이 소주를 마신 할머니들이 신명 나게 춤을 추고 있었다. (당시는 트위스트 등의 춤도 들어오지 않아 젊은 층에게는 수상 댄스 홀에서의 서양의 고전적 춤이 오히려 유행이었다.)

"노세노세젊어서노세늙어지면못노나니……"

전쟁으로 얼어붙어 있는 영육을 녹이기 위해 할머니, 아줌마들의 고전 춤이 극성이었고 그들이 퇴폐적이라 하며 욕을 먹기도 했다. 몇 십 년이 지난 지금 같으면 전통적인 순수한 '우리 소리'로 상찬을 받을 만한 것이었다. 동촌의 중심지인 검사동까지 그들은 왔다. 둑으로 오르는, 유원지 입구인 계단 아래는 두 개의 상점이 서로 마주보고 있었는데, 두 군데 다 양공주처럼 머리 치장을 하고 화려한 옷을 입은 여자가 대구의 '양키시장'에서처럼 K2 비행장 P.X.에서 흘러나온 미국제인 물건들을 팔고 있었다.

그들이 아양교 다리 밑까지 갔을 때, 일단 헤어져서 낚싯대를 가지고 다시 모이기로 했다.

형진도 낚싯대를 가지러 집으로 갔다.

다소 성급하게 2개월 후의 동촌의 풍광을 짧게 서술해 본다. 동촌으로 들어가는 초입이 되는, 아양교를 막 건넌 자리에서 보이기 시작하는 사과 과수원과 거기에 곁들여지는 매미의 싱싱한 노랫소리. 이들은 장관을 이루고 있었다. 매미의 대도시라고도 할 만했다. 동촌이란 전체 공간을 가득 메우는 참매미의 울음소리를 들을 때 동촌의 사과나무는 매미를 길러 주고 매미는 사과나무에 음악을 불어넣어 주어서 동촌 전체의 사과나무 자체가 노래를 하고 있는 셈이었다. 사과나무 자체가 노래를 부르는 동촌 전체는 싱싱하게 살아 있었다. 동촌 전체는 투쟁을 마감하고 개가를 부르고 있었다.

다시 2개월 전 토요일 오후로 되돌아간다. 모두들 낚싯대를 가지고 다시 모였다. 낚싯대라 하지만 문방구점에서 파는, 별로 길지 않은 대나무에 낚시 줄과 찌와 바늘과 낚시봉을 단 볼품없는 것이었는 데다가, 미끼는 보리 밥알이었다. 모두들 다리 밑이나 다리에 가까운 지점에서 낚싯대를 물에 드리웠다. 금호강 푸른 물은 투명하고 깊었고 고기들이 득실거렸다. 보잘 것 없는 낚싯대와 미끼였지만 고기는 많이 잡혔다. 주로 붕어 새끼들과 잉어 새끼들이었다.

"우리 고기를 잡을 만큼 잡았으니 이제 수영하러 가자."

B29가 제안을 했고 모두들 수영을 하지 않고는 못 배길 만큼 더웠다.

그들은 하교할 때 지나쳐 온 강 상류층 수심이 좀 얕은 곳으로 올라갔다. 모두들 팬츠까지 벗어버리고 물 속에 들어갔다. 형진은 머리를 물에 담그고 팔을 휘저어서 앞으로 나가는 것 외에는 수영을 할 줄 몰랐고, 수영을 좀 할 줄 아는 아이조차 발로 물장구를 치는 개헤엄밖에는 수영법을 몰랐다. 물이 좀 얕았으므로 모두들 강 건너 유원지 쪽으로 건너가기로 했다.

형진은 강바닥을 따라 강 건너 물가까지 불과 몇 미터 남지 않은 위치까지 갔다. 그런데 갑자기 발이 푹 빠졌다. 강바닥이 웅덩이였을까, 여하튼 수심이 깊어진 곳이었다. 형진은 머리까지 물 속에 푹 빠져서 물을 마시며 허둥댔다. 공포감이 그의 발목을 아래쪽으로 잡아끌었다. 그는 더욱 물을 마시며 허우적거렸다. 이제 죽는구나, 하는 생각만이 머리를 지배했다. 그는 가까스로 어쩌면 살 수 있다는 생각을 불러일으키고는 강변 쪽으로 얼핏 시선을 주다가 그쪽으로 물에 머리를 담근 채 전진해갔다. 머리를 담근 채 팔다리를 휘젓는 것은 수영의 초심자에게는 가장 쉬웠고 수영이라 할 것도 없었다. 형진은 '혹시나' 하고 강바닥에 발을 내려 딛어 보았다. 수심이 얕아진 위치로 거의 건너편 물가까지 가 있었다. 그에게 안도감이 다가들어서 강물 속에 선 채 기쁨에 듬뿍 젖은 심호흡을 했다. 이승과 저승을 넘나들었다는 생각이 들었다.

형진이 목숨을 잃을 뻔한 것은 이번이 두 번째였다. 갑룡과 그의 아버지의 덕으로 장티푸스로부터 피신하여 목숨을 건진 것이 첫 번째였었다. 형진은 갑룡에게 편지를 해 주었었다.

비 온 지가 며칠 되지 않아서 그들이 옷을 벗어 놓은 동촌 쪽 강가에는 수초가 자라는 진흙탕이 있었고 거기에는 물이 조금 고여 있었다. 아이들은 해병대를 흉내내어 온몸에 진흙을 발랐다. 그때 마침 장영자가 진흙탕 쪽으로 오고 있었다.

"야, 영자야, 너도 우리 반이니까 같이 목욕과 수영을 하자."

종렬이 말했고 영자가 눈을 흘겼다. 이어서 팔석이 말했다.

"영자야, 너 여자의 납작 고치 크지, 그쟈? 너도 빤쓰까지 다 벗어. 우리가 남자 꼬치를 달아 줄 테니까."

태영이 느물대듯이 말했다.

장영자는 남자애들의 고추를 보고는 얼굴이 빨게 졌다. 진흙탕을 벗어나 남자애들을 비켜 가면서 영자는 입을 열었다.

"야, 이 자식아들아, 부끄러븐 줄을 좀 알아라."

"이 가시나야, 니나 부끄러븐 줄을 알아레이. 니 일부러 우리들 꼬치 보러 왔지, 그쟈?"

B29가 능청을 떨었다. 영자는 약이 올라 얼굴이 상기되었다.

"여자가 남자 꼬치를 다 보려고 왔다카이."

정수가 강조하듯이 말했다.

"맞다, 맞다 카이."

태영이 강한 긍정을 해 주듯이 맞장구쳤다.

"소문내 뿐다(버린다)."

팔석이 한편으로는 위협하듯이, 그러나 장난조로 말했다.

"용용 죽겠지. 용용 죽겠지. ……얼레리 꼴레리, 얼레리 꼴레리……"

상철이 신나는 노래를 하듯이 놀려댔다.

"용용 죽겠지. 이 가시나야."

B29가 한층더 약을 올리며 말했다.

"이 종내기(종놈같이 거칠은 머슴애)들아, 느그들(너희들) 우리 오빠한테 일러줘 뿐다."

"일러 뿌라…… 얼레리 꼴레리……"

종렬은 기죽지 않았다는 것을 보여 주듯이 더 한층 약을 올리자, 영자는 빠른 걸음으로 가 버렸다.

형진의 생애에서 외관상으로 가장 즐겁고 재미 있었던 해 중의 하나인 3학년의 세월도 다 흘러갔다. 3학년말 1957년 3월(당시 학년말) 담임 선생인 마필덕이 학년말 성적 통지표를 나누어 주면서 말했다.

"학과는 남학생 박형진이 1등이다. 그러나 박형진은 가끔 숙제조차 해 오지 않는 때가 있었다. 그래서 '태도' 점수가 조금 나쁘다. '이해'와 '기능'과 '태도'를 모두 종합해서 여학생 마방경이 1등이다. 이 말을 들었을 때 형진은 담임 마필덕이 괘씸하다는 생각이 들었다. 괘씸하기도 했지만, 공공연히 '부정'을 저지른 마필덕에 대한 비웃음이 아이 답지 않게 흘러나왔다. 나는 한번 개인적 사고로 빠진 일을 제외하고는 일제고사에서 상 타는 일에 빠져 본 적이 없다. 그것도 모두 반 1등이었다. 이 점에서 나와 비교될 아이는 우리 반에 아무도 없다. 물론 일제 고사 외의 일반 시험에서도 선두 그룹에서 확실한 1위였다.

한국전쟁의 휴전 협정이 조인된 후 3년밖에 안 되어서 교육 행정이 느슨한 때를 틈타서 행동하는, 도덕으로 문제가 있는 교사가 많았다. '이해'는 시험으로 평가하고 '기능'과 '태도'는 선생의 재량으로, 문서 상의 증거도 없이 평가를 하는 선생이 적지 않았다.

그리고 교육의 민주화와 기회 균등을 위한 타당성이라는 교육 정책은 바람직한 것이었다. 그래서 성적표에 석차는 기재되지 않을뿐더러 생활기록부에도 석차는 기재되지 않았는데, 석차까지 만들어 내어 학부형에게 마치 실적을 낸 듯이 보이는 것은 선생으로서 할 일이 못된다고 인식되기까지 했다. 교장이나 학부형에게까지 그리했다. 형진에게도 마필덕 선생이 '부정'을 저질러 놓고, 또 뻔뻔스럽게 마방경을 치켜세우는 것은 마치 자기 변소간을 드러내 보이는 것과 같다고 느끼도록 했다.

마방경은 일제 고사에서 70점 이상을 득점한 일이 거의 없었다. 마필덕은 매일 마방경네의 과수원을 방문한다는 소문이 퍼져 있었다. 그래서 마방경은 은어인 딸보(부정한 방법을 써서 선생의 사랑을 독차지하는 아이)가 그대로 별명이 되었다.

훗날 마방경과 그애 아버지는 학교 '뒷문' 출입에 이력이 난 명수가 된다. 마방경은 중학교, 고등학교, 대학교를 빠짐 없이 모두 뒷문으로 들어간다. 중학교, 고등학교, 대학교 입학 시험 때는 잠잠하다가 봄 어느날 갑자기 일류 학교 교복을 갖추고 나타나는 것이다. 대학은 대구 Y대 여자 초급대학으로 갔다가(이것은 삼수 후 유일한 앞문 출입이었다) 2년 후에는 다시 뒷문 출입을 하여 4년제 학부 3학년으로 나타나는 것이다. 이렇게 됨으로써 (학력이 가짜인 한) 마방경은 결혼조차 '뒷문' 결혼을 했다고 할 수밖에 없다. 뒷문으로 들어가서 선을 보고 의젓하게 숙녀 행세를 한 것이다. 신랑이 2세를 생각하여 신부의 두뇌와 학력을 중요시하는 것에 반하여 뒷문 출입을 하고 만 것이 되고 만다. 설마 유전학적 사기까지는 아니겠지.

다시 초등학교 3학년으로 돌아간다. 그 한때 형진은 물살이 세진 강의 강변을 거닐고 있었다. 가슴 속에서 파열되어 나오는 소리가 그의 귓전을 맴돌았다. 부정함, 더러움, 비겁함……. 하얀 사과꽃과 푸른 금호강이 씻어 주겠지.

강구江口에서

1957년 형진이 4학년으로 진급하던 해의 8월 초, 경북 영덕군 강구면(어항). 육지에서 볼 때 좌측 방파제 바깥쪽 해안에서 형진은 서성거리고 있었다. 이른 점심을 먹고 나왔었다.

모래사장은 경사가 급하게 위로 올라가 있었고 그 위쪽으로는 오징어가 마르도록 널려 있었다. 모래사장이 급한 경사를 이루는 것처럼 바다 밑도 가파른 경사를 이뤄서, 모래사장은 길게 펼쳐져 있었으나 해수욕장으로는 적합하지 않았다.

파도가 밀려 왔다. 파도가 하얀 거품을 만들며 해안을 핥다가 기진맥진해져서 물러나는 것을 보고 있다가 해안까지 날려져 오는 조개 껍질 등을 주웠다. 조개 껍질들은 흰 것과 검은 것이 있어 바둑돌로 사용해도 좋을 만했다. 옥같이 예쁜 초록빛이 감도는 납작한 유리알도 주웠다. 아마 누군가가 몇 십 년 전에 바다에 던져 버린 유리병이 바위에 부딪혀 깨지고 파도에 닳아서 예쁜 모습을 하고 있는 게 아닐까.

아주 약간 동그스름하게 휘어져 있는 수평선이 형진의 눈에 들어왔다. 엄마는 지금 어디에 있을까? 어떻게 되었을까? 아무래도 저 수평선보다도 훨씬 더 멀리 떨어져 있을 것이다. 아니, 실제 가까운 거리에 있다고 한들 엄마의 실체는 가까이에서 닿도록 다가오지 않는다고 생각했다. 엄마의 문제는 언제까지나 미해결의 장이 될 것이라고 생각되었다.

공부를 잘해서 상이나 타고 아이들과 어울림으로써 엄마를 잊고 있었던 것은 잘한 일일까? 사람이 죽거나 영원히 헤어질 때는 당사자를 망각해야 하면서도 추억 속에서 살려 내야 하는 모순에 빠진다.

형진은 바다 멀리에서 나타날 무엇인가를 기다리듯이 망연히 수평선을 바라보고 있었다.

형진은 4학년에 진급한 후 얼마 안 되어서 그 해 봄 극성을 부리던 유행성 감기에 걸려들었다. 그러다가 형진의 병은 기관지염으로 발전되었다. 잘못하면 폐렴으로 발전될 수 있다고 의사가 말했다. 형진은 2개월 이상 치료를 요한다는 의사의 진단서에 의해 장기 결석을 했다.

결석은 6월 말부터 시작되었다. 그러다 영덕군 강구에서 방파제 공사를 하는 회사를 따라간 아버지 규수는 휴양을 할 판이면,

연순에게 형진을 데리고 강구로 오도록 하라는 연락을 했다.

7월초에 연순과 형진은 강구로 갔다. 부두와 정박중인 배와 수평선은 형진의 가슴에 몹시 이색적으로 다가왔다. 강구에 있는 병원에서 며칠마다 한번씩 치료를 받으며 휴양을 계속하는 셈이었다.

규수의 잠자리는 사무실이었고 식사는 사무실에 가까이 있는 선주네 집에서 해결했었다.

규수는 주위 사람들의 권유에 못 이겨 몇 번 선까지 보았다. 그러나 상대는 애까지 딸린 여자가 아니면 박색이거나 무식한 여자였다. 무엇보다도 규수는 재혼하고 싶지 않았다. 마치 여자에 대해서 권태와 염증을 느끼는 남자 같았다. 그리고 재혼과 함께 계모라는 명칭이 붙어서 형진을 못되게 다루는 여자와 만날지도 모른다는 우려가 작용한 면도 있었다.

연순과 형진이 왔으므로 셋방을 하나 얻어 둘이 자게 하고, 규수 자신은 숙직자가 따로 없었으므로 계속해서 사무실에서 자면서 식사는 연순과 형진과 같이 하기로 했다.

강구로 간지 얼마 안 되어 형진은 사무실의 급사와 친해져서 잘 어울리며 지냈다.

"형진아, 니 저 철선 위에 한번 오르고 싶지 않나?"

"그래, 형, 그거 한번 타고 싶어."

철선이란 방파제 공사를 위해 크레인 등을 올려놓는 정방형의 배를 말하는 것이었다.

"좋아, 그럼 저 배를 타자."

급사는 노 젓는 배를 가리키고는 먼저 그 배 위에 올랐다. 형진은 그 배의 앞쪽에 탔다. 노가 하나 있는 것으로 뒤에서 노를 젓는 배였다. 노 젓는 배가 철선에 가까이 다가갔다. 형진은 먼저 철선 위에 올라가려고 팔을 뻗쳐 철선을 잡으려고 했다. 이미 선두船頭에 올라와서 철선을 잡으려고 한 것이다. 그러나 노 젓는 배가 철선에 아직 닿지 않았다. 급사는 배의 측면이 철선에 닿도록 노를 저어 방향을 틀고 있었다. 이때 형진은 철선을 손으로 잡지 못한 채 바다 속으로 첨벙 빠지고 말았다. 형진은 짠물을 마시며 허우적거렸다. 코로 물을 마시게 되어 코와 숨길과 목과 온 얼굴이 몹시 매운 느낌이었다. 수심이 깊고 옷을 입은 채이므로 어찌할 수 없이 허우적거리기만 했다. 이젠 정말 죽는구나. 바닷물의 윗 부분이 눈에 닿았지만 눈 앞이 컴컴했다. 그때 급사가 배에서 뛰어내렸다. 그리고는 우선 형진이 숨을 쉴 수 있도록 머리를 먼저 물위로 올리도록 한 뒤 형진이 노젓는 배를 잡도록 형진의 몸을 끄는 식으로 헤엄쳤다. 형진은 가까스로 노젓는 배 위에 올랐다. 형진은 정신이 나간 듯이 되어 있었지만 급사가 사람을 건지는 데 능숙하고 노련한 솜씨를 지니고 있다고 생각되었다. 급사가 배 위에 오른 뒤에 형진이 말했다.

"형, 내가 죽을까 봐 정신 없었지?"

"벌써 그런 말을 할 여유가 생기나? 그래, 좀 겁이 났지. 그런데 바닷가에 있는 아이들은 누구나 한번씩 물에 빠지는 것을 경험한데이."

"그게 정말이야? 물개 같은 애들이 말야?"

"정말이다. 한번 물에 빠져 봤으니 물개가 되지. 그런데 너도 수영을 배워야 하겠다, 그쟈?"

"그래, 배워야겠어."

어쨌든, 장티푸스, 금호강, 강구 바다—이렇게 세 번이나 형진은 죽음의 높은 가능성으로부터 가까스로 빠져나왔다.

그후 형진은 의사의 지시를 어기고 바닷물 속에 들어갔다. 바다가 아름답고 수영을 배우고 싶었기 때문이었다.

급사와 구광, 덕영, 봉수—이렇게 수영을 가르쳐 줄 사람은 많았다.

바닷물에 들어가서 기침이 나거나 하지 않았으므로 아버지는 형진에게 수영 연습을 하도록 튜브를 하나 구해 주었다. 8월초까지 형진의 수영은 많이 늘었다. 먼저 평영을, 좀 지나서는 자유형을 배웠다. 간이 좀 큰 아이들의 권유에 따라 깊은 곳, 먼 거리를 좀 무리하게 헤엄쳤기 때문에 물밑이 무섭게 보이지 않고 수영은 빨리 배우게 되었다.

수평선을 바라보기만 하던 형진은 문득 무료함을 느꼈다. 마침 그때 개 한 마리가 물가에서 어슬렁거리고 있었다. 형진은 돌을 주워 개를 향해 던졌다. 명중이었다. 개는 비명을 지르며 가파른 모래 언덕으로 오르지 않고 해안을 따라 줄행랑치고 있었다.

더욱더 무료해지면서 형진은 문득 노래를 부르고 싶어졌다.

바로 그때 형진에게 전경희 선생님이 떠올랐다. 담임을 맡지 않고 음악을 전담하여 가르치는 선생님이었다. 기회 있을 때마다 그 선생님은 학교에 입학하면 어른들이 부르는 유행가(대중 가요)와는 등을 돌려야 한다고 했었다.

좋지 않은 발성법과 노래하는 나쁜 습관이 붙기 때문이라고 했다. 어떤 아이가 독창을 할 때 실제로 대중 가요 식의 노래 방법을 지적하여 고쳐 주기도 했다. 형진은 노래하기 시작했다. 이리에서 경수에게서 배운 노래들이었다.

"어제 온 고깃배가 고향으로 간다기
소식을 전차하고……(고향 생각)"

해안에서의 형진의 노래는 더 계속되었다. 잠시 동안 삽상한 바람이 해변을 훑으며 맴돌았고 흰 거품을 질금질금 뱉어내는 푸른 파도가 쏴아쏴아하면서 형진의 노래에 반주를 해주고 있었다.

"봄의 교향악이 울려 퍼지는
청라 언덕 위에
백합 필 적에
나는 흰나리꽃 향내 맡으며

너를 위해 노래, 노래 부른다.
청라 언덕과 같은 내 맘에
백합 같은 내 동무야
니가 내게서 떠돌 때에는
모든 슬픔이 사라진다."

("사우" 1절)

노래를 막 마치고 났을 때 세 명의 친구가 모래 언덕 위에서 노래를 부르며 내려왔다.

"하룻밤풋사랑에이밤을세우고……"

'하룻밤 풋사랑'은 전국적으로 유행했었는데, 전국을 순회하는 약장수들이 더욱 유행하도록 퍼뜨린 노래였다. 골목마다 그 노랫소리가 넘쳐흐르는 정도였는데, 조그마한 여자아이까지 그 노래를 불렀다. 형진은 그것이 좀 꼴불견이라고 생각되었다.

"형진아, 니가 부르던 노래가 진짜 노래가? 그건 꼬마 애들이 부르는 동요야."

친근감이 배어 있는 얼굴을 하고 구광이 말을 걸었다. 형진은 슬쩍 웃으며 말했다.

"야, 하룻밤 풋사랑이 뭐냐?"

"그것도 몰라?"

덕영도 핀잔을 하듯이 되물었다. 형진은 시침을 떼고 말했다.

"나는 정말로 몰라."

"너는 아이니까 모린다카이. 교육을 좀 받으면 알 수 있게 되지."

구광이 야유조로 말했다. 형진도 비웃음을 머금고 물었다.

"그럼 너희들은 어른이냐?"

"그렇지. 어른이지."

이번에는 봉수가 끼여들어 말했다. 덕영이 맞장구쳤다.

"그런데 형진이 니는 헤엄도 잘 못 치니까 더욱더 아이이지. 하룻밤풋사랑에이밤을세우고…… 이봐, 노랫가락이 얼마나 좋노?"

"그래, 그래, 너희들 말도 일리가 있으니까 말싸움은 그만하고 헤엄이나 치자."

형진이 이렇게 말하자 구광이 동의하듯이 말했다.

"그래, 헤엄질이나 하는 것이 좋지. 우리들이 가져온 것을 좀 보레이."

형진이 살펴보니 세 친구는 풍로, 냄비, 적쇠, 숯 등을 들고 있었다. 추렴하듯이 각자의 집에서 내온 것들이었다.

"뭘 하려고 하지?"

형진의 물음에 구광이 말했다.

"우리하고 같이 놀면 곧 알게 돼."

그들은 바위섬과 가장 가까운 직선을 이루는 모래사장에 상의를 벗어서 취사 도구와 함께 놓고, 팬츠만 입은 채 방파제 입구 쪽으로 갔다. 육지에서 볼 때 왼쪽 방파제였다.

"우리는 이쪽 방파제 입구에서 건너쪽 방파제 끝으로 헤엄쳐 간데이."

구광이 강조해서 말했다.

"그래 한 200미터밖에 안되니 모두들 헤엄쳐 갈 수 있겠지. 형진아, 너도 헤엄쳐 갈 수 있겠지, 그쟈? 너도 헤엄의 도사가 되어 가고 있지? 그리고 우리들 세 명이 오른쪽과 왼쪽, 뒤쪽에서 너를 보호하며 갈 테니까 걱정하지 마레이."

덕영이가 형진을 안심시켰다. 하기는 형진은 200미터보다도 더 멀리 헤엄쳐 본 일이 있었으므로 심히 겁을 내지는 않았다.

모두들 건너편 방파제 끝까지 헤엄쳐서 방파제 위로 올라갔다. 그러고 보니 형진의 눈에는 세 아이들이 팬츠에 큰 주머니를 달고 있는 것이 보였다.

"조개를 잡으러 가자."

덕영이 말을 마치기도 전에 구광과 봉수는 방파제 바깥쪽을 살피고 있었다. 그 방파제에서 육지 쪽으로 얼마간 헤엄쳐 가면 얕은 곳에 모래가 있어 그곳에서 모시조개들이 서식하고 있었다. 아이들은 헤엄쳐 가서 그곳을 찾아냈다. 아이들이었지만 어디로 가면 먹을 수 있는 무엇이 있고─하는 점을 훤히 알고 있었다. 말하자면 바다의 예비 도인들이며 귀신들이었다. 형진까지 포함하여 네 아이들은 자맥질을 해서 모시조개를 잡아 올렸다.

"이제 그만 잡자."

주머니에 모시조개가 반 이상 찼을 때 덕영이 말했다.

"우리가 출발했던 저쪽 방파제 입구 쪽으로 헤엄쳐 가제이."

구광의 말에 모두들 행동을 같이 했다. 헤엄쳐 올 때와 마찬가지로 형진을 에워싼 편대로 헤엄을 쳐서 그들이 원래 출발했었던 방파제 입구까지 갔다.

형진을 제외한 셋은 부둣가에 닻을 내린 배들에 들락날락 했다. 그들은 배 속에서 귀신같이 '영덕 대기(영덕 대게)'들을 주머니에 넣어 왔다. 산 것들이었다.

넷은 걸어서 육지에서 볼 때 왼쪽 방파제 중간쯤까지 갔다. 방파제 중간쯤에서 바위섬으로 향해 헤엄치기로 했다. 바위섬은 모래사장에서 50미터 정도밖에 안 되는데 방파제 밖이라서 수영할 때 파도에 의해 해안 쪽으로 밀릴 것을 계산한 것이었다. 구광이 말했다.

"형진아, 방파제 밖은 파도가 심하대이. 조금만 더 주의하면 된데이."

"그렇지만 겁이 나는데……"

형진이 말했다.

"겁은 내지 마라카이. 우리가 가까이 있을 테니까."

구광이 다시 한번 안심시켰다.

그들은 다시 바닷물 속으로 들어가서 바위섬으로 헤엄쳐 갔다. 과연 파고가 예상 외여서 형진은 공포심이 일어날 지경이었다. 이 점은 방파제 안 쪽에서 수영하는 것과는 좀 다르게 느껴지는 것이었다. 방파제 안 쪽보다는 특히 물이 투명하므로 쉽게 눈에 들어오는 바다 속이 얼마간 두렵게 느껴졌다.

그들은 바위섬에 무사히 도착했다. 그리고 그들은 꽤 큰 섬의 둘레를 돌면서 고둥을 잡았다. 고둥은 물밑에도 있었지만 물 위 바위에도 많았다. 물 위 바위 속에서 성게를 잡기도 했다. 팬츠에 묶은 주머니들은 '영덕 대게' 때문인지 넘치도록 가득 차서 그들은 모래사장으로 헤엄쳐 갔다. 그들은 힘들었다는 듯이 모래 위에서 몸을 쭉 뻗고 누웠다.

그들은 곧 일어났다. 고무신을 신고 북쪽 해변 바위 벼랑으로 가기 위해 모래 언덕 아래로 걸었다. 고무신들을 물에 적시며 한참 걸었을 때 봉수가 말했다.

"이왕 배를 불리려면 이까(오징어)까지 먹자. 우짤꼬?(어떻게 할까?)"

"이까가 제일 맛있을 때는 바로 이때쯤이야. 아직 조금 덜 말라서 꾸덕꾸덕할 때 구운 것이 가장 맛있을 때이지. 그쟈?"

덕영이 봉수의 말에 답변을 하듯이 말했다.

"그라믄 우리 둘이 이까 서리를 하러 가자."

봉수가 제안을 하듯이 말했다.

"좋아, 우리 둘이 얼른 올라갔다 오자."

덕영이 말했다. 이 말이 떨어지기가 무섭게 봉수가 덕영보다 앞장서서 모래 언덕을 오르기 시작했다. 구광이 주의를 주었다.

"꼭 네 마리만 가져와야 된대이. 알았나? 꼭 네 마리만······."

그들은 벼랑의 약간 굴같이 패어진 기슭까지 왔다. 형진에게는 '오디세이아'에 나오는 기괴한 벼랑과 같은 곳이라고 생각되었다.

그들은 먼저 풍로에 숯을 넣어 불을 붙이고 냄비에 게와 조개와 고둥을 넣고 끓였다.

그 사이에 신발과 칼을 써서 성게를 갈랐다. 형진은 밤송이 같은 성게의 내용물을 생으로 먹으니 맛이 있었다. 냄비의 물이 끓자 그들은 조개와 고둥을 먹었다. 고둥의 살을 빼먹을 바늘까지 준비되어 있었다. 그리고 게(영덕 대게)를 꺼내 먹었다. 아직 살이 조금 덜 찼다고는 하나 참으로 맛이 좋았다. 마지막으로 이까(오징어)를 구워 먹었다. 모두들 포식을 한 셈이었다.

덕영과 봉수는 바위 위에 벌렁 누웠고 형진과 구광은 앉은 채 멀리 수평선을 바라보고 있었다.

"구광아, 다른 아이들한테서 너의 아버지에 대한 얘기를 얼핏 들었어. 아버지가 어찌 되셨어?"

형진은 궁금하다는 듯이 절실한 어조로 물었다.

"내게는 이제 아부지가 계시지 않아."

"젊은 연세이실 텐데, 어떻게 된 거야?"

"얼마 전에 출어出漁했다가 돌아오시지 않아서."

"참 안됐구나."

두 아이에게는 벼랑을 할퀴는 파도 소리가 처절하게 귓전을 두들겼다. 쓸쓸한 침묵을 깨뜨리고 구광이 말했다.
"사실상 돌아가신 기(게)지. 행방 불명이니 실종이니 하고 얘기들을 해 쌌지만. 그런데, 형진아, 느그 어무이는 안 기시나?"
"도대체 나도 모르겠어. 어떻게 된 건지……"
"그기 무슨 얘기고?"
파도 소리에 어울어지는 한참만의 침묵 후에 형진이 말했다.
"엄마는 아버지와 헤어지고 나서 다른 남자와 결혼을 했을 거야. 그렇더라도 살아있다는 것을 보이기 위해, 또한 나를 만나기 위해 한번쯤 나타나야 했을 텐데. 어쩌면 이 땅에서 외롭고 쓸쓸하게 사라져 버린 지도 몰라."
"설마 돌아가싰을라꼬? 바다가 아닌 곳에서 사람이 죽는 것은 쉬운 일이 아니라꼬. 저기, 아주 약간 둥그스름하게 휘어진 수평선을 봐라. 저기 저 선을 넘으면 저승이야. 어부들은 이승과 저승을 넘나들면서 살고 있지. 출어할 때는 아예 목숨을 바다에 맡겨 뿐다(버린다)."
구광이 말을 끊고 수평선을 망연히 바라보고 있을 때 형진이 입을 열었다.
"저기 수평선 위에 무엇이 떠 있어. 저게 무엇일까? 그렇지, 배 이겠지."
바다에 대해서 이렇듯 생소한 형진의 말을 받아서 구광이 설명하듯 말했다.
"수평선에서는 배가 윗 부분부터 떠오르는 기라. 행방 불명이 되었다느니 실종되었다고 하던 사람이 저런 배 위에서 살아서 돌아오는 수도 있다꼬. 저런 배에 구조되었다가 말이제."
 이어서 형진과 구광의 대화.
 "그럼 너의 아버지도 저기 저 배에 타고 오실 수도 있잖아?"
 "그럴 수도 있지. 하지만 우리 가족은 저런 배를 기다리는데 너무 지치고 말았는 기라."
 "우리 부두 가로 한번 가 보자. 너의 아버지가 바로 저 배에 타고 계실지도 모르잖아?"
 "그만둬. 이 항구에 도착하려면 아직도 멀었어. 이따가 가 봐도 된다는 말이지러. 그리고 저기 저 배는 다른 항구로 가는 배일 수도 있지. 두 아이의 이야기를 듣고 누워 있던 덕영이 상체를 일으키고 말했다.
 "나도 어무이가 안 계신다."
 "나는 양친이 다 계시니 나만 행복한 셈이군."
 봉수도 누워 있는 자세를 그대로 취하며 대화에 끼어들었다. 형진은 수평선을 그대로 지켜보며 마치 혼잣말하듯이 말을 내뱉었다.
 "나는 수평선을 지켜보며 기다릴 아무것도 없어. 어머니는 아무런 기약도 없이 사라졌으니까. 수평선 위의 점을 기다리는 것도 하나의 복이며 부러움을 주는 것이야. 나에게는 수평선 위에서 기다릴 만한, 가슴 설레게 하는 하나의 자그마하고 흐릿한 점 點도 없어."

제2부
바깥 세계로의 눈 뜸

소년의 노래,
그리고 반딧불

1958년에는 자유당의 개헌선 2/3이상 확보에 실패한 5·2. 총선이 있었고 12월 24일 300인의 무술 경관이 민주당 위원을 지하실에 감금해 놓고 자유당 128명만으로 현존하는 '국가 보안법'의 모태인 '보안법'을 통과시킨, 말썽 많은 '보안법 파동'이 있었다. 그러한 사건에 질려 있던 민초民草들은 주막집 등에서 수군거리고 있었다.

형진의 아버지 박규수는 영덕군 강구면에서 방파제 공사를 위해서 최선을 다해 근무했다. 많은 날을 서울에서 보내는 현장 소장의 역할까지 대신하는 것이었다. 크레인과 잠수부들은 방파제 공사에서 빠질 수 없는 존재들이었다. 그 해 가을까지는 공사가 잘 되어 갔다. 그때까지는 도청이나 군청으로부터 인정을 받아서 도급 대가를 제때 제때 지급 받았다. 그러나 폭풍이 크게 일어나서 공사한 것이 바닷물에 씻기고 밀려 허물어졌다.
 규수는 월급의 일부를 저축한 것을 인출하여 동촌 아양교 쪽에 형진과 형진의 고모를 위해 미장원이 딸린 집을 샀다. 고모 연순이 이미 미용사 자격을 딴 뒤였다. 고객이 많지는 않았지만 그런 대로 두 사람의 생계를 이어갈 수 있었다. 아양교 쪽에 집을 삼으로써 형진은 종렬을 비롯한 '아양교파'와 잘 어울릴 수 있었다.

 그 해 형진은 5학년이 되어 있었다. 누가 뭐라고 해도 형진은 까까중 머리로 이발을 하지 않고 여전히 머리를 길러 상고머리를 하고 있었다. 그 해 5학년 때 또하나의 딸보(남자)가 있었다. 강익훈이었다.
 8월 하순 어느날 형진네 반은 4교시에 음악실에서 음악 실기인 노래 시험을 쳤다. 교내의 교사 중에서 피아노나 오르간을 칠 수 있는 인원은 1/5도 되지 않았다. 그래서 전경희 선생은 담임을 맡지 않고 음악실에서 말하자면 음악 선생으로서 아이들을 가르쳐 왔다. 시험을 치는 노래는 이미 아래 학년에서 배운 '나의 살던 고향은……'이었다. 지난 번 시간에 이미 연습을 시켰고 지금 이 시간에도 얼마간 주의를 준 후 시험을 치르게 했다. 수업이 끝나는 종이 울리고 "차렷, 경례"를 하자 마자, 아이들은 시험을 칠 때의 긴장을 털어 버리고 앞을 다투어 음악실을 나갈 태세를 취하고 있었다. 그때 전 선생이 형진을 부르는 소리가 모든 아이들의 귀에 들려왔다.

"박형진, 여기에 조금만 남아 있어라!"

형진은 자신이 무슨 잘못이라도 있어 꾸중을 들을 것 같기도 했다. 그는 가슴이 두근거리는 채로 선생 앞으로 갔다. 3학년 때 그 해 여름 뒤에도 형진등에 의해서 많은 놀림을 당한 장영자 때문일까?

"왜 그렇게 겁을 내고 있나? 꾸중을 하려는 게 아니란다. 안심하고 있어라."

전 선생은 경상도의 지식인이 그러하듯이 경상도 말에 표준어 어휘가 많이 섞여 있었으나 억양은 경상도 식이었다.

"노래 시험 성적이 나쁜 겁니까?"

"아니야, 그런게 아니라니까. 그런데 니 서울내기이구나."

"시험 성적이 어느 정도나 되는지요?"

"그런 것 신경 쓸 것 없어. 점수는 5학년 전체에서 최고야. 100점을 줄 수 없어서 99점으로 채점한 거다. 그런데 너의 노래는 만점에서 사실상 이십 점을 초과할 만한, 그런 실력을 보여 주는 것이란 말이다."

"왜 그렇죠?"

"너의 목소리는 도저히 흠 잡을 데가 없다고 하는 정도를 훨씬 넘고 있어. 개성적인 면이 벌써 나타나고 무척 특이한 것이야. 성대 자체가 무척 특출하다고 할 수밖에 없지."

"정말 그래요?"

"까다로운 선생님이 거짓말하겠나? '나의 살던 고향은……'을 다시 한번 불러 봐라. 그런데 '한 음 반'을 더 높여서 불러 봐라. 내가 피아노로 음을 잡아 줄 테니 끼네."

형진은 '한 음 반'을 더 높여서 노래를 무난히 불러내었다.

"역시 고음이 곱고 부드럽고 새털처럼 가볍구나. 그리고 고음을 강하게 낼 수도 있구나. 강하게 고음을 내야 할 때는 음이 쭉쭉 뻗으면서 쩌렁쩌렁 울린다는 말이다. 이번에는 형진이 니가 좋아하는 노래를 불러 볼까?"

"제 목소리가 이쁘다는 말은 많이 들어 왔어요."

"그랬었구나. 그래, 또 다른 노래를 해 봐라."

형진은 이번에도 음을 높게 잡아서 노래를 했다. '울 밑에 선 봉선화'였다. 전 선생은 계속 피아노 반주를 했다. 형진은 선생님이 시키지도 않았는데 역시 음을 높게 잡아서 또 다른 노래를 불렀다. '봄의 고향악이 울려 퍼지는'으로 시작되는, 보통 '사우'라는 제목으로 통하는 노래였다. 이리에서 경수 형에게서 배웠던 노래 중의 하나였다. 그리고 강구의 바닷가 모래사장에서 무료함을 달래기 위해 불렀던 노래였다. 가장 높은 음의 부분인 '백합 같은'에 와서는 반주를 하는 전 선생도 형진이 실수할까 봐 상당히 긴장했으나 형진은 조금도 무리 없이 거뜬히 불러냈다.

형진이 노래를 마치자 전 선생이 말했다.

"국민학교에서 배우는 동요는 소프라노, 메조 소프라노, 알토의 음역이 공통적으로 겹치는 공통 음역(음역의 교집합)으로 작곡되는 거야. 곧, 어떤 아이이든지 부르기 쉽도록 음역을 그렇게 좁게 잡아 놓은 것이지. 누구든지 부르기 쉽도록 하는 유행가(대중 가요)도 그런 식으로 좁게 잡은 음역 내에서 작곡되는 거지. 그러니까 성악가나 형진이와 같은 아이는 이러한 음역에서 거듭 벗어나 몇 도 더 올려도 보통 사람보다 훨씬 노래가 잘 되고 고운 소리를 낼 수 있는 거란다. 우습지만 일종의 클래식류의 동요와 대중가요가 공통점이 있다면 바로 이 점이지. 즉 조금 전에 내가 말한 공통 음역의 문제와 관련되는 것이지. 그러니까 보이 소프라노는 높은 음역의 소리이기는 하지만 성인 여자의 소프라노만큼 고음이 현저히 높지는 않지. 그렇지만 형진이는 보이 소프라노 음역을 넘어서서 극히 높은 소리를 낼 수 있지. 새털같이 가볍고 고운 고음이지. 바로 성인 여자 소프라노와 거의 같은 고음이야. 다시 말하면 슈퍼보이소프라노야. 형진의 목소리는 장래가 촉망된다고 말할 수 있어."

"그게 사실인가요?"

"물론 엄연한 사실이지. 아무리 노래를 잘하는 어린이라도, 곧 전국 대회에서 우승하는 어린이 노래 선수라도 결정적인 고음 한계에 부딪치지. 중음中音은 크고 곱게 내지만 고음을 내는 성대의 한계에 부딪쳐 아주 높은 고음에 약세를 보이지. 음이 막혀 버리고 말아. 즉 성대에서 정상적으로 발성되어 음이 목 위로 넘어오기가 어렵게 되지."

"선생님, 제 목소리의 장점이 정말 그러합니까?"

"선생님의 입이 허튼 말을 하도록 그렇게 가벼운 줄 아나? 니가 장래에 전공을 음악으로 선택한다면 너의 장래까지 예측할 수 있을 정도야. 그런데 일반적으로 노래를 부르는 사람이―형진이 너도 약간은 해당되지만―주의할 점을 지적해 줄까?"

"예, 선생님, 가르쳐 주세요."

"형진은 고음, 중음이 다 좋은데 저음이 조금 약해. 낮은 음을 좀더 크게 낼 수 있도록 연습을 해야 되는 거다. 하기는 저음을 지나치게 크게 낼 필요는 없지. 나중에 테너가 되면 지나치게 크게 내어도 테너의 멋과 매력이 줄어 들 수 있지. 둘째, 유행가와는 완전히 등을 돌려야 되지. 노래를 부를 때 나쁜 버릇과 좋지 않은 기교가 배어들기 때문인 기라. 노래를 유행가풍으로 불러서는 안돼. 물론 형진이가 유행가풍으로 부르고 있다는 것은 아니야. 예를 들면 유행가는 가성을 너무 많이 쓴다는 것이야. 또한 유행가는 한 음을 쉬지 않고 계속 낼 때 끝 부분에 가서 가짜 떨림이 있어. 즉 가짜 비브라토가 만들어지고 있어. 이런 일은 절대로 없어야 돼. 그리고 가짜 비브라토가 아니더라도, 진짜 비브라토가 크지 않도록 연습해야 돼.

셋째, 변성기에 가까워져서는, 또한 변성기가 완전히 끝날 때까지는 노래 연습이나 발성 연습도, 가성을 쓰는 것도 지나쳐서는 안 되지. 그 기간에는 성대를 아껴두고 조심해야 하지. 특히 형진이 너는 고음이 특출하게 좋은데, 변성기의 기간 동안에는 고음을 너무 쓰지 않도록 주의해야 하는 기라. 조심해! 좀 아껴

두어라!"

"그렇군요."

전 선생은 창 밖의 매미 소리에 귀를 기울이고 침묵을 지키더니 입을 열었다. 말을 꺼낼까 말까 하며, 망설이다가 말을 꺼내는 것 같았다.

"형진이 너 방송국 어린이 합창단에 들어가서 노래하고 싶지 않나? 내가 넣어 줄 수 있으니끼네. 아니, 너 혼자 힘으로 들어갈 수 있지. 나는 주선만 해주면 되지. 그런데 지금 5학년 때는 좀 늦다는 느낌이 드는구나. 얼마 안 가서 중학교에 가면 변성기가 오니까."

형진은 약간 억울하고 섭섭하다는 표정을 띄며 말했다.

"그런 곳에서 좋은 노래를 많이 불러 보고 싶기도 하지만 아버지가 반대하셔서요. 다른 것은 다 그만두고 공부만 하라고 하셔서요."

"음악도 좋은 공부야. ……좋아. 만약 니가 변성기를 지나서 성악가가 되고 싶은 마음을 먹는 때가 오면, 지금까지 한 내 말을 명심하고 있어야 한다."

"예, 그리하겠어요."

"형진이 너는 거세하면 카스트라토가 될 수 있는 성대를 갖고 있어. 그러나 거세를 하라는 얘기는 아니데이."

"선생님, 거세가 뭐예요?"

전경희 선생은 얼굴을 붉히더니 정색을 하고 대답했다.

"나중에 어른이 되면 다 알게 되지. 결혼은 할 수 있어도 애기를 못 낳도록 하는 거란다."

"선생님, 카스트라토는 또 뭐지요?"

"변성기를 넘어 어른이 되어도 여자처럼 높은 음을 내뿜는, 말하자면 남자 메조소프라노 또는 소프라노지. 옛날에는 카스트라토가 될 만한 아이를 교회나 사회에서 인정해 주었지만, 지금은 가만히 두면 땅 속에 묻혀 버리고 말 것 같구나."

"예, 잘 알겠습니다."

"이봐, 형진아, 너는 카스트라토가 되어서도 안되겠지. 그러나 변성기가 지나면 테너 중에서도 아주 높은 음을 자유자재로 구사하게 될 끼다. 내 말 잘 명심해라. 그런데 '구사'가 무슨 말인지 알겠제?"

"예, 알고 있습니다. 그리고 선생님 말씀 명심하겠습니다."

"그래, 지금 점심 시간이제? 이제 가 보도록 해라."

형진은 전경희 선생에게 마음 속으로 진정 고맙다는 뜻을 전하기라도 하듯이 꾸뻑 목례를 하고 음악실을 나왔다. 그리고는 자기 교실인 5학년 1반 교실로 들어갔다. 교실 안은 찌는 듯했다. 한여름의 광기 어린 더위가 매일 이어졌기 때문이었다.

형진은 도시락을 꺼내어 먹었다. 교실 북쪽에 수령이 오래 되어서 하늘을 가리고 헌걸차게 자라난 히말라야시다에는 이제야 허물을 벗은 매미가 요란한 노랫소리로 암컷인 짝을 부르고 있었다.

이날의 수업이 다 끝나고 아이들은 청소를 마쳤다. 교무실에

제2부 바깥 세계로의 눈 뜸

서는 대청소를 하기 때문에 담임 선생 백인호는 교실 바깥 나무 아래에 있다가 청소 검사를 하기 위해 교실로 들어왔다. 그리고는 교실내 자신의 책상에서 오늘 치른 산수 시험을 채점하기 시작했다. 그러자 아이들 20명 이상이 하교하지 않고 백인호의 책상을 둘러싸고 채점하는 것을 구경하고 있었다. 딸보(부정한 방법을 써서 선생의 사랑을 독차지하는 아이라는 은어) 강익훈이 있는 역전파, 고아원 애들로 똘똘 뭉쳐진 방촌동파와, B29와 형진과 종렬이 있는 아양교파가 각각 상당수 남아서 구경을 하고 있었다. 집의 위치가 고려되어 각각의 분파가 생겼으나 반드시 집의 위치만으로 정해진 것은 아니었다.

강익훈은 다섯 개 틀린 85점이었으나 형진은 두 개 틀린 94점이었다. 눈치 빠르고 간이 큰 종렬은 가까이서 서로 손이 닿을 수도 있는 선생 옆에서 현재 채점 도중에 있는 시험지 밑 쪽에 있는 자신의 시험지를 찾아내어 정답을 고쳤다. 날쌘 소매치기 식이었다. 커닝이나 부정한 방법으로 점수를 올리는 일에 있어 종렬은 말하자면 도인이 되어 있었다. 종렬은 결국 자기 점수가 88점으로 시험지에 적히는 것을 보고 매우 즐거워했다.

그러나 그 즐거움도 잠시일 뿐이었다. 말하자면 '백인호 선언' 때문이었다.

채점을 다 마친 백인호는 마치 '선언'을 하듯이 비교적 큰 소리로 말했다.

"오늘 시험은 성적에 안 옇(넣)는다."

그 이유는? 형진은 자문자답했다. 85점을 딴 딸보 강익훈의 성적이 나쁘기 때문이지. 동시에 특히 내가 딴 점수가 최고 점수로서 94점으로 앞으로 강익훈이 그 벌어진 점수 차이를 메우기 어렵기 때문이지.

그런데 그 이유를 백인호가 역시 '선언'의 주석을 붙임으로써 부정이 정당성으로 둔갑하는 것이었다.

"시험이 어려워서 모두들 낮은 점수를 땄기 때문에 성적에 안 옇(넣)는다."

형진은 마음속으로 생각했다. 만약 강익훈이 94점 땄다면 성적에 넣겠지. 그런데 최고 점수가 94점이라면 시험이 어렵게 출제된 것도 아니야. 성적에 '옇는다'고 말할 때는 강익훈이 형진의 점수보다 우위에 서는 경우가 아니었다. 대부분의 경우에 있어 익훈의 시험 성적이 형진의 것을 따라잡을 수 없기 때문이었다. 익훈이 우위가 아니더라도 시험에 조금만 뒤떨어져도 태도, 기능의 점수로 보충되는 것이었다. '성적에 안 옇는다'고 할 때는 익훈의 시험 점수가 형진의 점수보다 비교할 수 없을 정도로 너무 많이 떨어지는 경우였다.

하기는 익훈의 시험 점수가 가뭄에 콩 나듯이 형진의 것보다 약간 나은 경우도 있었다. 가령 우리 나라의 산맥 이름을 숙제로 냈다면 형진은 그것들을 외웠겠지만, 숙제로 내지 않았을 때는 산맥이 나오는 책의 페이지를 펴 보지도 않았기 때문에 시험에서 단답형의 답을 쓸 수 없어서 점수가 익훈의 그것보다 약간 떨어지는 경우도 있었다.

그러나 암기 중심이 아닌 일반 시험에서는 형진은 높은 점수를 땄다. 특히 일제 고사가 있을 때에는 강구에서 장기 결석을 하던 4학년 때 등을 제외하고는 졸업 때까지 한 번도 빠지지 않고 내내 상을 받았다.

채점이 다 끝나자 아양교파 중 8명이 남아 있었다.

"오늘은 샛강으로 가자."

B29가 이렇게 제안을 하자 종렬을 비롯한 다른 애들 모두가 찬성을 표했다. 그들은 히말라야시다가 하늘을 가리는 정문 앞으로 나왔다. (둑으로 오르는 곳은 학교 뒷문이었다.) 그리고는 얼마간 국도를 따라갔다. 그런데 국도의 왼편 인도 쪽에 수레를 떼어낸 말 한 마리가 나무에 고삐가 매어진 채 서 있었다. 아이들은 말의 갈기와 꼬리에서 말총을 잡아당겨 뽑고 있었다. 말이 뒷발질을 했다. B29가 말했다.

"모두들 조심하래이. 말의 뒷발질에 맞으면 골로 간다(죽는다)."

아이들은 말총으로 자그마한 올가미를 만들었다. 그들은 각기 국도를 따라 열을 짓고 있는 플라타너스 나무 아래편 둥지에 앉아 있는 매미의 곁으로 살금살금 다가갔다. 그리고 말총 올가미를 매미의 머리 부분에 밀어 넣었다. 매미가 놀라서 날아가려고 하면 올가미의 지름이 줄어들어서 매미는 올가미에 묶여져 버리는 것이었다. 먼지가 풀풀 날리는 국도에서 한동안 매미 잡기에 열중하던 아이들은 샛강으로 통하는 길로 접어들었다. 아이들 중 세 명은 이미 그 길 수양버드나무 아래편 둥지에 앉아 있는 매미를 잡고 있었다. 그들은 샛강을 따라서 만들어진 좁은 둑길로 접어들었다. 울타리로서 어른 키를 넘는 탱자나무가 심어져 있었고 그 바깥에 철조망을 친 과수원에서는 사과 '홍옥'이 소담스럽도록 빨갛게 익어가고 있었다. 동촌 일대에서 사과 재배 기술이 가장 뛰어나서 도지사로부터 상을 받은 조인발씨는 '홍옥'을 빨리 익도록 하는 비결을 지니고 있었다. 샛강 양쪽에는 과수원이 계속 이어지고 있었다. 샛강의 물은 2.5km쯤 더 가서 금호강에 합류되는 것이었다. 그들은 잡은 매미의 날개를 잔혹하게 떼어버리고 나무 둥치에 놓아주었다. 불구가 되어 버린 암컷은 일종의 낙담과 절망에 젖어 있는 듯 수컷이 노래하고 있는 나무의 위쪽으로 맥없이 올라가고 있었다.

아이들이 매미 소리에 흠뻑 젖어 있는 샛강을 따라, 조인발씨의 과수원이 끝나고 다른 사람의 과수원의 중간쯤 되도록 더 걸어갔을 때, 과수원 울타리에 이상한 점이 있음을 발견했다. 사람이 기어 들어갈 수 있는 구멍이 있었다. 철조망의 아랫부분이 펜치 같은 것에 의하여 끊어져 휘어진데다가 그 안쪽 탱자나무도 베어져 있었다.

맨 처음 그것을 발견한 팔석이 말했다.
"여기 개구멍이 있다."
"개구멍이 아니라 사람 구멍이다."

핀잔을 주듯 종렬이 말했다. 이번에는 홍기가 말했다.

"지난밤에 도둑이 들었군."

잠시 생각을 하던 종렬이 말했다.

"우리 들어가서 능금을 훔쳐 먹자."

"마침 내게 빈 자루가 있어."

용남이 즐거워하며 말했다. 근래에 사과 도둑이 많아서 학교에서는 때때로 빈 자루가 없는지 책보 검사를 했었다. 종렬은 아이들의 의기가 투합되어 있음을 잘 읽어 내고 명령조로 말했다.

"용남이는 먼저 들어가서 사람이 눈에 띄는지를 보고, 홍기는 여기에 남아서 샛강 길을 따라 사람이 오는지 망을 보고 따 온 능금을 자루에다 넣는다. 알겠제? 자, 홍기만 남고 모두들 들어가기 시작한다."

먼저 들어간 용남이 사람이 보이지 않는다는 표정으로 들어오라는 손짓을 했다.

형진도 따라 들어갔을 때 과수원 안에는 주인이나 그 식구 같은 사람이 보이지 않았다. 종렬 등의 아이들은 재빨리 나무에서 사과를 따서 땅바닥에 놓았다. B29가 가장 멀리 들어가 있었다. 따 놓은 사과가 열 개쯤 되었을 때 아이들은 사과를 윗저고리로 싸서 개구멍 바깥으로 내어 주자 홍기는 그것들을 자루에 담았다. 그러나 욕심이 발동했던지 아이들은 윗저고리를 받아서 다시 사과나무 밑으로 가서 사과를 따고 있었다. 그때 종렬이 말했다.

"너무 많이 딸 필요가 없지 않나? 그만, 나가자. 잡히면 끝장인 기라."

다른 아이들도 그 말에 수긍이 간다는 생각을 앞세워서 한 사람씩 개구멍으로 빠져나왔다. 그들은 도망치기 위해서 서둘렀다. 그런데 과수원 속에서 움직이는 사람이 보였다.

그때 종렬이 말했다.

"어이, B29, 빨리 나온나! 사람이 있다는 말이다."

간이 크고 미욱하고 동작이 느린 B29는 과수원에서 안쪽으로 너무 멀리 들어가 있다가 사람을 발견하고는 따놓은 사과를 줍지도 못하고 개구멍으로 뛰어왔다. B29를 제외한 아이들은 사람이 따라올 지도 모른다고 생각하고는 사과 자루와 책보를 들고 도망치기 시작했다. B29는 몸집이 크고 뚱뚱해서 개구멍을 빠져나오느라고 애를 먹고 있는데, 과수원 집 사람이 가까이 오고 있었다. 그리고는 호통을 쳤다.

"이 도둑놈들아, 도망치지 말고 서 있지 몬(못)하겠나?"

과수원 사람이 B29의 발목을 잡았다. 하지만 B29의 다리 힘이 몹시 세므로 과수원 사람은 B29의 발목을 놓쳐 버렸다. 과수원 사람은 다시 B29의 발목을 잡고는 말했다.

"야, 이 새끼야, 도망치기를 멈추고 이리 들어오지 몬하겠나?"

과수원 사람은 B29의 발목을 다시 놓쳤다. 이번에는 바지 가랑이를 붙잡고 늘어졌다. "빠져나오기"와 "붙잡음"이라는 싸움이 치열했다. 과수원 사람이 B29를 조금씩 끌어당기는 듯하더니 결국은 B29가 개구멍을 빠져 밖으로 나왔다. 그러나 B29의 아랫도리가 완전히 벗겨져 드러난 채로였다. 원래 팬츠를 입지 않았던 B29의 고무줄 넣은 바지를 과수원 사람이 마치 큰 곤충의 허물인 양 쥐고 닭 쫓던 개처럼 서 있었다.

하의가 완전히 벗겨진 채로 B29는 헉헉거리며 힘을 다해 뛰었다. 역전을 조금 못 미쳐 B29를 제외한 아이들은 샛강 물 속에 모여 있었다. 팬츠마저 입지 못한, 막 뛰어온 B29를 보고 종렬이 말했다.

"B29, 니 참 용감하구나. 뚱뚱하고 간이 너무 큰 게 탈이지."

이어서 홍기가 B29를 안심시켰다.

"니 책보는 내가 챙겨 왔어."

정수가 깔깔대었다.

"야, B29, 니 고치와 궁둥이가 다 보인다. 어떻게 할 끼고?"

형진도 한 마디 했다.

"너는 옷은 과수원 집 사람에게 빼앗기고 옷값도 못했구나."

"능금 한 개를 가져오지 몬했은끼네."

태영이도 B29를 놀리듯 한 마디 거들었다.

B29도 도망치느라고 뜨겁게 달구어진 몸을 샛강 물에 담갔다. 몸을 물에 담근 채로 그들은 사과를 물에 씻어서 먹었다. 잘 익어 가는 사과를 포식했다.

형진은 이렇게 딱 한번 사과를 훔쳤다. 그런데 형진은 사과를 훔칠 때는 마음에는 장난기로 가득 차 있었으나 나중에는 죄의식을 느끼고 후회하는 경향이 있었다. 죄의식을 느낄 때 거울을 보면 도둑이, 무서운 죄인이 나를 바라본다.―하는 마음속의 생각이 꿈틀거렸다. 그런 괴로움을 당하지 않으려면, 훔치는 일 같은 것을 하지 않고 정직해야 한다고 형진은 생각했다. 성장함에 따라 정의감등이 가슴에 들어찬 면도 있었지만, 그것보다는 부정직함 등이 심리적으로 무거운 짐을 지게 한다는, '니체'식의 도덕 감각과 유사했다. 몸을 물에 담근 채 싫도록 사과를 먹은 후 그들은 이제야 걱정 거리가 있다는 것을 떠올렸다.

맨 먼저 형진이 걱정된다는 말을 했다.

"B29, 이제 너 집에 가는 게 걱정이야. 대낮에 아랫도리가 벗겨져 고추가 덜렁거리는 채로 집에 갈 수는 없을 테니까."

종렬은 걱정보다는 우습다는 생각을 내심으로 앞세우며 말했다.

"느그 집이 있는 아양교까지의 길은 사람과 상점이 많기 때문에 고추를 털럭거리며 털래털래 갈 수는 없지."

형진이 그 말을 받았다.

"태영이 너의 집 토마토 밭 원두막에 어스름이 내릴 때까지 가 있으면 되지 않을까?"

태영이 대답했다.

"그라믄(그러면) 좋겠구나. 원두막까지는 사람이 잘 안 보이는 끼네 낮에라도 갈 수 있을 끼라. 그렇지만 우리 모두들 다 가면 너무 많으니끼네 B29, 종렬, 형진만 날 따라가자."

기차역을 조금 못 미쳐서 있는 태영이네 토마토 밭 원두막으로 향해서 사람들이 잘 다니지 않는 농로를 따라서 그들 넷은 걷고 있었다. 그런데 5학년 여자 애들 아홉 명이 그들 앞쪽에 나타났다. B29를 보더니 여자애들은 '깔깔깔' 웃어대고 있었다. 그럴 만도 했다. 평소에 여자 애들이 고무줄놀이를 하고 있으면 짓궂은 남자애들이 면도칼로 고무줄을 자른다든지 하는 사례가 많았었다.

여자애들 중 한 명이 노래하듯이 놀려댔다.

"빤스도 입지 않은 신사가 나가신다. 물렀거라. 얼레리 꼴레리, 얼레리 꼴레리……"

평소에 짓궂은 종렬도 어쩔 수 없었다. 맞대응을 못하고 침묵을 지키면서 B29의 몸을 가려 주면서 여자애들 사이를 빠져 달아났다. B29는 작은 고추를 털럭거리며 종렬의 뒤를 좇아 바삐 뛰었다.

그들 종렬 일행은 뛰어서 태영이네 원두막에 모였다. 힘껏 달렸기 때문에 그들은 몸이 후줄근해졌고 온몸을 땀으로 뒤발하고 있었다. 모두들 옷을 벗고 모터로 지하수를 뽑아내어 흐르게 하는 수로 안으로 들어가서 물에 몸이 잠기도록 엎드렸다. 얼마 후에 그들은 배가 고파왔다. 그러나 먹을 것은 밭의 토마토뿐이었다. 태영이 잘 익은 토마토를 따서 펌프 물이 담겨 있는 통에 넣어 온기를 식혔다. 한참 후에 그들은 찬물에 식혀진 토마토를 원두막 안으로 가져갔다. 원두막에는 모기장이 쳐져 있었다. 그들은 얼마간 차가워진 토마토를 달게 먹었다. 익기 전에 따서 유통 과정에서 익게 되는 토마토가 아니라 바로 밭에서 익은 것이었기 때문에 더욱 맛이 있었다. 차츰 밤이 이슥해져 가고 있었다.

귀뚜라미와 베짱이와 여치의 노랫소리의 합주가 원두막으로 올라와서 온통 그들의 귓전을 정복하고 있었다. 밤하늘이 시리도록 푸르게 되어 망막한 바다처럼 펼쳐져 있었다. 별들은 그 바다 쪽에서 볼 때 먼 등대의 자그마한 등불처럼 은은하게 미소를 뿌리고 예쁜 눈짓을 보내왔다. 어떤 별들의 무리는 익은 사과 알처럼 주르르 쏟아져 내릴 듯만 싶었다.

밭고랑 사이를 거쳐 제법 선선한 밤바람이 틈입해 들어오고 있었다. 갑자기 하늘에서 별똥별이 떨어지는 우주 쇼가 그들의 눈에 들어왔다. 형진은 말했다.

"저것은 타고 있는 큰 바위나 산일 수도 있어. 떨어지고 나서는 운석이라고 하지. 어떤 때는 그 별똥별의 무게가 지구의 1/10만큼 큰 것이 될 수도 있지. 그럴 때 지구의 일부는 파편처럼 깨뜨려질 수도 있어. 그럴 때는 공룡도 별 수가 없지. 실제로 공룡이 멸종되고 만 것은 작은 별똥별 때문이 아니고, 지구와 다른 큰 별이 충돌했기 때문이라는 거야."

반딧불이가 푸른빛의 아름다운 곡선을 그으며 밭고랑 사이와 공중을 날고 있었다. 아이들은 반딧불이를 잡기 위하여 웃옷을 벗어서 휘돌리며 여기저기로 뛰어다녔다. 그리고 그들은 밤의 향기에 젖어 있는 밤바람을 낚아채기 위해 쫓아다녔다. 아니, 그들은 아기자기한 푸르른 꿈을 향해 쫓아다녔다. 그러나 꿈을 뿌리는 반딧불이는 단 한 마리도 잡지 못했다.

밤은 깊어지기 시작했으나 B29는 노는데 정신이 팔려서, 형진은 밤하늘을 포함하는 밤의 공간의 아기자기한 풍치를 즐기느라고 집으로 가는 것을 잊고 있었다.

"밤이 더 깊어지기 전에 우리 가도록 하자."

밤이 깊어지는 것이 걱정이 된다는 듯이 종렬이 말했다. B29와 형진도 무르익은 깊은 밤이 몸에 와 닿는 것을 느끼고는 동의를 했다.

"B29, 니는 우리가 여기에 올 때처럼 고추를 털럭거리면서 불 밝은 곳을 뛰어서는 안 되겠지, 그쟈?"

이런 식으로 종렬은 B29를 위해서 챙겨주듯 말했다. B29가 고맙다는 표정을 지으며 말했다.

"어둠의 밑에서 살금살금 가야 되겠제?"

이번에는 형진이 말했다.

"조금 돌아가더라도 계속 샛강가로 가야 해. 우리가 데려다 줄게."

"그렇게 해줄래? 고맙다."

형진은 중학교 1학년 때까지의 시기에 공부를 하지 않고도 학업 성적이 우수했다. 놀고, 색다른 사물을 보며 즐기고 음미를 했었다. 이러한 경향은 후일 그의 창작 활동에 영향을 주게 된다. 그의 창작 방법은 12음 기법이 틀이 되는가 하면, 후기 낭만주의의 색채가 짙게 깔리게 된다.

종렬, B29, 형진을 배웅을 해 주기 위한 태영은 밭을 빠져나와서 농로를 따라 걷고 있었다. 그때 담임 선생인 백인호가 강익훈네의 과수원에서 나오고 있었다. B29가 얼른 토마토 밭고랑으로 들어가서 숨었다. 백인호가 에헴에헴 헛기침을 했다. 백인호와 세 아이들이 마주쳤다. 백인호가 세 아이를 알아보고는 주의를 주었다.

"부모님이 걱정하실 텐데, 와 이렇게 늦은 밤에 돌아다니고 있노?"

종렬이 나서서 대답했다.

"집에 혼자 남아 있는 태영이가 원두막에서 조금 같이 있자고 해서 늦었심더."

"앞으로 늦게 돌아다니지 말아야 한다. 알았제?"

세 아이는 마치 제창을 하듯이 대답했다.

"예, 그러겠심더."

"그런데 태영이 집에 빠뜨려 놓은 것이 있어서 다시 갔다 와야겠심더."

종렬이 재빨리 덧붙여 말했다. 백인호가 주의를 주는 것을 잊지 않고 말했다.

"빨리 돌아와야 한다. 알겠제?"

"예. 그라믄(그러면) 안녕히 가시이소."

세 아이는 거의 동시에 대답과 인사말을 했다.

그들은 담임 선생을 따돌리고 B29가 숨어 있는 곳으로 다시 가서 B29를 불렀다. B29가 나와서 다시 넷이 되어 밤길을 걷고 있었다. 종렬이 빈정대며 말했다.

"늦도록 다니지 말라꼬? 선생 지나(자기나) 늦도록 돌아다니지 말지."

"딸보 강익훈의 집에서 우리 선생님이 매일 무엇을 하지?"

형진이 궁금하다는 듯 말했다.

"딸보 익훈의 집에서 술을 얻어먹는 기라. 그것도 매일이지. 가끔 용돈도 받는다는, 저기 술집 아가씨들이 퍼뜨린 소문이 있대이."

태영이 귀띔해 주었다.

모두들 잠시 침묵을 지킨 채 반딧불이가 날고 있는 것을 지켜보며 걷고 있었다.

종렬이 문득 생각난 듯 말을 이어갔다.

"뭐, 이번 산수 시험이 너무 어렵다고 성적에 안 넣는다꼬? 딸보 강익훈의 점수가 85점밖에 안되기 때문이지. 그리고 특히 형진이 딴, 반의 최고 점수 94점이 훨씬 더 높은 점수이기 때문이기도 하지. 최고 점수가 94점이고 익훈의 점수가 85점이라면 시험이 그다지 어렵지 않게 출제된 것이제."

이 말이 끝나자마자 형진이 입을 열었다.

"선생들이 장난을 친 것은 어제 오늘이 아니야. 그런 장난들 때문에 나는 만성 병에 걸리고 말았어. 그런데 선생부터 표준말을 써야지. '성적에 안 엫는다'가 뭐야? '안 넣는다'이지. 부정에 의한 성적 처리보다 더 웃기는 게 그 '안 엫는다'야. 평생 동안 잊혀지지 않도록 내 머릿속에 기념 식수를 한 거야."

이어서 태영이 거들었다.

"기념 식수? 니 말 한번 잘 했다. 익훈의 집에서 매일 '기념 건배'도 했을 끼다."

종렬이 킥킥거리며 말했다.

"느그들이 보았겠지만 내가 만들어 낸 88점도 물거품이 되고 말았지. 다시 시험을 치면 장난을 해서 이번에는 100점으로 만들어 버릴까? 어쩌면 형진보다도 나은 점수로 말야. 킬킬킬…… 태영아, 인제 들어가거라. 가서 밥도 먹어야제."

"그래, 그라믄 느그들 잘 가재이."

반딧불의 아름다운 곡예를 지켜볼 때, 형진의 마음 속에는 토마토 밭의 농수로의 흐름처럼 언어가 흘렀다.

모든 것을 떠나, 싱싱한 대기와 반딧불의 빛이 흐르는 밤의 공간과 밤하늘이 아늑한 기쁨으로 다가든다. 가슴속에다 대고 넋두리를 하고 싶군.

내 이름의 '형' 자가 무슨 뜻이지? 바로 반딧불을 말하지. 그러나 나는 아직은 반딧불이가 아니야. 아직은 몸에 빛을 담지 못했어. 하지만 미래에 나는 빛을 갖추고 있으면 좋겠다. 내 몸이 아름다운 빛을 발할 수 있다면……! 미래에 나는 많은 사람을 위한 반딧불이 된다면……!

반딧불은 무엇이며 어떠한 것일까? 어둠 속에서의 아기자기한 푸른빛이지. 그래, 반딧불에 대해서는 좀 상찬을 해도 되겠지. 그 푸른빛은 밤 공간을 수놓아 장식하지. 때로는 반딧불은 별보다 밝은 그 푸른빛이 밤의 공간을 밝히지. 그리고 학문과 예술에 관한 책에 빛을 던져 밝혀 주지. 눈을 끄먹거리는 별들과, 때로는 우중충한 달무리의 밤 이야기를 내리받아서 세상 만물에 전달하는 반디불이. 여치의 연주에 따라 직선, 곡선으로 춤을 추는 푸른빛. 아니, 심지어는 온갖 풀벌레의 소리와 공연을 하는 푸른빛의 반딧불. 그러니까 풀벌레의 소리와 밤의 물 흐르는 소리의 반주의 위에서 소리가 숨어 있는 빛으로 주선율을 노래하는 반딧불. 토마토 밭의 고랑을 헤매며 그 푸른빛을 잡으려고 하면 공중으로 치솟아 흘러 뜨는 반딧불. 나는 아기자기한 푸른빛의 반딧불이 되고 싶어. 조금 전에 모두들 웃옷을 벗어서 반딧불이를 잡으려고 했었지. 그러나 단 하나도 잡을 수 없었어. 그 푸른빛은 옷을 비웃으며 공중으로 치솟아 흘러 떠 버리니까.

자만을 털어 버리고 소리 죽여 나는 말하고 싶은 것이 있어. 뇌물이나 쓰는 강익훈이 감히 나를 따라잡을 수 있어? 부정한 방법을 쓰는 강익훈이라 할지라도, 착한빛과 힘을 품고 있는 나를 따라 잡을 수 있어? 나의 가슴 속의 표현인 노래에서도 마찬가지지. 물론 나는 반딧불이가 되기 위하여 푸른 빛과 착한 힘을 쌓아야 하겠지. 참으로 나는 밤하늘과 대화를 하는 푸른빛의 반딧불이가 되고 싶어.

6학년

1959년 영덕군 강구면. 방파제 공사가 보다 바다 한 가운데로 나아가자 예측하지 못했던 문제가 생기기 시작했다. 그다지 위력이 크지 않는 폭풍이 불면 파도가 일어나 애써 공사한 방파제 끝이 허물어져 버렸다. 관계 당국에서는 '태창 산업'의 기술과 자본에 회의를 품기 시작했다. 크레인이 콘크리트로 된 커다란 정육면체를 바다 밑에서부터 쌓고 쌓았지만 바다 한가운데의 폭풍과 풍랑을 이겨내지 못했다. 그래서 일제하의 몇 십 년 전 일본이 방파제 일부를 건설한 것보다도 기술이 모자란다는 평을 받기에 이르렀다. 사실은 일본인들이 축조한 방파제 부분은 해안 쪽이므로 공사하기가 쉬웠었다. 도급 대가를 제때에 쉽사리 받지 못하게 되자 회사의 재정 상태는 악화되었다. 특히 노무자들에게 급료를 제대로 주지 못하게 되었다. 규수는 서울 본사에 현금 지원을 해 달라고 수도 없이 요청했지만 태창산업 본사부터 부도를 내고 결국 도산되고 말았다. 현장의 잔여 재산도 많지 않았다. 규수는 살아가기 위해서 운전사가 딸린 크레인을 끌고 느릿느릿하게 포항과 함안으로 그리고 마산까지 갔다. 운전사에게 밥과 술을 사 주고 여관 잠을 재워 주는 것은 규수의 몫이었다. 임대 형식으로 크레인을 가동해 주고 얼마간 현금을 만질 수 있었다. 그러나 운전사에게 급료로 주고 나면 몇 푼 남지도 않았다. 결국 규수는 고물이 되어가는 크레인마저 내팽개쳐 버리고 대구로 갔다. 대구에서는 거의 일 년 동안 형진의 고모가 미장원에서 번 돈으로 생계를 이어왔다.

공간은 세차게 밀려오는 시간을 재빠르게 쫓아내고 몰아냈다. 시간은 빨리 흘러 달아나고 있었다.

1960년 초 형진은 국민학교(초등학교) 졸업을 얼마간 앞두고 중학교 입학 시험에 합격했다. 합격한 학교는 S중학교였다. 경상북도에서 S중학교는 G중학교와 그보다 조금 우위로 평가되는 B중학교와 더불어 거의 트로이카를 이루고 있었다. S중학교는 명문 KB고등학교에 80명 내지 110명을 합격시키는, 상승 기류를 타는 신설 공립 중학교였다.

6학년이 3학급밖에 안 되는, 시골 냄새가 풍기는 소규모 국민(초등)학교에서 형진은 S중학교에 거의 최고 득점으로 합격하였다고 하나 1959년은 형진이 후회 없이 보낸 한 해는 아니었다.

아무리 쓰라렸던 일들도 미래에 가서는 아름답고 새로운 기억으로 윤색되기는 하지만, 형진에게 1959년은 아름다운 추억으로 떠오르는 것이 거의 없을 정도였다.

1959년 4월에 형진은 6학년에 진급했지만 형진이 소속하는 6학년 1반을 맡은 홍학수 담임 선생은 늙고 병약했다. 가르치는 것도 좀 구식이어서 중학교 입학 시험 준비를 시키는 것도 시내의 우수한 국민(초등)학교를 따라잡을 수 있을까—하는 형진의 평가가 점점 현실화되고 있었다. 홍학수 선생은 결근이 잦다가 나중에는 장기 결근을 했다. 이는 중학교 입시 준비에 큰 타격을 주는 것이었다. 결국 5월 말에 홍학수 선생은 폐결핵으로 세상을 떠났다. 사람이 죽은 것을 전혀 본 일이 없고 문상을 가 본 일이 없는 형진은 평소에 죽음과 시체를 매우 두렵게 생각했지만, 반장과 함께 문상을 갔을 때는 죽음이 무서움을 주기는커녕 형진에게 그리움과 슬픔을 가져다주었다.

6학년 1반 아이들은 학교에서 계속해서 자습을 해야 했다. 교사의 수효가 적었고, 중학교 입시 준비라는 중책을 맡을 선생이 나타나지 않아서, 우선적으로 배정해야 할 6학년 1반 담임 자리를 비워 두고 있는 실정이었다. 6학년 1반 아이들은 자습을 한다고 하지만 4월, 5월 2개월 동안 마냥 즐거워하며 놀고 지내고 있었다. 완전히 세월을 까먹고 있었다.

결국 6월 달에 가서야 영천에서 전출해 온 김태진 선생이 6학년 1반 담임을 맡았다. 젊고 유능한 선생인 것 같다고 형진은 판단했다. 연령은 삼십대 초반이었다.

부임해 온 첫날 1교시에 김태진 선생은 6학년 1반 교실에 들어왔다.

"중학교 입학 시험을 앞두고 아무것도 한 일이 없이 2개월이나 세월을 까먹은 것을 매우 걱정스럽게 생각한다. 나는 그 공백을 메우는데 최선을 다하겠다. 너희들 모두 충실하게 따라오겠나?"

"예."

즐겁게 놀다가 공부하게 된 것을 좋아하지 않는 아이들이 대답을 하지 않거나 시원찮게 대답을 하는 것을 알아차린 김태진 선생은 다시 말했다.

"대답이 시원찮다. 너희들 최선을 다해 따라오겠나?"

"예."

"자, 내 말을 따라 해라. 공부는 하면 할수록 재미 있고 즐겁다."

"공부는 하면 할수록 재미 있고 즐겁다."

"인내는 쓰나 그 열매는 달다."

"인내는 쓰나 그 열매는 달다."

"아홉 달 후면 우리는 중학생이다."

"아홉 달 후면 우리는 중학생이다."

거의 1학기가 다 되어갈 무렵까지 김태진 선생은 초조한 모습을 보였다. 입시 준비를 위해 강행군했다. 시간당 학습량이 많고 무척 열심히 가르쳤다. 6학년 3개 반은 운동장 쪽 완공된 신관으로 교실을 옮겼다. 훨씬 조용한 느낌을 주는 곳이었다.

 형진은 집 부근에서 밤이 이슥하도록 노는 바람에 숙제를 못 해 간 일이 있었다. 김태진 선생은 형진이 반에서 공부를 가장 잘 하는 아이임을 알고 있었다. 그러나 숙제를 못해 온 것에 대해 엄격하게 다루었다. 숙제를 못해 온 아이들에게 바지와 팬츠를 벗게 했다. 형진이 머뭇거리자 김태진 선생은 더한층 엄하게 말했다.

 "정신 차려! 너는 벌을 다른 녀석들보다 두 배는 더 받아야 한단 말이야."

 김태진 선생은 아랫도리가 드러난 아이들에게 신관을 따라 6학년 3반 여자 반까지 갔다 오라고 말했다. 감히 거역할 수 없어서 아랫도리가 노출된 아이들은 6학년 3반 교실까지 갔다왔다. 다행히 형진의 긴 러닝셔츠가 고추가 있는 부위를 감추어 주었다. 여자애들이 깔깔거리며 약을 올렸다.

 형진은 김태진 선생과 관련하여 반드시 짚고 넘어갈 것이 있다고 생각했다. 김태진 선생은 학부모와 관련하여 결코 부정한 행위를 하지 않았으며 공명정대했다.

 김태진 선생은 열심히 가르치는 동안의 긴장을 풀기 위해 저녁에는 술을 마시는 것이었다. 월급을 탈 때가 되면 술집 여자가 신관 뒤쪽으로 걸어서 6학년 1반 교실까지 와서 창문에서 김태진 선생으로부터 외상 술값을 받아갔다. 김태진 선생은 자신의 돈으로 술을 마실 뿐이지 결코 '딸보'를 만들어서 학부모에게서 금전적 이익을 보는 선생이 아니었다.

6학년 재학 중에 형진이 저지른 잘못은 이미 지적한 그 정도에 끝나는 것이 아니었다.

국사의 숙제가 있었는데 그것은 한국의 역사적 인물 100 인의 이름과 업적을 조사해서 써 내는 것이었다. 형진은 엉뚱하게도 허구의 인물 '홍길동'을 100인의 틈에 끼워넣어 윤색을 하는 것이었다.

1·2개월 동안 형진을 지켜본 김태진 선생은 아이들 앞에서 형진에 대한 평을 했다.

"박형진은 진짜 철이 들기 전에는 어떻게 할 수 없는 농띠이(농땡이)이다. 그러나 수업 시간 중에는 잘 듣는다. 그러나 그것만으로는 안 된다. 결코 자만심을 가져서는 안 된다."

형진은 매일 저녁 민시영의 집(갑부 민 씨네 집)에 갔다. 일종의 초대를 받은 셈이었다. 형진이 공부를 잘한다는 이유에서였다. 밤마다 함께 모여서 공부를 하려고 한 것이었다. 형진 외에 윤호와 태영이도 함께 모였다. 그러나 매일 밤 그들은 공부를 하지 않고 엉뚱한 짓만 했다. 예를 들면 뜰에 있는 안락의자에 앉아서 그들은 재판 놀이를 했다. 네 명이므로 각각 판사, 검사, 변호사, 피고가 되어서 재판을 진행했다. 재판 놀이는 민시영이 피고가 되는 때 가장 재미가 있었다.

먼저 판사의 주의 사항이 있었다.

"여기는 엄숙한 법정이오. 상식적인 언어가 아닌, 어렵더라도 법정의 격에 맞는 말을 쓰시오. 엄숙한, 정치 용어라든지 전문 용어를 쓰시오. 좀 어려운 말은 여태까지 해 온 것처럼 형진 씨의 도움을 얻도록 하시오."

다음으로 검사의 구형이 있었다.

"피고 민시영은 하라는 공부는 하지 않고 놀기만 했습니다. 무엇보다 국가를 전복하려는 모반의 내란죄를 저질렀습니다. 반드시 사형에 처해야 합니다."

변호사가 반박을 했다.

"결코 모반의 내란죄를 저지른 것이 아닙니다. 정적을 제거하려는 국가적 음모에 불과합니다."

판사가 선고를 했다.

"내란죄로서 증거는 명명백백하고 충분하다는 것이 지금까지의 재판에서 밝혀졌습니다. 따라서 피고 민시영을 극형인 사형에 처해야 마땅합니다. 그러나 정상을 참작하여 사과 열 개의 벌금형에 처합니다."

이렇게 하여 그들은 먹어도 먹어도 싫증이 나지 않는 사과를 먹을 수 있었다.

이렇게 시간을 허비해 버린 것만 해도 큰 잘못이었는데 형진의 작은 잘못은 더 있었다. 민씨네 집에서 공부랍시고 보는 책은 '중학생용' 미술 참고서였다. 아직 국어, 산수, 자연의 공부도 다른 학교보다 뒤처져 진척이 나쁜데 중학생용 미술 참고서를 통째로 읽는다는 것은 무계획적이고 목표 의식이 결여라고 할 수 있었다. 목표 의식이 처음에는 강했다가 주위 환경과 충동에 의해서 쉽사리 꺾이는 것은 아이들에게 흔히 있는 특징이기도 했다. 그리고 결의와 오기가 습관적 행동 양식과 꿈을 이기지 못하는 것 때문이기도 했다. 형진의 또 하나의 잘못은 '시험 놀이'였다. 당시의 시험지는 원지를 긁어서 등사하는 것이었는데 그 원지를 쓸 때 세로로 그어지는 모음의 첫 획이 살짝 45도로 꺾인 다음 직선으로 되는 것이었다. 형진은 그런 글씨를 흉내내어, 말하자면 '등사 원지체體'인 글씨를 흉내내어 먹지를 끼워서 쓴 시험 문제지를 아이들에게 나누어주어 시험 치르기를 했다. 두 달이나 늦게 시작하여 시험을 준비하는 애들이 학교 선생이 이끌어 가는 공부를 따라가는 것도 바쁠 텐데 '시험 놀이'를 한다는 것은 말도 안 되는 것이었다.

결국 민씨 집에 모이는 네 아이의 그룹은 해체되었다. 시영의 부모가 아이들이 공부를 하지 않고 노는 것을 알아냈기 때문이었다.

형진도 잘 되었다고 생각했다. 특히 사과를 얻어먹는 것이 불쾌하고 자존심이 상하는 것이었다. 민씨네는 형진의 집에서 길을 건너 앞집에는 결혼 청첩장을 주면서, 부자가 아닌 형진네의 집에는 주지 않았다. 아무리 어린 나이라 하지만 형진에게는 이것이 얼마동안 좀 섭섭한 것으로 남아 있었다.

김태진 선생은 교과 학습의 속도를 빨리하는 동시에 6월 중순경부터 66명 전원의 수만큼 모의고사 문제집을 공동 구입하여

서고에 넣고 자물쇠를 채웠다. 그리고는 매일 시험을 치르도록 했다. 그런데 이 모의고사 성적은 9월 초순까지 강익훈이 1위였다. 그러나 학교에서 출제하여 치르는 모든 시험에서는 단연 형진이 1위였다. 김태진 선생은 좀 이상하다고 생각했다. 형진도 이상하다고 생각하지 않을 수 없었다.

한번은 형진과 종렬의 패거리는 그들의 교실이 아닌 다른 학년 반 교실에 남아서 공부를 하는 척하면서 기다렸다. 해가 질 무렵 형진의 패거리는 그들의 교실인 6학년 1반 교실 창문으로 익훈의 패거리의 행동을 엿보았다. 형진과 종렬은 깜짝 놀랐다. 드디어 결정적인 진상이 밝혀졌다. 익훈의 패거리는 담임선생의 서고를 엉뚱한 열쇠로 열어 놓고 모의고사 문제집을 꺼내어 그 뒷 부분에 있는, 앞으로 치를 시험의 정답을 베끼고 있었다.

그러나 형진과 그의 패거리는 강익훈등의 부정을 김태진 담임선생에게 일러바치지 않았다. 형진의 패거리는 강익훈의 패거리보다 우선 수적으로 열세였고 세력이 약하기 때문이었다.

9월 초순인 어느날 김태진 선생은 그 모의고사를 치르는 도중에 밖으로 나가면서 말했다.

"나는 너희들을 믿는다. 절대로 커닝이나 다른 부정 행위를 하지 않을 줄 안다."

그러나 익훈의 패거리 가운데 가장 주먹이 센 양춘이 교실 앞으로 나가서 호주머니에서 정답을 베낀 종이를 꺼냈다. 그리고는 반 전원에게 선심을 쓰는 듯이나 말했다.

"정답을 알려 줄라 카이(하니) 모두들 잘 들거라. 그리고 이런 사실을 담임에게 일러바치는 놈은 죽여 놓을 끼다."

그러면서 양춘은 정답을 불러 주었다. 시간 관계상 많은 양의 문제에 대한 정답을 불러 준 것은 아니었다. 담임 선생이 곧 나타날지 모르므로 양춘은 겁이 났던지 얼마 안 가서 자신의 자리로 돌아왔다.

문제 2번의 정답은 ②였다. 이것이 화근이 될 줄은 아무도 예측하지 못했다. 문제 2번은 상당히 어려운 것이었다. 그래서 형진과 또한 요행으로 답이 맞은 몇 아이 외에는 모두 답란을 지우개로 지우고 고쳐 썼다. 익훈도 전날 결석을 했으므로 정답 베낀 것이 없어서 지우개로 답란을 지우고 고쳐 썼다. 그 당시는 지우개의 질이 좋지 않아서 지우면 표시가 났다. 거무스레한 자국이 났다.

다음 날 채점을 마친 김태진 선생은 생각해 보았다. 상당히 어려운 문제 2번을 모든 아이들이 다 맞췄다? 그리고 강익훈이 그 문제집인 모의 시험에서만 1등을 했다? 이놈들이 의혹을 불러일으킨다. 아무래도 수상하다.

김태진 선생은 1교시에 답란을 지우개로 지우고 정답을 한 아이들을 호명하여 교실 밖에다 줄을 세웠다. 입시 준비가 늦은 것이 마음에 걸려 부담감이 컸는데 이런 대사건이 벌어졌으므로 선생의 분노는 이만저만이 아니었다. 3개월 동안 기울인 노력이 모두 허사가 될지도 모른다. 어떠한 방법으로이든 매일 정답을 베꼈다면 많은 아이들이 그 동안 공부를 하지 않았다는 것이 된다.

김태진 선생은 교실 밖으로 불러낸 아이들을 꿇어앉혀 두 손을 들게 하고 익훈과 양춘을 교무실로 데리고 갔다. 9월초이므로 아직도 후텁지근한 바람이 교무실을 훑으며 창과 창 사이를 미끄러져 나갔다. 김태진 선생은 책상 앞에 꿇어앉은 익훈과 양춘을 면밀히 집중 조사했다. 겁이 난 익훈이 사실대로 고백했다.

"매일 엉뚱한 열쇠로 선생님의 서고를 열어 모의 시험의 정답을 베꼈심더."

김태진 선생은 생각했다. 답을 지운 아이들 중에서 서고를 여는 익훈의 패거리로 범죄자의 수효는 줄어들었다. 반 아이들 전원이 매일 부정 행위를 하지 않았다는 것은 천만 다행이다.

범죄자들은 엄한 벌에 처해졌다. 형진은 벌 받는 익훈의 눈을 바라보며 빙긋이 조소를 던졌다.

김태진 선생은 이후부터 익훈을 믿지도 않았고 기대를 걸지도 않았다.

12월이 되어서야 입학 시험을 위해 전경희 음악 선생이 못 배운 노래와 음악의 기초 이론을 가르쳐 주었다. 형진은 그러한 음악 수업이 재미 있었다.

형진은 종렬과 B29와 태영이와 함께 함박눈이 내리는 둑 위를 우산도 없이 걸었다. 하굣길이었다. 함박눈은 강과 보리밭과 둑과 사과밭을 점령하여 새로이 하얗게 장식했다. 그리고 온 공간에다 차등 없는 새로운 질서를 빚어내고 있었다.

눈을 하얗게 덮어쓴 B29가 말했다.

"나는 전경희 선생님이 소변을 볼 때 넓적 고치(고추)를 봤지러."

종렬이 반신반의하면서 물었다.

"어떻게 니가 그것을 볼 수 있노?"

"앞쪽 변소 칸 뒤, 바닥에 가까운 아주 아래쪽에 뚫려진 구멍으로 봤지러, 넓적 고치 되게(되게) 크더라."

태영이 끼어들었다.

"거짓말하지 마. 여선생님들은 천사야. 여선생님들은 넓적 고치라는 것 자체도 없는 기라."

이날 시험을 끝내고 형진과 종렬은 김태진 선생에게 꾸지람을 톡톡히 들었다.

종렬의 부탁에 따라 형진은 종렬을 위한 대리 시험을 쳐 주었다. 종렬은 말했다.

"이대로 가다가는 학교 성적이 나빠 중학교 원서도 안 내 줄 끼다."

종렬이 치르는 시험지에 형진의 이름을 쓰고, 형진이 치르는 시험지에 종렬의 이름을 쓰는 것이었다. 형진은 평균 점수에 그다지 영향을 주지 않으므로 종렬의 부탁에 응한 것이었다. 그러나 김태진 선생은 채점을 한 후 형진과 종렬을 지적해 내고 말았다. 둘의 점수 차가 너무 크게 벌어져 있었기 때문이었다. 김태진 선생은 종렬과 형진을 교실 앞으로 불러내어 벌을 주었다. 그러면서 형진에게 꾸지람을 했다.

"지금이 어느 때인데 이런 짓을 하고 있노? 형진이 임마, 좀 똑똑해지거라. 머리만 똑똑해서 어디다 써먹을라 카노? 입과 행동도 똑똑해야지."

김태진 선생은 평소에 되도록 사투리의 어미를 쓰지 않았는데, 이 날은 몹시 화가 나서 자신도 모르게 저절로 사투리의 어미가 튀어나오고 말았다.

겨울 방학이 끝난 후 김태진 선생은 밤마다 학업 성적이 좋은 아이들의 집을 순회했다. 진정 대가를 바라지 않는 강직한 김태진 선생은 아이들을 위해 무진장 노력을 기울였다. 그러나 형진은 두 번이나 잠을 자다가 들키고 말았다. 배은망덕이 된 셈이었다. 선생님이 얼마나 실망하셨으랴?

이렇듯 형진은 한 해를 어리석고 미욱하게 지내고 있었다. 진정 즐거운 추억으로 떠오르는 것은 많지 않았다. 아니, 입학 시험을 앞두고 실컷 놀고 실컷 먹고 실컷 잠자던 것이 추억이 될 수 있을까? 윤색할 추억 자체가 없다고 할 수밖에 없었다. 이러한 상황에서 형진이 S중학교에 거의 최고 득점으로 합격한 것은 다행이라고 할 수 있었다. 그런데 보통 정도의 지능을 얼마간 초과하는 익훈은 S중학교에 원서를 내어 아슬아슬한 점수로 떨어졌으나 예비 합격자로 되어 있다가 운 좋게 간신히 입학하게 되었다.

꿈을 키우는 아이들

 다소 여윈 여체와 같은 연약한 몸매를 지닌 코스모스의 줄기들이 가을의 소슬한 밤바람에 부대끼고 있었다. 청초하고 다소 곳한 코스모스의 둥근 얼굴들이 수줍어하는 미소를 머금고 연모하는 달을 쳐다보고 있었다. 교정은 매우 적요했다. 달빛마저 소슬바람을 맞고 아르페지오 화음을 뿌리고 있었다.
 1959년 가을 일종의 중간 고사 성적 통계를 끝낸 P국민(초등)학교 교정의 코스모스 화단과 맞닿은 밴취에 6학년인 민경식과 오옥병이 교내 자습을 하다가 나와서 앉아 있었다. P국민학교는 다른 학교와는 좀 달리 4학년 이상의 학년에는 중간 고사와 기말 고사와 유사한 제도를 두는 것이 특색이었다. 민경식과 오옥병은 모두 중간 키이며 마르거나 뚱뚱하지 않는 적당한 체격이었다.

민경식과 오옥병은 6학년 현재 같은 반이었고 학업 성적이 6학년 전체에서 1·2위를 다투고 있었다. 6학년 1학기 학업 성적을 볼 때 옥병이 경식을 약간의 차로 따돌리고 1위를 했다. 그러나 2학기 중간 고사에서 경식이 옥병을 물리치고 역전의 1등을 했다. 물론 모의고사 성적도 경식이 옥병을 추월했다. 경식은 특히 암기력이 좋다고 소문나 있었다.

가을의 완연한 소슬바람에 꿈틀대는 달빛을 받으며 옥병이 물었다.

"니는 우째 막판에 가서는 뒤집기 1등을 잘 하노?"

"늘 그런 기 아니었지. 니와 내가 같은 반이었던 4학년 때만 지금과 같이 역전승을 했을 뿐인 기라."

옥병이 궁금하다는 듯이 다시 물었다.

"무슨 비결이라도 있능 기가?"

경식은 얼굴에 약간 비웃음 띄고 대답했다.

"비결……? 비결은 없어. 공부에는 왕도가 없어."

여전히 밤 바람이 그들의 얼굴을 핥고 지나갔다. 옥병이 다소 조심스럽게 말을 던졌다.

"우리는 여태까지 말이 너무 없었어. 라이벌끼리는 서로 말도 안 하는 기 우리네의 세태인 기라. 바로 우리 나라의 폐습이기도 하고. 고쳐야 하지. 선의의 경쟁을 하면서 서로 도울 것은 도와주어야 하는 기라. 그렇게 하는 것이 서로를 위해서 좋지. 각자가 자부심과 함께 비밀을 가지고 있더라도 한쪽이 손을 내밀 때는 도와줄 것은 도와주어야 하는 기라."

경식은 상대방의 말이 타당하다는 것을 이해하면서도 그의 습관대로 침묵을 지키고 있었다. 옥병은 경식이 말을 하도록 재촉했다.

"자, 입을 열어 봐! 우선, 너의 취미는 뭐꼬?"

옥병의 이 말에 경식은 다소 신경질적으로 응했다.

"니가 알아서 뭐 할 끼고?"

"입을 꼭 다물고 있는 것이 바로 취미냐? 야, 임마, 나도 좀 알아야 되겠다. 고집 피우지 말라카이."

경식은 잠시 생각했다. 이 녀석이 특별히 나에게 대해 호감을 갖고 있군. 그래, 몇 마디 정도는 대답해 주지.

"그래, 내 취미는 무취미인데 특별히 하나를 끄집어낸다고 하면 탁구라고 말할 수 있지."

"진작 그렇게 나왔어야지. 나도 탁구를 좋아하는 편이니까 나하고 가끔 탁구를 치면 되겠네."

잠시 이어지는 침묵이 싫다는 듯이 옥병이 다시 입을 열었다.

"그런데 니는 와(왜) 상대방에 대해 관심을 갖고 묻지를 않노? 나의 취미는 야구야. 5학년 때까지만 해도 동네 야구를 했지. 때로는 미련하게스리 중경식 볼을 만져 보며 몇 번씩 힘겹게 던져 보기도 했지."

다시 침묵이 이어졌다. 경식이 침묵의 그늘을 빠져 나와서 입을 열었다.

"내가 상대방에게 무엇이든 묻지를 않는다고? 그건 관심이 없어서가 아니야."
"그라믄 무슨 고민 거리라도 있다는 기가?"
"그래, 고민 거리가 있어."
교내에서의 휴식 시간에 옥병이 봐도 그런 것 같았다. 경식은 애늙은이처럼 찌푸린 표정으로 번뇌에 시달리고 있었다. 고민이 지나쳐서 눈이 극도로 지친 사람처럼 맑음이 가시어 충혈되어 있었고 퀭하여, 언뜻 보면 멍청해 보였다. 어떻게 보면 조현병 환자의 눈빛 같았다.
옥병이 궁금해 하면서 물었다.
"그 고민 거리를 쪼끔만 나에게 들려 줄 수 없겠나?"
경식은 옥병이 믿음직한 면이 있다고 생각되어 성의 있는 답변이 입에서 풀려 나왔다.
"우리 집은 경제적으로 좀 잘 사는 편이야. 아버지가 유한회사의 사원인 기라. 그러니까 주식회사 같으면 '이사(중역)'로 불리어지는 자리이지. 그런데 먹고 살 만하니까 아버지가 바람을 피고 있어. 보통 바람 났는 게 아인(아닌)기라. 첩과 딴 살림을 차리고 있어. 그러니까 아버지는 두 살림집 가장이 되어 있는 기라. 엄마가 불쌍해서 몬(못) 견디겠어. 엄마는 고통과 상심 속에서 살아가고 있어."
옥병으로부터 경식에게 동정심 서린 말이 건너왔다.
"그런 일이 있었군. 그러니까 니까지 고통스러워질 수밖에 없었겠지. 괴롭고 슬픈 일이군. 내 말로는 너를 위로해 줄 수가 없구나. 무엇보다 엄마를 잘 위로해 드려라. 엄마를 기쁘게 해드리는 일을 하고. 그리고 학교에서는 집안 일을 좀 잊어 뿌고(잊어버리고) 되도록 명랑하게 지내는 기 어떻겠노?"

"1학기 말부터 나는 많이 나아졌어. 말하자면 철이 들게 된 기라. 어린 나이에 어른처럼 이성적인 사고 방식을 갖게 되고 나 자신을 들여다볼 만큼 철이 든 기지. 내가 어른처럼 이성적인 사고 방식을 택하지 않았더라면 고민이 더 커질 뿐일 기라고 생각되었어."

"잘했어. 니가 고민한다고 해서 사태가 바뀌어질 것도 아니고……."

"나마저 입학 시험에 실패하면 엄마의 고통이 얼마나 더 심해질까?―하면서 1학기말부터 공부를 열심히 했지. 그래서 2학기 초부터 그 효과가 나타나게 되었는 기라."

옥병은 경식이 이외로 상대방에게 관심을 보이며 솔직하게 이야기해 주는 것이 고맙게 생각되어 내심으로 기뻐하면서 물었다.

"그런데 니는 장래에 무슨 직업을 갖고 싶노?"

"그런 것에 대해 구체적으로 생각해본 일이 없어. 얼핏 생각해서 판사나 검사 또는 외교관이 좋은 직업이라고 생각했어."

옥병은 자신의 희망을 피력했다.

"우리 집 식구들은 현재 찢어지게 가난하게 살고 있어. 나는 재계에서 두각을 나타내어 돈을 벌고 싶어. 그러니까 다시 말하면 '사장'이 되고 싶다는 기라."

밤이 이슥해져 가고 있고 밤 바람이 선선하다 못해 약간 찬 기운을 꼬리에다 달고 교정을 배회하고 있었다.

옥병이 말했다.

"니는 교실에서 공부를 더 하다가 갈 끼가?"

"밤이 깊어가고 있으니 집에 돌아가야 하겠어."

"그라믄 함께 교실에 가서 가방을 갖고 오자."

그들은 교실에서 가방을 가지고 나왔다. 옥병이 말했다.

"내일 또 보자. 잘 가재이."

"그래, 잘 가재이."

옥병은 뒷문으로 나가기 위해 교정을 가로질러 갔다.

경식은 형진과 비교할 때 약간의 유사점이 있었다. 철들기 전에는 공부를 하지 않는 편이었다. 그러면서 일제고사에서 한번도 빠짐 없이 수상을 한 점은 똑같았다. 그러나 공부를 하지 않는 태도는 형진만큼 심하지는 않았다. 숙제를 하지 않는다든지 패거리를 만들어서 장난을 한다든지 하는 일은 없었다.

경식은 집으로 가기 위하여 정문으로 향하여 수령이 오래 된 은행나무 고목 아래를 홀로 우두커니 걷고 있었다.

앞의 삽화에서와 같은 달인 10월 하순이었다. 전영민은 학교로부터 귀가하여 저녁도 먹지 않은 채 입학 시험 준비 공부에 여념이 없었다. 영민의 공부방에 엄마가 들어왔다. 영민은 사람이 들어오는 소리조차 듣지 못하고 있었다.

엄마가 말문을 열었다.

"내가 들어오는 소리조차 듣지 못하고 있었구나. 열의가 대단하다, 야!"

영민은 그제서야 엄마가 들어온 것을 알고 입을 열었다.

"엄마, 엄마를 보니 배가 고파지는데……. 저녁식사 시간이 보통 때보다 늦는데, 밥 좀 차려 주이소."

"그래, 참는 김에 조금만 더 참으(아)라. 책을 덮고 나하고 아부지 상점으로 가자."

"와예(왜요)?"

"느그 아부지가 너를 위해 소고기 갈비를 사 준다 캤어. 아무 소리 말고 빨리 나와 함께 가자."

여기 저기 상점들의 불빛이 도시의 거리를 밝혀 주고 있었다. 모자는 걸어서 아버지의 식료품점으로 갔다. 규모가 큰 식료품점이었다.

"사모님, 어서 오이소. 영민이 니도 어서 오거라."

고용되어 있는 점원이 이렇게 그들을 맞이했다.

영민은 아버지에게 인사를 할 겸 여기까지 오게 한 이유를 물었다.

"와 저를 부르셨습니꺼?"

아버지가 말했다.

"느그 어무이가 이미 말했을 터인데……. 니는 육식을 좀 해야 돼. 매일 초식을 해 왔으니끼네."

"고기는 먹는 날이 많지 않았지만 저는 충분한 영양분을 섭취했심더. 밥 잘 먹고, 엄마가 여러 가지 먹을 것을 준비해서 공부하는 도중에 갖다주었심더. 초콜렛은 아무리 먹어도 맛이 좋았지예."

술로 인하여 약간 취기가 오르는 아버지가 말했다.

"내 오늘 좋은 일이 있어서 소주 몇 잔 걸쳤어. 그래, 겨우 초콜렛이냐? 언제든지 니가 먹고 싶은 것은 말을 해라. 무엇이든지 그리고 얼마든지 사 줄 수 있으니끼네."

어머니가 부자의 대화에 끼어들었다.

"그것만으로 되나? 잠도 적게 자고 공부하는 시간이 그토록 많은데, 에너지의 소모가 얼마나 많을꼬?"

영민은 아버지에게 대답하는 식으로 말했다.

"저의 취미는 첫째, 공부하는 것이고 둘째, 먹는 것입니다. 그런데도 살이 안 찝니다. 아부지를 닮았는가 봅니더."

"그래, 우리 부자는 키는 좀 작지만 암팡지고 다부진 체격이야. 힘이 좋고 병에 잘 걸리지도 않지."

아버지의 말과 같이 영민은 체격도 성격도 다부지고 건강했다. 학업 성적은 6학년 현재에 이르도록 반에서 1위를 빼앗겨 본 일이 없고 일제고사에서도 단 한번도 수상에 실패한 일이 없는데다가, 매번 그 점수도 95점 이상이었다. 형진과 비교한다면 공부에 있어 한 수 위였다.

공부하는 태도를 살펴보면 영민은 유별나게 착실하고 부지런했다. 담임 선생에게 보이는 숙제는 매우 모범적이며 다른 아동들보다 정리한 양이 많았다. 영민의 또 하나의 특징은 대부분의 아동들―공부를 잘하는 아동까지 포함하여―이 기피하는 '예습'을 하급 학년일 때부터 매일 꼬박꼬박 해 오는 것이었다. 용모와 체격과는 달리 예습의 내용을 적어 오는 공책에서 영민의 필체는 예뻤고 잘 정돈되어서 담임 선생에게 많은 칭찬을 받아 왔었다.

영민은 아버지를 정면으로 쳐다보며 말했다.

"아부지예, 저는 영양 섭취 상태가 좋고 건강한데, 그리고 입학 시험을 치르고 난 후도 아닌데, 와 소고기 갈비를 사 줄라꼬 카십니꺼?"

"벌써 10월 하순이야. 공부도 할 만큼 했는 기라. 앞으로 더욱 능률을 높이도록, 다시 말하면 마지막 싸움의 피치를 더욱 올리기 위하여 재충전이 필요하기 때문인 기라."

갑자기 생각이 난다는 듯이 영민은 아버지에게 질문을 했다.

"아부지예, 아까 몇 잔의 약주를 드셨다고 카셨지예? 무슨 좋은 일이 있었습니꺼?"

아버지는 눈 가에 짙은 미소를 띄우며 말했다.

"실은 바로 느그 담임 선생을 밖으로 불러내어 술 대접을 했지. 술을 잘 하시더라. 그런데 느그 담임 선생이 나를 즐겁게 해 주는 말씀을 하시는 기라. 니가 재학 중인 M국민학교와, E국민학교, C국민학교, B국민학교—이렇게 네 학교가 연합하여 공동출제하고 공동으로 관리한 모의고사를 치른 결과가 나왔다 카더라. 그런데 네 학교 수험자중 바로 니가 최고 득점자라꼬 말씀하시는 기라. 담임 선생이 시험 결과에 대해 해석과 평을 하시더라. 네 학교가 다 우수 학교여서 신뢰성이 있는데, 어느 중학교든 입학 시험에서 수석 합격의 가능성이 매우 높다고 카시더라. 바로 니, 영민이 말이야. 이제까지처럼 공부와의 싸움에서 계속 열기를 올리도록 해라."

"알았심더(습니다)."

"네 학교의 연합 모의고사에서 최고 득점자가 영민이라—그래서 술도 잘 못하시는 아부지께서 약주 몇 잔 하신 기라."

이렇게 어머니가 부자간의 대화에 끼어들었다.

아버지가 채근했다.

"이러고 있을 끼 아이다(아니다). 제일요정으로 어서 가자. 저녁식사 시간이 늦어진다."

점원에게 식료품점을 맡기고 세 사람은 거리로 나왔다. 영민이네의 식료품점은 네거리 길 중 가장 작은 길에 위치해 있었다. 네거리에서 큰길을 건너야 제일요정이 나오는 것이었다. 자신의 식료품점에서 이어지는 작은 길에 나오자 아버지가 말했다.

"영민이 니는 우리 가문의 장한 후손이다. 앞장서라. 그리고 길을 열어라."

이토록 아버지는 취흥에 젖어 신이 나 있었다.
영민은 앞장서서 걷고 있었다.

앞의 삽화들, 즉 경식과 영민에 대한 이야기에서와 같은, 깊어지는 가을날 저녁 무렵 J국민학교 6학년인 김학규는 담임 선생과 함께 등나무 밑 벤치에 앉아 있었다. 학규는 키가 좀 크고 몸매가 호리호리한 편이었다. 좀 마른 것 같기도 한 이러한 체격의 사람이 병이 없다고 할 수 있었다. 학규는 초등학교 하급 학년인 어린 나이 때부터 안경을 쓰고 있었다. 학규를 보는 사람들은 한눈에 학규의 얼굴에 재기가 넘쳐흐르며 학규가 어린 공부벌레이며 대단한 수재라는 첫인상을 지울 수 없었다.

학규는 고민 거리가 생겼을 때 담임 선생과 상담을 하는 것이 이미 몇 번이나 있었다. 등나무 밑에 앉은 담임 선생은 학규에게 안타까워하는 표정이 되어 입을 열었다.

"학규야, 너는 1년 전 어린 나이에 어머니를 여의고 남 모르게 슬프고 고통스러움을 안은 채 살아왔을 것이다. 그래, 집안에 또 무슨 좋지 않은 일이 생겼나?"

"예, 선생님, 어젯밤에도 집안 싸움이 있었습니다. 전기 특선이 아닌 일반선은 밤 12시에 전기가 끊어지는데, 제가 집안에서의 일종의 약속과 규칙대로 밤 10시까지가 아니고 1시간을 더 초과해서 11시까지 전등불을 켜고 공부를 했습니다. 그랬더니 안방에서 알아차리고 새엄마가 앙탈을 부렸습니다. 조금 있으니 새엄마와 아버지가 싸우는 소리가 들렸습니더. 그러더니 새엄마는 뒷마루로 해서 곳간으로 향했습니더. '파라티온 마시고 죽어 버리겠다'고 고함을 치며 말입니더. 그런 일은 벌써 몇 번째이지예. 어젯밤 아버지는 제게 곳간으로 가 보라고 하셨습니더. 달이 떠서 앞이 보였습니더. 제가 곳간 쪽으로 가니 새엄마는 사람의 기척을 살피면서 곳간문 앞에서 기다리듯 서 있었습니더. 제가 곁에 가자 그제서야 새엄마는 곳간문을 열고 들어갔습니더. '파라티온 마시고 죽으려 하는데 니가 와 방해를 하노?' 새엄마는 이러면서 파라티온 병을 들고 밖으로 나가려고 했지예. 저는 파라티온 병을 빼앗았습니더. 사실은 새엄마가 병을 빼앗기도록 얍삽하게 손 동작을 취한 것이었지예. 그러고 나서 새엄마는 곳간 문 쪽을 막고 파라티온 병을 제게서 빼앗는 시늉을 했습니더. 저를 자살의 방해자로 만들어 가면서 연극을 한 것입니더. 일반선 전기가 나가고 한 시간을 더 기다려 두 시간 동안 저는 싸움을 말린 것입니더. 옷을 벗어서 얼마간 추워서 덜덜 떨며 말입니더. 싸움을 다 말리고 이불 속에 들어도 잠이 쉽게 오지 않았습니더. 중학교 입학 시험을 아주 가까이 앞두고 저의 역할은 집안 싸움 말리는 아이 이외의 것이 아니었습니더."

소슬바람이 불고 날씨가 서늘해져서 담임 선생님과 학규가 앉은 나무 의자에 엉덩이의 온기가 입혀졌다. 이때 담임 선생님이 꾸짖듯이 한마디 했다.

"이 봐라, 학규야, '얍삽하다'가 뭐냐? '앙탈을 부린다'는 또 무엇이며……? 그리고 '연극한다'는 또 뭐고? 새엄마는 어디 엄마가 아니냐? 앞으로 누군가가 죽는 날까지 함께 살 사람을 두고 말이다."

이 말을 듣자 학규는 급경사를 이루는 절벽 위에 멈춰서서 풀이 죽은 듯 요동도 하지 않았다.

이 모습을 지켜보던 담임 선생님은 틈을 내지 않고 즉각 강조하듯이 말했다.

"아, 안되겠구나. 학규야, 기 죽지 말고 풀 죽지 마라. 내가 너를 강하게 만들기 위해서 하지 않을 수도 있는 말을 꺼내어 너를 자극하고 각성시키려 했다. 아버지는 너를 크게 못 도울 상대적 약자로 변해 가시고 있는 듯하다. 가까운 장래에 너의 삶은 니 자신이 책임 져야 하고 홀로 바로 설 수 있어야 한다. 홀로 서기 위해서는 너는 학업에서 최우수자들 중의 최우수자가 되어야 한다. 항상 그리해야 한다. 물론 학규는 그 점에 있어 염려 없도록 잘 해 나가고 있다. 하지만 끝까지 빈틈 없어야 하고 최후의 장식을 잘 해야 한다. 그래야만 돌아가신 엄마도 먼 곳에서 너를 보고 웃음을 날려 보내실 것이다. 내 말의 진의를 알겠나?"

"예, 선생님. 알겠습니다. 그런데 선생님, 저는 근본적으로 어머니 없는 남은 인생을 무엇을 어떻게 딛고 살아야 할까예?"

"아픔을 딛고 남보다 빨리 일어나고 빨리 각성해야 한다. 학규야, 너의 현재 상황의 모두를 '운명'으로 받아들여라. 총체적인 운명의 땅을 박차고 드높이 승화하도록 해라. 승화는 운명이라는 밑거름 위에서 시작된다. 사실상 학규 너는 벌써 승화의 기류를 타고 있지 않냐? 너는 '너무나'라고 말할 수 있는 만큼 공부를 잘하고 모범적이야. 앞으로 학문이나 예술에서 보다 드높이 승화하도록 해라."

"명심하겠습니다, 선생님."

얼마간 차가운 바람이 한 차례 교정을 훑었다. 담임 선생이 시계를 보며 말했다.

"나는 시간 약속이 있어서 지금 가봐야 하겠다. 너도 일찍 귀가해라. 아버지에게는 절대로 걱정을 끼치지 않도록 하고 신경을 건드리지 않도록 해라. 그럼 먼저 간다."

"선생님, 저는 여기서 생각을 좀 하다가 가겠습니다. 안녕히 가십시요."

담임 선생은 빠른 걸음으로 교무실 쪽으로 가고 있었다. 그러다가 갑자기 돌아서더니 학규에게로 왔다.

"참, 내일 많은 아동들 앞에서 발표하려고 했는데, 지금 미리 말해 주어야 하겠다. 너의 사기를 높여 주기 위해서야. 우리 학교인 J국민학교와, Y국민학교, N국민학교, D국민학교―이렇게 우수 학교인 네 학교가 연합하여 공동 출제하고 공동으로 관리를 한 모의고사의 결과가 나왔는 기라. 잘 들어라. 네 학교의 모든 수험자들 가운데 최고 득점자는 바로 너 김학규였어. 네 학교가 다 우수 학교여서 신뢰성이 높은 기라. 학규 니가 최고 1등이므로 어느 중학교를 택하든 입학 시험에서 수석 합격의 가능성이 아주 높아. 기쁘지? 안 그렇나?"

"선생님 말씀이 사실입니꺼?"

"내가 왜 허튼 소리를 하겠나? 벌써 주어진 운명의 위를 딛고 서서, 얼마간 승화하게 된 꽃봉오리가 바로 너야. 어때? 행복감이 느껴지지 않나? 운명이라고 하지만 그것을 뒤집을 수 있는 너는 사실 행복한 거야."

말을 마친 담임 선생은 다시 돌아서서 재빨리 걷기 시작했다. 학규는 등나무 밑에서 한참동안 생각에 잠겨 있었다.

얼마간 차가운 바람이 또 한차례 등나무 밑을 기웃거리고 지나갔다. 우수한 네 학교의 연합 모의고사에서의 전체에서의 1위, 즉 최고득점자―이것을 생각했을 때 학규는 가슴 한 쪽 막힌 데가 뚫리는 듯한 쾌감이 찾아들었다.

학규는 형진보다 공부가 한 수 위인 점은 영민의 경우와 마찬가지였다.

학규는 등나무 아래의 벤치에서 일어났다. 그리고는 운동장을 가로질러 정문쪽으로 걸었다. 수령이 많은 히말라야시다의 숱한 가지와 그것이 매달고 있는 무성한 잎의 아래를 학규는 걸었다. 정문까지 히말라야시다가 이어져서 하늘을 가리고 있었다. 바로 히말라야시다의 숲 속이라 할 만큼 나무는 하늘을 찌르고 잎은 풍요롭다고 할 만했다. 잎의 풋풋한 내음이 마치 사람의 미소처럼 넉넉하게 감돌고 있었다.

4·19 직후의 대구의 표정, 그리고 영재들의 다툼

1960년 4월 30일. 형진이 4월 1일(당시의 학년초는 4월 1일이었다) S중학교에 입학한지 1개월이 흘렀다. 형진은 3월 하순까지 길러 왔던 머리를 깎았다.

학규와 영민은 B중학교에, 경식과 옥병은 G중학교에 입학했었다.

반야월(안심면)에서 출발하여 종점이 서문시장인, 형진이 탄 버스는 바로 콩나물 시루 그대로였다. 버스라 하지만 미군 트럭의 엔진에다 차체의 틀만 바꾸어 넣어 개조한 차였다. 고개를 오를 때는 속도마저 사람의 걸음만큼이나 느릿느릿했다. 형진은 등교하기 위해 동촌 아양교에서 버스를 탔다. 비집고 올라타기도 어려웠다. 차장은 '오라잇(올 라잇)'이라고 외친 후 이미 속력을 내는 차에 올라타서 승강구에 올라섰다. 사람의 무리가 너무나 빽빽하게 들어차 있어서 여자들의 팽팽하거나 물컹물컹한 젖무덤과 히프가 다른 사람과 사람 사이에 끼일 정도였다. 그런가 하면 차창도 열려 있지 않은 그 콩나물 시루의 틈에다 담배 연기를 내뿜는 사람들도 있었다. 요즈음의 말로 하면 참으로 가관이었다. 킬킬킬거리고 싶어진다. 내려야 할 정류장에 멈출 때까지 내리기 위해 비집고 나갈 틈이 없을 정도였다.

형진은 간신히 대구 역전에 내렸다. 대구의 명동 격인 동성로는 아직 사람들이 붐비지 않은 채 고즈넉한 분위기가 연출되고 있었다. 형진은 동성로를 바라보며 역전 광장을 가로질러 중앙통(중앙로) 오른편 인도에 들어섰다. 중앙로는 아직 잠에서 덜 깨어난 채 고요한 물 속에 잠겨 있는 듯했다. 역전 좌측에는 주로 군인들을 위한 '중앙극장'이 있었다.

형진은 말하자면 우측 통행을 하는 셈이었다. 중앙로에서 대명동 학교 앞까지 가는 버스를 갈아타야 하는데 갈아 탈 차비가 없어서 자그만치 3km 나되는 학교까지 걸어야 했다. 한 달이나 등·하교를 해 왔기 때문에 습관에 길들여져서 3km 정도를 걷는 것은 그다지 멀게 느껴지지 않았다. 다리도 아프지 않았다.

태창산업이 도산되어 크레인을 끌고 마산까지 가야 했던 형진의 아버지 박규수는 1959년 말에 무일푼으로 대구(동촌)로 돌아왔다. 그리고 형진이 중학교를 입학하고 5월이 되기까지 실직자가 되어 있었다. 보다 정확히 말하면 먹고 살기 위하여 법원 서기직 시험을 준비하다가 4월에 합격하여 5월의 발령을 기다리고 있는 실직자가 되어 있었다. 박규수는 상업고등학교를 졸업했으나 광주의 J대학교 법학과를 중퇴했으므로 법률에 대해 상당한 흥미와 관심을 갖고 있었다.

여전히 형진의 고모가 미장원에서 번 돈으로 간신히 생계를 이어가고 있었다. 박규수가 법원 서기직으로 취직하여 근무할 때에도 형진에게 차비와 용돈을 충분히 주지 않았지만, 실직자가 되어 있을 때에는 더욱 그리했다.

중앙로와 동성로 사이에는 사과 소매점이 많았다. 작년 말에 수확한 '국광'을 선물용으로 대바구니에 넣어 파는 것이었다. 걷고 있는 형진에게는 사과 향기가 코에 닿는 듯했다. 버스 안에서는 전혀 사과 향기를 맡을 수 없었었지만…….

그렇다. 동촌에서 버스를 탈 때까지는 아직 사과 철이 아닌데 사과 향기가 풍겨지는 듯했다. 사과나무 잎사귀가 풋풋한 냄새를 풍겼고 이제야 사과나무에서 피기 시작한 흰 꽃이 향기로운 냄새를 풍겼다.

형진은 아직 새벽잠에서 덜 깨어났을 때부터 꿈 속에서 사과 향기를 맡고 있었다. 말이 그 주인과 함께, 면사를 빼곡이 쌓은 수레를 끌며 새벽 공간을 통과하는 소리들이 들렸고 새벽 공간의 사과꽃 향기를 휘저었다. 한번 더 강조하면, 느낌상으로는 더욱 더 사과꽃 향기를 풍기게 하는 새벽 공간에 자오록하게 퍼져 나가는 말발굽 소리와 마부의 채찍 소리와 방울 소리…….

형진은 걸어서 향촌동에 접어들었다. 향촌동에는 술집을 비롯한 유흥 업소가 줄줄이 들어서 있었다. '가고파식당'까지 왔을 때 뒤에서 누군가가 형진을 불렀다.
"야, 형진아, 같이 가자!"
형진이 돌아보니 형진과 같은 반의 나철영이었다.
형진이 말했다.
"철영이 너는 여기서 버스를 타야 하지 않아?"
"형진이 니도 버스를 타야 하지 않나?"
형진은 차비를 절약해야 한다는 궁색한 모습을 노출시키기 싫어서 얼버무렸다.
"나는 3 km 정도는 거뜬히 걸을 수 있어. 벌써 한 달 동안 걷는 것이 습관이 되어 버렸어. 전혀 다리가 아프지 않지."
"그렇나? 좋아, 나도 니처럼 걷고 싶은데……. 같이 가제이. 아직 이른 시간이고, 니하고 얘기나 나누고 싶은 기라."
"그럼 함께 가자."
형진은 유년기까지 포함하여 상당한 햇수를 서울에서 보냈기 때문에 전라북도의 방언을 쓰지 않고 서울 말씨에 익숙해져 있었으나 이제는 경상북도 방언의 어성이 약간 섞여들고 있었다.
둘은 얼굴에 밝은 표정을 띠우며 함께 중앙통를 걸었다.
조금 걸어가자 건너편 큰 여관 앞에 중학생들이 줄을 서 있는 모습이 형진과 철영의 눈에 비쳐들어왔다. 철영이 말했다.
"시골 중학생들이 수학 여행차 왔는 것 같다, 그쟈?"
"그것도 경상북도 내의 시골 중학생들이겠지."

"나는 오늘만이 아니라 저런 모습을 자주 본데이. 대구가 무슨 대도시라꼬, 그리고 무슨 볼 끼 있다고 촌놈들이 찾아오지?"

"하루쯤 대구에 묵고 경주로 가겠지."

"그럴 끼라. 경주에서는 적어도 이틀쯤 묵을 끼다."

둘이서 조금 더 걷자 길 건너 맞은편에 서로 접하고 있는 양복점들이 눈에 들어왔다. 그 중에서 간판에 쓰여진 상호가 '멍텅구리 양복점'인 점포가 가장 빨리 시선에 잡혔다. 그 당시로서는 상호가 희한하고 다소 기발했다. 그래서 고객들이 많은 것 같았다.

그들이 걷고 있는 중앙통 우측 인도 옆으로는 안경점, 만두집, 중국집이 나왔다. 장사 재미가 쏠쏠한 영업소들이었다. 좌우를 두리번거리며 걷고 있던 철영이 문득 입을 열었다.

"도대체 우리 나라가 어떻게 되어가려는 것일꼬? 28일 새벽에 이기붕과 그의 가족들은 권총 자살을 했고, 이승만은 '경무대'를 떠나 '이화장'으로 갔다 카더라."

"나도 신문을 통해서 얼마간은 알고 있어. 나는 국민학교(초등학교) 때에도 어른들이 보는 신문을 읽어 왔지. 앞으로 이승만도 최인규와 함께 법정에 서야 하지 않을까? 법정에 서지 않으려면 망명을 해야 되지 않을까? 너는 어떻게 생각하냐?"

"나는 재판에 대해서는 잘 모리(르)겠다. 그런데 벌써 이승만의 망명설이 나돌고 있지."

"어떻게 그런 것을 알고 있지?"

철영은 전후 좌우를 두리번거리며 보더니 조심스럽게 말했다.

"우리 집 옆의 술집에 고위 경찰 간부가 피신하고 있데이. 발포 명령을 최인규가 했지만 그 피신한 경관은 지위가 높은 편이며 문책이 있을까 봐 두려워서 피신한 기라. 아무한테도 이런 말해서는 안된다. 알겠제?"

"알겠어."

호기심과 흥미가 슬슬 발동하는 형진이 대답했다. 그러면서 더 많은 것을 알고 싶다는 듯이 말했다.

"그럼 너는 4·19에 대해서는 훤히 잘 알고 있겠네. 그 경관이 어떻고 어떠한 말을 했지?"

"대체로 신문에 난 것들이지만, 좀 다른 냄새와 다른 맛이 있는 것이었어."

한동안 침묵이 이어진 채 그들은 걷고 있었다. 자동차의 경적 소리가 났다. 우측 인도에서 큰 양약국이 나타났다. 철영이 말했다.

"4·19의 도화선은 사실상 대구 KB(경북)고등학교의 데모에 의해서 불이 붙은 기지. 바로 2·28이었지러. 휴일에 학생들을 등교시켜 민주당 연설을 듣지 못하게 하는 자유당의 비열함에 항거하여 KB고등학교 학생들이 시위를 하고 경찰과 대치한 2·28이라는 하나의 큰 사건이었지."

"그건 그래. 그런데 4·19는 짧은 시일 내의 일종의 혁명이어서 그 내용이 복잡하고 종잡을 수가 없는 것이었어. 2·28 후 3월

15일 정부통령 선거일에 마산 학생 데모도 간과할 수 없지. 80여 명이 죽거나 다친 유혈 사태였어."

점차 자동차가 빵빵거리는 소리가 늘어났다. 철영이 말했다.

"마산 유혈 사태 후 머리에 최류탄이 박힌 김주열이 마산 해안에서 발견된 것은 너무나 자극적이었을 끼라. 그런데 이기붕은 세도가 너무 컸기 때문에 데모에 대한 해결책이 될지도 모르는 '이기붕……, 뭐라 카더라…… 그래, 이기붕 하야'에 대해서 아무도 이야기를 할 사람이 없었다 카더라. 시간이 어수선하게 빨리 지나가는 것을 느낀 곽 경무관이라는 사람이 간신히 이기붕의 하야에 대해서 말을 꺼냈다 카는 기라. 부통령 선거만 다시 하자는 말이 나왔다 카는 기라. 사실은 책임을 가장 적게 지려는 우스운 임시 방책, ……뭐라 카더라? ……그래, 임시 미봉책이었겠지. 사실은 학생 데모가 심상치 않은 것을 파악하고 위기감을 느낀 것은 사실 일찍부터였더라 카더라. 데모의 위력이 절정에 이른 4월 19일에 경무대 소회의실에서 국무회의가 열렸는가 하면, 곧 중앙청에 다시 모여서 국무회의가 열렸다 카더라. 정부 측에서는 위기임을 느끼고 사실상 떨고 있었던 기지."

그들은 좌측 인도 건너 좀 낡은 건물이 있는 곳까지 왔다. 그 건물은 곧 철거되어 '아카데미 극장'이 세워질 예정이라고 입에서 입으로 전해지고 있었다.

듣기만 하던 형진이 침묵을 깨고 말했다.

"그때 학생 데모대는 경찰 저지선을 무너뜨리고 인원을 나누어서 경무대와 중앙청으로 돌진했지. 바리케이트를 친 저지선이 허물어지자 경찰이 발포를 해서 100여 명이 희생되었지."

"그때 경찰 순찰차등 여러 차량이 데모대에 탈취 당했다 카더라. 경찰은 수도 치안을 맡을 능력을 잃고 서울, 부산, 대구 등 5대 도시에 비상 계엄령을 선포한 기라."

형진은 자신이 읽은 신문 기사를 머리에 떠올리며 다음과 같이 말했다.

"데모대의 위력이 절정에 이르고 위기감이 고조되자 이기붕은 모든 공직에서 물러날 것을 '고려한다'고 했지. 이 '고려한다'는 책임 회피적이고 미지근한 태도가 '데모대'의 열기를 더욱 가열시켰지. 그래서 4월 24일이 되어서야 이기붕은 즉각 모든 공직에서 떠나겠다는 성명을 냈지. 참 파렴치한 자였고 권력의 맛에 미련을 버리지 못한 태도를 보였어."

"그랬었지러. 그 피신한 경관은 이승만이 죄를 이기붕에 전가시켜서 이기붕을 희생시키려는 면도 있다고 캤지."

두 소년은 '상과 하'를 상연하는 제일극장을 지나서 대구매일신문사('매일신문'의 원래 이름) 앞까지 왔다. 차츰 차의 통행이 많아지고 클랙슨 소리가 났다.

보도의 좌우, 전후를 향하여 두리번거리던 철영이 말을 꺼냈다.

"대학 교수들이 남긴 공적도 컸겠제?"

"그건 그래."

"4월 26일에는 고려대생이 맹활약을 하여 4월 19일에 못지 않게 치열했지. 그리고 26일 오후 수백 명의 대학 교수단이 '학생의 피에 보답하라.' 카며 시위를 했지. 플래카드에는 대통령, 국회의원, 대법원장 물러가라―라고 쓰여졌지. 그리고 대통령 선거까지 다시 하자고 캤지. 그때 구호가 바뀌어졌지. '이승만 물러가라'라꼬. 그때 이승만은 '국민이 원한다면 대통령직을 사임하겠다'고 캤지. 그것만도 뻔뻔스러운데, 또 이기붕처럼 하야 '고려' 성명을 했지. 그때가 오전 10시쯤이었다 카더라. 그 후 더 견딜 수가 없게 되자 사임서를 받아쓰게 했지."

"그때 데모대는 이승만이 직접 육성으로 발표해야 한다고 하며 더욱 저항이 거세어졌지. 그래서 오전 11시에 이승만은 육성으로 하야 성명을 읽었지. 라디오 방송을 통해서⋯⋯."

그들은 '금은 보석 시계점' 앞까지 왔다. 서서 구경하는 사람들이 많았다. 형진과 철영도 유리문 안에서 벌어지는 진풍경을 보았다. 학용품과 일용품을 판매하는 제대한 상이군인이 오른편 갈고리 손을 휘저으며 주인에게 협박을 했다.

주인이 응대했다.

"뭐, 그런 것들은 사지 않는다고 했는데 와 매일 와서 귀찮게 구능교?"

"뭐라꼬? 귀찮게 구능교? 말 다했어? 부자가 몇 푼 되지 않는 물건 좀 사줄 수 없나? 우리들의 살 길은 이런 것들을 파는 것 뿐이야. 국가도 희생당한 우리를 배신했어. 상이군인에 대해서는

'나 몰라라' 하는 거야. 너희들은 누구 때문에 전쟁 동안 안전하게 목숨을 보전하며 영업을 할 수 있었노? 그리고 누구 때문에 돈을 벌 수 있었노?"

"그런 것은 잘 알고 있심더. 그러나 어떻게 매일 필요 없는 물건들을 사야 하능교?"

상이 군인이 빈정댔다.

"배 부른 소리하고 있네. 느그들은 물건을 받지 않고 몇 푼 적선을 할수도 있어. 그런데 공짜로 돈을 얻는 것이 아니라 정정당당히 물건을 파는 것이 아이(니)가?"

"우리도 장사가 잘 되지 않심더."

상이 군인은 분노의 표정을 더욱 드러내며 큰 소리로 말했다.

"뭐라꼬? 거짓에다 뻔뻔스럽기까지 하군. 이봐, 지금은 4·19 직후 자유와 민주의 시대야, 아직 구시대의 작태를 보일 끼가?"

상이 군인은 갈고리를 휘저으며 주인 곁으로 다가갔다. 주인을 위협하다 말고 금은 보석 진열장을 발로 차서 넘어뜨렸다. 유리가 깨어지고 귀한 금은 보석들이 뒤섞이며 쏟아졌다.

밖에서 구경하는 사람 중의 하나가 말했다.

"저건 자유와 민주가 아니라 방종과 폭력이야."

철영이 다음과 같이 말했다.

"저 병신이 어떻게 자유와 민주를 행동에다 결부시키고 있지?"

형진도 한마디 했다.

"저 혼자서 맘껏 자유와 민주를 구가하고 있는 거야."

"너무 날뛰고 있어. 왜 경찰을 부르지 않고 있을꼬?"
"지금 5대 도시에 비상 계엄이 선포되었지만 치안을 확보하지 못하고 있어. 군경은 여력이 없고 시민들이 그들을 신뢰할 수 없어서 시민들에게 쫓기고 있는 형편이야. 6·25 종전 후 저러한 횡포를 우리가 무척 많이 목격해 온 것이 사실이지. 저 갈고리의 사내는 빵을 얻을 자유가 박탈되어 왔었어. 진정한 자유는 빵을 얻을 자유가 신으로부터 내려져야 해."
철영은 형진의 마지막 말투가 약간 의아스럽다는 듯이 말했다.
"이봐, 형진아, 느그 아버지는 혹시 적색에 약간 물든 사람이 아이(니)가? 지(자기) 묵을 것은 지가 챙겨야제. 이상한 말을 해서 미안하다."
형진은 슬그머니 웃었다.
"우리 아버지는 6·25 전부터 국군에 입대했던 사람이야."
"그렇다면 미안한데. 그런데 우리 아버지는 국군에 입대해서 돌아가셨어."
"그것 참 안됐구나."
형진과 철영은 한약 냄새를 풍기는 약전 골목을 지나서 반월당에 이르렀다. 그들이 걷고 있는 우측 보도와 맞붙어서 사람의 키 두 배 정도의 자그마한 언덕 위에 함석 지붕인 집이 몇 채 있었다. 그 옆에 작은 언덕 위에서 더러운 물이 작은 절벽과 보도로 흘러내렸다. 길을 하수도로 삼는 격이었다. 그러나 몇십 년 후와는 달리 오염 상태까지는 가지 않았다. 그 작은 언덕과 집은 시내의 중심가에 가깝게 자리하고 있었지만, 지붕에 짚을 씌워서 영락없이 이조 시대에 구정물을 절벽 아래 푸른 풀밭 위에 버리는 집과도 같이 보였다. 대구는 번화함과 그 번화함 속의 옛스러움이 병존하고 있었다.

대도극장 가까이 가자 또 하나의 진풍경이 그들을 맞았다. 약국 앞 보도에서였다. 당당한 미모의 여자와 실직한 듯한 젊은 남자가 있었다. 그 남자가 그 여자로부터 빼앗은 하이힐을 마구 망가뜨리고 있었다. 그 남자는 치안 상태가 매우 허술한 것을 이용하고 있었고 여자는 경찰의 도움을 받을 수 없었다.

"보이소, 한번만 봐 주이소."

"안돼! 세상 돌아가는 것도 모르고 하이힐을 신으며 허영에 날뛰고 있어."

여자는 다음과 같이 애원하듯이 말했다.

"최소한 집까지는 신발을 신고 가야 하지 않겠습니꺼? 하이힐이 아닌 신을 신으러 말입니더."

"맨발로 가라는 말이다. 이 허영에 날뛰는 기집아야!"

"맨발로 어떻게 갈 수가 있습니꺼?"

"이것 정말 세상 돌아가는 것 모르고 허영에 날뛰네. 톡톡히 망신을 당하면서 집까지 가야 하지 않겠나?"

그 젊은 남자는 하이힐을 돌로 쳐서 망가뜨리고 발과 손을 써서 짓이기고 비틀고 있었다. 그리고는 다시 돌을 써서 굽을 떼어

내 버렸다. 그 여자는 망가뜨려진 신발을 내려다보다가 울면서 맨발로 걷기 시작했다.

형진과 철영은 등교를 서둘렀다. 철영이 뒤로 돌아보다가 입을 열었다.

"전마(저 녀석)는 실직자인가 보지. 분풀이를 여자에게, 그것도 예쁜 여자를 골라서 미쳐 날뛰고 있는 기(것이) 아일(닐)까? 어디에서 뺨 맞고 난 후 어디로 와서 분풀이를 하는 격이지. 4월 19일과 역사에 먹칠을 하는 자가 아일(닐)까?"

"그건 어쩔 수 없어. 혁명에는 군중 심리와 광기가 있기 마련일 거야."

그들은 대도극장까지 와서 길을 건넜다. 당시에는 도시마다 극장이 많았다. 이를테면 총천연색에 하이 파이로 음향을 내뿜는 영화는 인공위성과, 미국·소련의 무기를 제외하면 가장 급속히 발달한 과학이며 종합예술이라고 일컬어질 만했다. 극장은 최고의 신기한 오락처였으며 입장료도 일반 물가와 비교하면 싼 편이었다. 형진과 철영이 걸어온 중앙로 거리에 접한 극장 외에도 중앙통에서 불과 얼마 떨어지지 않은 곳에 대구극장, 만경관, 키네마극장, 자유극장, 송죽극장 등등이 호황의 영업을 하고 있었다. 그리고 극장이 가장 반듯한 건물이었다.

그들은 명덕로터리까지 왔다. S중학교를 지나는 버스가 오고 있었다. 그들이 횡단 보도를 건넜을 때 확성기를 통한 말소리가 퍼져 나왔다. 그들 둘은 뒤를 돌아다보았다. 확성기를 단 지프차가 그들을 앞질러가고 있었다. 지프차에 탄 C대학 학생들이 일종의 가두 연설을 하고 있었다.

"우리들은 학생들의 피로써 혁명을 완수했습니다. 온 국민이 환호하고 있습니다. 그러나 지금 방심할 때가 아닙니다. 호시탐탐 기회를 노리고 있는 북측은 어떠한 도발을 할지도 모릅니다. 모든 시민들은 혁명을 반기되 혜안의 눈을 뜨고 조금도 방심해서는 안됩니다. 술렁거리지 말고 촉각을 곤두세우고 만반의 대비를 합시다……."

4월 26일 후 차를 타고 연설문을 읽는 일은 참으로 많았다. 너도 나도, 여기 저기에서였다.

멀어져 가는 지프차를 보면서 철영은 빈정거렸다.

"저기 또 애국자 나왔네. 지지리도 공부 못하는 삼류 대학인 C대학 학생들이군."

형진도 안면에 눈웃음을 그리며 말했다.

"저들도 똑똑한 점이 있다는 것을 시민들에게 알려야 하지 않을까?"

"뭐, 똑똑한 점……?"

둘은 잠시 동안 침묵을 지키며 걸었다. 차들의 통행이 한층 많아졌다. 철영이 침묵을 깼다.

"형진이 니도 어른들이 읽는 신문을 보아 왔다고 했제?"

"그래, 그랬었지. 참, 그런데 조봉암이 사형 당한지 1년도 안 되었는데, 만약 그가 살아 있다고 가정하면 지금쯤 어떠할까?"

"조봉암이라…, 간첩과 접선을 했다는 혐의를 받은 그 사람 말이제? 글쎄, 나도 잘 모리(르)겠어."

"간첩과는 관계가 없었고 지금 살아 있다고 해도 정국의 주도권을 잡지는 못할 걸. 분단된 한국에서는……. 그런데 그가 교수형 당할 때 신문을 보고 눈시울이 뜨거워졌었지. 죽기 직전에 막걸리 한 잔을 마시고 담배 한 대를 피우게 해 달라고 사정을 했어. 그러나 형무소 측에서는 그것까지 거절을 했어. 정말 불쌍한 사람으로 느껴졌어. 진보당 당수가 되기 전에 농림부 장관에다 국회 부의장직까지 역임했어. 똑똑한 인물이었지. 북측에서는 조봉암을 회색 분자라고 비난했지만, 그는 분단 후의 남한에서는 주어진 조건 하에서 개혁을 하기 위해 최선을 다 했어. 간첩과 접선을 했다는 것은 날조된 얘기가 아닐까? 북측에서도 소위 회색 분자라고 비난받는 사람이 간첩과 접선할 이유가 없잖아? 그리할 필요도 없으며……. 이승만의 정적으로 제거당했을 뿐일 거야. 장면 부통령이 저격당하는 것과 또한 그 전에 민주주의의 지도자들이 암살당하는 것과 별 다름이 없었어."

철영은 경청하고 있다가 말했다.

"나도 좀 그렇지만, 형진이 니는 정치에 대한 감각이 예리하군. 하기는 우리는 옛날 같으면 장가갈 나이이기도 하지."

형진은 싱긋 웃었다.

"나 같은 햇병아리가 정치 감각이 예리하긴 뭐가 예리해? 아버지 얘기를 흉내낸 것일 뿐이지. 나 자신이 신문을 직접 보고 세상 돌아가는 것을 뭐 좀 알고 있는데다가, 아버지가 신문을 보고 정치에 대해서 자주 비판을 하며 얘기를 들려주니까 호기심과 흥미가 생겼던 거지. 예를 들면 '자유의 시대가 온다'하는 말 대신에 '자유의 시대가 도래한다'라고 흉내를 내 본 것에 불과해. 아버지는 6·25 전 국군에 입대했으면서도 정치에 대해서는 친야적이지."

"우리 큰형님도 느그 아버지를 좀 닮은 것 같군. 자유와 민주—이것으로 인해 앞으로의 정국은 혼란스러워질 것이라 카시더라."

"우리 아버지도 말씀하시더라. 온갖 정당이 난립하고, 어쩌면 반동反動주의자가 나타날지 모른다고. 한 가지 예를 들면 정치를 탐하는 군인들에 의한······."

"4·19와 자유와 민주······. 4·19는 어떤 의미에서 이씨 조선 왕조의 완전한 몰락을 가져왔어. 왕정 말이다. 사실 이승만은 자신이 양녕대군의 후손임을 강조하고 해외에서 왕자 행세를 해 왔었지. 과거에 낙방한 것을 감추고 말이다. 형진아, 정신적으로도 육체적으로도 결핍이 없는—가령 니가 말했듯이 빵 같은 것의 결핍이 없는 완전한 자유와 민주는 언제 올까? 아니, 도래할까? 껄껄껄."

"그건 알 수 없지. 그러나 4·19는 그러한 자유와 민주의 시대가 오는—아니, 도래하는, 껄껄껄—때를 앞당겨 놓았다고 할 수 있겠지."

"그것은 확실할까?"

"그걸 나에게 물으면 어떻게 해?"

잠시 침묵을 지키던 철영이 말했다.

"역사적으로 많은 사람들이 자유를 갈구했지. 나도 잘 모리(르)는 자유에 대해 우리는 학교에서 거짓말을 배웠다고 할 수 있지."

형진은 맞장구치듯, 자기 자신에게 말하듯 반문을 했다.

"우리는 학교에서 어째서 '여든세 돌 맞이하신 우리, 우리 대통령'이라고 노래를 불러야 했나?"

"이조 왕정의 연속이었지. '독재'라는 말을 어디다 숨겨두고 '자유'라고 미화했을꼬? 분명히 우리는 거짓말을 배워 왔어."

그들 둘은 학교로 진입하는 작은 길로 접어들었다. 큰길에서 벗어 난 그 길은 자유와 민주와 굶주림의 고통과 미래에 대한 막연한 기대감과 군중 심리와 열기와 광기가 한데 어우러진 분위기에서 얼마간 벗어난 지역 같았다.

대구 도심지에서 그다지 멀지 않지만 길 양쪽은 논이었다.

그들은 학교 운동장으로 들어섰다. S중학교는 야구의 명문이기도 하므로 다른 학교보다 운동장이 넓었고 스탠드 역시 그 면적이 매우 컸고 넓은 화단이 길게 펼쳐져 있었다. 깨어난 꽃들은 환한 웃음을 쏟아내었다. 봄의 향기가 물씬거렸다. 교내 아침 방송이 나왔다. 노래가 흘러나왔다. 형진이 더 나이가 들어서 나중에 알게 되는 두 노래였다. 디 스테파노의 노래였다. 마스

네 작곡의 오페라「베르테르」중에 '무엇 때문에 나를 눈뜨게 하는가?'였다. 디 스테파노가 젊은 나이에 명실상부하게 세계를 제패한 때에 녹음된 노래로서 음성은 투명하며 부드럽고 감미로웠다. 노래를 마치자 문득 형진은 자신이 잘 부르는 노래를 부르고 싶어졌다. 그러나 또다시 흘러나오는 비제의「진주조개 잡이」중의 '귀에 남은 그대 음성'을 부르는 디 스테파노의 미성에 더 열중하고 있었다. 그러면서 형진은 잠시 생각했다. 나도 먼 후일 성악가 될 꿈을 꿀 수 있을까? 형진은 자신이 변성기를 앞두고 있다는 사실을 모르고 있었다. 노랫소리는 늦은 아침, 아직도 잠에서 깨어나지 않은 채 봄의 꿈에 취한 꽃의 향기에 녹아들고 있었다.

　여름방학 중인 7월 하순 어느 날 오후, B중학교 1학년 1반 교실 안에는 학규를 포함한 다섯 명이 남아서 학과 공부나 소설 책 등의 독서에 열중하고 있었다. 방학중이지만 학생들은 무엇인가를 하고자 하는 열기가 대단했다. 다른 반 교실에서도 마찬가지였다.
　불볕 더위가 기승을 부리고 있었지만 가끔 습기를 머금은 후텁지근한 바람이 창을 간지럽히고 있었다.
　이미 1학기 학업 성적의 통지표가 나왔었다. 중간 고사에서는 전영민이 전교 1위를 차지했지만 1학기말에서는 역전되어 평균 89 점으로서 평균 1점이라는 큰 차이로 전영민을 전교 2위로 따돌리고 김학규가 전교 1위를 차지했다.

교실에 남은 학규는 다른 학교에서 채택한 영어 교과서를 보고 있었다.

그런데 느닷없이 기말에 전교 2위로 역전패 당한 영민이 학규가 앉아 있는 창가로 와서 말했다. 영민의 얼굴에는 살기가 등등했다.

"김학규, 니 나를 중상모략했지? 니 나에게 얻어터져야 되겠다."

"누구는 손·발이 없나? 내가 왜 얻어터져? 그리고 내게 무슨 잘못이 있다는 말이가?"

"교실에서 떠들 게 아니라, 좌우간 밖으로 나와 봐라."

"그래, 좋다."

그러면서 학규는 교실 밖으로 나왔다.

영민은 거칠게 말을 쏘아댔다.

"니는 실컷 얻어터져야 돼. 저쪽 수영장 가 잔디밭으로 가자."

영민은 이러면서 앞장을 서서 걸었고 학규는 뒤따라갔다.

수영장 가 잔디밭에 이르자 영민이 다시 말을 던졌다.

"니, 왜 나를 중상모략했나?"

하늘을 찌르는 키 큰 이탈리아 포플러에서 매미들이 요란하게 울음을 하늘로 올려보내고 있었다.

학규는 딴전을 부렸다.

"뭐, 중상모략……? 나하고는 아무 관계도 없는 이야기다."

"시치미 떼지 마. 내가 뭐 삼덕동 탁주 양조장 사장 막내딸과 연애했다고? T여중 1학년인, 부끄러움을 모르고 뻔찌 좋게(얼굴 가죽 두텁게시리, 또는, 뻔뻔스럽게) 곧잘 우리 학교에 와서 탁구를 치는 그 기집아와 말이제? 내가 마음 설레게 연애하는 바람에, 그리고 그 기집아의 발길에 차여 짝사랑하는 바람에 공부를 안했다고? 왜 터무니 없는 말을 퍼뜨렸노? 그것은 바로 중상모략이야."

"그런 얘기와 나는 아무런 관련도 없다. 니가 실제로 연애를 했거나, 짝사랑을 했거나, 아니면 애들이 지어내서 퍼뜨린 얘기겠지. 거듭 말하지만 나 학규와는 아무런 상관이 없는 기라."

"야, 임마, 니가 그렇게 얘기를 꾸며 애들에게 퍼뜨리는 것을 목격한 증인들이 있다는 말이다. 아, 참, 그리고 화장실 안에 나 전영민과 그 기집아가 빠구리했다고 쓰여졌던데. 모두 다 니가 한 짓이지?"

"나도 그 낙서를 봤어. 내 공책을 보여줄까? 과연 내 필체인지……?"

"좋아, 화장실 낙서는 니 짓이 아닐 수도 있겠지. 그렇지만 니가 바람을 불러일으켰으니 그런 낙서가 나오는 기라. 총체적인 책임은 학규 니에게 있다. 그런데 내가 뭐 눈깔사탕 연애를 했다고? 눈깔사탕 연애가 뭐꼬?"

"니가 더 잘 알겠지. 가난한 연인들이 데이트 자금이 없어서 콩으로 된 눈깔사탕과 사이다 한 병을 탁자 위에 올려 놓고 연애

하는 것 아이가?"

"이봐, 김학규, 나는 눈깔사탕 연애같은 거 안해. 우리 집은 부유한 편이야. 야, 그리고 내가 그 기집아의 발길에 차였다고? 나는 엄마를 빼 놓고는 그 외의 모든 여자들이 요물이라고 생각하고 있다. 웃기고 있네. 나는 그 기집아와 아예 접촉도 안 했으며 발길에 차이지도 않았어. 어디 한번 맞아 봐라."

영민은 그러면서 주먹을 쥐고 공격의 태세를 취했다. 학규는 늦게야 방어의 태세를 취했다. 영민은 키가 약간 작으므로 공격이 최대의 방어라고 생각하고 인파이팅을 하듯이 파고들었다. 영민은 방어의 태세를 제대로 취하지도 못한 학규의 복부를 일종의 어퍼 컷과 훅을 날리듯 가격했다. 정통으로 복부를 강타당한 학규는 배를 움켜쥐고 쓰러졌다. 이것이 첫 번째 맞붙기의 끝이었다. 한참 만에 학규는 상체를 일으키고 잔디 위에 다리를 펴고 퍼질러앉으며 웃고 있었다. 그리고는 입을 열었다.

"왜 여자가 요물이가? 여자가 없으면 단 1초도 지구가 정상 운행을 못하는 기라. 너같이 점잔 빼는 놈이 부뚜막에는 먼저 올라가지."

학규는 일어서서 안경을 벗어 포플러 나무 밑에 두고 공격의 태세를 하면서 다시 말했다.

"이번에는 너보다 키 큰 놈한테 어디 한번 당해 봐라, 킬킬킬, 사실은 내가 내 나름대로 상상한 니 녀석의 연애 사건을 퍼뜨렸지. 연애 사건과 실연 때문에 공부도 못한, 지지리도 못난 녀석이라고 퍼뜨렸지. 내가 정상 탈환을 자축하는 일종의 행사로 그렇게 했지. 킬킬킬, 약이 많이 올랐겠지. 그렇지만 내 말을 잘 받아들이란 말이야. 재미 있고 한편으로는 고통스러운 연애 사건이 있으면서도 영민이 니가 전교 2등을 한 머리가 참 좋다는 암시적 얘기를 꾸며낸 것을 고맙게 생각하란 말이다."

이렇게 말하면서 학규는 한번 붙어 봤기 때문에 영민의 약점을 간파하여 일종의 잽으로 영민을 견제하면서 치고 빠지는 것을 계속했다. 그러다가 순간적으로 힘이 들어간 스트레이트를 구사하듯이 강하게 영민의 얼굴을 가격했다. 영민은 코피를 흘리며 나동그라졌다. 이것이 두 번째 맞붙기의 끝이었다.

한참 만에 일어나 앉은 영민이 말했다.

"나는 내가 머리가 좋다고 하는 말을 그다지 믿지 않아. 하기야 니 머리나 내 머리는 같거나 비슷하겠지. 그런데 아무리 좋은 두뇌라 해 봤자 그대로 썩히고 안 써먹는 놈을 나는 경멸한다. 현실적인 성취가 중요한 기다. 나는 공부를 많이 했다. 너보다 평균 1 점이나 뒤지게 된 나는 평균 88점밖에 안되지만 실은 학교에서 배우는 것의 110퍼센트의 공부량을 소화해냈다."

학규의 얼굴에는 비웃음이 감돌았다.

"그건 나도 그래. 어려운 것을 잔뜩 공부해 놓고 보니, 시험은 엉뚱하게 쉬운 곳에서 출제하더란 말이다."

영민이 다음과 같이 응답했다.

"두뇌가 좋은 것을 그다지 중요하게 생각하지 않는 나는 아무래도 체력이 좋기 때문에 니보다도 공부를 많이 한 것 같다. 그런데도 내가 연애를 해? 야, 임마, 다시 덤벼 보란 말이다."

다시 힘이 살아난 영민이 후퇴하면 키 큰 자에게 불리하다는 것을 알고 결사적으로 파고들었다. 그러면서 영민은 일종의 훅으로 학규의 옆구리를 몇 번 강타했다. 옆구리라 하지만 맞으면 내장이 커다란 충격을 받으므로 학규는 쓰러지고 말았다. 세 번째 맞붙기의 끝이었다.

한참 만에 일어나 앉은 학규는 또 웃고 있었다.

"야, 영민이 임마, 코피나 좀 닦아라. 뭐, 니가 나보다 공부를 많이 했다고? 그 증거가 어디에 있노? 큰소리를 치지 마. 연애 사건은 꾸며낸 것이라 하지만, 사실 너 그 기집아를 좋아하제? 짝사랑을 하다가 상사병에 걸린 게 아니가? 혼자서 미쳐 날뛰는 상사병이라. 너는 앞으로도 공부를 할 수 없게 될 끼다. 킬킬킬……."

영민은 다시 약이 올랐다.

"뭐, 상사병? 니, 갈수록 더 까불고 있네. 나는 죽을 때까지 상사병 같은 거 안한다. 학규 니는 겉보기에 장난기라고는 엿볼 수 없는 고지식한 얼굴을 목에 얹고 있는데 왜 그리 까불고 있나?"

"내 솔직히 사실을 말해 주지. '연애 사건'을 꾸민 것은 승리를 자축하면서 약도 올리는 동시에 학업 성적 면에서 니를 계속해서 내 밑에 묶어두려고 한 기라 할까—뭐, 그런 기다. 말하자면 기선을 제압하려고 한 거지. 계속 불안과 긴장을 유발시키고 체력을 엉뚱한 곳에 소모시켜 주눅이 들도록 하려는 기라 할까?"

"학규 니는 수석 합격자이고 나는 2위 합격자이니 둘은 두뇌가 비슷하겠지. 그런데 머리만 믿다가 큰코 다친다. 나는 체력이 장사야. 얕보지 마라. 말은 그만 하고, 자, 덤벼!"

영민이 파고드는 맹렬함은 만만치 않았다. 쓰러지는 아이는 충격이 크지 않으나 쓰러뜨리는 아이는 크게 힘이 들어간다. 그리고 쓰러지는 아이는 잔디밭에 다리를 뻗치고 편안히 쉰다. 그래서 다음 번 접전에서는 조금 전 쓰러졌던 아이가 상대방을 쓰러지게 할 수 있게 되기 마련이다.

학규는 보다 긴 팔을 이용하여 치고 빠지면서 뒤로 후퇴했다. 그러다가 일정하게 유지하던 거리 이상으로 뒤로 물러서더니 발길로 영민의 가슴께를 차 버렸다. 명치 끝을 강타한 것이었다. 영민이 무너지듯 쓰러졌다. 영민이 통증으로부터 회복하려면 지금까지의 어느 맞붙기 뒤보다 더 오랜 시간이 걸릴 것 같았다. 이것이 네 번째 맞붙기의 끝이었다.

한참 후에 잔디 위에 엎어져 있던 영민이 똑바로 누운 채로 하늘을 바라보며 말했다.

"이번에는 내가 때려눕힐 차례이겠지. 그렇지만 우리는 때릴 만큼 때렸고 맞을 만큼 맞았어. 그러므로 충분히 분노가 사라지고 감정이 풀어진 셈이다. 더 때리고 더 맞는 것은 시간 낭비다. 이만 싸움을 끝내자."

"나도 체력이 강하다. 약간 말라 보이는 사람이 병이 없고 체력이 강하다. 그래, 이만 싸움을 끝내자."

학규도 잔디 위에 벌렁 누웠다. 그리고는 다시 말했다.

"우리 둘 다 참으로 순진하고 고지식하고 융통성이 없다. 그까짓 일 가지고 싸우다니."

잠시 동안 매미의 울음 소리가 그쳐 있었다.

B중학교와 담벽을 경계선으로 하는 국민학교(초등학교)에서 애들이 노는 소리가 후텁지근한 바람에 실려 왔다. 비교적 조용하게 들리는 말하는 소리, 고함치는 소리, 볼을 차는 소리…….

잔디 위에 누운 채로 영민이 다음과 같이 말했다.

"매미 소리까지 그쳤군. 사방이 숨죽이며 침묵 속에 빠져 있다. 단지 아이들이 떠들며 노는 소리만 바람에 실려 오고 있군. 아이들이 떠들며 노는 소리―그것만이 사람들이 산다는 것의 확실한 증거인 것만 같다."

학규도 잔디 위에 누워 있는 채로 말했다.

"세상 만물들이 잠들어 있거나 죽어 있는 기라. 우리들은 잠들어 있거나 죽어 있어서는 안 되지. 항상 깨어 있는 각성 상태에서 살아야 하는 기라."

영민이 다음과 같이 응답했다.

"지금 사방이 사막인 것 같다. 아니야, 사방이 문자 그대로 사막이다. 소리라는 소리는 다 들이켜 버리는, 적요함 속의 막막한 사막이지. 그럴수록 우리는 깨어 있어야 하는 기라. 고난의, 꿈의, 야망을 위한 사막이겠지. 고통의 사막을 오히려 즐겨야 하는 기라. 그리고 우리는 싸워야 하는 기라. 나는 너와, 이 세상 전체와, 나 자신과 싸워야 하지."

한 마리의 참매미가 울기 시작하니, 다른 두·세 마리가 울고 마침내는 인접해 있는 모든 나무의 수컷 매미 전체가 요란하게 울어댔다.

학규가 약간 소리를 높여 말했다. 약간의 비웃음이 섞여 있었다.

"니는 싸움을 좋아하는군. 왜 싸워야 하는 기고? 유인 인공위성의 성공적 발사가 이미 이루어진 이때에 인간의 달 착륙을 위한 우주선 제작에 한국에서 니 혼자 참여하려고 말이가?"

"비웃지 마. 나는 그런 이상을 품어본 적은 없다. 솔직히 말하지. 나의 싸움의 목적은 거창한 표어 같은 것이 아니다. 학생인 인간의 가장 큰 목표점은 아무래도 학과 성적을 높이 올리는 기다. 그것은 바로 학생들의 생존경쟁이야. 나는 생존경쟁에서 이기고 싶은 기라. 뭐, 내 말이 잘못된 기가?"

학규가 다음과 같이 진지하게 응답해 주었다.

"잘못된 기 아니다. 이 멍청이야! 개인이 생존 경쟁에서 승리하는 것은 곧 국가 사회와 세계를 위하는 것이 된다는 것을 모르고 있나?"

"학규야, 니 말이 명쾌해서 참 좋다. 아까 말한 대로 우리는 고통의 사막을 즐기도록 해야겠제? 항상 눈뜨고 깨어 있어야 하는 기라."

"낮에만 즐길 것이 아니라, 밤에도 햇불을 밝히고 고통의 사막을 건너야 하는 기다. ……명심해야 할 것은 다른 학교에도 운이 나빴거나 제 실력을 발휘하지 못한 뛰어난 두뇌들이 이쪽을 향하여 치닫고 있다는 기다. 결코 자만해서는 안 되지."

영민이 진지하게 말했다.

"나도 이미 그런 점을 생각해 봤지. 그런 것을 고려에 넣지 않는 나, 영민이가 아니라는 말이야."

"좋다. 그러나 우리는 잠시 즐길 것은 즐기자. 지금 현재로서는 너와 내가 최후로 남은 사막의 무법자야."

그러면서 잔디에 누워 있던 학규는 일어났다. 영민도 일어났다.

영민이 말했다.

"니 말이 옳다. 우리는 그 놈의 시험 싸움 때문에 즐길 것을 제대로 즐기지 못한 면도 있어. 코피는 멎었지만 코와 윗입술에 피의 흔적이 남아 있는 것 같다. 그렇지, 학규야?"

"그래, 피의 흔적이 남아 있어."

"코피의 흔적도 지우고 흘린 땀을 씻을 겸, 우리 수영이나 하자."

"그래, 그것 좋겠다. 우리는 주먹 싸움까지 했으니, 죽은 뒤에까지 인연이 맺어지는 셈이다. 그래, 인연의 끈에 매달려 살아 보자. 인연의 끈에 매달려 서로 협조하며 살아 보자. 그리고 너, 실컷 싸워라. 니 자신과 싸우고, 나와도 실컷 싸워라."

"학규야, 우리의 인연의 끈은 전생 때부터 맺어진 기 아닐까?"

"그런지도 모르지."

두 소년은 팬츠만 입고 수영장에 뛰어들었다. 수영장의 물은 무더위로 인해서 약간 미지근했다. 물을 갈아주지 않아서 수영을 하는 사람이 없는 것이었다. 두 소년이 다 헤엄이 서툴렀다. 영민은 발로 물장구를 치는 헤엄을 치고, 학규도 어색하게 머리를 물에 담그고 수영 아닌 수영을 하고 있었다.

한참 후에 수영장의 물 바닥에 선 채 학규가 말했다.

"내가 연애 사건이라는 희극을 만들었으니, 공식 사과를 하기 위해 학교 앞 빵집에 가자."

"싸움을 하면서 에너지를 많이 소비한 탓인지 배가 고프구나. 그런데 한가지 물어볼 게 있다. 학규 니는 도넛을 먹을 때 설탕을 더 묻혀서 먹나, 아니면 설탕을 털고 먹나?"

"그야 영양 섭취를 위해서 설탕을 더 묻혀서 먹지."

"껄껄껄, 학규 니는 빵을 먹을지도 모르는 기라. 여학생과 함께 빵을 먹을 때 더 묻혀진 설탕이 입 아래로 떨어지면 어떻게 할 끼고? 너야말로 눈깔사탕 연애만 해야 할 끼다."

매미의 울음은 극치를 이루었고 그 울음 소리 전체를 껴안은 이탈리아 포플러는 호수 같은 푸른 하늘을 찌르고 있었다.

제1의 반항

1961년의 막이 올랐고 1960학년도가 물러가고 있었다. 봄 방학이 시작되었다.

이른 봄이었지만 함박눈이 내리고 있었다. 형진은 N중학교 야구 선수로 선발되어 나중에 유격수로서 두각을 나타내는 종렬과 함께 함박눈을 맞으며 둑길을 걸었다.

이때 형진과 친밀하게 지내는 아이는 대개 형진보다 나이가 많은 소년들이었다. 종렬이 그러했고 럭비 선수 영진이 그러했으며 B중학 2학년인 영일이 그러했다.

변성기에 들어서 있는, 목소리가 낮고 굵직한 종렬이 형진에게 말했다.

"야, 형진아, 너는 아직 변성기가 시작되지도 않았구나. 그렇지만 너 이제 여학생이 그리워지거나 하지 않나? 나는 여학생과 이렇게 함박눈을 맞으며 발자국이 찍히는 둑의 눈길을 걷고 싶다."

"종렬아, 나는 퇴화하고 있나 봐. 국민학교 6학년 때는 오히려 지금보다 여자에 대한 공상을 많이 했어. 예를 들면 부잣집이어서 현대식 큰 건물의 옥상 위에 올라가서 주위를 내려다보는 황선애와 또한 다른 여자애와 함께 걷고 싶을 때가 있었지. 그러나 지금 생각하니 내 마음을 움직인 것은 그 계집애의 아름다움 때문이기도 하지만, 부자 티가 나기 때문에 내가 느낀 열등감이 오히려 더욱 큰 작용을 했기 때문이었어. 또 다른 여학생도 이와 같았어. 그런데 나는 오히려 우리보다 선배인 여학생들을 눈여겨 보게 되었어. 아니, 선배인 여학생들보다도 나는 내가 오래 전 고아원에 들어갈 때, 나를 고아원에 넘겨준 타이피스트와, 고아원에 들어갈 그날 저녁 '이별의 노래'와 '동심초'를 불렀던 그리고 그 다음해 장티푸스로 세상을 떠난 그 소프라노 선생님이 오히려 나의 꿈 속에 더 많이 나타났어."

종렬이 물었다.

"왜 그럴까?"

형진은 쓸쓸하고 애잔한 음성으로 대답했다.

"아직도 이 세상 어디에선가 살아 있는지도 모를 어머니 때문인가 봐. 어머니의 모습의 그림자가 그 두 여자인가 봐."

형진과 종렬은 헤어졌다. 집에 돌아온 형진은 오랫동안이나 함박눈이 내리는 창가에 서 있었다. 저녁 식사를 마친 후에도 그리했다. 그러다가 공책을 펴고 무엇인가 쓰고 있었다. 그것은 일기와 유사한 점이 많은 글이었다. 아니, 오히려 한 해를 정리하는 일종의 회고록이었다. 그 일종의 회고록을 소개할까 한다. 그 회고록에는 입학한지 1년이 된 지금까지 못한 얘기가 있다. 또한 그 회고록은 형진의 육체적 성장과 함께 겪은 새로운 체험과 정신의 내면적 성장을 어렴풋이 보여주고 있다.

지금 함박눈이 내려쌓이고 있다. 어딘가 모르게 허전하고 쓸쓸하다. 정말 종렬의 말마따나 여자와 함께 둑의 눈길을 한없이 걷고 싶다. 벌써 중학교에 입학한지 한 해가 다 지나갔다. 나는 나름대로 새로운 체험을 한 1년이었다.

아버지는 이제 작년이 된 해의 5월 법원 서기 발령을 받았다. 하지만 판사, 검사, 변호사에 눌려 살아야 한다는 것을 좀 불쾌해 하셨다. 그래서 아버지는 다른 법원 서기의 소개를 받아 'K사법서사(요즈음의 법무사) 사무소'에 자주 놀러가서 K사법서사와 친밀하게 교제하게 되었다.

4·19 이후 좌우 사방에 고개를 돌리며 눈길을 주었을 때 사회는 매우 자유롭고 개방된 모습이었다. 민의원과 참의원을 포함하는 양원제 국회의원 선거 때를 보면 그야말로 온갖 정당이 난립했고, 대학생들은 남북 대학생의 대화의 장을 만들어야 한다고 주장했다. 이런 것을 직시하여 '사회 대중당' 같은 정당들이 탄생하여 목소리를 높이고 있었다. 이때를 즈음하여 아버지는

자존심 상하는 법원 서기직을 그만두고 새로이 생겨난 신문사의 기자인 동시에 대구 지국장이 되었다. 시험에서 합격한 결과였다. 그 신문은 스포츠 신문이라고는 하지만 상당히 혁신적이며 사상적으로 다소간 좌경화되어 기울어져 있었다. '장'이 된 아버지는 상당히 즐거워하고 보람을 느끼며 많은 양의 명함을 주머니에 넣고 다녔다.

이미 언급한 것처럼 남북 대학생 회담을 제의하는 대학생들의 시위는 만만치 않았다. 민초들은 찬성과 반대인 각각의 엇갈린 반응을 나타냈다. 다시 말하자면 찬성하는 무리가 생기는가 하면 다른 쪽에서는 우려를 나타내는 등 사회에 던진 그 충격파는 대단했다.

국회의원 선거에서 '사회 대중당'이라는 혁신적 정당의 출현은 역시 대단한 충격을 불러일으켰다. 아울러 '참의원'이라는 귀에 익지 않은 새로운 개념을 신기해하도록 하는 반향을 불러일으키며 선거를 위한 유세가 계속되었다. 국가 사회는 자유화와 개방주의의 물결이 넘쳐흐르는 듯했고 선거 유세는 막연히나마 민주와 평화의 약속을 하는 듯했고 많은 사람에게 기대를 불러일으켰다. 입후보자들의 인물 사진이 있는 선거 벽보는 많은 정당의 난립으로 커다란 면적을 차지하여 마치 잔치집의 흥겨움과 흥분을 불러일으키는 것과 유사했다. 나는 중앙통(중앙로)을 걸으면서 그 많은 후보의 인물 사진을 일일이 관찰해 보는 것이 재미가 있었고, 마치 어른들의 잔치집에 들어가서 덩달아 흥분하는 아이들의 하나가 되어 있는 듯했다. 지프차와 스피커를 이용한 가두 연설도 그 열기가 뜨거웠다. 나는 하교하면서 친구들이 노점에서 사 주는 구운 오징어 다리나 옥수수 튀김을 먹으며 흥미롭게 중앙통을 걸어다녔다. 전쟁 후 민생고는 해결되지 않았지만, 막연하나마 경제적으로도 더 나은 세상이 올 것 같은 느낌에 휩싸였다.

걸으면서 중앙통을 보는 것은 사실상 한국이라는 세상 전체를 보는 것과 마찬가지였는데, 나는 1년 동안 정치 상황에 관계되는 많은 체험을 했다고 할 수 있었다. 나는 4·19에서 비롯된 너무나 큰 변혁을 두 눈으로 목격했다. 이미 국민학교에서 배운 교과서의 일부는 허위였으며, 지금 배우는 것의 일부에 대해서도 회의하지 않을 수 없는 대목이 있다고 생각되었다. 아울러 나를 괴롭히는 궁핍과 빈부의 차가 무엇인지 중앙통을 걸으면서 알게 되었다.

그리고 앞에서 이미 언급되었지만 중앙통을 다니면서 또 하나의 끊임없이 흥미를 끄는 것은 영화였다. 중앙통과 그 주변에는 많은 극장이 있으므로 현재 상영되는 영화의 몇 장면들의 사진을 보았을 때는 마음이 설레었고 금전적 여유만 있었더라면 많은 영화를 보았을 것이다. 학교 단체 관람도 1년 동안 세 번이나 되었다. '상과 하', '해저 2만 리', '잔다르크'였다. 나는 극장 안에 들어가면 인상 깊은 대목이 되는 장면을 더 즐기기 위하여 두 번씩 보는 경우가 많았다.

나는 아버지를 괴롭히는 궁핍을 피부로 느꼈다. 그러나 어른
이 되지 않아서 짊어질 것이 없는 나는 세상은 한번 살아볼 만한
고장이라고 생각했다. 그런데 경제적 여유만 있으면 훨씬 더 즐
길 수 있는 고장이 바로 이 세상이라는 것을 뼈저리게 체험했다.
그러나 위에서의 나의 생각은 중요한 것이기는 하지만 어린
학생인 내가 생계비 벌이에 참여하여 공헌을 하고 책임을 질 수
는 없는 것이다. 잘못 돌아가는 현실을 외면하고 자기만 공부하
는 것이 죄일 수도 있는 대학생이 아직은 아니라고 한다면 책임
회피일까?
어쨌든 어린 학생으로서 중요한 것은 인간들의 사회적 관계를
원만히 맺는 동시에 자기 발전을 하는 것이 아닐까? 그렇다면 나
에게 있어서 중요한 것은 학업을 닦는 것과 노래를 부르는 것일
것이다.
그러나 나는 영원히 노래를 부르지 못하고 말지 모른다. 국민
학교 때의 고운 목소리는 온데간데없이 사라지고 말았다고 할
수 있다. 특히 고음을 올릴 수 없었다. 노래는커녕 말하는 목소
리마저 콧소리가 섞여 곱지 않았다. 말을 하면 성대와 그 윗 부분
에 가래 같은 액체가 맺혀 있는 듯 불쾌했고 컨디션이 좋지 않는
성대에 의한 발성을 돕기 위해서인지 콧소리가 많아졌다. 이런
현상은 영원히 치유될 수 없는 병이 아닌가 생각되어 때때로 절
망적인 기분에 빠져들었다.
S중학교 특별 활동 클럽에는 합창반이라는 것이 없었다. 악대

부는 있었다. 관악기를 불면 성대가 나빠진다는 말도 있었고, 또 한 음악 감상반이라는 것도 없었다. 그래서 나는 얼마간 고심을 하다가 문예반으로 들어갔다.

그런데 이 문예반 활동 시간이 무척 재미 있는 시간이었다. 담당 선생님은 이재준 선생님이었는데 참으로 입담이 좋으셨다. 시간마다 '몽테크리스트 백작'의 이야기를 해 주셨다. 입담도 좋지만 그림 실력도 갖고 계셔서 에드몽 당테스가 수장 전에 대신 들어가서 누워 있는 포대의 모양, 절벽 위에서 그 자루를 바다에 던지는 장면, 당테스가 성에서 찾는 보석 굴의 내부 모양을 칠판에 재미 있게 그리며 이야기를 해 주셨다. 그래서 특별 활동 시간이 기다려졌다. 그 이야기의 시작이 이제 1년이 다 되어 가지만 아주 인상적으로 머리 속에 새겨 넣어지게 되었다.

마지막으로 나의 학업 성적에 대한 생각을 해 본다. 담임인 박기준 선생님은 말씀하셨다.

"뭐니 뭐니 해도 학생은 성년이 되기까지 배움의 과정인 학업 성적의 수준을 높여야 한다."

그 말씀이 백 퍼센트 타당하다고 볼 수는 없었으나, 나는 어쨌든 학생은 공부를 잘해 놓고 볼 일이라고 생각했다.

좀 창피스러운 얘기이지만 1학기 중간 고사와 1학기 기말 고사에서 1개 반 3등으로 성적이 나왔다. 그때, 예를 들면 국사의 시험 범위가 넓어서 배운 부분을 다 읽지도 못하고 시험에 응했다. 그때 나는 시험 때만 공부를 해서 성적을 올리고 있었다. 그러나 2학기에 가서는 반 2위를 추월한 정도가 아니라 반 1위를 추월했다. 말하자면, 2학기 성적만 따진다면 반 1위로 급부상한 셈이었다.

그런데 각 과목에서 이해, 태도, 기능은 국민학교에서처럼 담임 선생의 재량으로 불공정한 처리에서 결정되는 것이 아니었다. 철저한 근거가 있었다. 예를 들면 '사회'에서 '공민'은 이해로, '국사'는 기능으로, '지리'는 태도로 하는 공정한 근거로 처리되고 있었다.

성적 통계를 거들기 위해 교무실에 가 있었던 나는 나의 1학년 총평균 성적이 가까스로 85.0을 넘어서 반 2위인 동시에 전교 4위라는 것을 알아내게 되었다. 85.0 이상인 학생은 또 하나 더 있어서 전교 5위까지 우등상을 받게 되어 있었다.

나는 반 1위를 못한 것에 대한 창피함을 느끼기는 했지만 도道 단위에서의 우수한 학교에서 전교 4위를 한 것은 어린 나이로서 무척 기쁘게 생각되었다.

그래서 제일극장에 가서 '사랑은 기적을 낳는다'라는 영화를 보았다. 독일 영화로서 주제 음악은 'Nur allein, Nur allein(오직 그대만을)'이었다. 아이스 발레단에 소속된 남녀 두 무용수가 있는데 서로 사랑하는 사이가 되고 말았다. 그런데 발레단의 늙은 단장이 여주인공을 차지하기 위해서 다음 공연지까지 먼저 오게 했다. 남주인공과 한 차례 말다툼을 한 다음 여주인공은 결별의 의사를 표시하고 기차를 타게 되었다. 기차는 빠른 속도로 달리고 있었다. 그러나 남주인공은 스키를 타고 죽음의 위험을 무릅쓰고 기차를 뒤쫓게 되어 결국 남녀 두 주인공은 열차 승강구에서 뜨겁게 껴안게 되는 내용의 영화였다. 스키를 타고 열차 꽁무니를 따라가서 열차를 붙잡는 것이 곧 '기적'이라고 할 수 있었다.

아직도 창 밖에는 함박눈이 약간 비스듬한 사선을 그어대고 있다. 나는 지난 해를 돌아보며 한번 더 혼자서라도 눈 쌓인 둑길을 걷고 싶다.

경제적 궁핍이 나를 포함한 사람들을 괴롭히고, 나의 노래는 끊어졌다.

나는 가장 중요한지도 모를 학업 성적 쌓기에도 실패했다. 전교 4위가 뭐냐? 창피하다. 앞으로 나는 전교 1등을 하고 말겠다. 나는 자랐다. 나는 고향을 잃게 하고 나를 괴롭히는 이 땅에 저항한다. 그리고 나 자신에게 반항한다. 그리고 싸운다. 나를 에워싼 사회·환경을 대상으로 그리고 나 자신을 대상으로 하여……. 나는 지금 함박눈이 펑펑 내리는 강변으로 간다. 아듀, 1960학년도……

제3부
내면의 충일

재건 구두

열차가 도착을 알리는 기적 소리를 내뿜더니 대구선 플랫폼에 멈추었다. 7시 50분이었다. 형진은 콩나물 시루를 연상하게 하는 버스 안에서 시달리지 않고 시간도 적게 걸리는 기차 통학을 해 보았다. 물론 몫돈이 들어가는 정액권을 끊어서 기차 통학을 했다. 동촌 역에서 대구 역까지 12분밖에 걸리지 않았다. 하기는 아양교 부근에 있는 집에서 동촌 역까지 걷는 데도 시간이 적지 않게 걸렸다.

역을 바라보자면 좌측 중앙극장 앞에 나철영이 기다리고 있었다. 철영은 매일 철길 너머에 있는 칠성동에서 역전까지 와서 형진을 기다렸다. 역을 빠져나온 형진은 빠른 걸음으로 중앙극장 앞에 서 있는 철영이게로 갔다.

"철영아, 밤새 안녕했냐?"

"니는 안녕했나? 보다시피 나는 죽지 않고 살아 있다."

"요즈음은 하룻밤 사이에 바뀌어지는 것이 너무 많아. 철영아, 그렇다고 생각되지 않아?"

"말할 것도 없지. 양원제 국회의원 선거가 끝나고 국무총리와 대통령이 확정된 지도 몇 달이 되었는데도 세상 돌아가는 것이 어지러울 지경이다."

두 소년은 횡단보도를 건너서 중앙통(중앙로)으로 진입했다. 두 소년의 침묵을 철영이 깨뜨렸다.

"중앙통은 이 세상, 아니, 한국의 사회적 변천을 보이는 축소판이라고 할 수 있지. 하루가 다르게 변화하고 있는 기라."

철영이 감수성이 예민하다는 것을 형진이 이미 오래 전부터 느끼고 있었다. 형진은 전교 4위의 학업 성적이었으므로 2학년 4반으로 배정되었다. 나철영은 1학년 때도 형진과 같은 반이었는데, 철영은 1학년 때 전교 13위를 함으로서 2학년 4반의 2위로 배정되었다. 반 편성은 전학년도의 전교석차대로 지그재그식으로 배열하여 행해졌다. 예를 들면 전교 8위가 8반으로 또한 9위가 8반으로 10위는 7반으로 배정하는 것이었다.

철영은 다소간 내성적이어서 말이 그다지 많지 않으며 성품이 부드럽고 온유했다. 그러면서 의리가 굳고 잔정이 많았다. 그리고 바둑을 잘 두는 철영은 정치에 대한 이야기를 할 때는 소년 답지 않을 정도로 흥미를 보였다.

향촌동 버스 정류장까지 가니 김균덕이 기다리고 있었다.

형진이 말을 걸었다.

"밤새 안녕했냐?"

"그래, 나는 이렇게 살아 있고, 안녕하다."

철영이 다음과 같이 물었다.

"균덕아, 무엇 때문에 니는 버스를 타지 않노?"

"느그들이 더 잘 알 텐데. 콩나물 시루 같은 버스 안에서 중학생은 키가 크지 않기 때문에 손잡이를 제대로 잡지 못해서 이리 밀리고 저리 밀리고 하지. 차라리 운동 삼아, 또한 느그들과 이야기하면서 걷는 것이 좋더라."

이번에는 형진이 물었다.

"그런데 균덕이 너는 어떻게 시간을 맞추어 기다렸지?"

"그야 대구선에 열차가 도착할 때 내는 기적 소리만 들으면 니가 역에서 나오는 것을 즉각 알아차리지."

철영과 마찬가지로 김균덕 역시 두뇌가 우수한 편이며 학업 성적도 철영과 비슷하여 전교 20위 안팎으로서 2학년 4반으로 배정되었다. 그리고 철영과 마찬가지로 균덕 역시 1학년 때에도 형진과 같은 반이었다.

균덕의 성격적 특징은 나이에 걸맞지 않게 너그럽고 화를 잘 내지 않고 명랑하며 비교적 낙천적이었다. 세상 돌아가는 것을 마치 모르는 듯했는데, 공무원 아버지와 어머니가 맞벌이를 하므로 경제적 여유가 있어서 비교적 유복한 때문이기도 했다. 1학년 때 소풍을 가면 맛있는 것을 많이 싸 온 균덕은 다른 아이들이 균덕의 것을 많이 먹어 버려도 별로 화내는 기색이 없었다. 특히 엄마가 없는 형진과 아버지가 없는 철영을 위해서 같은 자리에 앉도록 배려까지 해 주는 것이었다.

균덕의 별명은 '떡서방'이었는데 이는 그의 이름에서 '덕' 자가 '떡'자로 변형되면서 그가 인심이 후하다는 평이 반영된 것이었다.

형진과 균덕과 철영은 한 동아리라고 할 수 있었다. 그 동아리에는 3명이 더 있었다. 하동렬과 장석태와 임장원이었다. 이들 모두의 특징은 공부를 잘 하거나 적어도 두뇌가 좋은 친구들이었다. 그들 중 장석태는 형진과 비교하면 수업 시간이나 일상생활을 관찰할 때 얼마간의 격차를 두고 거의 따라오는 수재의 두뇌였다. 단지 공부를 열심히 하지 않기 때문에 두각을 나타내지 못하고 있을 뿐이었다. 그 동아리에는 우두머리가 없었다. 자연스럽게 맺어진 우정의 동아리였다. 그렇기 때문에 외면적 이해 관계로 맺어진 패거리들이 예상하지 못할 만큼 응집력이 강하고 민주적이라고 할 수 있었다.

1개 반에 한두 명 있는 야구 선수와 럭비 선수 등 덩치 큰 학생이 점심 시간이면 도시락통을 들고 거지처럼 한 바퀴 돌며 맛 있는 반찬을 덜어 가는 등 했으나 앉아서 조공을 바치도록 압력을 가하는 것은 아니었다. 한 두 학교를 제외하고는 중학교에 와서는 폭력 집단이 없어져 있다고 할 수 있었다.

잠시 동안 세 소년은 별로 말 없이 걸었는데, 아카데미극장에 이르자 철영이 입을 열었다.

"중학교에 들어오니 깡패 조직이 없어서 좋더라. 국민학교(초등학교) 때는 주로 고아원 아이들이 집단으로 단결하여 폭력을 휘둘렀는데……."

균덕이 말했다.

"그런 녀석들을은 입학 시험에서 거의 도태되고 말았을 기라. 이제는 운동 선수들이나 서로 단합해서 간혹 힘을 쓰는 경우가 있기는 하지."

형진이 균덕에게 말했다.

"요즈음 극장가의 동향은 어떠하냐? 전문가처럼 한번 총평을 해 봐."

영화광이라고 할 수 있는 균덕이 다음과 같이 말했다.

"조금 전에 보았듯이 아카데미극장에서는 '프랑켄슈타인'이 상영되고, 제일 극장에서는 '괴인 드라큐라'가 상영되고 있지. 귀신 공포 영화라고 해 봤자 별 게 아이(니)다. 두 괴물도 한국의 머리 푼 여자 귀신보다는 무섭지 않는 기라."

철영이 이의를 제기했다.

"극장 입구에 광고용으로 붙여 둔 사진에서 드라큐라가 어찌 안 무서워? 드라큐라 백작의 성 안에서 본 푸르스름한 조각달만 봐도 소름이 끼쳐지는데……. 그런 기괴한 공포 영화는 보지 않는 게 좋아. 이렇게 밝고 화사한 태양빛 아래서 사는 사람들이 일부러 지어낸 어두운 죽음의 세계를 보는 것은 끔찍하기도 하고 비생산적이야."

형진이 다음과 같이 말했다.

"오락도 생산적이야. 다른 극장에서는 어떤 영화를 상영하지?"

균덕이 대답했다.

"송죽극장에서는 '지상에서 영원으로'가 상영되고 자유극장에서는 '젊은 사자들'이 상영되고 있지. 말하자면 리바이벌이지. 이미 개봉된지가 몇 년은 되었으니까. 대구극장, 만경관은 국산영화를 상영하고 있고 키네마극장은 리차드 위드마크가 주연을 맡은 FBI의 활약상을 그린 영화를 상영하고 있지. 그리고 대도극장은 '작은 아씨들'이 상영되고 있고."

형진은 궁금한 점이 많다는 듯 균덕에게 물었다.

"'지상에서 영원으로'와 '젊은 사자들'은 유사한 점이 많다는 이야기를 들었는데 그게 사실이야?"

균덕은 보도를 걸으면서 생각난다는 듯이 다음과 같이 대답했다.

"둘 다 제2차 세계대전이 시간적 배경으로 되어 있고 영화의 주제 자체가 유사하지. 두 영화가 다 전쟁이 개인을 말살하고 마는 참혹성을 그리고 있지. 그리고 두 영화가 모두 주연이 몽고메리 클리프트여서 현대 지식인으로서 고뇌하는 내면적 연기가 볼 만하다고들 하더군."

형진이 자신의 생각을 다음과 같이 말했다.

"그런데 '젊은 사자들'에서 몽고메리 클리프트가 배역을 맡은 노아가 전쟁의 끝 무렵에서 죽게 되는데, 영화에서는 그를 살려 두어 해피 엔드로 만들고 있다고 들었는데 이건 오히려 좀 흠이 아닐까?"

형진은 학교 도서실에서 읽은 많은 책 중에 어윈 쇼의 '젊은 사자들'에서 주인공 세 사람 중 하나만 남고 전쟁이 거의 다 끝난 시점에서 두 사람이 허망하게 죽게 되는 비극을 떠올리며 말한 것이었다.

균덕이 형진의 말에 수긍을 하며 다음과 같이 말했다.

"글쎄, 그 점이 관객들에게 비감을 덜 불러일으키지만, '예술성'이라는 면에서는 오히려 깊은 인상을 덜 남기는 처리이기도 한 것 같더라."

철영이 상대방 둘에게 말했다.

"느그들은 영화를 감식하는 전문적인 식견을 가진 자들 같네."

균덕이 다음과 같이 말했다.

"영화를 많이 보면 자연히 그렇게 되고 마는 기라."

형진은 생각했다. 학교 수업의 종료를 알리는 종을 치면 누군가가 말했다.

"누구를 위하여 종은 울리나?"

그러면 다른 학생들의 기분까지 좋아져서 또 누군가가 말했다.

"종은 울린다. 우리를 위하여……"

형진은 생각했다. 모든 세상 살이를 영화에 관련시키는 특이

한 시대가 바로 지금이지. 내가 작년에 등·하교를 하기 위하여 이 길을 걸으면서 마음의 한 구석에 어떤 공상을 품었던가? 나는 커서 오페라를 작곡하여 직접 주역으로 나서서 노래를 하고 싶었다. 그것도 마음에 덜 차서 오페라를 찍어서 영화로 만들고 싶기까지 했다. 얼마나 실현 불가능하고 터무니없는 공상이었던가?

그런데 노래도 잘 되지 않았다. 특히 고음이 잘 올라가지 않았다. 말을 할 때에도, 목을 간지럽히며, 목에 얼마간 가래가 끼어 걸려 있는 듯한 증세가 느껴지며 콧소리가 끼어드는 경우가 많았다.

이렇게 되니 마음은 점차 노래 외의 학과 공부로 기울어지고 말았다.

세 소년은 대구매일신문사(매일신문사) 앞까지 왔다. 그런데 그들은 이상한 점을 발견했다. 게시판에는 행인들이 보도록 하기 위해 신문을 붙여 놓았었는데 이날은 그리하지 않았다. 텅 빈 게시판이었다. 더욱 이상한 것은 신문사 정문 앞에 두 명의 군인이 총대를 메고 지키고 서 있고 굳게 잠긴 문에는 '금일 임시 휴업' 이라고 적혀진 종이가 붙어 있었다.

철영이 두 친구에게 말했다

"대학생들에 의한 새로운 의거가 일어난 기(게) 아닐까? 군에서도 지지하는 의거 말이다."

균덕이 다음과 같이 말했다.

"그런 것 같아. 대학생들이 그토록 남북 대학생 회담의 개최를 줄기차게 주장하더니만……."

형진이 이의를 제기했다.

"그게 아닐 거야. 자존심 있는 군에서 대학생들을 지지한다는 것은 있을 수 없는 일이야. 신문 발행 허가가 취소된 것이 아닐까? 이전에 경향신문이 당한 것처럼……."

정치 판에 대해서 비교적 관심이 많은 철영이 다음과 같이 말했다.

"그럴 리가 없어. 민주당도 언론을 탄압한다는 말이 되고 말아."

"그라믄 무엇일까? 혹시 계엄령이 선포된 게 아닐까? 국가 사회가 그토록 혼란스러워졌으니까."

균덕이도 호기심을 가지고 위와 같이 말했다.

철영이 말했다.

"그렇다면 시내 곳곳마다 군인들이 출동되어 쫙 깔려 있을 텐데, 그렇지도 않잖나?"

걸으면서 좌우 전후를 유심히 관찰하면서 아무래도 분위기가 이상하다는 듯이 형진이 다음과 같이 말했다.

"혹시 군에 의한 쿠데타가 일어난 게 아닐까? 쿠데타 정도가 아니라 혁명이나 무슨 변혁이 아닐까?"

철영이 의문스럽다는 듯이 다음과 같이 말했다.

"설마 그럴 리야……. 우리끼리의 이야기인데 혁명이라면 많은 사람들이 피를 흘렸을 텐데……"

형진이 다음과 같이 말했다.

"역시 우리들끼리의 이야기이지만, 쿠데타나 혁명이라 할지라도, 도청, 시청과 방송국, 신문사등의 언론 기관과 경찰서만 장악하면 되지 않을까?"

"그건 그렇지. 우리 빨리 학교로 가 보자."

균덕이 맞장구치며 그렇게 말했다.

그들에게는 차가 다니는 것도 드물어진 것같이 보였고 시내 전체가 한산하게 느껴졌다. 그들은 빠른 걸음으로 학교 정문 가까이 갔다.

그들은 정문 안에서 결정적으로 이상한 점을 발견했다. 정문 안에는 학생들의 등교와, 교사와 일반인들의 출입을 통제하려는 듯 군용 트럭이 멈춰서 있었다. 무장한 군인들은 사람들의 동태가 이상하면 발포할 태세를 취하고 있었다. 운동장 한쪽에 몇 마리의 제비들이 먹을 것을 발견한 듯 내려앉아서 부리로 쪼아대었다. 트럭 밖에 서 있던 군인들 중 하나가 돌을 들어 제비에게로 던졌다. 제비 한 마리가 돌에 맞아 날개를 퍼덕거리며 나동그라졌다. 이때 마침 석연수 교장이 승용차를 타고 정문 안으로 올라오더니 차에서 내렸다. 조금도 움츠러듦이 없이 교장 선생은 돌을 던진 군인에게로 가서 말했다.

"이 보시오, 당신네들은 대체 누구요? 대한민국 군인이오? 사람을 피하지 않는, 아무런 죄도 없는 제비에게 돌을 던져 죽이는 것도 무력 시위요? 학생들 보는 앞에서……? 그리고 어린 학생들이 무엇을 알고 무엇을 잘못했다고 총부리를 겨누고 있는 것이오? 지휘권자이며 책임자인 군인은 이리 나오시오."

대위 계급장을 단 군인이 차에서 내려 석연수 교장에게 와서 대들 듯이 말했다.

"당신은 교장인가 본데, 너무 떠들고 있소. 오늘이 무슨 날인지 아시오? 바로 5·16이오. 누군가가 눈만 깜짝여도 시위를 벌이는 데모 만능주의 때문에 중학교에도 병력을 배치하였소."

교장은 살포시 냉소를 지으며 말했다.

"5·16이 뭐 어떻다는 거요? 쿠데타 기념일이오? 아니면 군사 혁명의 날이오?"

대위가 당당한 태도로 다음과 같이 응답했다.

"오늘 정오만 되어도 알 거요. 쿠데타인지 혁명인지 밝혀질 것이오. 우리는 각 경찰서와 도청과 시청과 교육청과 방송국과 신문사를 접수하였소."

"알았소. 교육청에서 전통이 와 있을 지도 모르지. 그러나 오늘은 나, 교장의 책임 하에 교내 수업 거부를 하겠소. 인민군도 아닌 국군이 학교를 점거하고 총부리를 학생들에게 돌리는 상황 이래서 우리가 어떻게 교육을 하겠소?"

교장과 대위는 운동장 한쪽으로 가서 한참 동안 작은 소리로 토의를 하듯 제스쳐를 하고 있었다.

교장은 다시 승용차를 타고 운동장을 가로질렀다.

직원회에서 선생들은 앞을 다투어 무장 군인들을 성토했다. 그 마지막에 가서 석교장이 결론을 내렸다.
"국군이 중학생들에게 총부리를 겨누는 사태가 발생하였습니다. 이런 상황하에서 우리는 무슨 낯으로 교육을 하겠습니까? 어저께의 사회 과목 뿐만 아니라 다른 교과서의 상당 분량의 내용이 모두 거짓이 되고 말았습니다. 오늘은 교감 선생님이 책임지고 학교에 남겠습니다. 저와 다른 선생님들은 오늘의 거짓 교과서를 덮어 버리고 앞산에 가서 실송충이도 잡을 겸 자연 학습을 시킵시다."
"교장 선생님, 그것은 좀 곤란한 점이 있는 것 같습니다."
교감 선생이 이의를 제기했다. 교장이 물었다.
"교감 선생님, 무엇이 문제입니까?"
"교장 선생님, 오늘 같은 날은 학생들이 집단적으로 걸으면 '집회·결사의 자유'가 톡톡히 제한 받지 않겠습니까?"
"교감 선생님, 제가 미쳐 그것을 생각하지 못했습니다그려. 가는 길에 틀림 없이 집회의 자유를 통제한다 하면서 제동을 걸 것입니다."
"그럴 것입니다."
많은 선생님들이 그렇게 말했다. 이어서 교장이 말했다.
"그러면 학교 자체가 학교 교육을 거부한다는 것을 알리기 위해서 학생들을 돌려보내어 오늘 하루만 가정 학습을 시킵시다. 시내 무장 군인이 학생들을 제지하면 학교 지시대로 그렇게 말하도록 하면 됩니다. 저기 중대장급인 대위와 얼마 동안 대화를 나누었습니다. 오늘 5월 16일은 혁명이 이루어지고 있는 날이라고 말했습니다. 혁명의 목적은 '경제 재건·부흥'이라고 했습니다." 그러면서 일반 사람들은 대개 '경제'가 무엇인지도 모른다고 했습니다. '경세제민經世濟民' 곧 나라를 다스려 백성을 구제한다―는 정도로 알 뿐이라고 말했습니다. 그의 말에 일리는 있었습니다. 그러면 우리가 당면한 경제의 문제는 '산업화'에 가깝냐고 물었더니, 그렇다고 말했습니다. 그런데 경제 재건이 민주화를 얼마간 희생시키더라도 즉 민주화가 지연되는 부작용이 따를지라도 우선적으로 경제 재건을 이루어놓는 것이 이 혁명의 주된 목적이라고 말했습니다. 대위는 경제 재건과 민주화는 항상 함께 간다고 할 수는 없다고 했습니다. 제가 생각해 볼 때 오히려 한국의 그 경제 건설과 민주화는 오히려 두 선이 쉬이 만나지 못하고 오랜 평행선을 그으며 나아갈 수 있습니다. 경제와 민주화라는 두 개의 명제가 대립될 때 그 둘은 상쇄될 수 있는 것이 아닙니다. 회계학상 차변, 대변이 상쇄되는 순액주의가 아니고, 상쇄되지 않는 총액주의로 나란히 가는 것입니다."

"그러나 언젠가는 만나는 날도 있지 않겠습니까?"

'사회' 전공 한 선생님이 말했다.

"그야 있겠지요. 먼 후일, 그리고 역사 속으로 들어가서……."

교장이 이렇게 말을 받았다. 그러더니 이어서 다시 입을 열었다.

"여기 계시는 선생님들 중 많은 분이 일제 때부터 학생들을 가르치셨습니다. 물론 저도 그렇습니다. 우리는 대일본제국과 피압제 민족을 연결하는 의사 소통의 도구였고, 해방 후에는 정치꾼들의 도구인 전달자로서 교사의 직을 수행해 왔습니다. 이 시대에 가르치는 우리들은 시대의 도구이며 민초에 불과합니다. 자, 교실로 가십시다. 우리들은 시대의 도구로서 학교에 남고 학생들은 가정 학습의 장으로 돌려 보냅시다. 책임은 전적으로 교장인 제 자신이 지겠습니다."

교장은 학생들로부터 존경을 받고 있었다. 교장은 담배를 끊으려고 사카린과 미원 같은 것이 섞인 맛이 나는 가루를 지니고 다녔는데, 그 가루를 입에 넣는 것을 보는 학생들의 손바닥에 쬐끔씩 놓아 주면서 맛을 보라고 하는 자상함도 있었다.

학생들은 교정을 빠져나갔다. 한 운동 선수 학생이 군용 트럭에다 대고 일부러 전라도 방언의 억양을 흉내내어 고함을 질렀다.

"우리는 지금 법에 위반되는 시위를 하러 가는 길이 아니여. 우리에게 총을 쏘든지 말든지 마음대로 하시오잉. 오늘은 선생님들만이 교내에 계시오. 그 외에는 쥐만 득실거리니께 그 총들을 발사하여 쥐나 많이 잡으시오잉."

이미 말한 대로 양원제 국회의원 선거 때 비교적 혁신적인 '사회 대중당'이 생기는 등 일종의 사회 변혁이 일어나는 듯싶었다.

이것을 군부에서 고운 시선으로 보지 않았으며 5·16을 일으킨 하나의 이유도 되었다. 5·16을 일으킨 군부는 현 정권은 물론이고 혁신 단체를 내리눌렀다. 여순 반란 사건에 간접적으로 가담해서 위험을 느끼자 오히려 안전하게 목숨을 이을 수 있어 지원한 국군(국방 경비대)에 입대했던 규수는 5·16이 일어나자 얼마간 좌경화되어 기울어져 있던 스포츠 신문사 의 기자인 동시에 지국장 명함을 불 태워 버렸다.

그리고 규수는 법원 서기직에 근무할 때 친밀하게 지냈던 K씨의 사법서사 사무실에 다시 나타났다. K씨는 사법고시 준비를 해 본 적이 있는 규수가 법률 지식이 풍부하고 믿을 만하다고 전부터 느꼈기 때문에 '장'은 K씨 자신이 맡고 규수와 동업을 하자고 제의했다. 규수는 고맙게 생각한다고 하면서 제의를 받아들여 승낙했다.

5·16 때라고 하지만 무조건적 국가 권위주의가 지양되어가는 때였으므로 전에는 감히 생각도 못한 '국가 배상' 판결을 받도록 규수는 고객에게 서류를 작성해 주었다. 그러면서 재판 때에 발언을 하는 방법을 일러주면서 여러 가지를 조언해 주었다. 주로 고객들이 당시 풍습대로 비용 때문에 변호사를 대지 않을 때였다. 예를 들면, 철도 건널목에서 말 수레의 바퀴가 선로에 걸려서 쉽사리 빠져나올 수 없을 때 직선의 선로를 따라오는 기관차에서 그 광경을 목격할 수 있음에도 기차가 멈추지 않아서 말이 치어 죽었을 때 말 수레의 주인(소유자)이 승소할 수 있도록 해 주

었다. 그래서 많은 사람들이 K 사법서사 사무실을 찾았고 K씨는 규수를 믿음직하다고 생각했다.

형진이 1960학년도 1학년말에 전교 4위를 할 때부터 규수는 신바람나게 일했다. 그리고 이 시기로부터 이제야 철이 든 듯 형진은 공부 벌레로 변신해 가고 있었다. 규수는 퇴근 후에는 K씨와 더불어 술잔을 기울이면서 형진이 너무나 기특하고 사는 보람을 느끼게 해 준다는 말을 했다. 그러면서 K씨의 재혼 권유를 물리치면서 독신의 생활을 계속했다.

1961학년도도 다 저물어 가고 있었다. 형진은 한 동아리를 이루는 학생들과 함께 하교하고 있었다.

5·16 이후 선생들은 넥타이 맨 것을 볼 수 없도록 '골든' 옷감으로 만든 소위 '재건복'을 입어야 했다. 그리고 각 학교의 교감은 운동장 조회가 있을 때마다 '혁명 고약(공약)'을 낭독해야 했다.

형진과 그의 반 친구들은 매일 같은 길로 하교하던 것이 아니라, 때로는 중앙통 쪽으로, 때로는 삼덕동 쪽으로 때로는 서문시장 쪽을 택하여 걸었다. 이날은 서문시장 쪽을 향하여 벼가 베어진 논길을 걸었다.

그들은 여러 가지 잡담을 하면서 논길을 걸었는데, 같은 동아리인 임장원이 철영의 구두를 보고 말 한마디를 했다.

"철영이 니 구두가 무슨 구두인지 알겠나?"

철영이 대답했다.

"무슨 구두라니? 그냥 구두일 뿐이다."

장원이 놀리는 투로 말했다.

"바로 그 구두야."

"그 구두라니?"

"바로 재건 구두야."

이 말을 듣자 좀처럼 노하지 않는 철영이 문득 화가 나서 얼굴이 벌겋게 달아올랐다.

"뭐, 재건 구두? 너 좀 맞아야 되겠다."

"내가 맞기는 왜 맞아? 구두코가 뾰족하고 좀 이상한 모양의 구두인데. 그리고 싸구려 구두인 것 같기도 하고."

장원이 그렇게 말했다.

철영이 언성을 높였다.

"아니야, 임마, 엄마가 비싸게 주고 산 것이란 말이다."

그러면서 철영은 장원의 멱살을 잡았다. 그러나 장원은 상대방의 손을 잡아떼며 말했다.

"야, 임마, 손을 치우고 말하란 말이다."

형진과 균덕은 싸울 태세를 보이는 두 친구를 보고 말렸다.

균덕이 다음과 같이 말했다.

"같은 동아리 친구이면서 무엇 때문에 싸우려고 하는 기고?"

형진도 간곡히 말했다.

"너희들, 싸우지 마. 먼저 장원이 너 사과해. 재건 구두가 뭐야? 끝이 조금 뾰족하고 맵시 있게 잘 만들어진 구두야."
　장원이 냉소를 머금고 다음과 같이 말했다.
　"요즈음 돌아가는 세태가 좀 우습다는 말이다. 요즈음 '재건' 자 붙지 않는 것이 어디 있노? 재건복, 재건 양장, 재건 머리 스타일. 어디 그 뿐이가? 재건 식당, 재건 이발소, 재건 목욕탕, 심지어는 술집인 재건 황금 마차…… '재건'이라는 글자가 붙지 않는 것은 없다고 할 수 있지 않나?"
　철영은 다소 냉정을 되찾으면서 다음과 같이 말했다.
　"그것은 사실이지. 그러니까 화가 난다는 기라. 나는 '재건'과 아무 관계가 없다는 말이다. 아버지가 군에서 돌아가시고 아무런 보상도 없는 이 마당에 4·19 때는 가만히 있던 사람들이 쿠데타를 일으키고 권력 없는 시민들을 압제하는 것을 나는 도저히 못 보겠다는 기다."
　지켜보고 있던 장석태가 다음과 같이 말했다.
　"그러니까 장원이 니가 먼저 사과해라. 철영이는 '재건'과 아무 관련이 없는 순진한 아이다. 철영이도 사과를 받아들이고 말이다."
　그제서야 장원이 입을 열어 사과의 말을 했다.
　"철영아, 미안하다. 정식으로 사과한다. 니 구두가 이상하게 생겨서 내가 놀린 기 아니다. 하도 '재건' 자가 많이 붙어서 지겹기도 하고, 한편으로는 우습기도 해서 내가 한번 놀려 본 기라."
　철영이 석태의 말대로 장원의 사과를 받아들였다.

"그래, 알았다. 나도 '재건' 자가 몹시 싫어서 화가 난 기라."

장원이 거듭 사과했다.

"철영아, 정말 미안하다. 이 대한민국의 순수한 일꾼이 되셨을 느그 아버지가 전쟁에서 희생당하고 보상도 받지 못한 것을 모르고 내가 잘못 아야기한 기라."

"장원아, 됐다, 됐다카이. 그만 해. 충분히 사과를 한 기다."

철영이 그렇게 말했다.

5·16은 사회 곳곳에 변화를 가져왔는데, 5·16이 가져온 교육계에의 공적은 이러했다. 첫째, 시험에서 어정쩡하게 주관식 '창의력 테스트'니 뭐니 하는 것을 배격하고, 엄정한 '객관식 테스트'의 정착을 가져왔다. 그러면서도 객관식 시험을 아주 심히 난해하게 출제할 수 있었다. 둘째, 흔히 있던 '보결 입학'(유시험 제도에서 불합격자의 뒷문 입학)이 없어졌다.

앞서 얘기한 동아리 친구들은 논을 따라가다가 KM대학을 넘어 서문시장 쪽으로 걸었다. 걸으면서 그들은 여러 가지 이야기들을 풀어냈다. 많은 이야기들 가운데서 한두 가지만 옮겨 보면 다음과 같다. 사춘기의 호기심을 가슴에 품고 있다가 참지 못하고 밖으로 풀어내는 말들이었다.

균덕의 말.

"우리 나이 또래의 여학생들은 벌써 젖무덤이 봉곳 솟아올라

있다 카더라."

좀 내성적이지만 호기심을 가슴에 묻어 두지 못하고 밖으로 표출시키는 철영의 말.

"어디 그것뿐이냐? 엉덩이까지 딱 벌어지고 통통해진다 카더라."

이성철의 말.

"우리 나이의 여자이면 생식기에 나팔관이란 게 완성된다 카더라."

한술 더 뜨는 장원의 말.

"사람의 암컷 즉 여자도 우리 나이쯤 되면 한 달에 한번씩 알을 만들어낸다 카더라. 배란기라는 것이 있단다."

그들의 대체적인 평균 나이보다 만 8 내지 9개월 정도 어린 석태의 말.

"그런 거 저런 거 다 생각하면 여자는 신비스러움이 없어지고 매력이 떨어진다고 생각되지 않나?"

균덕의 말.

"니는 거꾸로 이야기하고 있어. 그런 저런 여자의 특징 때문에 여자가 더 매력적으로 보이는 기라."

내내 침묵의 늪에 잠겨 있던 형진의 말.

"너희들 말이 다 옳은 것 같아. 나는 여자에 대해서 아무런 결론도 못 내리고 있어. 학교에서 배운 것을 따를 수밖에……. 하지만 영화와 음악이 우리들에게 제대로 여자의 신비함 같은 것을 가르쳐 주고 있는 것 같아. 영화가 끝나고 우리들이 극장을 나올 무렵이면, 정서상으로 애틋함에 물들게 되고 몹시 서운하고 허전함에 빠지게 되지. 그것이 바로 교육이 아닐까? 그런 것이 어쩌면 성교육이니 뭐니 하는 것의 한 부분이 아닐까? 그런 생각을 해 보면서도 나이가 적지 않은 여자가, 나에게 뭐랄까-두려움을 안겨 주고 있어."

이 형진의 말을 철영이 받았다.

"형진아, 바로 그것이 문제야. 엄마 없이 자라는 약한 머슴애에게는 말이야."

서문시장이 가까워지는 위치에 자동차 운전 교습소가 보였다. 여러 차의 교습생이 S자를 따라서 차를 모는 모습에 열중이었다.

석태가 말했다.

"미국에서는 사장이 직접 차를 운전한다 카더라."

균덕이 맞장구치듯 말했다.

"그런데 우리 나라는 사장족이 뒷좌석에 느긋이 앉아서 거드름만 피우고 있지."

철영이 무심한 얼굴 빛이 되어 다음과 같이 말했다.

"저들은 영업용 차의 운전사로 취직하기 위해서 운전을 배우고 있겠지. 몇 십년 후 우리가 사장족이 될 때 직접 운전할 수 있는 날이 올까? 곧 몇십 년 후 차가 많아질 만큼 잘 살게 될까? 그리고 말로만이 아니라 실제로 우리는 사장족이 될 수 있을까?"

형진이 비교적 조용한 어조로 다음과 같이 말했다.
"그런 건 참으로 점치기 어려운 일이지. 그러나 인공위성이 뜨고 달 착륙을 위해서 한창 연구에 열을 올리고 있는 것을 볼 때 몇 십 년 후면 부유하게 되고 사장족이 많아지고 차도 많아질 가능성은 있지."

서문시장 부근에 이르자 그들은 각 방향으로 뿔뿔이 헤어졌다.

형진은 버스 정류장에 서서 반야월행 버스를 기다리고 있었다.

그는 생각의 여울로 흘러들어갔다. 아깝다. 전교 1위를 놓치고 말았어. 나는 아이러니하게도 가장 자신 있던 노래 부르기 시험(음악 과목의 '기능')에서 '양'의 성적이 나오게 하고 말았어. '미'로만 나왔어도 전교 1등은 무난히 할 수 있었지.

그때 형진은 변성기에 있었다. 노래 부르기 시험의 노래 첫 부분은 '오, 아름다운 나의 벗은 어디로……? 그 알 수 없는 길……'이었는데 변성기에 있는 형진은 처음 부분 '오, 아름다운'의 '오'에서 조금 고음으로 올라가는 '아' 소리를 내는데 음이 갈라지고 말았다. 그러하니 더욱 긴장되어 다음 부분을 노래할 수 없었다.

형진은 이미 엎질러진 물을 다시 담을 수는 없다고, 망각하려고 하며 스스로를 위로하며 서 있었다.

그는 자신만만하게 생각하고 있었다. 어디, 내년에 한번 보자. 변성기도 끝나 있을 테지. 그런데 나는 체육과 미술에서 간신히 '미'의 성적만 되어도 다른 과목이 월등하게 우수하므로 평균 점수가 꼭대기 위치이었지. 이번 2학년 때에 모든 필기 시험에서 전교 1위 자리를 차지하고서도 실기를 포함한 총평균 성적 전교 2위에 안주하는 약자는 아니었어. 참으로 싫다. 다가오는 1962학년도 3학년 때 한번 보자.

　버스가 와서 그는 탔다. 손잡이를 잡고 그는 서 있었다. 흔들리는 창 밖 풍경을 보며 그는 계속 생각에 잠겼다.

　1962학년도에는 공부를 더 열심히 할 필요도 없이, 현재의 상태를 유지하더라도 전교 1등은 문제 없다. 그러나 다 자라 가는 나로서 나는 방심하지 않는다. 최선을 다해서, 시한부로 나를 고용한 이 행성과 싸운다. 아듀, 1961학년도!

아듀, S중학교

　형진은 3학년으로 진급하였다. 2학년 학업 성적을 기준으로 하여 3학년 각반의 학력 수준을 고르게 하기 위한 반의 재편성이 없이, 예를 들면 2학년 4반이 그대로 3학년 4반이 되도록 진급된 것이었다. 반의 재편성이 있었더라면 형진은 3학년 2반으로 배정되었을 것이다.
　그러나 형진은 2학년 4반이 그대로 3학년 4반으로 진급된 것이 오히려 기뻤다. 2학년 4반에는 사람을 웃기는 재미 있는 애들이 많았고 2학년 때 친숙해진 애들과 더욱 정답게 지낼 수가 있기 때문이었다.
　그런데 3학년 1반에는 이수근이라는 수재가 버티고 있었다. 수근의 2학년 성적은 꼴찌에 가까웠다. 꼴찌가 되지 않은 것은 1년 4회 시험에서 두 번은 응시했기 때문이었다. 형진보다 나이가 반 살 정도 많은 학생으로서 2학년 때 장기 결석을 하면서 고입 검정고시에 합격하여 명문 KB고교 입학 시험에서 낙방하고는 S중학교로 돌아와 있는 것이었다.

  S중학교는 진학 성과를 높이기 위하여 매달 모의고사를 치르게 했다. 그 성적으로 반 편성을 해서 성적이 좋은 특1·2반의 고고 입학 시험을 위한 학력을 높이려고 했다. 첫 모의고사 결과 형진은 전교 1등으로서 특1반의 맨 앞 줄 맨 우측(창 가)에 앉아서 강의를 경청하게 되었다. 이 수근은 전교 2위로서 창 가의 자리를 놓치고 형진의 옆에 앉게 되었다. 수근의 별명은 '절름이'로서, 그 약간의 열등감과 좋은 두뇌가 학습에 열중하도록 촉진하였다.

  그런데 재미있는 것은 초등학교 때 딸보인 강익훈은 단 한번도 특1반에 들지 못한 것이었다. 곧 전교 60위 내에도 들지 못한 것이다. 그러나 특2반에 배정된 것을 보면 초등학교 때보다 정정당당하게 노력을 해서 120등 이내로 성적이 향상된 것이라고 형진은 생각했다.

  차츰 시일이 흘러가자 이런 식의 반 편성에 반발하는 학생들이 생겨나고 그 무리가 불어나고 있었다. 그러다가 어느날 학교 운동장에 반발하는 학생들이 모여서 시위를 하고 있었다. '차별 교육에 반대한다'라고 쓴 플래카드를 머리 위로 올리고 성토하고 있었다. 교감이 설득을 시키느라 진땀을 흘리고 있었다.

  "제군들, 새로운 반 편성을 하는 것은 특1·2반 학생만을 위한 것이 아니라 중·하위권 학생들에 대해서도 배려하는 바가 있었다. 중·하위권 학생들이라 할지라도 사립의 명문인 G.S.고등학교 정도는 합격할 수 있도록 계획을 짜 놓고 있었다. 제군들은 잘 이해해야 한다."

교장도 간곡히 설득을 했으나 소용이 없었다. 행정부측이 말하는 '데모 만능주의'가 중학교에도 있다고 할 수 있었다. 그리하여 군중에 굴복할 수밖에 없는 학교측이 위와 같은 반 편성 제도를 포기하고 말았다.

그렇게 된 것을 형진은 오히려 기뻐하는 편이었다. 형진은 이수근을 이긴 것만 해도 통쾌하고 입학 시험 준비 공부가 순조로울 가능성이 높아졌기 때문에 새로운 반 편성을 하지 않고 3학년 4반의 모든 학생들을 다시 보는 것이 기쁘다고 생각했다.

그런데 3학년 4반에서는 2등을 차지하는 학생의 성적이 너무 낮아서 1등인 형진보다 평균 점수가 8~9점 뒤떨어지는 것이 보통이었다. 간신히 83~84점에 이르도록 2등을 위한 각축전이 벌어지는 것이었다. 철영, 균덕, 영송, 반장의 4파전이었다.

졸업식을 며칠 앞두고 3학년 4반 학생들은 졸업으로 인한 석별의 정을 나누기 위한 강냉이(옥수수 튀김) 파티를 열었다. 책걸상을 다섯 그룹으로 만들고 책상 위에 강냉이와 사이다를 놓아두고 있었다.

반장과 부반장이 재건복을 입은 담임인 김갑룡 선생님을 교실로 모셔왔다. 그리고는 맥주 두 병과 구운 오징어를 찢어 안주로 얹어 놓은, 별도로 마련해 둔 책걸상으로 선생님을 모셨다.
　실내가 조용해진 가운데 반장이 말했다.
　"우리는 담임 선생님을 위하여 사은회조차 마련하지 못하고 이렇게 조촐한 모임을 갖게 되었습니다. 우리의 담임 선생님께서는 일 년 동안 우리들을 위해 헌신하셨습니다. 그런데 우리들은 선생님을 위해 무엇 하나 해 드린 것이 없이 헤어지게 되고 말았습니다. 그러나 우리들은 부드럽고 다정하시고 한편으로 공명정대하신 담임 선생님을 잊지 않을 것이며 사회에 나가게 되는 먼 후일에도 선생님을 찾아 뵙도록 합시다. ……그러면 우리들의 담임 선생님이신 김갑룡 선생님께서 한 말씀을 하시겠습니다."
　형진이 중·고등학교에 다닐 때는 삼·사십 년이 지난 요즈음과는 좀 다른 관습과 학생 문화가 있었다고 할 수 있었다. 남학생은 거수 경례를 했고, 선생이 학생들을 대할 때는 '너희들'이라는 말 대신에 '제군들'이라는 단어를 썼다. 얼마간은 일본식이고 한편 군대식이었다.
　반장의 말에 따라 김갑룡 선생님이 자리에서 일어서서 말했다.
　"제군들은 매우 착실했기 때문에 3년 동안 큰 과오 없이 졸업을 하게 되었다. 나는 그 3년 중 1년 동안 제군들의 담임을 맡았지만 제군들은 단 한 건의 사고도 없이 성실하게 1년을 보냈다.

제군들 중 단 한 학생에게도 나는 매질을 한 적이 없다는 점만 보더라도 알 만하다. 나는 내 인생에 있어서 가장 성실하고 조용한 졸업반을 맡아서 없는 힘으로나마 이끌어 나간 것을 보람 있다고 생각하며 또한 자랑스럽게 생각한다. 영어 선생인 나는 내 시간 중에 입학 시험에는 별로 도움이 안 되는 영어 노래를 세 곡이나 가르쳤다. '올드 블랙 죠', '뷰티풀 드리머', '금발의 재니' 였다. 제군들의 머리를 식혀 줄 뿐더러 우정과 사랑을 이해시키기 위해서 그 노래들을 가르친 것이다. 졸업을 하면서 서로 헤어지더라도 잊지 말고 다시 만나도록 하기 바란다. 자, 우리는 다시 만나기 위해서 헤어지자. 헤어짐이 없으면 만남도 없으리……"

끝말의 의미심장함이 학생들의 가슴에 와닿았던지 그들은 큰 박수로서 선생님을 기쁘게 해 드렸다.

반장이 맥주 병을 따서 선생님 앞의 글라스에 따라드렸다. 그러면서 반장이 말했다.

"우리 선생님의 건강과 발전을 위해서, 또한 우리들 자신의 발전을 위해서 건배합시다."

이 말이 끝나자마자 선생님은 글라스를, 학생들은 1인당 하나씩인 사이다 병을 높이 들어 서로 부딪치게 했다.

김갑룡 선생은 맥주 한 병을 다 비웠다. 반장이 남은 병을 또 따려고 하니까 선생님은 "이제 그만……" 하면서 일어섰다. 그러면서 다시 한마디 말을 했다.

"제군들과의 정을 생각한다면 한 병 더 마실 수 있지만 교육

공무원은 낮술을 마셔서는 안 되기 때문에 나는 이제 가 봐야겠다. 앞으로의 긴 인생 여정에서 추억과 우애와 만남을 잊지 말도록 하기 바란다. 내일 다시 만나자."

다시 학생들의 박수 소리의 파장이 유리창을 흔들 듯만 싶었다.

담임 선생이 나가자, 점심 도시락을 싸 온 학생은 없었기 때문에 모두들 배를 채우기 위해 부지런히 강냉이를 먹고 있었다.

모두들 얼마간 배를 채운 뒤에 일종의 회고담 발표를 겸한 오락회가 이어졌다. 맨 처음의 발표자가 발표를 마치고 다음 발표자를 지명하는 식이었다. 발표자는 원칙적으로 노래를 부르도록 하되 노래가 싫다면 만담이나 코메디를 하거나 3년 동안 학교 생활에서 가장 인상 깊었던 일들을 이야기해야 하는 것이었다.

사회자로서 교탁 옆에 앉은 반장이 가장 먼저 일어섰다.

"우리 학교와 우리는 3년 동안 많은 행사를 치렀다. 그 행사들 중에 가장 즐거웠던 것은 단체 영화 관람이었다. 정말 신나는 일이었지. 그 밖에도 많지. 도시락 싸 가지고 산에 송충이 잡으러 갔던 것, 대구 변두리가 되는 농촌 벼 심기 도우는 것, 금호강 물이 말라서 수로를 파던 것도 재미 있었지. 왜 재미 있고 즐거웠냐 하면, 자유스러움이 있고 구경 거리가 많아지고 또한 학교 수업을 빼 먹는 것 등 때문이었지. 그런데 공부를 잘 하는 학생도 교내 수업을 빼 먹는 것을 좋아하는 이유가 무엇이었을까? 교실 수업을 빼 먹을 때는 마치 돈을 버는 느낌이었지."

"아까 니가 말한, '자유스러움', '볼 것이 많은 것' 등도 수업인데, 교실에 갇혀 있기만 하는 것을 얼마간은 거부하는 우리들의 꿈이 퍽 컸기 때문이기도 한 기라."

장석태가 정감을 지닌 음성으로 말했다. 반장이 말을 받았다.

"그래, 맞아. 석태 니 날카롭게 잘 지적해 내는군."

이때 부반장이 말했다.

"이봐, 반장! 니 이야기는 조금 재미 있기는 하지만 그것만으로는 안돼. 모범을 보이기 위해서라도 노래를 해야 된다. 노래를 부르라카이."

"소화제는 판타제, 소화제는 판타제……"

반장이 같은 어절을 여러 번 반복하여 제법 길게 노래했다.

부반장이 말했다.

"그것도 노래가? 더 불러야 한다는 말이다."

"노래 못하는 나를 좀 봐 도고. 내가 부른 노래도 엄연한 노래야. MBC가 방송사상 한국에서 거의 최초로 라디오 선전·광고를 위해 작곡된 노래지."

반장이 지명한 판수가 엉터리 가사를 붙인, 메들리 식으로 노래를 했다.

"나의 엉터리 가사를 붙인 노래도 이제 마지막이다. 우리는 성인에 한 발자국 더 가까워졌으니 말이다. 듣기에 싫증이 나더라도 가볍게 웃음짓기 바란다. ……기쁘다, 구제품 나왔네. 받으러 가자! 온 동네 다 함께 일어나 받으러 가자. 받으러 가자. ……예

제3부 내면의 충일 271

수 사랑하려고 예배당에 갔더니 내 신 훔쳐 갈라(가려)고 눈 감으라 하더라. ……날 삶아 잡수. 날 구워 잡수…… 에헴, 이런 노래들은 6·25 후 빈곤한 우리 민중의 풍속도라고 말 할 수 있지. 아직도 풍속도는 지워지지 않고 있다. 그런데 느그들은 이런 노래를 불러서는 안 된다. 요즈음은 무조건적인 무신론자도 무식쟁이로 취급된다는 말이다."

"그런 노래는 하나님에 대한 모독이다. 그런 노래를 하는 자는 지옥에 떨어진다."

영송이 참다못해 한마디했다.

판수가 지지 않고 말을 맞받아쳤다.

"아니다. 하나님도 입학 시험 준비에 고생한 우리들의 여가 시간에서의 농담을 이해하여 주실 끼다. 에헴, 이번에 내가 지명하는 자는 우리의 중국 가수인 '중궈 살람'이다."

'중궈 살람'이 일어서서 교탁 바로 앞으로 나갔다.

"느그들 내 노래도 따라 해서는 안된다. 공부도 못하는 3류 코메디안 취급 받는다는 말이다. 이번을 마지막으로 그놈의 중국 노래 흉내는 그만두어야 하겠다. 그럼 시작. ……우리 중궈 살람 좋당게. 조선 살람 나쁘고,.마오쩌퉁 따그 꼬려 살람 쥑이고 왜놈 살람 살린다. 류 니오 따문에 왜놈 살람 살린다. 류 니오 따문에 왜놈 살람 짱구 돈 벌고 우리 중궈 살람만 마니마니 죽었당게. 청뚜우 충찡 난찡. 왜놈 짱구 돼지 쭝아……"

엉터리 가사에다가, 우스운 선율로 작곡까지 한 셈인 '중궈 살람' 녀석은 교탁에서 자리로 돌아오면서 다음 사람을 지명했다. 형진이 지명된 것이다. 매도 일찍 맞는 것이 편하다고 느끼면서도 형진은 가슴이 두근거렸다. 노래는 틀렸어. 말로 한마디하지. 형진은 일어섰다.

"나는 내성적이어서 국민학교 때부터 발표도 잘 못하던 예가 많았어. 간단히 한마디하고 앉겠다. 곧 입학 시험을 친다. 그런데 너희들은, 아니, 제군들은 왜 그리 겁이 많은 거냐? 왜 KB고등학교 지원서를 많이 쓰지 않았느냐 하는 얘기이다. 재작년까지만 해도 KB고교 합격생이 90명을 넘었다."

반장이 형진의 말을 잠시 막듯이 하며 다음과 같이 말을 시작했다.

"그때는 KB고교 정원이 8학급 480명일 때였지, 그러나 작년도에 한 클라스를 줄여서 뽑았기 때문에 7학급 420명으로서 국가고시 즉 전국 공동 출제에서 경기고교 다음으로 커트 라인이 높았던 기라. 그런데 올해는 또 한 학급 줄여서 소수 정예 부대처럼 6학급 360명만 뽑게 되는 것이 큰 부담으로 작용하게 된 기라."

이어서 균덕이 다음과 같이 말했다.

"우리가 겁이 많아 K대 사대 부속 고교로 원서를 낸 게 아니야. KB고에 원서를 내려고 하니까 선생님과 학교측이 반대했어. 물론 학교측이 전적으로 잘못 판단한 것은 아니야. 사실 모의고사 전교 1등인 형진을 제외하고는 우리 반 아들(애들)의 성적이 저조했어. 반 1등과 반 2등의 격차가 너무 심했지. 학교측 나름대로 계산이 있었을 끼다."

형진이 기다렸다가 다시 말했다.

"어쨌든 KB고 지원자가 너무 적어. 계산이 있었다고? 계산을 잘 해야 돼. 계산을 말이야. 정확한 비례 계산을 했어야지. 학교 측은 '떨어지지 않기' 작전만 한 거야. '많이 합격시키기' 작전을 썼어야 해. 우리가 뭐, 사대 부고 의 부속 학교인가? 사대 부고에 원서를 내고 만 상당수가 KB고에 합격할 수 있어. KB고에 커트 라인을 높이면서 말이야. 내가 듣기에는 사대 부고에도 자신이 없어서 될 대로 되라는 식으로 행운을 바라며 원서를 들이민 학생들의 상당수가 KB고에 합격했다는 거야. ……내가 이런 얘기를 꺼낸 것은 학교측이 우리를 너무 과소 평가하여 예년보다 적은 수의 학생들만 KB고로 가도록 하여 뿔뿔이 헤어지도록 한 것이 싫게 여겨지기 때문이야."

이번에는 철영이 입을 열었다.

"형진의 얘기는 우리를 위해서 생각 끝에 한 얘기이지만 원서 마감이 된 이제는 현실적으로 돌이킬 수도 없는 기라. 우리는 뿔뿔이 헤어지게 된다. 일단 헤어지면 인연의 끈은 늘어져서 다시 만나기가 어렵게 된다. 이 점이 나를 탄식하게 한다."

문득 균덕이 말했다.

"오호 통재라, 철영은 슬픔의 철학가답다. 그 슬픔을 삭이기 위하여 형진이 니는 노래를 불러야 한다. 형진이, 니 지금 말만 몇 마디 하고 앉아서는 안된다. 니는 오락 시간에 한번도 노래를 부른 적이 없었단 말이다. 이제 마지막의 노래를 불러야 할 끼다."
 모든 학생들이 박수를 쳤다. 형진에게는 큰 부담이 되는 박수였다.
 형진은, 실패하면 실패하라지. 에라, 모르겠다.―하면서 '가고파'를 노래하기 시작했다. 그런데 웬일일까? 형진은 성대와 그 윗 부분에 가래 같은 액체가 맺혀져 있는 듯한 증상이 말끔히 걷혀지고 그의 목에서 투명하고 고운 테너의 고음이 나오는 것이었다. 형진 자신도 잘 몰랐던 변성기가 끝난 시점에서의 노래인 것 같았다. '그날 그 눈물 없던 때를……'에서 최고음인 '그' 가 쉽게 올라가며 고음과 저음으로의 이동이 무리 없이 이루어지는 것이었다. 발성 연습도 하지 않았는데 왜 이렇게 노래가 잘 될까? 형진은 내심으로 이만저만 기쁜 게 아니었다. 졸업식을 앞두고 며칠 전날 오후에 테너의 성대가 터졌다.― 이건 마치 역사적 사건 같았다.
 박수 소리가 유리창을 부풀릴 지경이었다. 여기 저기서 "앙코르" 하는 소리가 터져 나왔다. 그 가운데서 균덕이 감동 어린 목소리로 말했다.
 "바로 이런 것을 내숭 떤다고 하는 기라. 느그들 형진이 노래한 것을 바로 앞에서 잘 들었제? 이것은 흔히 있는 연습생의 목소리가 아니다. 어느 정도 세련된 미성이 아니고 뭐고? 형진이 니는 공부만 잘 하는 줄 알았는데 이제 보니 '끼'가 있다. 그 '끼'

에 매달리다가는 공부를 소홀히 하게 될 수도 있어. 조심해야 한다. 어쨌든 앙코르는 받아들여야지."

형진은 다시 일어섰다.

"이 친구들아, 내 목소리를 과대 평가해 주니 기쁘고 고맙다. 그러면 너희들과 함께 담임이신 김갑룡 선생님으로부터 배운 'Beautiful dreamer'를 부를테니 되도록이면 함께 노래하자."

형진은 조금 전에 노래할 때 어깨를 누르는 긴장을 풀고 노래했다, 릴리꼬-레지에로(서정적이며 경쾌함) 테너의 싹이 보이는 목소리를 경청하면서 따라부르는 학생은 거의 없었다.

닷새 후 졸업식은 예정대로 오전 11시에 시작되었다. 아직 강당이 지어지지 않아서 건물과 건물 사이인 소운동장에서였다. 소운동장에는 하급생들이 교실에서 날라 온 의자가 빽빽이 정렬되어 있었다.

그런데 졸업식 사흘 전에, 종군한 직업 군인인, 형진의 첫째 숙부 규철이 대전에서 세상을 떠났었다. 형진의 아버지 규수가 제대한 후 형진과 연순을 데리고 있도록 서울 미아리에 셋방을 마련해 주고 당분간 생활비를 대어주던 사람이 바로 박규철이었다. 규철은 두뇌가 좋으면서도 난리 통에 대학에 갈 수가 없었다. 규철은 한 많은 인생을 살다가 이승의 짧은 생애를 마감했다. 규수와 형진은 졸업식 사흘 전 밤에 대전에 조문 갔다가 졸업식 전날 밤에 대구로 왔었다. 그래서 형진은 졸업식 예행 연습에 참여하지 못한 것이었다.

형진은 어떠 어떠한 상들이 누구 누구에게 수여되고 졸업식이 어떻게 진행되는지 궁금했지만 가만히 의자에 앉아 있을 수밖에 별 도리가 없었다. 졸업식은 교무 주임이 사회를 맡고 있었다. 소운동장은 건물이나 언덕보다 지대가 조금 낮기 때문에 참석한 학부형들은 낮은 언덕 위에 서서 졸업식을 지켜보고 있었다.

"먼저 개식사가 있겠습니다."

교감 선생이 마이크로폰 앞으로 나왔다.

"지금부터 1962학년도 졸업식을 거행하겠습니다."

"다음으로 국민 의례가 있겠습니다. 학생들과 학부형님들은 앞 건물의 태극기를 주목해 주시기 바랍니다. ……국기에 대하여 경례! ……바로! 다음에는 순국 선열들에 대한 묵념이 있겠습니다. ……순국 선열들에 대한 묵념! ……바로! 애국가 제창! 제1절만 불러 주시면 고맙겠습니다(대부분의 사람들이 애국가를 제창했다). ……다음에는 혁명 공약 낭독이 있겠습니다. 교감 선생님께서 해 주시겠습니다."

교감 선생이 마이크 앞으로 나와서 낭독을 했다.

"혁명 고약(공약). ……1. 반공을 국시의 제1의로 삼고 지금까지 형식적이고 구호에만 그친 반공 태세를 재정비·강화한다. ……2. 유엔 헌장을 준수하고 국제 협약을 충실히 이행할 것이며 미국을 위시한 자유 우방과의 유대를 더욱 공고히 한다. ……3. 이 나라 사회의 모든 부패와 구악을 일소하고 퇴폐한 국민 도의

와 민족 정기를 바로잡기 위해 청신한 기풍을 진작시킨다. ……
4. 절망과 기아 선상에서 허덕이는 민생고를 시급히 해결하고 국가 자주 경제 재건에 총력을 경주한다. ……5. 민족의 숙원인 국토 통일을 위해 공산주의와 대결할 수 있는 실력 배양에 전력을 집중한다. ……6. 이와 같은 우리의 과업이 성취되면 참신하고도 양심적인 정치인들에게 언제든지 정권을 이양하고 우리들은 본연의 임무에 복귀할 준비를 갖춘다."

교감 선생은 '혁명 공약'이 적힌 종잇장을 가지고 연단에 올랐지만, 그 종잇장을 보지도 않고 별다른 감동도 없이 입에서 술술 풀어냈다.

중간에 학사 보고가 끼어 있었다.

"다음으로는 졸업장 수여가 있겠습니다. 졸업생 총수 481명, 대표는 3학년 4반 박형진!"

형진은 "예" 소리를 크게 내며 연단에 올라갔지만 얼굴에는 실망의 그림자가 서려 있었다. 아아, 틀렸구나. 보통 졸업장 수여 때 대표 학생은 총학생회장인데, 총학생회장도 아닌 내가 대표로 정해졌다면 수위상은 수근에게 돌아갔다는 말이 된다. 나를 되도록 섭섭하지 않게 생각하도록 졸업장 수여대상의 대표로 정한 것임에 틀림없다. 아아, 수위상을 이수근에게 빼앗기다니!

거수 경례를 하고 난 형진에게는 교장 선생님이 읽는 졸업장의 문구들이 귀에 들어오지도 않았다.

형진이 연단에서 내려와 의자에 앉자 교무 주임이 말했다.

"다음으로는 각종 상장과 상품의 수여가 있겠습니다. ……먼저 수위상 수여가있겠습니다. 수위상 수상자 3학년 4반 박형진! 앞으로…….."

형진은 몹시 기뻤기 때문에 정신이 아뜩하도록 현기증이 났다. 아아, 졸업장 수여 때 그 대표도 수위상 수상자이구먼. 형진은 이런 생각 때문에 대답이 늦어지는군, 하며 큰 소리로 "예" 하는 대답을 하고 연단 앞으로 올라갔다. 그리고는 교장 선생님께 또 한번 거수 경례를 했다.

교장 선생님은 마치 자신이 수위상을 받는 듯한 흡족하고 유쾌한 표정으로 수위상 상장을 낭랑하게 또박또박 읽었다.

"수위상. 제3학년 4반 박형진. 위의 학생은 전체 졸업생 481명 중에서 학업 성적이 제1위이며 품행이 방정하고 졸업생 모든 학생들의 모범이 되었기에 이에 상장과 상품을 수여함. S중학교 교장 석연수."

형진은 상장을 받았다.

이어서 석연수 교장 선생님은 상품을 높이 들어올려 큰 소리로 외치듯이 말했다.

"스위스제 에니카 금시계!"

이러면서 상품을 형진에게 넘겨주었다.

학생들과 학부형들은 아낌 없이 큰 박수를 쳤다. 형진이 생각하기에는 형진을 향해서만 박수를 크게 친 것만이 아닌 것 같았다. 석연수 교장 선생님의 얼굴 표정이 매우 흡족해 보이고 유쾌해 보이고 태도에 자상함이 엿보이고 다소 희극적인 제스쳐 때문에 박수가 더 크게 되었다고 생각되는 것이었다.

형진은 머리 속 가득히 환희의 물결이 출렁이는 채 계단을 내려왔다.

수위상 수여를 처음으로 하여 여러 가지 상장과 상품이 수여되고 교무 주임은 바빠졌다. 시장 상, 사친회장 상, 동창회장 상 등이 있었고 심지어는 XX은행 대구 지점장 상도 있었다. 1·2학년 때보다 시험이 다소 쉬웠으므로 우등상을 받을 학생은 28명이나 되었는데 우등상 수여 이전에 다른 상을 못 받은 학생들 가운데 최고 득점자가 우등상 대표로 나갔다. 그런데 강익훈은 전교 60등 내에도 못 들어갔기 때문에 그 많은 우등상 수상자에 들어 갈 리가 없었다.

졸업식이 끝나자 형진의 아버지 규수는 김갑룡 담임 선생을 만났다.

"김갑룡 선생님의 보살핌 때문에 오늘 저희 애가 수위상을 받으면서 졸업하게 되었습니다. 정말 감사합니다."

"아닙니다. 좋은 아들을 두신 덕분입니다."

"김 선생님, 제가 오늘 졸업생을 내보낸 8 개 반 담임 선생님들께 약주 한 잔 대접해 드리고자 합니다."

김갑룡 선생은 사양했다.

"안됩니다. 폐를 끼쳐서는 안되죠."

"폐라니요? 제가 일찍 찾아뵈지 못해서 정말 죄송하게 생각했었습니다.”

 규수가 계속해서 권유하는 바람에 김갑룡 선생은 이렇게 말했다.

 “좋습니다. 그리하시겠다면 시계 값의 반을 넘도록 술을 사서는 안됩니다. 조금 우습기는 하지만 지금은 '재건'의 시대입니다. 우리가 그 값진 금시계를 몽땅 마셔 버려서는 안됩니다. 그리해 버려서는 주인공이며 효자인 형진이 얼마나 섭섭하겠습니까? 하기는 요즈음 금 값이 비싸서 시계 값의 반만 쓰셔도 충분히 대접받는 게 됩니다.”

 “어찌 되든 제가 모시겠습다. 걱정 마십시오.”

 형진이 졸업식장에서 빠져나와 언덕으로 올라갔더니 아버지와 고모가 흡족한 얼굴 표정이 되어 있었다.

 아버지의 눈에는 이슬이 맺혀 있었다. 당연히 곁에 있어야 할 어머니의 빈 자리를 생각하고 있는 것이라고 형진은 생각했다

 “형진아, 너 참 기특하구나. 너 때문에 이 아버지가 살맛이 나며 신바람 나게 일을 한다. 고모에게 점심 식사를 위해 돈을 주었으니 무엇이든지 먹고 싶은 것을 먹어라. 나는 선생님들에게 술 대접을 해야 한다.”

 “고맙습니다만 저는 친구들과 마지막으로 어울려야 되어요. 지금 담임 시간이니 종 칠 때까지 내가 안 오면 친구들과 어울리기 위해 학교를 떠난다고 생각하고 고모 혼자 식사를 하고 집에 들어가.”

고모가 말했다.

"그래, 알았다. 나도 빨리 집에 들어가서 미장원 손님을 받아야지. 헤어지기 싫은 친구들이 많은가 보구나. 좀 추우니 이 잠바(점퍼)를 입어라."

형진은 교복 위에 입는 연초록의 점퍼를 받아 입었다.

반의 사무적 일을 끝마친 후에 김갑룡 선생의 마지막 훈화가 있었다. 졸업생들에게 희망을 주는 동시에 석별의 슬픔을 안겨 주는 마지막 훈화였다.

형진은 친구들을 놓치지 않기 위해 화장실에 갔다가 재빨리 나왔으나 정다운 친구들은 이미 가 버렸는지 보이지 않았다.

그런데 화장실이 있는 낮은 언덕에 초등학교 때 딸보 강익훈의 아버지가 우두커니 서 있었다. 형진은 정중하게 인사를 하려고 했다. 그런데 전교 28등 내의 우등상도 못 받았을뿐더러 60등 내에도 들어가지 못한 익훈의 아버지는 형진을 슬슬 피하는 것이었다. 형진은 생각했다. 예나 이제나 비겁하기 짝이 없군.

"형진아, 니 어디 가지 말고 거기에 있어! 균덕이도 찾아야 할 텐데……."

나철영의 목소리였다. 한참 지나서 철영은 소운동장 본부석이 있는 언덕까지 갔으나 균덕이를 찾지 못하고 돌아왔다.

철영은 그의 어머니와 형수를 소개했다. 형진은 인사를 하며 철영의 어머니와 형수가 매우 상냥하며 용모가 괜찮다고 생각했다.

철영이 어머니가 말했다.
"형진이라 그랬제?"
"예."
"느그 엄마가 안 계신다더니 그게 사실이가?"
"예, 사실입니다."
철영이 어머니는 몹시 애석하다는 표정을 지었다.
"참 안됐다. 엄마가 계셔서 이 졸업식장을 보셨다면 얼마나 좋았을꼬?"
이러면서 철영의 어머니가 사진사를 부르면서 다시 말했다.
"오늘 졸업식이니 우리 사진 한 장 찍자. 수석 졸업자와 함께 찍으면 사진이 더욱 빛나겠지."
언덕 아래 하동렬이 보였기 때문에 철영은 동렬까지 데리고 왔다.
그리하여 까맣고 윤이 나는 모피 옷을 입은 철영의 어머니, 임신하여 배가 부른, 한복 두루마기를 입은 철영의 형수, 철영이, 교복 위에 연초록 빛깔의 점퍼를 입은 형진이, 하동렬까지 다섯 사람이 함께 사진을 찍었다.
형진은 카메라 렌즈를 바라보면서 생각했다. 셔터를 누르고 난 뒤에도 생각의 흐름은 계속되었다. 지금 이들이 있는 곳은 바로 희비가 교차하는 장소인 것만 같다. 수위상을 받는 순간을 생생히 목격한, 가족 중의 두 사람만의 방청객인 아버지와 고모는 무척 기뻐했겠지. 나도 물론 환희를 맛보았지. 그러면서도 몸 속

어느 부위에서인지 서글픔 같은 통증이 자리하고 있다. 철영과 동렬도 얼마 안 가서 헤어진 채 만나지 못할지도 모르지. 마치 엄마와 나처럼……. 어쩐지 엄마는 수석 졸업을 하는 광경에 등을 돌린 것만 같아. 엄마는 지금 어디서 무엇을 하고 있을까? 아니, 엄마라는 존재 자체가 지금 하늘 아래 있을까? 나라고 하는 흐르는 물줄기의 근원은 바로 엄마 자체였는데…….

생각의 물줄기에 빠져 있는 형진에게 철영이 말했다.

"니, 우리 집에 가자."

"그렇게 할까? 그래, 그것 좋구나. 졸업식이 끝난 지금 이후 잘못하면 우리는 영영 만나지 못할 수도 있지."

"그런데 동렬이는 즈그 엄마 따라가고 균덕이는 보이지도 않는군."

철영의 서운해 하는 어조의 말이었다.

철영의 어머니가 만류하듯 말했다.

"아니야, 형진이 니는 아버지한테 가거라. 오늘 맛있는 것을 사 주실 끼다. 고모도 왔다면서?"

형진이 말했다.

"그렇지만 저는 철영이를 따라가겠어요. 아버지는 졸업생을 내보낸 각 반 담임 선생님께 술 대접을 해야 하고, 고모는 볼 일이 있어 집으로 간데요."

철영이 어머니가 말했다.

"그래? 그렇다면 우리 집으로 가자. 야, 그런데 우리 집에는 시래기죽밖에 먹을 것이 없단다. 그렇지만 느그들 둘은 여기서 헤어져 버려서는 안된다. 그리고 형진이 니 얼굴 표정을 보니, 내가 오늘만이라도 엄마 반쪽 노릇을 해 주고 싶구나. 우리 집으로 가자."

네 사람은 철영이네 집으로 갔다.

철영의 형수가 가져온 점심은 정말 시래기죽이었다.

"대접할 것이 이것밖에 없심더."

철영의 형수가 그렇게 말했다.

철영의 형수가 무안하게 생각하지 않도록 형진은 짐짓 자연스럽게 말했다.

"아니, 괜찮습니다. 저는 아무 음식이나 잘 먹어요."

그런데 그 죽이 간장 맛이 좋아서 그런지 고소하고 맛이 있었다. 식사 후에는 일종의 디저트로 곶감을 내왔다. 그것도 맛이 좋았고 손님이 있을 때 내오기 위하여 아껴두었던 것 같았다.

형진은 생각했다. 아버지가 한국 전쟁 때에 전사한 철영이네는 비교적 가난한 편이어서 형이 돈을 벌기는 하지만 내핍 생활을 하는 것 같았다. 그래도 시래기죽을 끓이는 것을 당당하게 생각하고, 꾸밈 없이 검소한 가정 생활을 남에게 보이는 것을 꺼리지 않는 것 같았다. 그리고 돈을 꼭 써야 할 때에는 인색하지 않게 쓰면서 품위를 잃지 않는 것 같았다. 예를 들면 옷은 '싸구려'의 것을 사지 않으며, 졸업식 때 '싸구려'의 외식은 하지 않고 기념 사진은 꼭 찍는 것이었다.

곶감을 다 먹고 나서 철영은 자기 방으로 형진을 데리고 가서 많은 이야기를 나누었다. 지나간 중학교 시절과 미래에 관하여…….

헤어질 때 철영은 형진에게 세익스피어의 4대 비극이 실린 책을 빌려주었다. 아직 입학 시험도 치르지 않은 때인데도……. 책을 빌려주고 많은 이야기를 나눈 것은 철영이 형진을 자신에게 붙들어 놓기 위해서인 듯했다.

입학 시험을 치르고 난 후 형진은 세익스피어의 4대 비극을 읽었다.

형진은 철영을 빵집에서 만나서 철영의 책을 돌려주며 또 한 번 많은 이야기를 나누었다. 석별의 정이 서로의 가슴에 새겨졌다. 헤어질 때는 시간이 나는 대로 서로 만나자는 말을 서로의 마음에 던져 넣었다.

불행히도 이때가 철영과의 마지막 대면이었다. 나중에 가서 철영이네는 이사를 하고, 철영의 학교 K대 사대 부고에 가면 학교 안으로 들여보내지를 않았다. 철영이네 학교 학생들이 형진의 학교에 대해 열등감이 있기 때문에 형진이 교내에 들어가면 시비가 있거나 집단 폭행이라는 사고가 터지는 일이 있기 때문이었다. 나중에 또 얘기를 들어보니 차분하게 바둑을 잘 두던 철영이 그토록 좋은 어머니를 여의고 말았으며, 철영은 그 슬픔 때문에 정신이 약간 이상해져 갔다는 것이었다. 형진은 몹시 마음이 아팠다. 결국 철영은 어머니를 잃은 슬픔으로 인해 고교 3학년 때 정신 질환을 앓고 있다는 소문이 형진의 귓전을 두들겼다. 진폭이 큰 충격파가 형진의 뇌리를 엄습했다.

유령이 서 있는 사진

차갑고 매몰찬 바람이 2월의 공간 속을 휙휙 질주하고 있었다. 그런가 하면 바람은 써늘한 칼날을 곤두세우고 2월의 공간을 후려치며 저미고 있었다. 겨울이 다시 회귀되어 온 듯했다.
이날은 여러 고등학교 입학 시험 합격자를 발표하는 날이었다. 방송에서 KB고교 합격자 발표 시간을 예고했으므로 형진은 그 시간에 옆집의 안방에 앉아 있었다. 전축에 딸려 있는 라디오의 방송을 경청하면서 발표 시각을 기다리고 있는 것이었다.
이윽고 KB고등학교 합격자 발표가 시작되었다. 많은 학생들이 KB고교 모집 인원 감축이 있어서 응시를 두려워하여 원서를 적게 내었기 때문에 '3 : 1'의 낮은 경쟁률이었다. 형진의 수험 번호는 601번이었다. 여자 아나운서가 멋이 깃들어 있는 음성으로 합격자 수험 번호를 읽고 있었다. 합격자의 수험 번호는 잇달아

몰려 있는가 하면 많은 번호를 건너뛰었다. 585번, 586번, 587번이 잇달아 합격되었다. 다음 번호는 590번으로 2명을 건너 뛰었다. 형진은 방송 전에는 자신만만해 있었지만 막상 라디오 앞에 앉으니 아나운서의 음성의 배후에 깔린 일종의 엄숙함에 눌려 긴장하고 있었다. 곧 이어서 2명을 건너뛴 593번이 나왔다. 형진은 자신의 수험 번호를 건너뛰는 것이 아닐까 하며 숨을 죽이고 있었다. 그런데 그 593번에서 무려 7명을 건너뛴 601번이 라디오에서 돌출해 나왔다. 바로 형진의 수험 번호였다. 그제야 형진은 안도감을 갖게 되었다. 형진은 이미 합격을 예상하고 있었으나 아나운서의 고운 목소리가 형진의 수험 번호를 불러주니 고맙다는 생각까지 들었다. 형진은 합격했음에도 합격자의 수험 번호가 잇달아 있거나 껑충 뛰는 것이 좀 재미 있어서 발표의 끝까지 라디오에서 흘러나오는 고운 목소리를 경청하고 있었다.

형진은 집으로 돌아와서 책상 앞에 앉았다. 생각의 강물 위로 어머니가 떠 흘러가고 있었다. 합격의 기쁨도 함께 나누지 못하고 강물 속에서 허우적거리며 살려달라고 하는 듯한 여린 음성만이 형진의 귓전을 더듬고 있었다.

그런데 아버지 박규수가 집으로 들어왔다. 오후 이른 시간에 퇴근을 한 것이었다.

"웬일이세요, 아버지!"

"형진이 너 합격이다. 사무실의 동료가 합격주를 내라고 하여 술을 마시고 싶은 생각마저 뿌리치고 석간 신문을 들고 일부러

일찍 돌아왔다. 네게 되도록이면 빨리 합격을 알려주기 위해서 말이다."

"이미 라디오 방송을 들어서 알고 있었지요."

"그래? 그것도 좋지. 그래도 활자로 '이름'이 찍힌 것이 더 중요하지. 누구 누구가 합격하고 불합격한 것도 알 수 있고, 그런데 형진아, 너 지금 아버지를 따라와라."

"무엇을 하시려고요?"

"KB고등학교로 가 보자."

"이미 두 군데서 합격자 발표를 했잖아요? 그만하면 합격이 확실하잖아요?"

형진은 얼마간 자존심이 상한 듯 위와 같이 말했다.

"사람의 일이란 알 수 없어. 최종적으로 합격을 확인하고 싶구나. 아, 아냐, 형진이 너와 함께 바람을 좀 쐬고 싶구나. 이제야 합격자 명단을 붙이고 있을 게다. 자, 아무 말 말고 따라오너라."

부자는 버스를 두 번 타고 KB고등학교로 들어섰다. 바람은 더욱 싸늘해져 있었다.

이미 수험 번호와 성명이 한자로 크게 써진 합격자 명단이 강당을 휘둘러 붙어져 있었다. 사람들 머리보다 훨씬 위에 붙여 놓았기 때문에 사람들이 몰려 있었지만 명단을 쉽게 볼 수 있었다. 명단에는 과연 593번 다음으로 '六ㅇ一 朴螢眞'이라고 쓰여져 있었다.

형진은 생각했다. 아버지는 무척 감회가 깊은 것 같았다. 무슨 의식을 치르며 마음 속 깊이 음미를 하고 있는 것 같았다. 형진은 특히 아버지가 머리 위의 붓글씨와 바람에 펄럭이는 창호지를 보고자 하는 낭만주의자라고 판단했다. 아니, 형진은 전쟁 후 침체시 문득 환호와 함께 치솟는 동일시(idendfcation)라고 명명했다.

KB고등학교 교복을 맞춤 주문한 후 며칠 후 형진과 아버지는 교복을 찾으러 갔다. 맞춤 상태를 보려고 일단 KB고 교복으로 갈아입은 후에 아버지는 아들에게 모자를 가장 비싼 것으로 골라 주었다. 짙은 청색의 모자에는 흰색의 줄이 세 개 둘러쳐져 있는데, 그것은 일제 시대부터의 오랜 전통의 고등보통학교(고보) 중에서 3대 명문인 경성(경기)고보, 숭실고보(평양), 대구(경북)고보를 상징하는 것이었다.

형진이 입고 왔던 옷으로 다시 갈아입으려고 할 때 아버지가 말했다.

"갈아입지 마라. 고등학교 교복을 그대로 입고 나와 같이 가."

"왜 그대로 입으라는 것이죠? 아직 입학도 안 했는데······"

"아무 말 말고 아버지를 따라와. 가면 알게 돼."

부자는 걸어서 한길로 나왔다. 아버지는 무엇인가를 찾기 위해 두리번거리는 것 같았다. 사거리에서 둘은 길을 건넜다.

아버지 규수가 말했다.

"저기 사진관이 있군. 사진관으로 가자. KB고등학교 합격 기념으로 사진 한 장 찍자."

형진은 또 한번 자존심이 상하는 듯했다.

"아버지, KB고교 합격보다 S중학교 수석 졸업이 더 어려운 것이예요. 정작 졸업식 때는 사진 한 장도 찍지 않았잖아요?"

"네 말은 옳다. 그때 나는 선생님들을 접대하느라고 사진 찍을 만한 겨를이 없었다. 그런데, 형진아, 내게는 KB고등학교 입학은 뭔가 신성하고 신비한 무엇인 것만 같이 느껴진다."

둘은 사거리에 있는 사진관으로 들어갔다. 사진사는 두 사람에게 가장 알맞는 포즈를 취하도록 두 사람의 위치와 자세를 바로잡아 주었다.

포즈를 제대로 취하고 카메라 위치를 조절하고 있을 때, 아버지 규수는 눈시울이 적셔지더니 손수건으로 눈을 닦았다.

"아버지, 왜 눈물이 나세요?"

"으응, 아무것도 아니다. 아버지는 중등학교에 낙방한 경험이 있었기 때문이야. 교정의 건물에 붙인 창호지의 붓글씨를 보며 내 수험 번호와 내 이름을 발견하지 못하고 내 번호 가까이에서 창호지가 펄럭거리는 것만 목격했단다. 복수, 정말 톡톡히 복수했다."

판단력이 예리한 형진이 말했다.

"아녜요. 그것 때문에 눈물이 나신 게 아녜요."

아버지 규수는 또 손수건으로 눈물을 닦은 후 말했다.

"우리는 뼈아픈 현실 속에서 살아왔다. 나와 네 엄마 사이에 너를 앉히고 사진을 찍을 수 있어야 했다. 여기 내가 서 있는 옆에 빈자리가 있지 않냐? 네 엄마가 옆에 있어야 할 자리……. 이렇게 온기 없는 빈자리……. 네 엄마의 그림자라도 여기에 드리워져 있어야 했다. 아버지는 네가 커 갈 때 너를 무척 가엽게 여겨 왔다. 지금도 가엽게 느껴진다. 그러나 네 엄마 없이도 너는 이렇게 성공적으로 컸다. 이렇게 생각하니 또 눈시울이 뜨거워지려고 한다. 너까지 눈물이 나려고 하는구나. 자, 눈물일랑 가슴속에 묻어 버리고 밝은 눈빛이 돼어 사진을 찍어야 하겠다. 이 자리, 니가 앉아 있는 뒤쪽, 바로 나의 옆쪽의 자리에 사라져 버린 네 엄마의 유령이 들어서 있다고 생각해라. 너를 내려다보며 아름답게 미소짓는 유령이……"

이걸 두고 형진은 '동일시' 때의 감정의 과잉 내지 감정의 과장이라고 명명했다. 증오하던 아내를 떠올리기까지 하는……. 그래서 이후 아버지의 실망스러운 사고와 행동이 보일 때 크게 놀라지 않는 경우를 맛보게 된다. 동일시의 역이 되기 때문이다.

창고 음악실

3월이 되었다. 그러나 봄바람은 KB고교의 교정에 쉽사리 찾아들지 않았다. 3월초의 바람은 쌀쌀한 냉기를 품고 불다가 교정에 내릴 때 냉기를 쏟아내었다. 그럴 때마다 꽃망울은 창백한 눈꺼풀을 닫고 있었다.

B중학교 출신의 다섯 수재인 김학규와 전영민과 강하림과 우형의와 이영석, G중학교 출신의 두 수재인 민경식과 오옥병, 그리고 S중학교 출신의 수재인 박형진, 이수근 등은 모두 KB고등학교에 합격하여 입학했다. 이들 9명은 앞으로 KB고등학교에서 두각을 나타낼 기둥들의 한 무리였다.

앞으로 누구, 누구가 학업 성적에서 더 높은 상위층을 차지할 것인가—하는 점은 미지수였다. 신입생들은 학기초 시작부터 공부에 열의를 보이며 선의의 경쟁에 들어갔다. 입학 후 얼마 되지 않은 시일부터 독일어 회화를 공부하는 학생도 있었다. 공부를 많이 하는 도중에도, 입학 시험에 오랫동안 긴장되어 있었으므로 놀 때는 마음껏 즐기고 있었다.

형진이 소속된 1학년 4반에는 B중학교 출신으로서 1개 반에서 1위를 한 2명(각각 강하림, 우형의)과 2위를 한 1명(윤희준)이 있었다. 그리고 공교롭게도 일찍 맞닥뜨려져서 형진과 일전을 벌여야 할 G중학교 전교 1위였던 민경식이 있었다.

1학년 4반 내의 학우들은 형진과 경식이 차고 있는 금시계를 부러워했고 호기심을 갖고 있었다. 시계를 좀 보자고 하며 시계를 끄르도록 하여 두 개의 스위스제 금시계를 요모조모 비교해 보는 학생들이 꽤 있었다.

1학년 4반 학생들이 입학을 하여 세 번째 국어 시간에 김탁환 선생이 '음탁환' 선생으로 호칭이 바뀌었다. 빨리도 별명이 붙은 것이다. 소위 남녀 상열지사인 음탕한 얘기로 학생들을 많이 웃겼기 때문이었다. 학생들은 수업을 포함한 학교 생활에 빠르게 적응하고 여유까지 있다고 할 수 있었다.

강둑이나 강물 위로 아른거리는 아지랑이와 봄 공기와 봄의 소리와 봄의 내음이라는 봄의 신비로움이 음악실 내에도 있었다. 봄의 신비로움이 음악실 창턱을 넘기도 했지만, 음악실의 음표와 쉼표와 화음 그 자체 속에서 봄의 신비로움이 발산되고 있었다.

음악실은 건축 중인 3층 신관을 지나서 교정의 가장 북쪽에 위치하여 단층의 낡은 목조 건물인 교실이었다. 철거를 하면서 두 교실만 남겨둔 형편이었다. 신축 건물을 완공하여 맨 위층 북쪽으로 음악실을 꾸미도록 할 때까지 임시로 쓰는 음악실이었다. 학생들은 '창고 음악실'이라는 이름을 붙였다.

형진이 소속되어 있는 1학년 4반 학생들은 첫 음악 시간에 '한 송이 흰 백합화'를 배우고 있었다. 배운다고 하지만 학생들 스스로 익히고 있다고 할 수 있었다. 남정연 음악 선생은 피아노와 자신의 목소리로 몇 음만 잡아주고 학생들은 피아노 연주를 따라 곡을 익히는 것이었다. 남정연 선생은 테너 가수이기 때문에 더욱 자신의 목소리를 학생들 앞에 풀어놓지 않는 것 같았다. 남정연 선생은 미남형이었고, 소문에 의하면 이혼을 한 후 바람을 많이 피운다는 것이었다.

곡을 다 익힌 후 남정연 선생은 말했다. 어휘는 서울식 표준말이었으나 어조는 서울식, 대구식 반반이었다.

"제군들 중에 이미 전부터 나를 알고 있었던 학생은 손 들어 봐라."

형진과 또 한 학생이 손을 들었다. 남정연 선생은 먼저 형진을 지명하여 일어서게 했다.

"어떻게 나를 알고 있지?"

형진은 대답했다.

"지난 해 제일극장에서 행한 '경북 예술제'에서 선생님이 테너 독창을 하시는 것을 보고 듣고 했습니다. 곡명은 '박연폭포'였지요. 다른 테너 독창이나 2중창도 없는 것을 미루어볼 때 대구·경북 지역에서 선생님은 제일인자라고 생각했었습니다."

이번에는 손을 들었던 다른 학생이 스스로 일어서서 말했다.

"저도 '경북 예술제' 때 선생님의 독창을 들었습니다. 테너를 제외하고는 소프라노에서 시작하여 베이스의 독창이 없는 것을 보더라도 선생님은 성악에 있어서 유력한 분이시라고 생각되었습니다."

남정연 선생이 말했다.

"너무 과찬을 하는구나. 그래, 나는 테너 가수이기는 하다. 그러나 너무 뽐낼 것은 아니라고 생각한다. 지금 대학에서 강의를 하는 더 젊은 테너들이 도사리고 있다. 물론 나도 늙지 않았으니 더 노력할 수가 있다. 그런데 나는 '가수'라는 말보다 '성악가'라는 말을 싫어한다. '성악가'라는 말은 좋게 생각하면 '노래 부르기'와 '알찬 이론'과 '높은 어학 실력'을 겸비하고 있다는 말이 된다. 그러나 정확하게 판단하면, 유학 후 세계 무대에서 '노래 부르기'는 딸리고 '이론'과 '어학'의 강의도 신통치 않으면서 대우가 좋은 대학에서 활동하는 가수도 이론가도 아닌 어정쩡한 것이 '성악가'일 수 있다. 노래하는 것만도 바쁠 텐데 어떻게 젊은 나이에 이론을 강의하나?"

이렇게 남정연 선생은 은연중에 자신의 불만과 약간의 어두운 컴플렉스의 그늘에서 돌출된 말을 던지고 있었다.

자신의 내부를 정리하듯 잠시 피아노 건반을 누르더니 남정연 선생은 말했다.

"……자, '한 송이 흰 백합화'를 다 익혔나? 앞으로도 지금과 같은 방식으로 노래를 배우도록 한다. 오늘 첫 시간은 제외하고 앞으로는 한 시간에 두 곡 이상을 배운다. 그 이유는 다음과 같다. 첫째 제군들은 머리가 좋다. 둘째 우리가 쓰고 있는 '130곡 집'은 너무나 노래가 많기 때문에 2학년 내로 많은 노래들을 소화시켜야 한다. 자, '한 송이 흰 백합화'를 제대로 익혔는지 레코드를 틀어서 검토해 보도록 한다. 소프라노 황영금씨의 노래를 듣도록 하자."

남정연 선생은 턴테이블 위의 레코드에 전축 바늘을 얹었다. 그윽한가 하면 상큼한 황영금의 노래였다.

황영금의 노래가 끝나자 남정연 선생은 말했다.

"최근에 맹활약을 하는 소프라노는 김자경씨, 황영금씨이다. 두드러지게 활약하는 베이스나 바리톤은 오현명씨, 이인영씨이다. 그리고 테너로는 일본 땅에서 행한 콩쿠르에서 1위를 한 연세대학 교수 이인범씨가 있으나 점차 쇠락해 가고 있고, 현재 실질적으로 가장 두드러지게 활약하는 테너로는 안형일씨와 김금환씨이다. 두 사람의 테너는 오페라에서도 쌍벽을 이루고 있다. 하나의 오페라가 연속적으로 상연될 때 두 사람의 테너는 같은 배역 즉 주역을 교대로 맡는 일이 많다. 연주가의 요모조모의 특성을 알고 있어야 올바른 음악 감상을 할 수 있다. 자, 이번 시간에 익힌 '한 송이 흰 백합화'를 부르고 이 시간을 끝내기로 하자."
　남정연 선생의 피아노에 따라 학생들의 노래가 이어졌다.
　"가시밭의 한 송이 흰 백합화, 고요히 머리 숙여 홀로 피었네. 어여뻐라. 순결한 흰 백합화야, 그윽한 네 향기 영원하리라.……"

　형진은 생각했다. 앞으로 '창고 음악실'에서 많은 노래를 배우고 많은 음악 지식을 얻게 되겠지. 물론 첫 음악 시간이기는 하였지만 학교 음악 시간은 앞으로도 내 기대에는 좀 미흡할 것이라는 느낌이 드는군. 나의 음악에 대한 욕구를 충분히 충족시키지는 못할 것 같아. 우선 생각하기에 많은, 심도 있는 기악을 듣고 싶어하는 욕구를 채워 줄 수 있을까?
　그러하던 차에 형진은 반가운 한 가지 얘기를 듣게 되었다. 교내에 음악 감상실이 생긴다는 얘기였다. 이틀 후에 학생들의 왕래가 잦은 본관 맨 남쪽 교실에 음악 감상을 위한 시설이 갖추어진다는 것이었다. 감상 시간은 점심 시간 뿐이라는 점이 형진에게는 좀 아쉽기는 했다. 이틀 후 형진은 3교시를 마치고 도시락 점심을 먹고는 4교시를 마친 점심 시간에 음악 감상실로 갔다. 감상실 창에는 검은 색의 커튼이 쳐져 있었고 형광등이 켜진 실내에는 길다란 나무 의자들이 많이 들어차 있었고 사방 모퉁이에 대형 스피커가 설치되어 있었다. 감상실 앞쪽 왼쪽에는 작은 칠판이 세워져 있었다. 형진은 앞쪽 칠판 가까이에 앉았다. 칠판에는 아라비아 숫자로 5까지 적혀 있었고 각 번호에 이어 이탈리아어와 프랑스어로 노래 제목이 쓰여져 있었다. 형진은 그 다섯 곡 중 단 하나도 알고 있지 않은 노래였다. 형진이 노래 제목들과 가수의 이름들을 메모해 두었다가 그 날 집에 와서 130곡집을 펴서 보니 그 곡들이 나와 있었다. 그가 감상한 곡들은 1. 남 몰래 흐르는 눈물(노래:탈리아비니) 2. 그대의 찬 손(노래:마리오 란자) 3. 꽃노래(노래:제임스 멜턴) 4. 여자의 마음(노래:잔 피어스) 5. 별은 빛나건만(노래:디 스테파노)이었다.

선생님도 세 명이나 나무 의자에 기대고 앉아 있었다. 이윽고 음악이 시작되었다. 진행을 맡은 학생은 음악을 잘 아는 2학년 학생이었다.

첫 곡 '남몰래 흐르는 눈물'의 중반부까지 탈리아비니는 약한 음으로 소리를 죽이며 노래하다가 갑자기 큰 성량으로 노래를 내뿜기 시작했다. 탈리아비니의 전성기 젊은 때의 노래로서 이 노래와 '물망초'는 이삼십 년 후의 파바로티도 따라올 수 없었다. 형진은 탈리아비니의 큰 성량으로 음악이 확대되어가는 부분도 좋았지만, 성량을 줄이는 부분이 극히 감미로웠다. 억지로 흠을 잡는다면 탈리아비니는 남성미가 아주 약간 부족하다고 할 수 있었다. 아니, 그러한 점이 오히려 강점이 될 수도 있다고 형진은 생각했다.

두 번째의 노래도 좋았다. 마리오 란자는 '그대의 찬 손'을 지나치게 자신만만하게 부르려고 의도한 바는 좋다고 할지라도 목소리에 약간 거만스러운 태도가 배어 있었다. 구애를 하는 남성이 아니라, 권위로써 여자를 휘어잡으려고 하는 태도처럼 여겨졌다. 나중에 마리오 란자가 출연하는 영화를 보더라도, 란자는 거만하고 품위 있는 미남과는 거리가 먼, 흑인의 피가 매우 약간 섞이다 만 듯한 '트기' 아닌 '트기'의 느낌을 주었다. 그리고 세기의 명지휘자 카라얀보다 선배인 역시 세기의 명지휘자 토스카니니의 마리오 란자에 대한 오디션에서 실격당하는 마리오 란자의 냄새가 나는 부분들이 있는 것을 형진은 나중에 음반을 사서 들음으로써 알 수 있었다. 나이가 들어 고칠 수 없는, 노래에서 음을 처리하는 나쁜 습관과, 명가수들이 흔히 해서 성공하는, 노래 중의 짧은 부분의 '임의적인 편곡'의 비예술성과 천박함도 지적할 수 있게 되었다. 그러나 어쨌든 첫 음악 감상 때에는 란자의 목소리가 시원스러워서 좋았다.

세 번째, '카르멘' 중의 '꽃 노래'를 부르는 제임스 멜턴은 탈리아비니만큼 성대가 부드러웠다. 프랑스어 구사가 돋보이며 악보보다 조금 빠른 속도로 부르는, 어려워서 질질 끌지 않는 유연성을 자랑하고 있었다.

네 번째 '여자의 마음'을 부르는 잔 피어스의 목소리는 좀 익살맞고 어딘가 왁살스러운 점이 있었으나 호흡과 인토네이션이 완벽하고 남성미가 넘쳤다. 그리고 곡 자체가 유쾌한 느낌을 주었다. 형진은 그의 유년 시절과 소년 시절 전반기까지의 성격 형성 과정에서 얻어진 '비극미'를 제일의 것으로 손꼽았고 반대로

'유쾌함'과 '익살맞음'은 그다지 좋아하지 않았기 때문에 '여자의 마음'은 약간 뒷전으로 밀리는 것이었다.

다섯 번째의 곡은 디 스테파노가 부르는 '별은 빛나건만'이었다. 다른 가수들보다 상당히 젊어서 라 스칼라 극장과 메트로폴리턴에 서게 된지 얼마 안 있어 녹음된 곡이었다. 장래가 촉망된다는 표현이 필요 없이 이미 젊어서 명성이 자자한 디 스테파노는 '별은 빛나건만'에서 고음, 중음, 저음이 모두 완벽했고 마음껏 기교를 구사하고 레치타티보의 마지막 소절 중에서 잠시 높여 부르는 '임의적인 편곡'도 매력적이고 예술성이 높았다. 'mi ca-dea fra le brac-cia.' 중에서 밑줄 친 부분이었다. 형진은 이 날이 기념할 만한 날이라고 생각될 지경이었다. 그가 죽는 날까지 이 'E lucevan le stelle (별은 빛나건만)'는 기악에서의 많은 아름다운 부분들은 별도로 치고, 성악으로서는 이 세상에 존재하는 가장 아름다운 노래라고 생각했다.

형진은 태어난 후 까막눈으로 세상을 감지하던 아이가 갑자기 눈을 뜨고 세상 빛을 느끼게 되는 가슴 벅찬 순간을 맞게 된 기분이었다. 5교시 시작까지 얼마간 시간이 남았으므로 쇼팽의 야상곡들이 흘러나왔다.

형진은 다음 날도 점심 시간에 음악 감상실로 갔다. 이 날은 차이코프스키의 피아노 협주곡 1번이 흘러나오며 실내를 촉촉이 적시고 있었다. 1악장, 2악장이 끝나고 시간이 조금 남았을 때 3악장이 나왔다. 그 도중에 5교시 시작을 알리는 예비종이 울렸다. 진행을 맡는 2학년 학생이 전축을 껐다. 형진은 칠판을 지워 주었다. 그리고는 두 학생 다 밖으로 나왔다. 이때 형진은 삐걱거리는 미닫이문을 어렵게 닫아 주었다. 관리하는 2학년 학생은 자물쇠로 문을 잠갔다. 그리고는 셔터를 내릴 때도 형진은 도와주었다.

셋째 날 형진이 음악 감상실에 갔을 때는 첫 날처럼 성악 위주로 곡을 틀어 주었다. 그 2학년 관리하는 학생은 성악을 좋아해서 하루는 성악곡으로, 또 하루는 기악으로 감상하도록 계획하고 있는 것 같았다. 그러니까 성악의 비중이 크다고 말할 수 있었다.

이날도 형진은 칠판을 보고도 곡을 몰랐지만 집에 가서 알고 보니 1. 저 무서운 불꽃! (일 트로바토레 중에서. 노래:베냐미노 질리) 2. 현상의 노래(노래:슈반홀름). 3. 청결한 집(파우스트 중에서. 노래:유시 비올링). 4. 나의 연인을 위하여(모짜르트 돈조반니 중. 노래:매코매크) 5. 의상을 입어라(팔리아치 중에서. 노래:카루소).

형진에게 이 곡들이 그저께만큼 감동을 주지는 않았지만 쟁쟁한 가수들이 한때를 풍미하고 갔다는 생각이 들었다. 그리고 유시 비올링은 중음과 고음이 좋은 편인 리리꼬 테너의 한 전형이었고, 슈반홀름의 노래는 바그너를 위주로 하는 전통적인 독일 악극에서 강력한 '힘'을 요구하는 헬덴(영웅적) 테너의 또 다른 맛이 있었다. SP 판을 LP 판으로 바꾼 카루소의 사실상 옛 노래는 흐릿하고 둔중했다. 그러나 드럼통 속에서 울려 나오는 듯한 맑고도 큰 성량을 가진 테너라는 것을 짐작할 수 있었다.

시간이 좀 남았기 때문에 '경기병 서곡'이 흘러나왔다. 감상실을 관리하는 2학년 학생은 5교시 시작 예비종이 울리기 직전에 앰프와 턴테이블을 완전히 껐다. 형진은 앞쪽 칠판을 지워 주었다. 그리고 두 학생 다 밖으로 나왔을 때 형진은 삐꺽거리는 미닫이문을 어렵게 닫아 주었다. 그 관리하는 학생은 미닫이문에 자물쇠를 채웠다. 그리고 형진은 셔터를 내려 주었다. 형진은 이 날도 전 날과 꼭 같이 해 준 것이다. 5교시 시작 종이 울렸다. 그 2학년 학생은 형진의 초록색 뱃지(1학년)를 보면서 물었다.

"니 고맙다. 1학년 몇 반이고?"

"선배님, 저의 뱃지와 명찰을 보면 알 수 있겠지요. 1학년 4반이고 이름은 박형진이라 합니다."

"니 음악을 몹시 좋아하는 것 같더라. 앞에서 내가 관찰해 보았지. 나는 파랑색 뱃지(2학년)로서 송영만이라고 한다."

"정말 음악을 몹시 좋아합니다. 앞으로 많이 배우도록 잘 부탁합니다."

"남에게 배울 것이 뭐 있나? 스스로 공부해야지."

"아닙니다. 가르쳐 주는 사람이 있으면 훨씬 빨리 그리고 많이 알게 됩니다."

"그래? 그래, 좋다. 내가 도울 일이 있으면 도와 주지. 그렇지만 나라고 해서 음악을 많이 알고 있는 것은 아니다. 성악 쪽을 좀 알고 있지만, 기악 부문에서는 많이 안다고까지 말할 수는 없을 것 같다. 나는 감상하는 사람들을 위해 곡을 골랐다기보다는 내 취미대로 곡을 틀어 준 면이 있다고 할까?"
 "겸손한 말입니다. 감상하는 사람들이 모두 곡을 들으면서 즐기고 있는 것 같던데요."
 "그래? 생각해 주어서 고맙다."
 "선배님, 종이 울렸으니 빨리 교실로 들어갑시다. 자, 갑니다."
 "그래, 그래. 잘 가거라. 내일 또 보자."
 이날 형진이 집에 와서 음악 감상실에서 메모한 곡을 '130곡집'에서 찾아보니 대부분 거기에 악보가 나와 있었다. 이미 이전에 찾아 표시한 그 '130곡집'을 들고 병원 집의 국민(초등)학교 동창 오성태의 집으로 갔다. 그 집에 오르간이 있었기 때문이었다. 형진은 얼마간 더듬거리는 독보력이 있지만, 정확하게 배우기 위해 오르간을 누르며 노래했다. 이날 익혀야 할 곡은 '남 몰래 흐르는 눈물'과 '별은 빛나건만'이었다. 이날 내로 거의 완전하게 익혔다. 이날 후에도 그 오르간을 누르면서 여러 날에 걸쳐 오페라 아리아를 여섯곡이나 더 익히게 되었다. 나폴리 민요도 세 곡을 익히게 되었다. 그 곡은 '돌아오라, 소렌토로', '오 솔레미오', '무정한 마음'이었다.
 형진은 송영만을 정식으로 알게 되고 노래들을 익히게 되면서, 매일 점심 시간에 음악 감상실로 가서 여러 음악에 흠씬 빠지게 되고 감상력의 수준을 높여 가고 음악 지식을 넓혀 갔다.

그런데 시일이 좀 더 흐른 후에 형진이 북쪽 수영장에서 서성거리고 있을 때 무슨 소리가 들렸다. 귀를 기울이고 있으니까 '창고 음악실'에서 노래가 봄바람을 타고 날아와서 고막으로 스며들었다.

형진이 더 귀를 기울여 봐도 분명히 남정연 선생의 목소리는 아니었다. 형진은 머뭇거리다가 창고 음악실 쪽으로 걸음을 옮겼다. 음악실 문에는 자물쇠가 채워져 있었다. 그러나 평소에 학생들이 유리창이 깨어진 큰 창을 통해서 음악실 안으로 들어간 흔적이 있었다. 교실 나무 벽에 발자국이 찍힌 것도 눈으로 볼 수 있었다. 형진은 숨으면서 출입문 반대쪽 유리창 곁에 놓아둔 피아노를 치며 노래를 하는 한 학생을 관찰해 보았다. 형진은 깜짝 놀랐다. 바로 음악 감상실 진행을 맡는 송영만이 노래하는 것이었다. 형진은 음악실로 들어갈까—하다가 생각을 고쳐먹었다. 노래하는 데 방해가 될 것 같아서 형진은 유리창이 없는 모퉁이로 갔다. 그리고 귀를 기울였다. 송영만은 엉거주춤하게 일어선 채 피아노를 치며 헨델의 오페라 '세르세' 중에서 '라르고'를 부르고 있었다. 송영만의 목소리는 봄의 꽃과 봄바람처럼 화사하고 성량이 풍부한 편이었다.

그 다음의 노래는 좀 무리가 있었지만 특징이 있었다. '팔리아치' 중에서 '의상을 입어라'였다. 이번에는 힘이 드는 듯 피아노를 치지 않고 일어서서 잔뜩 폼을 잡고 노래를 불렀다.

"4/4 레치타르! 멘트레프레소달델리오—논소피우켈케디코—

에꾸엘-게파쵸-에프레도포-스포르짜티!-바-세이트포르세우누옴?-하하하하-하하하하-투쩨-팔리아쵸-"

형진은 킥킥 웃지 않을 수 없었다. 호방하게 웃는 목소리를 내는 송영만이 대단한 '괴짜'라고 생각되었기 때문이었다. 그리고 자학의, 파괴적 웃음은 희극에서의 그리고 동요에서의 가벼운 웃음과는 달리 매우 극적이고 어렵다는 생각 때문이었다. 형진은 송영만이 KB고교생답지 않게 우스운 괴짜라는 생각을 뿌리치지 못한 채 창고 음악실을 떠났다. 그때 위와 같은 레치타티보 후에 아리아가 나오고 있었다.

"2/4 베스틸라-지우바-엘라파치아-인파리나.······"

형진은 다음날 방과후에 창고 음악실에 가 보았다. 송영만도, 아무도 없었다. 형진은 자신도 남이 모르게 유리가 없는 창으로 들어갈까 말까-하다가 집으로 갔다.

또 다음날 형진이 창고 음악실에 가 보았다. 그런데 역시 영만도 아무도 없었다. 형진은 자신도 몰래 창고 음악실에 들어가고 싶은 유혹에 사로잡혔다. 형진은 용기를 내어 유리 없는 창을 통하여 음악실 안으로 들어갔다. 피아노 뚜껑을 열려고 하니 자신도 모르게 손과 몸이 떨렸다. 그러나 형진은 마음을 안정시키고 피아노 뚜껑을 열었다. '130곡집'을 펴고 '남 몰래 흐르는 눈물'의 끝 부분인 카덴짜를 피아노로 쳐 보았다. '논키에······'에서 '에' 부분이었다. 조금 천천히 치며 발성을 해 보았다. 생각보다 그 카덴짜는 쉬웠다. 그러나 평소에 발성 연습을 부지런히 하지 않으면 그 카덴짜는 틀림 없이 어려울 것이라는 점을 직감적으로 판단했다. 형진은 '남 몰래 흐르는 눈물'을 단선율로 피아노를 치며 처음부터 불렀다. 기대했던 것 이상으로 노래가 잘 되었다.

그 다음 날도 형진은 수업을 마치고 창고 음악실로 갔다. 아무도 없다는 것이 좀 이상하다고 느끼며 안으로 들어갔다. 마치 도둑질을 하는 듯한 느낌이 들었다.

'O sole mio'를 피아노 단선율로 치며 노래했다. 그 다음에는 '돌아오라, 소렌토로'를 불렀다. 형진이 하는 모든 노래는 원어로 부르기로 했다. 노래는 잘 되었다. 그런데 피아노를 치며 노래하는 것은 쉽지 않았다. 손에 힘이 쏠려 노래하는데 신경이 더 많이 쓰여지는 것 같았다.

형진은 '에라 모르겠다.' 하며 피아노를 치지 않고 정확성을 기하도록 기억을 더듬으며 '별은 빛나건만'을 노래했다. 신경을 덜 쓰기 때문에 노래가 더 나아졌다. 가장 불러 보고 싶었고 또한 어렵게 생각되던 이 노래가 성공적으로 끝났을 때 형진은 대단한 희열을 느꼈다. 그리고 자신감이 생겼다.

그 다음에는 '무정한 마음'을 불렀다. 한창 열중해서 노래하고 있을 무렵 형진의 등을 두들기는 손이 있었다. 형진은 노래를 멈추고 돌아다보았다. 송영만이었다. 역시 유리가 없는 창을 통과하여 들어온 것이었다.

"왜 노래를 멈추노? 그대로 계속해서 불러 보라는 말이다."

형진은 약간 쑥스러워 하며 송영만에게 인사를 했다.

"어서 오세요."

"박형진, 절대로 쑥스러워 하지 말아라. 그만하면 너의 목소리는 아주 특이하며 예사로운 목소리가 아니다. 연습이 부족하여 세련된 맛은 약간 없다고 할 수 있을는지 모르지만, 그건 앞으로 연습하면 별 문제가 아니다."

형진은 기분이 좋았지만, 확실히 확인해 보고 싶어서 물었다.

"정말 그렇게 생각되나요?"

"그래, 그렇다카이. 이왕 노래하는 김에 두 곡쯤 더 불러 봐라."

"앞으로 좀 도와 주서요."

"돕고 자시고 할 것 없어. 그래, 도울 것이 있으면 도와 주지. 그러나 나중에 생각하면 별로 도움을 받았다는 게 못 된다고 할 수 있지. 너만 열심히 하면 별로 도울 것이 없을 끼다. 아, 그렇지. 바로 지금 도움이 되는 한마디 말을 하자면, 무대에 설 때는 첫째 배짱이 두둑해야 하는 것이란 말이다. 여기를 무대 위라고 생각하고 노래를 불러 봐. 자, 시작해 봐라."

형진은 긴장을 풀며 말했다.

"좋습니다. 먼저 '마르타' 중에서 '마파리 뚜 다모르'를 하겠어요."

"너 알고 보니 서울내기이구나."

그러면서 영만은 피아노 위에 놓여 있는 '130곡집'에서 그 노래를 찾아내어 반주를 시작했다. 형진은 노래를 불렀다.

"2/4 마파리-뚜-다모르-일-미오-스콰르도-린콘트로-

벨라시-케-일미오-코르……"

반주를 마치고 영만은 말했다.

"그만 하면 멋있게 쭉쭉 뻗어나는 목소리야. 유연하군. 지금은 약간 문제가 있기는 하지만, 목소리 크기의 조절도 앞으로는 나아지겠지."

영만은 칭찬을 하면서도 선배답게 결점을 지적하는 것을 잊지 않았다.

형진은 말했다.

"과찬에다가 결점까지 지적해 주어서 고맙습니다. 이번에는 '토스카' 중에서 '오묘한 조화'를 부르겠어요."

이번에도 영만은 노래 책에서 '오묘한 조화'를 찾아내어 피아노의 전주를 시작했다. 이어서 곧 형진은 노래에 들어갔다.

"3/4 레-6/8 콘디-타르모니아-디-벨레쩨-디-베르세-에-브루나-쁠로리아……"

노래를 마치자 영만이 말했다.

"누가 듣든 니 목소리의 가장 특이한 점은 잡티가 들어 있지 않은 깨끗한 목소리야. 그런데 니 나이보다 좀 어린 사람의 목소리 같은 이쁜 맛이 있다. 그리고 뭐랄까 청소년다운 귀여운 면이 있다고 할까. 이쁘고 귀여운 맛이란 흠잡아서 결점이 될 수도 있고, 미점이 될 수도 있다. 오페라 '토스카'에서 토스카와 카바라도시는 사회적으로 대우를 받는 지위에 있는 청장년이라서 앳된 총각의 목소리는 좀 어울리지 않는 점이 있지."

"아하, 내 목소리에는 간과할 수 없는 문제가 있다는 말이군요."
"꼭 그렇다는 것은 아니야. 아까 말했듯이 미점이 될 수도 있다는 말이다. 만약 니가 오페라 가수가 된다고 가정해 보자. 그때는 니 목소리에 맞는 오페라에 출연하면 되는 기다. 아하, 프랑스 오페라에도 잘 어울릴 수 있겠는데. 뿐만 아니라 프랑스 오페라에 출연하면서 '예술 가곡'을 부를 수도 있겠지. 슈베르트, 슈만, 볼프, 브람스, 리하르트 슈트라우스 등의 예술 가곡 말이다."
"지적해 줘서 고마워요. 앞으로 더욱 도움을 주셔요. 그런데 여기에 더 있으렵니까?"
"아니야 나도 곧 가야 하겠는데."
"그럼 같이 갑시다. 3교시를 마치고 도시락을 먹어 버려서 배가 고파요. 학교 앞 빵집으로 함께 갈까요? 제가 빵을 사지요."
"조금 더 있을라 캤는데……. 좋아, 가자. 가수는 잘 먹고 뱃심이 좋아야 되지."
둘은 유리가 깨어진 창을 빠져나와서 함께 남쪽 정문을 향하여 걸었다.

벌써 3월말이 되었다. 상당한 날 수가 지나가도록 형진과 영만은 창고 음악실에서 이미 익힌 노래를 정확히 교정하고 복습하는데 주력했다. 그러나 학교 공부를 위해서 하루에 '1시간 반'을 넘지 않도록 시간을 할당했다. 형진과 영만은 매우 친해졌다.

형진은 영만의 피아노 반주에 맞추어 나폴리 민요도 추가하여 3곡이나 익혔다. '마레끼아레', '그녀에게 내 말 전해 주', '넌 왜 울지 않고'였다. 형진은 매일 음악 감상실과 창고 음악실에 갔었기 때문에 나폴리 민요에도 상당히 마음이 쏠려 있었다. 아름다운 청정 해역과 신비스러운 섬과 그곳에서의 푸르른 꿈의 형상이 마음 속에 그려졌다. 미항이기는 하지만 엄청나게 크지는 않은 나폴리시에서 어째서 들어도 들어도 끝장이 나지 않는 '민요'가 나왔는지 신기하고 의아스럽게 느껴졌다. 참으로 무궁무진이라고 느껴졌다. 영만은 많은 오페라 아리아를 익혔으므로 이제는 나폴리 민요를 부르는 때가 많았다.

어느 날 영만이 말했다.

"노래를 공부하려면 이탈리아어는 물론이고 독일어, 프랑스어도 좀 알아야 하지. 뜻은 잘 모른다 하더라도 발음을 잘 할 수 있어야 하는 기라. 독일어는 학교 수업만 잘 받아도 되지. 그러나 프랑스어의 발성은 신경을 써서 좀 익혀야 되겠제. 어때? 그렇게 생각되지 않나?"

"말할 것도 없지요. 당연히 그렇게 생각해요. 프랑스어로 된 노래도 무척 아름다운 곡이 많지요. 예를 들면 마스네의 '비가(Elegie)' 같은 것이지요."

이렇게 대꾸하는 형진에게 영만은 가방에서 프랑스어 고등학교 1학년 교과서를 꺼내어 주었다. 이날 노래 연습을 마치고 형진은 집에 가서 프랑스어 발음 공부를 해 왔다. 프랑스어 철자는 발음할 때 복잡하기는 하지만 규칙적이었다. 형진은 창고 음악실에서 악보를 펴고 단선율로 피아노를 치며 프랑스어 오페라의 아리아를 익혀갔다. 「까르멘」에서의 '꽃 노래'였다.

"4/4 라-쁠러르께-뛰마베-저떼어-당마-쁘리송메-떼레스떼-쁠레-뜨리어세-쉬쎄-떠-쁠러-까르데뚜주르-사둥스-오더-에빵다······"(가사에서 종성 'ㅇ' 발음이 표시된 것은 정확한 'ㅇ' 받침 소리가 아닌, 콧소리임.)

형진은 콧소리를 무리 없이 내는데 상당한 노력이 필요했다. 그러나 곡 자체는 형진의 성대에 잘 맞는 편이었다.

이렇게 하여 형진은 프랑스 오페라인 구노의 「파우스트」 중에서 '청결한 집'과 비제의 「진주조개 잡이」에서의 '귀에 남은 그대 음성'을 익히게 되었다. 반주를 해 준 영만에게서 힘입은 바가 컸으며, 더욱이 음악 감상실에서 꺼내온 음반을 틀어서 더욱 완벽히 노래를 하고 노래에 멋을 깃들이도록 하는 기교를 연구했다.

4월 초가 되었다. '특별 활동'이 개시되었다. 합창반이 없었기 때문에 형진은 '음악 감상반'에 들어갔다. 담당 선생은 바로 남정연 선생이었다. 이렇게 하여 형진은 성악과 기악에 걸쳐서 그의 음악 세계가 보다 넓고 깊게 되어갔다.

형진과 영만의 우정은 날이 갈수록 깊게 되어 갔다. 형진은 영만에게 예사 높임말이나 때에 따라서 반말을 쓰게 되었으며, '선배님' 대신에 서울식으로 '형'이라는 호칭을 쓰게 되었다. 그리하여 선후배 간의 대화에서 딱딱한 분위기를 벗어나서 부드럽게 터놓고 이야기하기가 쉬워졌다.

영만은 살이 약간 찐 체격으로서 호인다운 성격이 형진의 가슴에 와 닿았다. 영만은 노래하는 것과 먹는 것을 다 좋아했다.

형진의 아버지가 사법 서사 사무실에서 일하게 되자 수입이 그전보다 나아졌으므로 아버지는 형진의 용돈을 약간 올려 주었다. 그래서 방과 후 형진은 영만과 함께 학교 앞 빵집에 가는 일이 잦았다. 빵집에 있다가 다시 학교로 들어가서 창고 음악실에서 유희를 하는 셈이었다.

그 즈음 형진과 영만은 키네마극장에서 함께 오페라 영화 '아이다'를 관람했다. 레나타 테발디와 카를로 베르곤찌가 각각 소프라노, 테너의 주역으로 하여 음악을 녹음한 영화였다. 목소리의 주인인 테발디 대신에 아이다로 분장한 소피아 로렌이, 베르곤찌 대신에 영만과 형진도 처음 본 듯한 배우가 연기를 하면서 입만 벌리는 영화였다. 형진과 영만은 '청아한 아이다', '개선 행진곡' 외에 많은 곡들에 몰입되어갔다. 특히 제4막 2장의 신전 아래 지하 무덤 속에서 죽어 가는 아이다와 라다메스의 2중창 '오, 지상이여, 안녕!'이 매우 인상 깊게 가슴에 새겨졌다.

이틀 후 형진은 먼저 창고 음악실에 들어가 있었다. 역시 영만은 창을 통과하여 창고 음악실에 들어왔는데, '아이다'의 마지막 장면(제4막 2장)의 악보를 베껴 왔다. 반주 없이 소프라노, 테너의 단선율과 가사만 베껴 온 것이었다.

형진은 말했다.

"영만형, 어디서 베껴 왔지요?"

"대구에서 가장 큰 서점인 문화서점에서이지. 시간을 끌 수 없어 빨리 빨리 적어 온 거다. 우리 이것 한번 연습 해 보자. 껄껄껄, 그리고 우리 한번 오페라를 직접 해 보자."

형진은 킥킥거렸다.

"아이다의 역은 누가 맡고요?"

"바로 니가 맡지. 말하자면 테너가 소프라노를 대신하는 거지. 고음은 니가 나보다 더 잘 되니까."

이러면서 영만은 소프라노와 테너의 단선율만 베껴 온 것을 피아노로 쳤다. 그러면서 소프라노와 테너의 선율을 외웠다. 그리고 영만은 음악 감상실에서 가져온, '아이다'의 하이라이트를 뽑아 놓은 음반을 음악실용 전축에 넣었다. 둘은 4막의 지하 무덤에서 노래하는, 4막 2장 전체를 들을 수 있었다. 그리고 가사를 맞춰 보며 선율을 더욱 익혔다. 몇 번 반복해서 전축을 작동시켰다.

이튿날 둘을 창고 음악실에서 만났다. 오페라 흉내가 시작되었다.

영만은 레치타티보를 하듯이 극적인 음성으로 말했다.

"이 음침한 창고 음악실은 바로 신전의 지하 무덤이다!"

그리고 나서 라다메스인 영만은 피아노를 치면서 노래를 부르기 시작했다. 라다메스가 사형 선고를 받고 신전 지하 무덤에 갇히자 처참한 운명을 한탄하면서도 바깥 세상에 있을 아이다의 행복을 비는 노래 부분이었다. 영만은 선 채로 단선율로 피아노를 치면서도 연기의 폼을 잡으며 노래했다.

    영만(라다메스) : Na fatal pietra sovra me si chiuse…Ecco la tomba mia. Del dì a luce più non vedrò… non rivedrò più Aida… Aida, ove sei tu? Possa tu almeno viver felice e la mia sorte orrenda sempre ignorar!
    (운명의 돌문이 내 위로 닫혔고… 이것이 내 묘지. 나는 다시는 햇빛을 볼 수 없겠지… 나는 다시는 아이다를 만날 수 없겠지… 아이다, 당신은 어디에 있소? 당신은 최소한 행복하게 살고, 나의 비참한 운명은 잊어요!)

    영만은 피아노를 치는 것 때문에 힘이 드는지 피아노 건반에서 손을 떼고 연기를 하면서 노래했다. 연기의 폼이 좀 우스웠다. 왼손을 펴서 가슴에 닿도록 하고 오른팔은 뻗쳐서 호소하듯이 둔각으로 완만한 V 자를 그리며 손가락을 펴고 있었다.
    무덤 안에서 인기척을 느끼고 라다메스(영만)는 놀라는 발성을 했다.

    영만(라다메스. 이하 같음.) : Qual gemito! Una larva… una vision… No! forma umana è questa… Ciel! Aida!
    (무슨 신음! 유령… 환상… 아니야! 사람의 모습이야… 하느님! 아이다!)

갑자기 아이다(형진)가 나타났다. 형진은 진지하게 노래에 열중하고 있었지만 바지 주머니에 양손을 넣고 부르다가 손을 빼어 피아노 한쪽 귀퉁이에 손을 짚고 노래했다. 평소에 형진은 노래할 때 얼굴에 힘이 많이 들어가는 편이었다. 그래서 힘이 덜 들어가도록 레지에로(경쾌)하게 발성을 하는 면도 있었다. 동양 사람은 얼굴이 커서 입을 크게 벌리면 두상 자체가 우습게 일그러져 보이는 게 보통이었다. 입을 크게 벌리면 큰 얼굴이 더욱 커져서 키와 반비례하여 키가 작아 보인다. 노래하는 모습이 자연스럽도록, 그리고 키가 작아 보이지 않도록 남자도 하이힐을 신고 무대에 서는 사람도 있었다.

아이다는 몹시 놀라고 한편으로는 무척 반가워서 격앙된 소리로 노래했다.

형진(아이다) : Son io.
(저예요.)
영만 : Tu… in questa tomba!
(당신이… 이 묘지 속에!)

아이다는 자신이 지하 무덤에 들어온 이유와 자초지종을 노래했다. 라다메스가 아이다를 단념할 수 없는 한 지하 무덤에 들어올 것을 예측하여 아이다 자신이 먼저 무덤에 들어왔다는 것이었다. 영만은 아이다가 독창할 때는 피아노를 쳐 주었다.

형진(아이다. 이하 같음.) : Presago il core della tua condanna, in questa tomba che per te s'apriva io penetrai furtiva… e qui lontana da ogni umano sguardo nelle tue braccia desiai morire.
(내 마음은 당신에 대한 처벌로 견딜 수 없었고, 당신을 위해 열려 있는 이 묘지 속으로 은밀하게 들어 왔지요… 그리고 나는 이곳, 사람들의 눈길이 닿지 않는 곳에서 당신의 팔에 안겨 죽고 싶었어요.)

영만 : Morir! sì pura e bella! morir… per me d'amore… degli anni tuoi nel fiore, degl' anni tuoi nel fiore fuggir la vita! T'avea il cielo per l'amor creata, ed io t'uccido per averti amata! No, non marrai! troppo t'amai! troppo sei bella!
(죽는다고! 그처럼 순수하고 사랑스러운 그대! 죽는다고… 나에 대한 사랑 때문에… 당신의 꽃다운 청춘에 생명을 버리고, 당신의 꽃다운 청춘에! 하늘은 사랑을 위해 당신을 창조했고, 나는 당신을 사랑함으로써 당신을 살해하고! 나는 당신을 너무 사랑했소! 당신은 너무 아름답소!)

형진 : Vedi? Di morte l'angelo radiante a noi s'appressa… ne adduce a eterni gaudii sovra i suoi vanni d'or… Già veggo il ciel dischiudersi…ivi ogni affanno cessa… ivi comincia l'estasi d'un immortale amor… comincia l'estasi d'un immortale amor.

　(보이세요? 빛나는 죽음의 천사가 우리에게 다가오고 있어요… 죽음의 천사는 거대한 황금빛 날개 위에 우리를 태우고 영원한 기쁨으로 우리를 데려갈 거예요… 나는 이미 열려진 하늘이 보여요… 그곳에서는 모든 슬픔이 멈추고… 영원한 사랑의 큰 기쁨이 시작될 거예요.)

　아이다가 이렇게 노래할 때, 라다메스는, 우리는 참혹한 운명에 처해졌지만 차라리 같이 죽는 것이 행복이라고 말했다. 그러면서 라다메스(영만)는 아이다를 끌어안는 대신에 피아노 한 귀퉁이를 더듬으며 끌어안았다. 그러면서 노래했다.
　영만은 노래할 때마다 팔을 뻗쳐 우스꽝스럽게 폼을 잡다가 피아노를 여자 삼아 피아노 한쪽 귀퉁이를 더듬거리다가 끌어안았다.

　극 중에서 아이다와 라다메스는 윗층 신전에서 사제들과 여사제들의 찬송을 듣고 있었다.

　　형진 : Triste canto!
　　　(슬픈 찬송!)
　　영만 : Il tripudio dei sacerdoti...
　　　(사제들의 환희의 노래…)
　　형진 : Il nostro inno di morte...

(우리들의 죽음의 찬가…)

영만 : Nè le mie forti braccia smuovere ti potranno, o fatal pietra!
(오 운명의 돌, 내 강한 팔로도 너를 움직일 수 없구나!)

형진 : Invan-tutto è finito sulla terra per noi.
(쓸데없이-이 지상에서 우리들에게 모든 것은 다 끝났어요.)

영만 : È vero! È vero!
(그것이 사실이야! 그것이 사실이야!)

형진은 영만의 연기가 상당히 우스웠지만 참고 시선을 다른 쪽으로 옮기며 진지하게 노래를 했다. 피아노 한쪽에 손을 짚고 노래하다가 때로는 '가볍고 부드러운 차려 자세'를 취하며 노래하다가는 다시 피아노 한쪽에 손을 짚고 노래했다.

마지막으로 그들 둘은 함께 '오, 지상이여, 안녕'을 노래했다.

형진 : O terra addio, addio valle di pianti…sogno di gaudio che in dolor svanì… A noi si schiude, si schiude il ciel… si schiude il ciel e l'alme erranti volano al raggio dell' eterno dì.
(오 지상이여, 안녕, 눈물의 골짜기여 안녕… 기쁨의 꿈은 고통 속에 사라지고… 하늘은 열리고, 하늘은 우리를 위해 열리고… 하늘은 열리고, 우리들의 방황하는 영혼들은 영원한 낮의 빛 속으로 솟아 오르리라.)

영만 : O terra addio, addio valle di pianti—
(오 지상이여 안녕, 눈물의 골짜기여 안녕—)
형진 : O terra addio!
(오 지상이여 안녕!)
(둘은 여기서의 사실상의 최후의 노래를 끝냈다.)

오페라 흉내의 노래가 끝나자마자 누군가가 자물쇠를 열쇠로 열고 음악실 안으로 들어왔다. 남정연 선생이었다. 남정연 선생은 바닥에 주저앉지는 않았지만, 두 손으로 배를 움켜잡고 허리를 거의 90도 각도로 꾸부리고 웃어댔다. 하도 심하게 웃었던지 기침을 해댔다. 그리고 또 한참동안 웃어대더니 결국은 학생용 걸상에 털썩 주저앉으며 배를 움켜잡았다. 남정연 선생은 다시 기침을 하더니 웃음을 가까스로 틀어막으며 두 학생을 바라보았다. 형진은 쑥스러워져서 고개를 숙이고 있었다.

남정연 선생은 간신히 입을 열었다.

"너희들, 오페라 가수들! 여기서 오페라를 다 하나?"

영만이 대답했다.

"그렇습니다. 여기 음침한 창고 음악실은 바로 신전 아래 지하 무덤입니다."

"너희들 때문에 포복절도할 지경이야. 송영만, 너는 세상에 있는 폼은 다 잡는구나. 어디서 그런 폼을 다 배웠나? 피아노 한쪽 귀퉁이 더듬으며 끌어안았지? 피아노가 바로 여자이냐?"

영만이 대답했다.

"예, 그렇습니다."

"영만이는 역시 괴짜로구나. 그런데 노래했을 때의 폼도 폼이 거니와, 가사의 발음이 정확하지 않은 부분이 몇 군데 있어. 음성학상 서로 닮은꼴인 발음이 있지. 똑같은 유성음에, 똑같은 입술 소리(순음)또는 콧소리 등 발음 인자가 서로 몇 개나 공통되는 음이 꽤 있지. 그리고 둘 이상의 발음이 무성음이면서 동시에 파열음일 수도 있지. [m]과 [v]은 음성학상 4촌간이며, [n]과 [l]도 음성학상 4촌간이지. 바로 너희들 오페라 가수들도 [m]과 [v], 그리고 [n]과 [l]의 구분이 정확하지 못해. 2촌간인 [f]와 [p]의 구분도 명확하지 못했어. 그런데 첫 가사 'Na fatal…' 한 군데를 빼놓고는 나머지 전체의 가사의 외면상 모습과 선율과 리듬이 신통하게도 다 맞는 것이었어. 그러면 틀린 가사를 지적해 볼까? 라다메스가 선고를 받고 신전 아래 지하 무덤에 갇혀 맨 처음으로 시작하는 노래를 불렀지? '[nafatal…]'이라고 발음했어. 그러나 [na]가 아니라 [l]즉 [ㄹㄹ]로서 [la]이란 말이야. 그러니까 'La'라는 가사이지. 너희들은 처음부터 틀린 발음을 한 거야. 그러니까 더욱 우스웠지."

영만이 변명했다.

"책의 활자가 흐리기는 했지만 간신히 알아보고 'L'자 비슷하게 적어 왔기는 했었습니다. 그런데 레코드와 맞추어서 들으니 아무래도 'L'은 아무렇게나 적은 것이고 [N]인 것만 같아서 [nafatal…]로 노래한 것입니다."

남정연 선생은 형진을 유심히 바라보더니 말했다.

"그런데 이 학생은 누구야? 아, 수업중에 '경북 예술제'에 대한 얘기를 했었지. 아까 노래할 때, 그만하면 대단한 목소리 같던데."

영만이 소개를 하듯이 말했다.

"1학년 4반의 박형진입니다. 테너의 음역으로서 고음 중에서도 높은 음을 잘 구사합니다."

"아, 그리고 또 음악 감상반이지? 그런데 대大KB고등학교 학생이면 다른 공부나 열심히 할 것이지, 왜 노래에 미쳐 있나? 영만이가 장인이고 형진은 도제이가?"

영만이 말했다.

"제가 장인이라고예? 그것은 어림도 없는 말씀입니다. 우리 둘이 도제이고 선생님이 장인이십니다."

"뭐, 나의 도제? 김칫국부터 먼저 마시기가? 옛날부터 장인은 도제를 맞아들여 쉽사리 가르치지 않았어. 도제는 오랫동안 밥 짓기, 설거지하기, 청소하기와 잔심부름이나 해야 했는 기라."

영만이 강조하면서 말했다.

"선생님, 박형진 도제는 예사로운 목소리가 아닙니다. 밥 짓기 안하고 곧 도제로서 수련을 받을 수 있는 목소리입니다. 한번 들어 주십시오."

"목소리는 다 들어 봤어. 그만하면 고음의 구사가 좋다는 것을 짐작할 수 있었어. 그렇지만 테너라고 해서 너무 고음에만 치중하는 것은 바람직하지 않아. 저음과 중음도 중요해. 배우는 사람은 먼저 저음·중음을 충실히 닦아 놓고 그 위에 고음을 쌓아 올려야 하는 기라. 그렇다고 해서 바리톤이나 베이스처럼 굵직하고 묵직한 저음을 내라는 말은 아니다."

이러면서 남정연 선생은 형진을 유심히 보며 말했다.

"박형진, 너 '아이다'에서의 아리아 '청아한 아이다'도 못 부르면서 '오페라'를 한 것은 설마 아니겠지?"

"부를 줄 알고 있습니다."

"그러면 한번 해 봐."

"예, 선생님."

형진은 얼마간 긴장하고 있었으나 자신감과 안정을 찾으려고 하면서 대답했다.

"자, 내가 피아노 반주를 한다."

이러면서 남정연 선생은 피아노 건반 위의 '130곡집'에서 '청아한 아이다'를 찾아 피아노 반주를 하고, 형진은 노래했다.

"첼레스테 아이다, 포르마 디비나, 미스티코 세르토 딜 루체 피오르, 델 미오 펜시에로 투 세이 레지나, 투 디 미아 비타 세일로 스플렌도르.

···
················· 운 트로노 비치노 알 솔, 운 트로노 비치노 알 솔————."

(Celeste Aida, forma divina, mistico serto di lucee fior,
del mio pensiero tu sei regina, tu di mia vita sailo splendor.
....

....

....

un trono vicino al sol, un trono vicino al sol- - -.)

 형진이 노래를 끝내자 남정연 선생은 짐짓 '감탄 조'를 얼굴에서 감추고 말했다.
 "정말 고음의 구사를 잘 하는군. 마지막 선율 'un trono vicino al sol- -'의 선율은 상당한 고음의 군群이다. 최고음인 'sol- -'은 B음이다. 형진은 B음 따위는 문제도 없다는 듯이 불렀고 그 정도는 충분히 통달되어 있다. 좋아, 나의 도제는 아니지만 조금만 목소리를 들어 주지. 내가 치는 피아노를 따라 발성 연습을 해 보거라."
 남정연 선생이 피아노로 치는 음의 오르내림에 따라 형진의 발성은 중음, 고음으로 연거푸 내려갔다 올라갔다 했다. 남정연 선생은 피아노 치기를 멈추었다.
 "자, 그러면 어느 음까지 올라가는지 보자. 다시 피아노를 따라 해 보거라."
 형진은 피아노를 따라 점차적으로 올라가 고음을 발성했다.

그러나 하이(high) B음을 올라간 위에 잠깐 하이(high) C음 내다가 목이 꽉 막혀 버리고 말았다. 남정연 선생은 그런 현상을 이해하는 듯 말했다.

"자, 다시 해 보거라. 매일 연습을 해야 하는데 그리하지 않고 연습이 부족하기 때문에 음을 못 올릴 수 있어."

남정연 선생은 하이 B음을 기준으로 연습하기 좋도록 유도하며 건반을 눌렀다. 그러다가 하이 C를 쳤다. 형진은 무난히 High C를 올리는데 성공했다. 그러나 남정연 선생은 여기서 끝내지 않았다. 이번에는 High B음과 High C음을 기준으로 연습시켰다. 그러다가 High D를 쳤다. 형진은 결국 High D음까지 올리는데 성공했다. 남정연 선생은 건반에서 손을 떼고 말했다.

"영만이 말한 대로 역시 고음 구사가 좋구나. 한가지 말해 주지 세계 무대가 아닌 한국에서 High C를 못 올리는 성악가는 많다. 그들보다 청년기에 High C를 내기 위해 몇 년이 걸리며, 몇 년이나 걸려서도 결국 High C를 내지 못하는 경우가 많아. 심지어는 성대를 수술해서 간신히 High C를 내는 경우도 있다. 한번 힘내어 노래 공부를 해 봐도 좋겠군. 중음, 고음은 썩 좋다. 좋다. 그러면 내가 일시적으로 장인 노릇을 해 보겠다. 저음 연습도 많이 해야 된다. 알겠나? 정식으로 오디션을 보아 주겠다. 작은 오디션이지. 박형진, 오페라 아리아 두 곡을 선보여야 한다. 때는 중간고사 직후이다. 노래 연습은 물론이고, 시험 때까지 모든 과목의 공부를 열심히 해야한다. 알았지?"

형진은 대답했다.

"예, 선생님, 알겠습니다. 그런데 저는 지금도 공부를 게을리 하지 않고 있습니다. 몇 날 정도는 제외하고 노래 공부 시간을 한 시간 반을 초과하지 않고 있습니다."

"좋다, 그러면 나중에 보자."

이렇게 말하면서 남정연 선생은 음악실 밖으로 나갔다. 물론 출입문을 잠갔다. 음악실에 남은 두 학생에게 유리가 깨진 창으로 꽃을 녹인 바람이 한 다발 날아와서 뿌려지는 듯했다.

4월은 빨리 흘러가고 있었다. 5월 초의 중간고사까지는 20일 정도나 많이 남아 있었다. 그러나 형진은 평소에 규칙적으로 공부를 꽤 해 둔 편이기는 하나 상위층의 공부벌레들과 비교할 때 음악 공부에 미쳐서 그것 이외의 전반적인 과목이 학습은 30 일 정도 뒤지지 않았을까 하는 불안에 휩싸였다.

영만은 형진에게 남정연 선생에게 오디션을 받기 위해 무척 많은 노래를 익힐 것까지는 없다고 말했다.

"만약 남정연 선생님이 니가 불러 보지 않은 노래를 시키면, 그 곡은 불러 보지 않았다고 사실대로 말하고 곡을 바꿔 달라고 청하면 된다. 아는 노래가 많지 않다고 해서 남정연 선생이 흠을 잡지는 않는다는 말이다."

그 말을 들은 형진은 헨델의 '울게 하소서'와 마스네의 「베르테르」 중 '무엇 때문에 나를 잠에서 깨우는가?'와 그리고 칠레아의 「아를르의 여인」 중 '페데리코의 탄식'을 익혔다. 형진에게는 그 세 곡의 악보가 없었으나 영만이 집에서 가져다 주었다. 그리고 형진이 먼저 독보를 하고 단선율로 피아노를 쳐서 익힌 다음에 영만이 반주의 화음 전체를 피아노로 쳐서 멋이 살아 있는 노래를 하도록 배려해 주었다. 그 세 곡을 다 익힌 다음에는 주로 아는 노래의 복습을 위주로 했다.

치열한 접전과 상담,
그리고 작은 오디션

　이미 이야기를 하였듯이 형진은 음악에의 열정이 높아 가면서도 다른 과목들의 공부를 게을리하지 않았다. 1학기 중간 고사가 며칠 더 가까워지자 형진은 음악에의 열정을 식히면서, 하루에 음악 연습 시간을 1시간 내로 줄이면서 학습 계획표를 새로 짰다.
　1학년 4반에서 최우수 경쟁자들은 많았다. B중학교 때 1개 반 1위였던 학생이 둘이나 있었다. 강하림과 우형의였다. G중학교 수석 졸업자인 민경식과, B중학교 때 1개 반 2위였던 윤희준이 모두 만만치 않게 버티고 있었다. 이들은 공부에 있어서 영웅 호걸들이라고 일컬어질 만했다. 다른 학생들보다 후일 KB고교 사법고시생들 중에서 제일 먼저 합격을 하게 되는 우형의와, 또한 민경식은 또렷이 지평을 향하여 자신만만하게 쏘아보며 벼르고 있다고 할 만했다.

나는 어느 정도 학업 성적을 올려야 하나? 간단히 말해서 나는 이번 싸움에서 몇 등을 해야 하나? 형진은 등교·하교 때 대구 형무소(교도소) 담벽 길을 걸으면서 그런 문제를 생각했다. 다른 학생들보다 불리한 점은 매일 음악 연습을 하는 것과 매일 30분 내지 1시간 동안 일기 쓰기를 하는 것, 1주일에 일정 시간 문학 서적 탐독, 그리고 통학 거리가 먼 것 등등이었다. B중학교 때 1개 반 1위였던 강하림과, 1개 반 2위였던 윤희준은 그래도 다른 취미를 갖고 있었다. 형진은 윤희준에게 정음사「세계문학전집」중 '헤르만 헤세 편'과 또 다른 책을 빌려준 일이 있었다. 그러나 공부 외에는 다른 취미가 없는 우형의와 민경식은 형진이 겨루기가 결코 쉽지 않은 존재였다.

민경식은 세상 일 매사에 대해서 부정적인 생각을 품고 있었으며, 세상 만사에 대해 곧잘 빈정거렸다. 형진이 노래를 잘 한다는 소문이 돌자 경식은 형진 앞에서 가벼운 공격을 서슴지 않았다.

"소문만 나서 뭘 하나? 노래를 하려면 성량이 커야 하지."

형진이 반박했다.

"나의 성량은 딱 적당하고 표준적인 중간치의 성량이야."

그러면 경식은 또 비아냥거렸다.

"성량만 커서 뭘 하나? 고음을 잘 올려야지."

형진은 다시 일침을 놓았다.

"외모는 좀 고상해지려다 만 너는 그 외모를 이용하여 너와 상대하는 자를 촌놈으로 만드는데 자신 있다―이거지? 그런 건 나한테 통하지 않아. 이목구비만 제자리에 제대로 박혀 있으면 뭘 해? 매력이 있어야지. 연애 경쟁을 해도 잘난 척하는 너는 나한테 안 돼. 너 세계사 시간 수업 중에 나와 잡담을 하다가 둘 다 걸렸던 것 알고 있지? 세계사 선생은 너부터 일어서라고 했어. 그 때 했던 말이 무엇이었지? '이 병신아!'였어. 그 다음에 선생은 나에게 일어서라고 했어. 그 때에 했던 말은 무엇인지 알아? '이 반 병신아!'였어. 그때 우리 반 녀석들이 폭소를 터뜨렸지. 그 '병신'과 '반 병신'은 큰 차이야. 남들은 너 자신을 더 촌놈으로 여긴다는 말이야. 야, 집어치워! 영감탱이 같으니라고. 구더기 끓는 소리 작작해. 나는 테너로서 하이(High) D까지 올리는 괴물이야."

중학교 2학년 때부터 진짜 철이 든 형진은 마음먹은 대로, 계획대로 안 되는 일이 없었다고 할 수 있었다. 어떻게 보면 '공부'라고 하는 것이 '작은 일'이라고 할 수 있는지도 모르지만, 학생의 신분으로 결심대로 공부를 잘하는 것은 세상이 내 마음대로 돌아간다는 해석을 가능하게 했다. 형진은 등·하교 때 형무소(교도소) 담벽 길을 걸으면서 치마의 양쪽에 흰 띠를 박은 예쁜 KV여고 학생들을 보면 사실 마음이 설레고 공상이 심해지곤 했지만, 그래도 공부에 대한 야망이 컸다. 좋아, 아무리 대大KB고 등학교라고 하지만, 그리고 하루에 일기 쓰기까지 합쳐서 최소한 2.5시간 내지 3.5시간을 취미대로 보내고 통학 거리가 먼 불리한 점이 있다고 하지만, 나는 내 마음먹는 대로 된다. 나는 결심한다. 나는 치열하게 살고 싶다. 나는 나를 태어나게 한 지구와 싸운다. 그것이 나에게는 의미 있는 인생이다. 나는 1학년 4반에서 1등을 하고 말겠다.

형진은 다시 세워진 계획표대로 빠른 속도로 공부해 나갔다. 대★KB고등학교에서 모든 선수들에게는 선의의 경쟁을 하는 대전차경주와 대접전이 계속되었다.

5월 초순에 1학기 중간 고사를 치르고 결국 성적 통계가 나왔다. 누가 1학년 4반을 제패하였을까?

윤희준은 5위였다. 매사에 냉소적이고 건방진 데가 있고 형진과 '금시계 경쟁'을 하던 G중학교 수석 졸업자 민경식은 4등으로 만족해야 했다. 3등은 B중학교 때 1개 반 1위를 하며 공부 외에 다른 취미도 있는 강하림이었다. 공부 벌레인 우형의는 2등을 했다. 그러면 누가 1등을 차지했을까? 새로운 다크 호스 중의 하나였을까? 아니었다. 바로 박형진이었다. 그런데 1등과 2등의 격차가 상당히 컸다. 평균 1점, 2점의 차이가 아니었다. 그러나 우형의도 학년말에 우등상을 받는 것으로 보아 85점은 되었는 것 같았다.

담임 선생은 생활 통지표를 나누어 주기 직전에 말했다.

"박형진의 평균 점수는 88점으로서 6개 반 1위를 한 학생들 중에서도 상위층을 차지하고 있다. 즉 전교 3위나 된다. 이대로 진행된다면 평균 90점 이상이 가능하다고 본다. 박형진은 소문대로 노래 연습, 음악 감상, 일기 쓰기, 문학 서적 탐독, 먼 통학 거리 등으로 공부 시간이 잠식되는 불리한 조건에서도 1등을 했다. 형진은 외면상으로 아무 표시도 없이 공부를 잘 해냈다. 외면상으로 아무런 표시도 없이 목표를 달성한 것을 볼 때 박형진은 '무서운 아이'라고 생각된다. 분명히 제군들이 본받을 점이 있다."

공부를 열심히 하는 것은 많은 지식을 습득하려는 욕구 때문인 경우도 적지 않다. 그러나 학우들과의 경쟁에서 이겨내기 위한 욕구가 앞서 있는 경우가 많다. 인간의 많은 행동들 가운데 일정한 행동에는 대가를 지급 받고 보상을 받으려는 욕구가 내재되어 있다. 특히 학생이 열심히 공부하는 것은, 첫째, 대가 즉 반대 급부(성적 내지 상)의 수령이 아주 확실할 뿐만 아니라 빠른 시간 내에 이루어진다. 다시 말하면 학생이 누릴 달콤한 보상이 가장 확실하고 빠른 시일 내에 이루어진다. 둘째, 꿈이 엄연한 현실화로 된다. 셋째, 공부하는 학생이 결심하고 계획한 대로 일정한 성적을 달성하게 되는 것은, 특히 1등을 달성하게 되는 것은 세상이 자기 마음대로, 뜻대로 되어지는 것으로 해석되어 버리는 경향이 있다. 세상에는 자기 마음대로 되지 않는 것이 없다고까지 생각하게 된다. 세상의 많은 일 중에서 이렇게 유쾌한 일도 많지 않을 것이다. 자신이 접하는 세계는 직접 자기 자신과의 대화의 대상이 되어 버린다.

생활 통지표를 받고 난 며칠 후 형진은 담임 선생을 찾아갔다. 상담을 하기 위해서였다. 교무실에는 선생들이 별로 없었다. 그래서 상담하기가 쉬울 것 같았다. 교무실은 학교 정문에서 바로 보이며, 정문에서 가장 가깝고 맨 남쪽에 위치하고 있었다. 목조 건물이 오랜 전통과 연륜을 쌓아서 나무 삭는 냄새가 나는 듯했고, 교무실에 설치된 기물들마저 더욱 육중하게 보였다. 그곳에 앉은 선생님들도 엄격하게 보였다.

형진이 목례를 하자 담임 선생은 친절히 형진을 맞았다.

"어이, 박형진, 어서 오거라. 내성적인 니가 교무실까지 들어오는군. 참, 그런데 니는 모친이 계시지 않지? 어머니가 계셔서 지금 니가 하고 있는 학교 생활이며 학업 성적이며 하는 것을 아신다면 얼마나 좋을까. 무슨 일이 생겼나? 우선 이 옆자리에 앉거라."

"선생님, 저는 현재 큰 갈등을 겪고 있습니다. 학업 성적 1등을 차지한 것이 반드시 기쁘기만 한 것이 아닙니다."

담임 선생은 의자를 형진이 있는 쪽으로 돌리면서 말했다.

"그건 또 무슨 얘기냐?"

"선생님, 제 자랑인지 모르지만 사실 저는 성대가 좋습니다. 남정연 선생님께서도 저를 어느 정도 이해하시는 것 같습니다. 성대가 좋은 것은 어제 오늘 일이 아닙니다. 국민(초등)학교 때부터, 아니, 세상 물정을 몰랐던 유년기 때부터 목소리가 좋았습니다. 소문대로 저는 지금까지 음악실과 음악감상실에서 매일

한 시간 반 내지 두 시간 반 동안 노래 연습과 음악 공부를 해 왔습니다. 물론 완벽해지려면 더 공부하고 더 연습해야 되겠지요. 저는 전 과목에서 공부를 잘하는 것도 중요하다고 생각하지만, 장래에 무대에 오르는 오페라 가수가 되고 싶습니다."

담임 선생은 의외로 단호한 표정을 짓고 있었다.

"뭐, 장래에 성악가……? 니가 얼마나 노래를 잘 부르는지는 모르지만 나는 반대한다. 결론을 내리는 것이 어려울지 모르지만, 나는 권고한다. 니는 장래에 학자가 되어야 한다. 그 이유가 뭔지 알겠나? 첫째, 오페라 가수가 되려면 세계 무대에 서야 한다. 그리 하려면 얼마나 경쟁이 심한지 알겠나? 모험을 해서는 안된다. 둘째, 니는 음악가가 되기에는 두뇌가 너무 좋다. 그 좋은 머리를 써서 학자가 되어야 한다는 말이다. 학자나 법관이나 고급 공무원이 탐탁치 않다고 생각했다면 왜 대大명문 고등학교에 입학했나? 그리고 왜 하필이면 1등을 했나? 차라리 처음부터 예술고등학교에 입학해야 했지 않겠나?"

"선생님, 탁월한 음악가도 높은 지능이 요구됩니다. 특히 작곡가가 되려면 말입니다."

"니는 작곡가가 되는 것이 아니라 연주가가 되고 싶다고 말했잖나? 설령 작곡가가 된다고 해도 서양음악이 무너져 가는 현재 작곡가로 인정받기는 무척 어렵다. 이것은 성악가의 경우보다 더 큰 모험이 따른다. 지금 나는 결론적으로 이렇게 말하고 싶다. 첫째, 너의 제 일 지망은 학자이다. 둘째, 그토록 음악을 하고 싶다면 제2지망으로 작곡가를 선택해라. 셋째, 이것도 저것도 어려움이 따른다면 성악가를, 말하자면 제3지망으로 선택해라. 다시 말하면 학자나 판·검사, 작곡가, 성악가의 순이다. 그런데 형진아, 지금 니는 너무 조급하게 생각하고 있다. 이제 겨우 1학년 기간의 사 분의 일밖에 지나지 않았다. 좀더 시간을 두고 생각해 보자."

"선생님, 목표를 빨리 세워야 그만큼 안정이 되고, 시간 낭비를 하지 않고 발전이 효율적입니다."

담임 선생도 수긍이 간다는 듯 말했다.

"다른 학생들은 목표를 확실하게 설정을 했지만, 니에게 졌어. 학업에 있어서 말이야. 그래, 어쨌든 니 말도 일리가 있다. 1학기 말까지 시간을 두고 치밀하게 생각해 보자."

"이야기 잘 들었습니다. 나중에는 좀 더 확실히 판단하여 구체적으로 말씀해 주시면 고맙겠습니다. 저는 가 보겠습니다."

"벌써 가려고 하나? 나는 얼마든지 니의 고민을 이해하고 도와주고 싶다. 그래, 바쁘거든 가 보아라. 그리고 나중에 얼마든지 나를 찾아오기 바란다. 참, 느그 집 경제 사정은 나쁜 편은 아니지?"

"예, 저희 집 경제 사정은 요 몇 년 전부터 좀 괜찮아진 편입니다."

"그래도 나는 니를 장학생으로 추천하겠다. 공납금이 면제된다. 바로 다음 납부 기간부터이다. 잘 가거라."

드디어 남정연 선생과 형진이 만나는 날이 왔다. '작은 오디션'의 날이 온 것이다. 중간 고사 성적표가 나온 직후 영만과 형진은 전과 같이 음악 연습을 하고 있었다. 전날 남정연 선생이 영만에게 오디션에 대해 이야기해 두었었다.

형진은 부담 없이 노래를 부르겠다고 생각했다. 학업 성적이 탁월한 형진으로서는 노래 부르기에서 오히려 좋지 않은 평을 받는 것이 더 나을지도 모른다는 생각까지 하고 있었다.

드디어 남정연 선생이 열쇠로 문을 열고 들어왔다.

"너희들 시험 성적은 잘 나왔나?"

"예."

이렇게 형진과 영만은 함께 대답했다.

남정연 선생은 피아노 앞에 앉았다.

"자, 박형진, 피아노에 맞추어서 발성 연습을 해라."

남정연 선생은 한번은 저음·중음 발성을 위해서, 또 한 차례에 걸쳐서는 고음 발성을 위해서, 건반을 누르면서 형진에게 효과적인 발성 연습을 시켰다. 그리고 나서 말했다.

"자, 지금 테스트를 받을 노래는 '남 몰래 흐르는 눈물'과 '그대의 찬 손'이다. 먼저 '남 몰래 흐르는 눈물'을 부른다."

남정연 선생은 그 노래의 짧은 전주를 피아노로 치기 시작했다. 이어서 곧 형진은 노래를 시작했다. 무리 없고 순조로이 노래가 전개되었다. 형진은 볼륨의 대소를 잘 조절하기 위해서 신경을 많이 썼다. 끝 부분의 카덴짜도 여태까지 연습을 했던 대로 세련된 처리를 했다.

'남 몰래 흐르는 눈물'이 끝나자 남정연 선생은 또 잠시 발성 연습을 시켰다. 다음 노래에서 고음이 잘 처리되도록 하기 위해서인 것 같았다.

"좋아, 그러면 '그대의 찬 손'을 시작하자."

짧은 전주에 이어 형진은 노래하기 시작했다. 그 노래는 전체적으로 볼 때 높은 음이 매우 많은, 그리고 계속적으로 이어지는 고난도의 노래였고, 최고음이 하이(high) C였다. 그것 때문에 얼마간 두려워하고 있던 형진은 그 하이(high) C음이 나오기 전 바로 앞 부분에서 음량의 조절을 하면서 비교적 빨리 발성을 해치우고 C음을 길게 내는데 성공했다. 그리고 이어서 낮게 툭 떨어지며 비스듬히 이어지는 중음으로 자연스럽게 내려왔다. 그 다음부터 남은 노래는 길지 않았고 형진은 안도감을 갖고 무난히 해냈다.

영만은 남정연 선생이 말하기 전에는 말을 꺼내서는 안된다는 것을 알면서도 참지 못하고 한마디했다.

"정말 겨울과 보헤미안의 냄새와 맛이 나고 제법 시적으로 표현하고 있군."

노래를 마친 형진은 궁금했다. 과연 내 노래가 성악의 전문가에게 어떻게 평가될 것인가?

잠시의 적요함을 깨고 남정연 선생이 말했다.

"'남 몰래 흐르는 눈물'은 성량의 조절과 음의 굴곡을 어떻게 처리하는지를 알기 위해서 택한 곡이다. 그리고 '그대의 찬 손'은 고음의 구사가 과연 어떤지 알고 싶어서였다. 먼저 니 노래의 단점부터 얘기하겠다. 첫째, 폐활량이 충분히 크지 못하다. 노래에서 어떠한 대목은 길게 뽑아낼 수 있어야 한다. 그러나 심히 걱정할 만큼 폐활량이 크지 못한 것은 아니다. 둘째, 저음이 약하다. 청중이 들을 때 좀 답답한 느낌을 줄 것이다. 그러나 약한 만큼, 저음이 탁하거나 거칠지는 않다. 아름다움은 유지하고 있다. 그리고 팝송에서 그러하듯이 저음을 작은 소리로 아름답게 구사할 수 있을지도 모른다. 그래야만 청중이 조용하게 숨죽이며 발성을 들을 것이다. 셋째, 형진이 니가 아직 어린 청년의 나이밖에 안되기는 하지만 그것을 감안하더라도 나이보다 발성이 어려 보인다. 이것은 단점이지만 장점이 될 수도 있다. 나중에 나이가 많아져도 젊은 목소리를 청중이 들을 수 있기 때문이다. 그럼 이번에는 유력한 장점을 말해 주겠다. 첫째, 고음의 구사가 뛰어나 있다. 연습 부족과 어린 나이 때문에 기대하기 어렵다고 생각했지만 무난히 해냈다. 둘째, 아무도 흉내낼 수 없는, 목소리의 특징과 개성이 있다. 다른 말로 표현하면 독자적인 미성이다. 이 말은 과장된 것이 아니다. 셋째, 목소리가 잡티가 없이 아주 깔끔하고 순수하다. 이 점은 제1의 장점이 된다고 할 수 있다. 사람이 발성을 할 때는 성대만으로 하는 것이 아니다. 입 안, 이빨, 코, 소리의 공명을 맡는 머리통이 발성에서의 또 다른 역할을 하므로 음 자체가 마치 협연이 되어 나오는 것 같다고 할 수 있다. 많은 성악가들이 '어' 같은 음은 '워'로, '에' 같은 음은 '웨'로 되어 입 밖으로 나와 소리는 크지만 잡티가 있다. 벨 칸토 창법에서 보듯이 자음의 희생은 다소 있더라도 모음은 정확히, 순수하게 발성해야 한다. 그런데 형진은 그런 면에서 이상적이고 잡티가 없는 순수한 목소리를 내고 있다. 마치 나이가 더 들어 많은 연습으로 완벽하게 교정한 듯한 느낌을 주기까지 한다. 이런 면에서 형진의 목소리에서 잡티가 없는 것은 거의 완벽하다고 까지 할 수 있다."

형진은 매우 기뻤고, 자신의 노래를 대단한 관심을 가지고 들어주었던 남정연 선생이 무척 고맙다고 생각했다.

"선생님, 고맙습니다."

"그래, 속이 시원하나?

"예, 그렇습니다."

이번에는 남정연 선생이 영만에게 말했다.

"영만아, 너 정말 대학교 성악과로 가기로 결심했나?"

"예, 결정을 내렸습니다."

"혼자서 결정을 내려서 무엇을 할 끼가? 부모님과 담임 선생님에게 허락을 받아야지. 그런데 영만이의 목소리는 드라마틱한 면이 많다. 이에 비해서 형진의 목소리는 서정적이고 경쾌한 릴리꼬-레지에로에 속한다고 할 수 있다. 둘 다 앞으로 가능성이 높다. 그러나 대학을 성악과를 지원하려면 졸업 학년 때 담임 선생님과 그리고 특히 부모님과 설득을 위해 한바탕 일전을 벌여야 할 걸. 너희들은 큰일을 저질러 놓고 말았어."

형진은 바로 이때다.—하면서 대화를 대학 진로의 방향으로 더욱 돌려놓고 싶었다. 다시 말하면 진학 상담을 하고 싶었다.

"선생님, 저는 현재 저 혼자만의 결정조차 내리지 못하고 있습니다. 저는 지금 갈등을 겪고 있습니다. 저는 이번 시험에서 1학년 4반에서 1등이었습니다. 이렇게 되니 장래의 진로 문제와 정면으로 부딪치게 되고 말았지요. 그래서 담임 선생님을 찾아 상담을 했습니다."

"그래, 담임 선생님이 뭐라고 말씀하시더냐?"

"성악과의 지원은 반대한다고 말씀하셨습니다. 결론적으로 저의 진로는 3순위로 압축될 수 있다고 하시면서, '첫째 학자, 둘째 작곡가, 셋째 성악가'라고 말씀하셨습니다. 그러나 성악의 전문가이신 선생님과 상담하는 것이 보다 실질적이고 현실성이 있다고 생각됩니다. 선생님, 어떻게 생각하십니까?"

남정연 선생은 머리를 긁적거렸다.

"그것 쉽지 않은 문제이로구나. 나로서도 지금 확정적인 선택을 해 주지 못하겠군. 시간을 더 두고 선택해야할 문제가 아닐까? 음악 공부도, 다른 전반적인 공부도 계속해서 열심히 해 보고 난 뒤에 결정하는 것은 좀 늦을까?"

형진은 진지한 태도로 대답을 했다.

"그렇습니다. 일찍부터 확실한 목표를 세우지 않으면 이것도 저것도 아니될 수도 있지요."

"그건 그래."

남정연 선생은 잠시 침묵을 지키며 생각을 하더니 입을 열었다.

"성악가라고 해서 지능이 보통 정도가 요구되는 것은 아니야. 두뇌가 좋으면 더욱 이상적이야. 나는 니에게 있어 성악은 상당히 경쟁력이 있다고 생각된다. 앞으로도 음악 공부를 많이 하고 성대를 연마하면 니도 세계 무대에 설 수도 있지 않을까? 이탈리아나 미국으로 유학을 가서 베르디 성악 콩쿠르나 그밖에 많은 콩쿠르 중 하나, 둘에서 입상한다고 생각해 봐라. 우수한 성적으로 입상만 하면 세계 무대에 설 수 있다. 설령 입상을 못한다고 해도 세계의 물을 먹은 실력자로서 우리 나라 무대에서 활동을 하고 대학에서 강의할 수 있다. 성악가는 많은 직업 중에서 가장 편한 것이다. 물론 무대에 서기 전까지는 피나는 노력이 필요하겠지만……. 그러나 일단 성공을 한 뒤에는 건강을 지키며 기악곡의 연주자와는 달리 약간의 연마를 계속하면서 돈도 많이 벌며 인생을 갈채 속에서 감동하며 살 수 있다. 그래서 목소리의 연주가는 대개 살이 찐다."

"그래서 그렇게 되는 것 같습니다."

영만이 그렇게 말했다. 남정연 선생은 자신의 말이 덜 끝났다는 듯이 두 학생에게, 특히 형진에게 이야기를 들려주었다.

"성악가는 소비자가 아니다. 문학과 미술 등의 예술과는 달리

창작가 즉 작곡가와 소비자 사이를 연결해 주는 것이 성악가 즉 가수이다. 연주가 없이는 작곡도 존재할 수 없다. 기악과 마찬가지로 성악의 가치성은 바로 여기에있다. 그리고 성악가라고 해서 소모적인 인생을 사는 것이 아니다. 작곡가의 경우와 마찬가지로 죽음의 뒤에 후세에 남기는 것이 있다. 곧 레코드나 다른 과학적 기기를 통하여 성악가 자신의 목소리가 후세에 남게 된다."

"예, 바로 그 점이 성악의 바람직한 측면입니다."

영만은 남정연 선생이 지적할 것을 잘 지적해 내었다고 생각하며 위와 같이 말했다.

남정연 선생의 말은 다시 계속되었다.

"장래의 목표를 지금 적은 나이에서 확실하게 결정할 수는 없는 것 같다. 나는 형진이 니가 장래 대학의 지망을 지금 구체적으로 결정해두라고 말할 수는 없다. 그러나 나 같으면, 곧 내가 너의 경우에 처 있다면 한번 도박을 하겠다. 왜냐하면 너의 목소리는 그만하면 충분한 경쟁력을 갖고 있기 때문이다. 그리고 한가지 알아 둘 것은 음악 대학에 가서도 부전공 과목을 공부 할 수 있다. 곧 작곡을 부전공으로 할 수 있다."

이 말에 형진은 귀가 솔깃해졌다. 그리고 형진은 '니의'라고 말하던 담임 선생보다 '너의'라는 표준어를 쓰는 음악 선생이 더 진취적이라고 느껴졌다. 형진은 성악 못지 않게 베토벤, 브람스, 프랑크, 쇼팽의 기악에 심취되어 있었다. 어떤 때는 성악보다 작곡을 더 우선적으로 택하여 명기악곡과 오페라를 후세에 남기고 싶기도 했었다.

남정연 선생은 자신의 말이 끝나지 않았다는 듯 말을 계속했다.

"종합적으로 판단하여 나는 너의 담임 선생님의 결론과는 달리 장래 진로 선택의 순번을 이렇게 일러주고 주고 싶다. 제1 순위 성악가, 제2 순위 작곡가, 제3 순위 학자나 법관으로 말이다. 그러나 나나 너의 담임 선생님의 말대로 너무 성급히 결정하려고 하지 말고 좀더 시일이 흐른 뒤에 모든 것을 더 종합하여 확정 짓기 바란다."

남정연 선생의 주장과 충고는 담임 선생님의 생각과는 정반대였으므로 형진을 몹시 곤혹스러워 했다.

영만이 말했다.

"대大KB고교에서 1개 반 1등을 하는 것은 너무 어렵다. 그런 경우 나라도 갈등을 겪지 않을 수 없다."

잠시 침묵을 지키고 있던 남정연 선생이 뭔가 빠뜨린 말이 있다는 듯 입을 열었다.

"형진아, 진로를 어떻게 결정하든지 간에 피아노를 배워 두어야 한다. 설령 지식과 학문의 연구밖에 모르는 듯이 보이는 학자가 되더라도 피아노는 필수적 교양으로 배워 두어야 한다. 특히 작곡가가 되기 위해서는 피아노의 심도 있는 연주는 필수적이다. 좀 시간을 내어 피아노 레쓴을 받도록 해라."

"예, 선생님, 선생님 말씀이 없었다 하더라도 저는 피아노 레쓴을 받아야 한다고 생각했었습니다."

　남정연 선생은 형진의 자율적인 사고와 행동이 마음에 든다는 듯이 미소를 짓다가 다시 입을 열었다.

　"그리고 어떠한 선택을 하든 학교 공부를 게을리하거나 포기해서는 안된다. 특히 작곡가가 되려면 음악 외적인 지식과 학문도 중요하다. 학교 공부에서처럼 넓고 심도 있는 공부와 연구가 필요하다. 그리고 문학도 필요하다. 문학에 관한 책을 섭렵해 두어야 할 필요가 있다. 자, 이쯤 해 두자. 나는 간다."

　이러면서 남정연 선생은 음악실에서 밖으로 나갔다.

　그후로도 형진은 자신의 진로를 쉽사리 결정하지 못하고 있었다. 그러나 음악에 대한 열정은 식지 않고 의욕은 더욱 높아지고 있었다. 이때 형진은 결심을 했다. 남정연 선생과 담임 선생의 견해를 종합하여 나는 둘 다 한다. 성악과 작곡을……. 목소리의 수명이 끝나면 작곡을 한다. 아니, 그 전부터 둘 다 한다. 노래를 부르면서 작곡도 한다.

　형진은 피아노 레슨을 받기 시작했다. 그리고 문학 서적을 탐독했다. 그는 헌책방에서 '정음사', '을유문화사'의 '세계문학전집'의 책을 사기에 바빴다. 그리고 형진의 일기 쓰기는 그대로 계속되었는데 오히려 그전보다 더 긴 분량을 쓰는 날이 많아졌다. 그리고 키를 더 크게 하기 위한, 금호강에서의 아침 수영까지 학습 계획표에 짜여져 있었다.

　이렇게 됨으로써 형진의 학교 공부에 할당되는 시간을 얼마간 더 줄어들었다. 1등을 빼앗길 것 같은 불안이 있는가 하면, 2등과의 격차가 상당히 크기 때문에 별 문제가 없을 것이라는 생각이 들기도 했다.

소주, 그리고 만남

 학교 내에는 '등촉'이라는 클럽이 있었다. 공부 잘하는 학생들 끼리 모이는 클럽이었다. 신입생이 입학하면 2·3학년 학생들이 클럽에 가입시킬 학생들을 찾아오는 것이었다. 주로 중학교 졸업 학년 전교 1·2·3등인 학생들을 가입시키는 것이었다. 신규로 가입된 학생은 B중학교 출신의 학규와 영민을 포함한 5명, S중학교 출신인 형진과 수근을 포함한 3명, G중학교 출신의 경식과 옥병을 포함한 3명, 그밖에도 다른 중학교 출신인 여러 명이 더 있었다.
 1학기 중간고사의 성적표가 나온 며칠 후 날씨가 화창한 토요일 날 클럽의 학생들은 금호강이 내려다보이는 효목동 야산에 모였다. 일종의 신입생 환영회를 열기 위해서였다. 3학년, 2학년 학생들이 가져온 먹거리는 과자와 빵과 사이다였다. 그러나 중요한 것이 하나 더 있었다. 그것은 바로 '소주'였다. 영민 같은 점잖은 학생은 냄새조차 꺼려하는 소주였다.

모두들 빵과 과자로 배를 채운 다음 3학년 학생들이 1학년 학생들의 잔에 술을 따라 주었다. 그리고 3학년 학생들과 2학년 학생들은 서로의 잔에 술을 따라 주었다.

3학년 학생 중에서 회장이 말했다.

"우리는 영재들이므로 술을 마셔서는 안 된다. 그러나 우리는 결속하고 교감이 통해야 한다. 교감이 통하려면 마약 대신에 술이 최고이다. 신입생은 무조건 한 명당 소주 넉 잔을 마셔야 한다. 공부를 잘 하려면 못 마시는 술도 먹고 견딜 만한 마음의 독한 면이 있어야 한다. 신입생 여러분은 불만이 있더라도 오늘에 한해서 술을 마시고 감내하여야 한다. 자, 우리들 모두를 위하여, 건배!"

2학년, 3학년 학생들이 1학년 학생들에게 잔을 가져와서 격려하듯이 잔을 부딪치게 했다. 3학년, 2학년 학생들은 단숨에 소주를 꿀꺽 마셨다. 그러나 1학년 학생들은 대부분이 반 잔도 목에 넘기지 못했다.

영민이 불만을 토로하듯이 말했다.

"선배님들, 술을 마시더라도 공평해야 하지 않겠습니꺼? 선배나 후배나 모두 두 잔씩으로 하십시다."

"그게 좋겠습니다."

경식이 맞장구쳤다. 그러나 3학년인 회장은 엄격하게 강경론을 폈다.
 "그건 안 돼. 우리는 1학년 때 한 병씩이나 마셨다. 그까짓 넉 잔을 감내하지 못하겠나?"
 형진이 생각하기에도 지금 선배들이 술 마시기를 봐 주지 않을 것 같았다. 1학년 학생 각자는 서로 눈으로 얘기를 하듯 마주 바라보았다.
 경식이 말했다.
 "빨리 빨리 목구멍에서 넘겨 버리는 게 상책이다. 여기서 피할 길이 없다."
 선배들이 독촉했다.
 "자, 마시기 전에 안주를 많이 먹어 두라는 말이다."
 이때 학규가 인상을 찌푸리며 잔을 들고 형진 곁으로 왔다.
 "형진아, 너 넉 잔 자신 있나?"
 "천만에, 자신 없어."
 1학년 학생들은 이미 마신 반 잔의 술 맛이 너무나 씁쓸했기 때문에 과자를 많이 먹어댔다. 그리고는 서로를 쳐다보고는 급작스럽게 남은 술을 입에 털어놓고 재빨리 삼켜 버렸다.
 3학년 선배 중에 하나가 말했다.
 "자, 모두들 합격이다. 그러면 이제 2라운드이다."
 선배들이 1학년생들의 잔을 소주로 채워 주었다. 모든 1학년생들은 이미 방법을 터득한 대로 맛을 보지 않기 위해서 소주를 한번에 꿀꺽 삼켜 버렸다.

조금 전에 음주를 독려한 3학년 선배가 다시 말했다.

"자, 2라운드에서도 모두 합격!…… 자, 안주를 많이 먹어라. 2학년들은 잔을 채워 주고……. 자, 3라운드이다. ……시작!…… 그래, 그래. 또 모두 모두 합격!"

이번에는 3학년생 회장이 나섰다.

"자, 이만하면 산전 수전 다 겪었다. 그러니까 안주 먹지 않고 제4라운드로 돌입한다. 3학년 회원들은 마지막 술을 따라준다. ……자, 준비…… 시작!"

회장보다 먼저 독려한 3학년 학생이 다시 말했다.

"좋다, 제4라운드까지 한 학생도 실격되지 않고 모두 합격! 그만하면 신입 회원들을 우리들 선배보다 공부를 더 잘하겠다. 그런데 많은 양의 술이 뱃속에 들어갔으니 위를 달래기 위해 안주를 좀더 들도록 해라."

형진의 눈에는 강물과 산이 빙빙 돌고 뒤집혀지고 했다. 그런데 학규가 훗날 성인이 되어서 술을 잘 마실 수 있는 싹과 떡잎을 보였다. 학규가 별로 과장함이 없이 말했다.

"그것 참 맛 있다. 술 맛 좋다!"

선배들이 웃어댔다. 3학년생 중의 하나가 학규에게 말했다.

"그러면 한 잔 더 하겠나?"

"아니오, 아니오. 그것은 안 되지요."

학규가 손사래를 쳤다. 3학년인 선배 학생이 학규에게 말했다.

"너 일단 마시기만 하면, 술 많이 먹겠는데."

"아닙니다. 출생 후 처음 마시는 술인데예. 그저 기분이 좋을 뿐입니다."

"그러니까 앞으로 잘 마실 스타일이란 말이다."

이렇게 3학년 선배 학생의 말이 끝나자, 3학년인 회장 학생이 다음과 같이 말했다.

"우리 2·3학년 학생도 남은 술을 더 마시고 한번 몸 좀 풀어 보자. 학교에서나 집에서나 긴장의 연속 속에서 우리는 시달려 왔어."

"그것 좋다."

여러 학생들이 이렇게 말했다. 2·3학년 학생 중에서 사실상 술을 못 마시는 몇을 빼놓고는 나머지 모두가 술을 더 마셨다. 그제서야 모두들 긴장이 풀린 듯 산 아래 저쪽 강 위에 띄워진 통통배의 확성기에서 노래가 들려왔다.

"닐리리야닐리리닐리리맘보······"

3학년생인 회장이 다시 말했다.

"우리 정식으로 몸 좀 풀어 보자 카이. 춤을 추는 기다."

학규와 영민과 형진을 포함하여 춤을 못 추는 여러 학생들은 박수만 치며 구경만 하고 나머지 모든 학생들은 맘보춤을 추기 시작했다. 엉덩이를 틀며 신나게 흔들어대었다. 그들이 입은 바지는 맘보 바지가 아니었다. 엉덩이가 꽉 조이며 다리에 딱 붙는 일(1) 자 바지였다. 학교에서는 그러한 바지 입기를 내내 금지시키다가 어쩔 수 없이 단속을 중단했던 그 바지였다. 그 좁은 바지를 입었으니 엉덩이의 움직임이 그대로 우스꽝스럽게 드러났다.

오랫동안 맥이 빠지도록 춤을 추어대다가 하나씩 잔디 위에 나동그라졌다.

몇 명만 남게 되자 그들도 좀 싱겁다고 느껴졌는지 잔디 위에 누워 버렸다. 구경만 하던 학생들까지 5월의 잔디 위에 벌렁 누워 버렸다. 모두들 잠에 빠졌다.

낙조의 시간이 되어서야 그들은 일어났다. 일어난 학생들은 술에 취해 그대로 잠들어 있는 학생들까지 깨웠다. 형진과 학규를 포함하여 여러 학생이 잠을 자고 나서도 술이 덜 깬 것 같았다. 모두들 산을 내려가기 시작했다. 형진과 학규는 나란히 보조를 맞추며 풀잎의 냄새가 풋풋한 에움길을 내려갔다.

학규가 말했다.

"술이 덜 깬 것이라기보다 다시 취하는 느낌이군."

"나도 그래."

형진이 그렇게 대답했다. 학규가 다시 말했다.

"약간 두통이 있기는 하지만 기분이 좋구나. 그런데, 이봐, 박형진, 너 웬 공부를 그렇게 잘 하나?"

"학규 너는 더 잘하지 않아? 이번 시험에서 전교 2등을 했으니 말이야."

"새로운 다크 호스이며 떠오르는 별이 더 무서운 기다. 너는 새로운 다크 호스의 진면목을 보여 주었어. 전교 3등이라 하지만 나와 총점이 몇 점 차밖에 안 돼. 정말 추격해 오며 떠오르는 별이 더 무서운 거지."

학규는 과장됨이 없이 진실된 뜻이라는 어조로 말했다.

형진이 응답했다.

"무서워 할 것 없어. 나는 어차피 공부를 덜하게 되어 있는지 몰라. 대학의 성악과로 진학할 확률이 커."

"그런 얘기까지 다 들었어. 그리고 너의 인적 사항까지 다 파악하고 있었지. 니는 어머니가 계시지 않더군. 하기는 나도 생모가 계시지 않지. 너는 음악 공부등 시간을 학교 공부 외의 것에 할당하고 있으면서도 각 반 1등 중에서도 상위층을 차지할 수 있었어. 하기는 나도 가까운 장래의 대학 입학 시험을 위해 영어 소설들을 읽고 있었지. 그런데 니가 공부하는 방법을 좀 소개할 수 없나?"

"그런 것 즉 방법 같은 것은 니가 더 합리적이라고 할 수 있지. 국민학교때부터 계획을 세운다거나 가장 합리적인 방법을 발전적으로 터득해 왔을 테니까."

학규는 정색을 하고 다음과 같이 말했다.

"자기 자신을 너무 믿어서는 안 돼. 타인의 것이 더 합리적일 수 있어. 구태의연한 것에서 좀 탈피할 수도 있어야지."

형진은 잠시 동안 드리워진 침묵의 베일 뒤에 있다가 그 베일을 걷고 입을 열었다.

"내 생각으로는 공부하는 새로운 방법은 없는 것 같아. 공부에는 왕도도 없고. 문제는 공부의 절대량이 아닐까? 다시 말하면 지적 능력이 비슷할 때 공부를 하는 시간의 양이 아닐까? 그렇다면 구태의연한 방법이 가장 나은 것이 아닐까?"

"그렇다면 가방이 작다고 해서 포대 안에 가득히 책을 넣고 다니는 녀석들이 다 각 반에서 1등을 하겠네. 그러나 사실은 그렇지 않잖나? 구태의연이라 하지만 각자에게 고유하고 개성적인 방법이 있기 마련이야. 우리는 공부를 함에 있어서도 같이 협력하면 서로 배우는 것이 있게 되지. 우리는 선의의 경쟁을 하며 협력할 것은 서로 협력해야 된다. 우리 잘 지내자. 공부는 물론 공부 외적인 모든 면을 위해서 말이다."

형진이 말을 받았다.

"학규 너는 정말 학자 타입이구나. 결코 질시하지 않고 넓은 마음으로 세상의 학자들을 두루 만나서 학문을 논하던 이퇴계 같은 타입이야."

학규도 거리낌 없이 그러나 진지한 어조로 말했다.

"한마디도 항변하지 않고 주어진 상황 아래에서 못 마시면서도 얌전하게 술을 마시는 모습. 조용히 생각에 잠기는 모습. 순진무구한 눈매. 그러면서도 로맨티스트의, 그윽한 꿈을 꾸는 눈. 같은 버스를 타는 'KV여고' 학생들도 아마 그냥 지나쳐 버리지 못할, 사람을 끄는 매력이 서려 있는 아름다운 눈. 나는 니가 마음에 든다."

"그만, 그만, 그만 해. 남학생이 무슨 매력이 있냐?"

산의 중턱에는 옹달샘이 있었다. 모든 학생들이 술에서 깨어나기 위해 샘물을 마셨다.

강 건너 둑이 끝나는 맨 좌측 지점에 형진의 아버지가 근무하던 '태창 산업'의 사무실이 보였다. 유령의 집처럼 나무가 삭아들고 먼지가 쌓였을 고즈넉한 모습으로 시선에 걸려 눈에 들어왔다. 사무실로 쓰여지던 것이 벌써 6년 전의 일이었다. 세월은 활시위를 떠난 화살처럼 빠르다고 형진은 생각했다.

그들 모두는 산을 내려와서 버스 정류장에 모였다. 모두들끼리 특히 선후배들끼리 힘 주어 악수를 했다. 특히 학규와 형진이 악수할 때는, 학규의 손에 꼬옥 들어간 힘이 형진에게 전해졌다. 학규가 형진에게 말했다.

"인연의 끈은 우리들 사이를 더욱 가까이 연결시켜 줄 거다. 그리고 앞으로 남아 있는 인생의 역정에서 인연의 끈은 어떠한 관계로 작용할지 모른다."

형진이 응답했다.

"그럴 지도 모르지. 어쩐지 그런 예감이 드는군."

3학년인 한 학생이 말했다.

"너희들 술을 무사히 마시고, 잘 놀아 주어서 고맙다. 우리는 정식으로 동지가 되었으므로 앞으로는 술 마실 때 그런 고생은 하지 않아도 된다."

이 등촉회는 신나게 노는 것으로 끝났지만, 가장 중요한 점은 형진과 학규의 정식으로서의 만남이, 또한 자연스러운 만남이 이루어졌다는 것이었다. 누가 누구의 반 교실로 찾아가서 부자연스럽고 어색하게 만나는 것이 아니라……. 또한 형진과 영민과의 만남도 자연스러웠다. 형진과 학규의 만남만큼 처음부터 진한 정이 깃들게 되고 장래에 깊이 교제하게 되는 것은 아니었지만.

집이 강을 건너 가까운 곳에 있는 형진을 제외한 모든 학생들은 종점이 같거나 다른 버스를 타고 떠나 버리고 형진만 남아 있었다. 여전히 금호강변에서 노랫소리가 귓전으로 날아들었다. 어스름이 5월의 신비스러운 대기 속으로 퍼져 들어오고 있었다.

사랑의 연습곡,
그 후의 첫사랑

형진에게는 사춘기가 없었고, 그 후 이성에 대한 아름다운 꿈이 없었을까?

그렇지 않았다.

초록빛의 사춘기의 꿈이 꿈틀거리는 것 같았으나 공부에 흠뻑 빠져 재미를 붙이고 있던 바람에 잠시 만에 자신도 모르게 사춘기가 스쳐가 버린 것 같았다. 언뜻 보면 마치 사춘기가 없는 현상이었다고 할 만했다.

고교에 들어가자 정작 이성에 대한 그리움이 싹트고 꿈이 꾸어지는 것이었다.

형진이 고등학교 1학년 때 그를 몹시 좋아하는, 초등학교 2년 후배이며 B여중의 배현정이 있었다. 버스를 타면 배현정은 형진에게 인사를 할 듯 말 듯하면서 형진의 눈치를 보면서 자꾸만 형진의 곁에 서는 것이었다. 문자 그대로 형진을 사모하는 것 같았다. 세월이 더 흐른 뒤에 형진이 판단해 보면 그 여중생은 얼굴은 예뻤고 공부를 잘했었다. 그러나 배현정이 여중생으로서 형진에게 접근하려는 그 당시에는 형진은 응대해 주지 않았다. 아직 키도 덜 자란 이 쪼꼬마한 앙큼한 기집애 같으니……. 중학교 2학년이 뭘 안다고 나에게 붙으려고 해?

(나중에 그녀가 KV여고에 합격한 뒤로는 더한층 형진을 사모하고 있었다.)

그리고 형진이 KB고교를 등교할 때면 많은 여학생들이 형무소(교도소) 부근의 사거리를 걸어가면서 형진의 마음을 설레게 하고 산란해지도록 했다. 특히 거의 매일 교도소에 이르기 전 사거리에서 마주치게 되는 KV여고 2학년인 머리를 두 갈래로 짧게 땋은 여학생이 형진을 현혹시켰다. 치마에 흰 띠를 박은 그 KV여고생은 공부도 잘해 보였고 예뻤다. 그 여학생은 공교롭게도 매일 거의 같은 시각에 사거리에서 마주치게 되는 것이었다. 그녀는 형진이 1학년인지도 모르면서 때때로 형진과 눈 맞춤을 하는 것이었다.

어느 날 형진은 꿈을 꾸었다. 중학교 2학년인 배현정이 일부러 버스를 함께 내려서 형진을 따라오는 것이었다. 형진은 말했다. "중학교 2학년밖에 안되는 너 앙큼한 계집애야. 니가 뭘 안다고 자꾸만 나를 따라다녀?" "오빠, 왜 자꾸만 도망을 치듯이 나를 피합니꺼? 여자는 중학교 2학년만 되면 알 것 다 알고 남자보다 이성에 관하여 정신 연령이 높아예." 그러면서 사거리에서 형진의 웃옷 자락을 잡는 것이었다. 형진이 뿌리치자 그녀는 울며 가 버렸다. 바로 그때 이미 이야기한 KV여고 2학년 학생이 사거리에 나타났다. 그런데 그녀가 봄바람을 타는 예쁜 빨간 장미가 되어 버리는 것이었다. 그 꽃은 잠시 만에 점점 커졌다. 사거리를 지나 교도소 담 길을 걸을 때 그 꽃 너머로 아슴푸레한 자태를 보이며 '옥봉국민학교' 교사인 소프라노가 장티푸스에 걸리지 않은 몸으로 노래를 불렀다. 그러다가 커져 있는 꽃 속으로 들어가고 마는 것이었다. 꽃의 뒤로 또 한 여자가 나타났다. 그를 '소망의 집'으로 데리고 간 바로 그 타이피스트였다. 형진을 향하여 미소를 짓고 있다가 꽃 속으로 들어갔다. 이번에는 꽃 뒤에 국민학교 6학년 때 음악을 집중 지도하던 전경희 선생이 나타났다. 그 선생은 형진을 향하여 미소 지으며 응시했다. "이제는 변성기를 완전히 넘겼겠구나. 이제 내가 가르쳐 줄 것은 아무것도 없어. 혼자서 훨훨 날아가거라." 그러면서 전 선생은 훨씬 커진 빨간 장미 꽃 속으로 들어갔다. 장미꽃은 사람의 몸체만큼 커졌다. 그러더니 꽃이 녹아 버리는 것이었다. 꿈 속에서 형진은 슬퍼하고 있었다. 그런데 꽃이 녹아 버린 그 자리에 다시 사람의 몸체만큼 큰 장미꽃이 생겨났다. 그때 엄마가 그 꽃 속에서 나왔다. 이리역에서 마지막으로 본 매우 젊은 모습이었다. 어머니가 나온 빨간 장미꽃은 그 주위에 많은 잎사귀들이 달려 있었다. 그리고 줄기에 가시들이 돋아나서 점점 커졌다. 갖출 것을 다 갖춘 완연한 모습의 장미였다. 어머니는 장미의 뒤로 가서 꽃잎과 잎사귀와 가시로 얼굴을 반쯤 가리고 있었다. "엄마, 엄마, 또 숨는군요. 꽃 뒤에……" "형진아, 너는 아직도 나를 잊지 못하고 있구나. 제발 나를 잊어 버려라."

형진은 안타까워하면서 말했다.

"어떻게 엄마를 잊어 버려? 프로이드가 말하는 근친상간의 무의식적 경향 때문에 나는 엄마 외의 여성을 좋아할 수 없는 게 아닐까?"

"형진아, 그렇게 될 지도 모른다."

형진은 어머니의 실체를 붙잡기 위하여 팔을 내뻗으며 허우적거렸다. 어머니는 형진이 자신에게 접근하지 못하도록 손을 휘젓고 있었다. "엄마, 엄마, 옛날처럼 나를 재워 놓고 가 버리려 하는군요. 그건 지금처럼 장미의 가시 뒤에 숨는 것과 도망과도 같은 것."

"그래, 이 장미 줄기에 돋은 억센 가시가 잘 보이겠지. 이 가시는 네가 엄마에게 접근하지 못하도록 하려는 운명의 가시란다. 너는 엄마에게 다가오는 것이 금지된 운명이다. 엄마 대신 이 빨간 장미꽃과 더불어 많은 아름다운 여자들을 사랑해라. 이 꽃 같은 예쁜 여자들을 하나 둘이 아니라 모두 사랑해 버려라." 그러면서 어머니는 꽃 속으로 들어가 버리고 가시 달린 줄기로 꽃을 가리는 것이었다. 그리고는 잠시 후에 어머니와 함께 아름다운 빨간 장미는 녹아 버리는 것이었다.

형진은 꿈에서 깨어났다. 아름다움을 향한 도취와 어머니가 꽃과 함께 녹아 버리고 마는 것에 대한 아쉬움과 한편으로 불길한 예감과 유사한 것이 가슴속에서 혼재하는 것이었다.

그런데 형진이 이상한 꿈을 꾸고 난 며칠 후 형진의 주위 환경에 변화가 일어났다. 환경에 변화가 생기면 개체와 환경을 잇는 끈이 하나 더 생기는 것이다. 그리하여 인간 대 인간의 새로운 인연의 끈이 맺어지는 것일까? 그것은 아무도 알 수 없다.

초등학교 때 같은 '아양교과'였던 최팔석은 형진과 가장 친밀한 친구 중의 하나였다. 불교 재단의 학교인 N고등학교에서 재학 중인 팔석은 야구 글러브가 두 개 있어서 형진과 함께 둑 아래 강변에서 중경식 볼로 던지고 받는 연습을 많이 해 왔었다. 팔석의 집은 형진의 집 바로 옆집으로 시퍼런 채로 먹을 수 있는 '축'이라는 품종의 사과밭을 내려다보고 있었다.

그런데 6월 초순경부터 팔석의 집을 들락거리는 여학생이 있었다. 대구의 여고 중에 KV여고 다음가는 여학교로 평가되는 T여고 학생으로 머리를 길게 땋은 3학년이었다. 얼굴빛이 상당히 흰 편이었다. 그 여학생은 형진과 마주쳐서 형진을 유심히 보고 있던 때도 있었다.

그 직후 형진은 남녀간의 교감이 생기기를 기원하면서 그녀가 들을 수 있도록 유혹의 노래를 했다. '마리아, 마리', '오 솔레 미오', '무정한 마음' 등을 창가에서 노래했다.

형진이 피아노 교습을 받은 후 팔석과 야구 볼 받기를 위해 둑 아래 강물 쪽으로 내려갔다. 강 자체가 열기 있는 입김을 뱉어내는 듯했다.

"야, 팔석아, 너의 집에 새로운 역사가 펼쳐지기 시작했어. 너의 집에 머물고 있는 여학생은 누구냐?"

"그래, 우리 집에 새로운 역사가 펼쳐지기 시작했다. T여고 학생이 우리집 비행장 쪽 뒷방을 쓰고 있지. 그런데 왜 묻고 있노? 너 혹시 짝사랑하는 기 아이가?"

"뭐, 짝사랑……? 아냐, 짝사랑까지는 아니야. 좀 궁금해서 물어 본 거야."

"좀 궁금한 것이 아니라 몹시 궁금하겠지, 그쟈?"

팔석은 비아냥거렸다. 형진은 얼굴이 약간 붉어졌다.

"그래, 몹시 궁금하다든지 짝사랑을 한다든지 마음대로 생각해. 그래, 궁금증부터 풀자. 누구냐?"

"좋아, 이야기해 주지. 이름은 최은숙인데 내 사촌 누나야. 6·25 때 삼촌이 은숙 누나 하나만 낳고 전사했지. 그래서 개가한 엄마 집에서 자라 오다가 쫓겨난 셈이지. 그리해서 누나의 엄마 즉 나의 숙모가 생활비와 학비를 대주기로 하고 우리 집에 머물기로 한 기라."

형진은 강의 후텁지근한 입김 속에서 침묵을 지키며 왼손에 낀 야구 글럽에 오른 손으로 볼을 넣다가 꺼내는 동작을 반복했다. 그러다가 좀 어색한 표정으로 말했다.

"팔석아, 좀 소개시켜 줄래?"

"뭐……, 소개? 지금 누나 나이로는 대학생 남자에게 관심이 있을 뿐이야. 우리 같은 학생은 애송이로 취급 받아."

형진의 얼굴에는 고뇌의 그림자가 스쳐 지나갔다.

"어찌 되든 소개해 줘."

"소개해 준다 카더라도 맨입으로 되나?"

"그래, 좋아. 나중에 빵집으로 모셔 가지."

"빵으로 되나?"

"누가 너의 사촌 누나와 연애라도 하자는 거냐? 그냥 호기심에서 좀 가까이에서 사귀고 싶다는 거지."

"그러면 언제 소개해 줄까?"

"오늘 야구 볼 받기를 하고 수영을 한 후 즉시로 소개해 줘."

야구 볼 받기와 수영을 한 후 둘은 팔석의 집으로 갔다. 기타 반주로 노래하는 여자의 목소리가 들렸다. 우리 나라 대중 가요를 마치고 영어로 된 팝송을 부르고 있었다. 집의 뒤쪽이며 K2 비행장 쪽 방에서 나오는 소리였다. 그 방이 바로 최은숙의 방이었다. 문에 발이 쳐져 있었다. 팔석이 발을 젖히면서 말했다.

"누나야, 기타 반주의 노랫소리가 참 좋다. 그런데 여기 진짜 '음악광'을 데리고 왔다."

그러면서 팔석은 발을 더욱 젖혀 올렸다. 형진은 현재 인사하기에 모양새가 좋다고 판단했다. 팔석의 소개를 기다리지 않고 형진은 인사를 했다.

"처음 뵙겠습니다. 팔석으로부터 얘기를 좀 들었습니다. 제 이름은 박형진입니다. 앞으로 잘 부탁합니다."

"매일 이웃집 뒷방에서 노래를 연습하는 학생 아이가?"

"바로 그렇습니다."

"내 이름은 최은숙이야. 앞으로 서로 잘 지내자."

"예."

형진은 대답하면서 첫 만남의 때부터 낮춤말을 쓰는 것은 은숙이 거드름을 피우며 고압적인 태도를 내비치는 것 같다고 생각했다. 그러나 연상의 여고생과 최초로 접한 형진에게는 찬밥 더운밥을 가릴 수 없이 그러한 태도가 오히려 은숙의 주가를 올리는 것 같았다. 어쨌든 '서로 잘 지내자'하는 그녀의 말이 형진에게 안도감을 주었다. 그리고 형진은 상대방의 얼굴을 자세히 살피지 않는, 비교적 침착성이 결핍된 성격 때문에 은숙의 용모에서 어디가 좋고 어디가 좋지 않은지 확실히 관찰되지 않았다. 전체적으로 봐서 은숙이 달덩이 같다고 느껴지며 얼마간 황홀감까지 맛보고 있었다.

"자, 우리 함께 모였으므로 기타를 치며 노래를 불러 보자. 나는 형진이의 노래 연습 때 부르는 클래식과는 거리가 멀어. 지금 함께 부를 노래는 형진에게나 팔석에게 쉬운 것 뿐이야."

"나는 팝송 계열의 노래를 더 어렵게 느끼고 있어요. 중·저음을 많이 구사하는 노래들 뿐이니까. 나에게 기대를 걸지 말아요."

형진은 은연중에 마음 내키지 않음을 표시했다.

"좋아요, 좋아. 그러면 형진이 좋아하는 'O sole mio'나 '돌아오라 소렌토로' 등 클래식을 편곡한 곡을 부르면 되지."

그러면서 은숙은 팝송 노래책에서 악보를 폈다. 그리고 그녀는 'O sole mio'의 전주를 치고 있었다. 세 학생은 노래를 시작했다. 그러나 형진은 노래 중간쯤 가서 중단하고 말았다. 은숙이 치는 악보는 낮게 조옮김된 것으로 시종 낮은 음으로 부르는 것이 싫고 노래하는 맛이 나지 않았다. 거기다가 팝송 식으로 편곡되어서 리듬이 천박했다.

"왜 노래를 중단했나? 이 노래가 싫은 기가?"

노래를 마치고나서 은숙이 형진에게 물었다.

"아뇨, 목이 좀 아파서……."

"그러면 다른 노래로 하자. '산타루치아'로……. 함께 노래를 하자. 이 곡은 쉽게 편곡되어서 한 사람이 아닌 여러 사람이 즐기도록 되어 있어."

이내 은숙은 기타로 전주를 치고 있었다. 셋이 노래하기 시작했다. 형진은 말하자면 분위기를 맞춰 주기 위하여 2절까지 하게 되어 있는 노래를 다했고 고음 부분은 감미로운 가성으로 소리를 내 주었다.

"그것 봐! 노래가 잘 되잖아."

은숙은 그러면서 악보를 찾고 있었다. 우리말로 번역된 죠르다니 작곡의 '사랑의 기쁨은 어느덧 사라지고……'를 찾아냈다.

형진은 이제서야 '함께 부르는' 즐거움을 느끼고 좀 흥을 내어 노래를 했다. 다음으로 두 곡이나 더 불렀다. 이때에는 형진이 건성으로 입을 벌리고 기타에 따라 부르면서 은숙의 얼굴을 살폈다. 은숙의 노래하는 입과 얼굴 전체는 형진으로서는 복스럽게 생겼다고 생각할 수밖에 없었다. 사람의 용모를 요모조모 뜯어보는 것은 습관상 되지 않았다. 쉽게 황홀감에 빠져드는 것은, 특히 오랜 시간 모성의 결핍이 빚어 놓은 이성에 대한 열등감은 여성을 자세히 관찰할 겨를을 허용하지 않았다.

형진은 집으로 가기 위해 은숙의 방을 나왔다. 은숙의 방에는 개켜지지 않은 요 위에 이불이 펴져 있었다. 형진은 은숙이 방을 깨끗이 치운 다음 요와 이불을 펴놓은 것으로 생각했다.

형진은 며칠마다 한번씩 은숙의 방을 드나들었다. 만나는 횟수가 늘어나도 은숙은 형진을 하대했고 고자세로 거드름을 피웠다. 그래도 형진은 더 나은 것을 얻기 위하여 참아야 된다고 생각했다.

집에 와서도 형진은 은숙을 생각했다. 그까짓 것, 나이 많은 여학생과의 교제를 끊어 버리고 내 나이에 알맞은 여학생을 찾으면 된다고 생각하면서도 쉽게 단념되지 않았다. 어떻게 생각하면 하대 받는 것이 마조키스트의 쾌감 같은 것으로 느껴졌다. 형진은 어머니가 그 곁으로부터 형진을 자꾸만 떼어내려고 하거나 먼 거리에 두고자 할수록 더욱 애착심을 느끼게 하던 것을 떠올렸다.

1학기 중간고사가 끝나고 남정연 선생에게 작은 오디션을 받은 후 형진은 일요일을 제외하고는 매일 피아노 교습을 받았다. 그리고 남정연 선생의 말대로 세계문학전집을 탐독했다. 주로 작곡을 위하여, 니체가 말하는 생에 있어 '음악 정신'의 고양을 위한 것이었다. 또한 전술한 대로 매일 '일기 쓰기'를 했다. 이것은 수필 쓰기에 대체되는 것이었다. 이왕 문학을 공부하는 김에 시까지 쓰려고 했다. 그러나 시다운 시는 쓰여지지 않았다. 시를 써 놓고 보니 김영랑, 박용철, 신석정 등의 시를 모방한 것들이었다. 또한 키를 더 크게 하도록 하기 위해 '아침 수영'도 여전히 꽉 짜여진 생활 계획표의 틈에 넣었다. 최은숙과의 만남이라든지 야구 볼 받기 같은 비정규적인 것을 제외하고는 모든 생활이 '계획표'에 짜여진 대로 진행되었다. 그것은 형진에게는 습관적으로 몸에 익은 것이었다.

　이렇듯 1학기 중간고사 전까지보다 학교 공부에 할당되는 시간이 적었으나 1학기 중간 고사에서 1등을 한 경험이 있었으므로 자신감이 있었다. 그러나 1학기 말 형진의 평균 점수는 84점으로 내려갔다. 그러나 반에서의 석차는 여전히 1등이었다.

　생활 통지표를 들고 형진은 남정연 선생을 찾았다. 또 한번 상담을 하고 싶어서였다. 음악의 이론 점수는 94점, 실기인 노래 부르기가 98점으로 음악의 평균 점수는 96점이었다.

　통지표를 보고 난 남정연 선생은 놀라는 표정이었다.

"여전히 1등이 아니냐? 학교 공부 외에 할 일을 다하고도 너는 1등이란 말이다. 너는 두뇌가 너무 좋아서 탈이다."

"그렇지만 평균 점수가 내려갔지 않습니까?"

"내려가기는 했지 하지만 너는 할 일을 다하고도 1등이 아니냐? 그것으로 만족해도 나쁜 일이 아니란 말이다. 진정 니가 음악가가 되고 싶다면 그까짓 몇 점 내려간 것은 아주 적게 내려간 거야. 잃은 것보다 얻은 것이 더 클 거야. 이제 피아노도 잘 치게 되었지?"

"예, 그건 그렇습니다."

"그게 바로 실질적인 수확이야."

형진은 중간고사 이후 자신의 생활을 이야기했다.

이야기를 듣던 남정연 선생이 말했다.

"너는 또한 자존심이 너무 강하구나. 그러면, 좋아. 작곡가를 염두에 두고 학업 성적을 더 올리고 싶으면, 음악 공부는 지금까지처럼 계속해 나가고 문학 공부는 좀 줄이면 될 거야. 책을 보다 적게 읽고, 일기와 시 쓰는 시간도 좀 줄이는 게 어떨까?"

"그게 잘 되지 않는군요."

여름 방학이 시작되었다. 형진은 여유를 갖고 방학중의 생활을 하고 싶었다. 음악과 문학을 제외한 다른 학과 공부는 접어두고 음악과 문학의 공부에 파고들기로 했다.

그리고 형진은 거의 매일 은숙의 방에 놀러갔다. 팔석이 와 있으면 은숙은 기타를 쳤다. 그리고 형진이 그다지 좋아하지 않는

'함께 노래하기'를 했다. 팝송을 좋아하지 않는 형진을 위해서 포스터의 곡을 함께 부르기도 했다. 이를테면 'O Susana', 'Old Black Joe', 'Beautiful dreamer', '금발의 제니' 같은 곡을 택해서 부르기도 했다. 또 어떤 날은 슈베르트의 '보리수' 같은 리이트를 부르기도 했다. 형진은 은숙의 방을 드나들 때 언제나 방바닥에 요와 이불이 개켜지지 않은 채 깔려 있는 것을 보았다.

어느 날 형진은 은숙이 대학 입학시험 준비 공부를 하지 않는다는 느낌이 들어서 은숙에게 물었다.

"은숙 누나, 왜 대학 입시 준비 공부를 하지 않으세요?"

"나의 어머니는 개가해 버렸어. 그러니 내가 대학 입학시험에 합격하더라도 학비를 댈 사람이 있어야 말이제. 해 봤자 소용 없는 공부는 할 필요가 없지 않나?"

"그렇지만 고학을 해서라도 대학에 갈 수가 있잖아요?"

"그럴 수가 없어. 그 이유가 있지."

"이유가 뭔데요?"

"니는 알 것 없어. 정 알고 싶으면 나중에 얘기해 주지."

잠시 후 팔석이 나타났다. 그러자 은숙은 기분 전환을 위해서 기타를 퉁겼다. 그리고 셋이 함께 노래를 불렀다.

방학중에 이르기까지 형진의 피아노 치기는 상당한 진척을 보였다. 일취월장이었다. 그리고 '세계문학전집'과 '한국단편문학전집'의 독서도 계획대로 착착 진행되어갔다.

더위의 최대 고비가 되는 8월 3일 오후에 형진은 은숙의 방으로 가 보았다. 팔석이 와 있지 않았다. 서로 인사만 주고받고 한 뒤에 형진이 발을 들치고 안으로 들어갔다. 한참 동안이나 둘 사이에는 침묵이 이어졌다. 밖에 있다가 들어온 탓인지 목욕을 자주 아니했을 때의 땀내가 방 안에 배어 있었다. 은숙에게 무슨 고민이 있는 것 같다고 형진은 판단했다. 의자에 앉아서 부채를 쥐고 있던 은숙은 어색한 침묵을 깨뜨리고 입을 열었다.
"형진이 니는 이상한 노래를 많이 부르더구나. '마리아 마리', '오 솔레미오', '그녀에게 내 말 전해 주', '무정한 마음' 같은 곡들이지. 한가지 묻겠는데 너는 내가 들어 주기를 바라며 그런 노래를 했제?"
"……"
"형진이 너는 나를 여자라고 생각하고 있지? 그러나 나는 너를 남자라고 생각하고 있지 않아. 나보다 나이가 많아야 나는 내 마음을 줄 수 있어. 더 이상 내 방으로 찾아오지 않아도 돼. 잘 있어. 며칠 후 나는 여기를 떠나기로 했어. 음식이 입에 맞지 않아서이지. 언젠가 나에게 왜 대학입시 준비 공부를 하지 않느냐고 물었제? 어무이가 재취로 들어간 연탄 공장의 서기와 결혼하게 되어 있어. 내가 졸업을 한 직후이지. 어무이와 의붓아버지가 언제까지나 나를 돌봐 줄 수 없기 때문이라는 거다."
형진은 바로 이때다, 하며 말의 화살을 쏘아 날렸다.
"그 공장 서기님을 섬기기 위해서 나에게 고압적인 태도로 대하며, 끝까지 나를 하대하는 낮춤말을 썼나요?"

"공장 서기는 별로 마음에 들지 않아. 밑지고 시집가는 거야. 나의 미래는 어두컴컴하지. 그래서 나는 마음 내키는 대로 행동했을 뿐이야. 말하자면, 나는 남보다 짧은 처녀 시절의 마지막 특권 행사를 한 것 뿐이야."

"나의 어디가 어때서 하필이면 나를 특권 행사의 대상으로 삼은 건가요?"

"그건 미안하게 됐어."

"그쪽은 여왕이었지. 팔석이와 나는 거만한 여왕을 모시는 시종이거나 들러리였고."

"형진이 너의 문제가 되는 것은 나이라는 것, 그 한가지 뿐이었어. 공부를 빼어나게 잘하는 것, 목소리가 좋아서 노래를 잘 부르는 것도 아무런 도움이 되지 못했지."

이때 팔석이가 나타나서 발을 들치고 방으로 들어왔다. 팔석이 두 사람의 얼굴 표정을 살피고는 심상치 않은 분위기를 실감했다.

"팔석이 너 잘 왔다. 펌프 물을 많이 퍼내 버리고 시원한 냉수 한 그릇 가져온나."

또 여왕의 명령이 떨어졌다. 팔석이 은숙이 시킨 대로 냉수 한 그릇을 가져왔다. 은숙은 냉큼 물 그릇을 받아서 여자답게 예쁜 모습으로 마시지를 않고, 한번도 쉬지 않고 남자같이 벌컥벌컥 소리를 내며 잠시만에 한 그릇의 물을 다 들이켰다.

형진은 은숙이 물을 마시는 모습과 다 마시고 난 후의 표정을 살폈다. 그제서야 형진은 은숙의 용모의 장단점은 완전히 읽었다. 우선 여자답지 않게 눈이 작았다. 그리고 매부리코가 드러났다. 그리고 얼굴은 희고 둥글어서 부잣집 맏며느리감처럼 보였으나 약간 지나치다 할 정도로 둥글었다. 대체로 합격점이었다. 그러나 이미 관찰된 그런 결점이 확대되어 형진의 눈에 비쳐들어왔다. 문득 최은숙이 싫어졌다.

형진은 또한 방 안을 살폈다. 방 청소도 하지 않은 채 자고 일어난 그대로 요와 이불을 깔아 놓은 것을 이제서야 알게 되었다. 방바닥에 빠진 머리카락이 적지 않게 눈에 띄었기 때문이었다. 그리고 머리를 감지 않아서 비듬과 땀의 썩는 냄새가 방 안의 공기를 약간 탁하게 하는 것 같았다.

형진과 팔석은 아양교 밑의 그늘로 갔다. 둘 다 팬츠만 남도록 옷을 벗으면서 한 마디씩 말을 교환했다.

"형진이 너는 첫사랑에서 발에 채였거나 바람맞은 기다. 히히히……."

"뭐, 첫사랑? 정말 약 오르네. 그렇게 싱거운 것도 첫사랑이냐? 연습, 사랑의 연습이었을 뿐이야. 사랑의 연습곡, 에튀드……."

교각 부근에는 수영을 하는 사람이 꽤 많았다. 형진과 팔석은 팬츠만 입고 교각 아래의 물 속으로 뛰어들었다. 사랑의 연습곡 연주를 마친 형진은 머리 속까지 목욕을 하는 듯 상쾌해졌다.

8월 8일이 되었다. 태양이 내뿜는 열기와 가마솥처럼 달구어진 대지의 열기가 합류되었다. 그래도 밤이 되니 약간 시원해진 강바람이 둑을 타넘고 불어오기도 했다. K2 비행장으로 통하는 가로의 양쪽 인도에는 집집마다 내놓은 평상이 있었다. 형진의 집 미장원 앞에도 평상이 놓여 있었다. 형진의 집에서 도로를 건너 바로 맞은편 집 앞에도 평상이 놓여져 있었고, 팔석의 집 앞에도 마찬가지였다. 그러나 팔석의 집에는 사과밭이 내려다보이는 뒤뜰에 또 평상이 있었다. 거기에서 식구들이 더위를 식히고 있어서 집 바깥쪽 평상에는 사람이 없는 것이 보통이었다.

이날 형진은 저녁 식사 후 강물 속에서 몸을 식히고 집으로 돌아왔다. 그런데 팔석이네 집 앞 평상에 누군가가 부채를 부치며 앉아 있었다. 형진이 보기에는 팔석이네 집 식구 중의 하나가 아니었다. 자세히 살펴보고는 앉아 있는 사람이 여자임을 알 수 있었다. 그러나 최은숙은 아니었다. 누구일까? 형진은 궁금증이 나서 그 평상으로 갔다. 앉아있는 여자는 바로 조정희였다. 형진의 집과는 도로 건너 맞은편 골목 안에 있는 집의 둘째 딸이었다. 첫째 딸 송희는 미장원에 자주 놀러 왔었다. 언니에 비해 정희는 얌전하고 차분한 성격이었다.

정희는 형진이 걸어오자 처음 보는 남자가 아닌가 하고 반사적으로 놀란 표정이 되었다. 형진은 안심시키듯 말을 꺼냈다.

"광현이 누님, 안녕하십니까?"

"그래, 어서 와. 그리고 앉아."

서울 식의 인사말인 '안녕하세요?'는 대구 사람에게는 일종의 반말로 들리므로 형진은 완전한 존댓말을 썼다. 형진과 어울리기도 하는 광현은 현재 고등학교 3학년으로 정희의 바로 아랫동생이었다. 한참의 침묵 후에 정희가 입을 열었다.
"형진이도 방학중에 잘 지내니?"
"예, 그래요. 그런데 광현이 누님이 치마에 흰 띠를 박은 KV여고생일 때 아침 통학을 위해 버스를 탈 때마다 마주친 일이 많았는데, 한번도 인사를 하지 않다가 이제 와서 인사를 하려니 좀 어색하네요. 미안해요."
"나이 차이도 많지 않은데 어떻게 꼬박꼬박 인사를 하겠니? 보는 게 바로 인사지. 그런데 형진이도 나와 같은 서울 내기이네."
"저기 아양교 확장 공사를 하러 서울에서 내려온 후 정착한 셈이지요. 그런데 광현이 형은 비교적 경상도 방언을 많이 써서 서울 출신인지를 잘 몰랐는데요."
"우리도 아버지가 한국전력 출장소장으로 동촌으로 내려와서 정착해 버린 셈이지."
"그런데 왜 면사 공장까지 운영하시는지요?"
"출장소장 월급만으로는 교육비와 생활비 대기가 빠듯해서 면사 공장을 돌리는 거지."
"그런데 광현의 큰누나는 성격이 외향적이어서 쾌활하고 잘 떠드는 편인데, 작은누나는 왜 조용하고 차분하지요?"

"우리 집에는 형제 자매가 많은데 형제 자매 간에도 많은 것이 서로 틀려. 제각각이지. 그런데 무척 더운 모양이구나. 자, 이 부채로 부쳐."

"아니, 괜찮아요. 강물에 들어갔다 나왔거든요."

"그러니까 더 더울 수 있지. 자, 사양 말고 부쳐."

"고마워요. 그런데 제 이름은 어떻게 알았지요?"

"어떻게 알다니? 아양교를 건너기 전에 효목동, 만촌동에서 반야월에 이르기까지 형진이라는 이름을 모르는 사람은 없어. KB고등학교에 입학한 후로도 한 학년에서 베스트 파이브 안에 드는 괴물이라고들 하더군."

"광현이 누나도 KV여고를 나온 수재이어요."

"글쎄, 내가 수재라면 형진이는 동촌의 천재야."

"에이, 너무 과찬을 하는 게 아닐까요?"

"과찬이라니? 사실이 그런 걸 어떻게 해?"

"그런데 광현이 누나는 혼자 있는 것을 좋아하세요?"

"길 건너 우리 집 평상 부근에는 모깃불을 피우면서 많은 사람이 모여 앉아 있고, 형진의 집인 미장원 앞의 평상에도 많은 사람이 앉아 있지. 그래서 나는 조용한 이 평상에 앉아 있고 싶었어. 홀로 앉아서 생각하고 마음을 정리하고 싶었기 때문이야."

"무슨 고민이라도 있는 게 아녜요?"

질주하는 차의 헤드라이트가 정희의 얼굴을 비추고 있었다. 정희의 얼굴은 야위어져 있었고 쓸쓸한 냉소를 머금고 있었다.

"고민……? 내게 고민 같은 것은 없어."

가장 왕성한 생명의 계절이었지만 부분적으로 초록빛을 잃고 갈색이 된 플라타너스의 큰 잎사귀가 떨어지고 있었다. 형진은 그런 것이 정희의 마음 상태를 반영하고 있는 것으로 느껴졌다. 정희는 잎사귀를 주워서 그것의 앞·뒷면을 살펴보고 있었다.

"혼자서 사색을 하는 것을 방해했군요. 이만 가 보겠어요. 빨리 읽어 치워야 할 책도 있고 해서……"

"사색은 무슨 사색……? 함께 있어도 나는 괜찮아. 아아, 좋아. 읽을 책이 있다고 그랬지. 어서 가 봐."

다음 날 저녁 무렵 형진이 팔석이네 집 앞에 있는 평상을 보니 정희가 없었다. 다음 날도 없었다. 세 번째 날에도 평상에 와 있지 않았다. 그 다음 날에야 평상에 정희가 앉아 있었다.

"광현이 누나, 요 며칠간 왜 여기에 나타나지 않았지요? 어디 해수욕장에라도 갔다 왔나요?"

형진은 진정으로 반가워하는 말을 던졌다.

"아냐, 바로 집 부근에 있는 강물을 두고 어디로 가? 더우면 어두워지기까지 기다려서 많은 여자들과 함께 수영을 할 수 있어. 저쪽 강 하류 쪽에서이지."

"그럼 두문불출했다는 말인가요?"

"그런 셈이지. 내 방에서 찬 물을 부은 바게츠에 다리를 담그고 몇 시간을 견딜 수 있나, 하고 시험을 해 봤지."

"그래서 어떻게 되었지요?"

"어떻게 되긴……? 내가 졌지. 첫째는 아무리 찬 물을 가까이 했음에도 더위에 졌고, 둘째는 짜증나고 권태로움을 주는 나의 방에 지고 말았어. 뒷방 마루에서도 창문을 다 닫아야 덜 더웠지. 우리 집 공장 소리를 피하여 저녁 식사 때까지 여기 플라타너스 그늘 아래서 책을 읽는 게 차라리 시원했을 거야."

"그랬을 거요. 집 밖에 있으면 때때로 강바람이 넘어오기도 하니까."

비행장으로부터 퇴근하는 차가 많아져서 좀 시끄러워지고 있었다. 둘은 좀 큰 소리로 이야기를 해야 했다.

"그런데, 박형진님! 나를 그냥 누나라고 불러도 좋아. 정희 누나라고 하든지 말이야. 그리고 형진이는 고교 1학년이고 나는 대학 2학년이니까 4년 차이이지만 내가 1년 일찍 국민학교(초등학교)를 입학했으니 세 살 차이 밖에 안 돼. 그러니까 우리는 서로 말을 놓도록 하자. 존댓말을 쓰면 분위기가 딱딱해지고 어딘가 서먹서먹한 게 좋지 않아."

아, 벌써 이렇게 돌아가고 있군. 누나는 얼마 안 가서 나의 여자가 될 수 있을지도 몰라. 순간적으로, 빠져들어가려는 상념을 지우고 형진은 말문을 열었다.

"정희 누나, 그럼 그렇게 하도록 해. 나는 지금 빌려온 책을 빨리 읽어 내야 해. 그러면 오늘은 내가 먼저 가 볼게."

형진은 가려고 하다가 멈칫 섰다.

"참, 정희 누나, 부탁이 있어. 내일 레코드 판을 갖고 갈 테니 전축으로 좀 듣게 해 줘."

"그거야 얼마든지 들을 수 있지. 그런데 레코드가 많으면 낮부터 들어야 하겠지."

"그런데 누나는 어느 대학 무슨 과 전공이지?"

"H대학교 신학과이지."

"그렇군. 그런 학과가 정희 누나의 성격에 꼭 맞는 것 같아."

그러면서 형진은 정희가 읽던 책을 집어 보았다. 쇼펜하우어의 '의지와 표상으로서의 세계'였다.

"한창 젊고 푸르른 꿈이 많은 나이의 정희 누나가 왜 이런 책을 읽고 있지?"

"다 얘기하려면 길어져. 어쨌든 나 조정희는 세상 살이가 즐겁지 않아. 세상은 고해야. 인간의 고뇌와 고통과 번민으로 가득 찬 고장이 이 세계야. 인생이란 모자이크는 멀리 떨어져서 볼 때만 아름다운 거야. 신은 나에게서 등을 돌렸는지, 애초에 그 존재가 없었는지 모르겠어."

이튿날은 비가 내리고 있었다. 형진은 피아노 교습을 오전에 마치고 우산 아래 레코드 판 넉 장을 들고 한길을 건너서 정희의 집으로 가는 골목으로 들어갔다. 그리고 열려진 대문을 통해— 집 뒤쪽으로 "ㄴ" 자로 이어지는— 뒤쪽 정희의 방 앞으로 갔다.

"비 맞는구나. 우산 아래이라지만 비 좀 맞았지?"

"아니야. 이 정도는 괜찮아. 레코드 판은 비 한 방울도 맞지 않은 것 같아."

 형진은 정희의 모성적인 말과 태도가 마음에 들어서 안심시켜 주듯 대답했다.

 "어서 마루에 올라와. 그리고 여기 발판에 젖은 발을 닦고 내 방으로 들어가."

 형진은 정희의 방으로 들어갔다. 방은 잘 정돈되어 있고 신학에 관한 많은책이 서가에 꽂혀 있었다. 작은 스피커가 두 개 있는 소형 전축이 있었다.

 "큰 전축은 집 앞쪽 마루에 있어. 음향기기 생산의 기술 수준이 낮아서 큰 전축이나 소형 전축이나 음질이 거의 마찬가지야."

 형진은 차이코프스키 피아노 협주곡 1번을 턴테이블에 올려놓았다. 1악장의 제1주제가 나오고 있었다.

 "어디서 많이 듣던 곡이구나. 솔직히 말해서 나는 기악에 대해서는 잘 몰라. 그러나 성악은 좀 들을 줄 알지."

 "정희 누나, 이 곡은 러시아의 광막한 대지, 호수, 백야 등이 어우러진, 꿈 속 같은 열정을 표현하고 있다고 할 수 있어."

 "그런 것 같기도 해. 그런데 그런 걸 느끼려면 마치 중노동을 하는 것만 같아."

 3악장을 끝낼 때까지 꽤 시간이 흘렀다. 형진은 쇼팽의 피아노 협주곡 1번을 턴테이블에 얹었다. 빗줄기가 더욱 거세진 것 같았다.

 "정희 누나, 이 곡은 대단한 걸작은 아니야. 오케스트레이션에서 빈약한 면이 있지. 즉 오케스트라의 편성이 지나치게 소규모이지. 그러나 1악장만을 따지고 본다면 제1주제, 제2주제와 패시지(독자적인 악상이 없이 선율과 선율 사이를 이어주는 구간)를 포함하여 전편에 흐르는 선율이 시적이고 아름답기가 최고의 곡이라 할 수 있지. 특히 이런 비오는 날에 들어 볼 만한 곡이라고 생각되지 않아?"

"과연 그런 것 같아. 풀잎에 빗방울의 튀김 같은 건반 두드리는 소리라고 할까……"

"남녀의 사랑에서 한없는 집착과 집념 어린 모색과, 끊임 없는 설득, 그리고 몹시 어려운 체념―그런 것 등등의 집합이지. 선율만으로는 최고의 아름다운 긴 시라고 할 수 있지. 내가 오늘 가져온 피아노 콘체르토와 피아노 왈츠들은 내가 피아노 교습을 받고 있기 때문에 건반 누르는 것을 생생하게 분석하기 위해서야."

"듣고 놀기만 하기 위해서가 아니라 공부하기 위해서였구나."

"아니야, 음악에선 공부하는 것이 바로 노는 거야."

쇼팽의 피아노 협주곡 1번의 1악장이 다 끝나자 갑자기 생각나는 것이 있다는 듯이 정희가 말했다.

"참, 우리 집이나 남의 집이나 비 오는 날에는 콩을 볶아 먹는다고 했지. 지금 가면 콩을 볶는지도 모르지. 그렇다면 가서 얻어 와야지."

2악장이 한참 흐르고 나서 정희가 왔다. 과연 정희는 그릇에 담은 볶은 콩을 가져왔다. 음악을 들으면서 콩을 씹다가 형진이 말했다.

"한 10년만 지나면 이런 음식 같은 것은 사라지고 없을 걸."

"그래, 제과 기업들이 커지면서 많은 신종의 과자를 만들어 낼 거야."

3악장 론도가 끝나자 형진은 피아노 왈츠를 턴테이블에 얹었다. 첫 곡을 얼마간 듣다가 정희가 말했다.

"협주와 합주는 연주하는 악기가 많아서 가슴에 와 닿는 것이 빠른데 독주는 이해하기가 더 어렵구나. 우리 나폴리의 노래를 듣자."

"알았어. 정희 누나, 여기에 너무 오래 있었으니 피아노 왈츠 딱 두 곡만 듣고 성악곡을 듣는 게 어떨까?"

"좋아, 그렇게 하자. 그런데 오래 머물러 있었다고 조급하게 생각하지 마. 저녁 때까지 시간은 많으니까."

형진은 전축 바늘을 피아노 왈츠 b단조로 옮겼다.

"아, 참 좋은 곡이구나. 슬프게 춤추며 그 비애의 재를 허공에 뿌리는 것 같아. 연주용 왈츠라 하지만 춤 곡 같지 않게 품격 높은 곡이구나."

정희가 가슴 속의 감탄을 풀어냈다. 그 곡이 끝나자 형진은 피아노 왈츠 e단조로 바늘을 옮겨 놓았다. 폴란드 춤곡 풍이지만 독창적이며 주옥 같았다. 마치 건반을 찌르듯이, 또한 강렬하게 비애의 입자들을 밤하늘에 쏘아대듯이 연주되는 곡이었다.

"정희 누나, 이 곡도 참 좋지 않아?"

"참 좋아. 역시 슬픈 단조의 곡이구나. 강렬한 연주를 요하는 곡인 것 같아."

형진은 턴 테이블에서 레코드를 들어내고 쥬제페 디 스레파노의 나폴리 민요의 레코드를 얹었다. 'O sole mio'를 듣던 정희가 말했다.

"역시 성악곡이 시원하게 가슴에 와 닿는구나."

형진은 자신도 모르게 정희를 이성으로 좋아하고 있었지만, 세 살 차의 나이 때문에 주춤거리기만 하는 자신이 처량하다고 느껴졌다. 내가 곁에 두었던 여성들은 오래 머물지 않고 어김없이 나를 떠나 버릴 것이다. 나를 재우거나 달래 놓고 떠나 버리는 엄마의 경우와 유사하다. 정희 누나도 시집을 가 버린다든지 해서 나로부터 표표히 떠나 버리면 어떻게 될까?

지붕과 벽과 땅을 울리는 빗줄기 소리가 더 커졌다. 센 빗줄기가 창을 타고 흘러내렸다. 형진은 가슴 속이 허허롭게 텅 비고 쓸쓸했다. 유리창은 더욱더 하염없이 눈물을 흘리고 있었다.

이튿날은 비가 그치고 화창했다. 그러나 정희는 평상에 나타나지 않았다. 형진은 쓸쓸하고 허전함을 가까스로 이겨내고 노래 연습과 문학 서적 독서에 열중했다. 그 이튿날도 화창하고, 맹위를 떨치는 태양열과 지열이 맞물려서 무척 후끈후끈했다. 저녁 식사 후 형진은 너무도 후텁지근해서 책을 볼 엄두를 못 내고는 부채를 들고 팔석이네 평상으로 나갔다. 그런데 정희가 부채를 들고 평상에 앉아 있었다.

"형진이니?"

"정희 누나, 오늘은 너무 더워. 독서할 수 있었어?"

"하루 종일 이 나무 저 나무 그늘을 찾아다니며 책을 펼쳤으나 도무지 읽을 수가 없었어."

"오늘은 강을 건너오는 바람 한 점도 없나 보군. 그런데 오늘 읽으려 했던 책은 무슨 책이지? 요즈음 읽고 있던 쇼펜하우어의 '의지와 표상으로서의 세계'야?"

"그래. 그 책은 내용이 너무도 방대하지. 독일어를 곧바로 한글로 번역한 것이 아니야. 독일어를 영어로 번역한 것을 다시 한국어로 번역한 것이지."

"그리고 보니 정희 누나의 서가에는 쇼펜하우어의 저서가 몇 권이나 있더군."

"오늘 날씨는 너무나 후텁지근하구나. 가마솥 안의 더위야. 우리 이렇게 앉아 있을 게 아니라 실낱 같은 강바람이라도 좀 쐬러 가 보자. 내가 이이스케익(하드 아이스크림)을 사 줄게."

"말만 들어도 좀 시원해지는 것 같군. 그래, 같이 가."

"내가 먼저 가서 다리에서 우측으로 접어드는 강둑의 초입에서 기다릴게."

정희는 두 사람의 교제를 동네 사람들이 아는 것을 꺼려하는 것이었다. 특히 형진의 고모의 미장원에서 살다시피하는, 성격이 쾌활한, 정희의 언니인 송희의 눈에 두 사람의 관계가 비쳐드는 것을 무척 꺼려하고 있었다.

형진이 잠시 후에 뒤따라가니 둑의 초입에서 정희가 기다리고 있었다. 둘은 말 없이 걷기 시작했다. 형진은 걸으면서 정희 누나를 관찰하고 있었다. 얼굴은 중학교 졸업 때 함께 사진을 찍은 철영의 형수와 유사한 점이 있다고 생각되었다. 그리고 나중에 생각하니 2년 후에 영화 배우로 데뷔하게 되는 윤정희와도 닮은 점이 있었다. 조정희는 키가 알맞게 크고 몸매가 가늘은 편이지만, 나오고 들어가는 것이 확실한 각선미가 있었다. 즉 허리가 상당히 가늘지만 히프와 가슴 부분이 컸다.

실낱 같은 강바람마저 잠이 들어, 온 대지가 침묵하고 있었다.

"그런데 형진이는 성대가 좋은 것이 오히려 불행하다고 생각하지 않니? 선택이 무척 어렵지? 신은 왜 형진에게 두 가지 재능을 주었을까?"

"정희 누나, 나는 그런 것 때문에 갈등이 심했고 고민해 왔어. 그래서 담임 선생님과 음악 선생님에게 찾아가서 상담을 했어. 담임 선생님은 내가 학자가 되어야 한다는 것이었어. 그런데 음악 선생님은 내가 성악을 택하는 것이 더 바람직한 길이라고 매우 자극적인 결론을 내려 주셨어."

형진은 그렇게 말하면서 보다 세부적인 자초지종을 이야기해 주었다. 정희는 조용히 생각하다가 입을 열었다.

"그렇게 고민이 심했다면 두 가지를 절충할 수도 있지 않을까? 작곡을 택하는 것이 더 낫지 않을까? 작곡도 음악이며 더욱이 고귀한 창조 행위이니까."

"그런 생각도 해 봤어. 다른 무엇을 하기에는 내 목소리가 아까웠어. 오랜 숙고 끝에 나는 결심을 했어. 두 선생님의 견해와 나의 능력을 종합하여 나는 두 가지를 다 하기로……. 성악과 작곡을. 목소리의 수명이 끝나면 작곡을 한다. 아니, 그 전부터 둘 다 한다. 노래를 부르면서 작곡할지도 모른다. 나는 매일 무대에 서지는 않을 테니까. 적어도 계획상으로는 이렇게 잡아야 한다. 나의 결심은 그러한 것이었지."

"두 가지를 다 한다―그것도 괜찮지. 치열한 삶을 살아야지. 그리고 한 가지의 실패에 대비하여 둘 다 준비해 놓는 것도 괜찮지. 목소리의 수명이 끊어진 후 활발하게 진행해 나갈 수 있는 것이 바로 작곡이야."

둘은 수심이 깊은 곳인, 낚시를 위한 좌대에 낚시꾼들이 불을 밝혀 놓고 앉아 있는 근처까지 왔다. 정희가 물었다.

"낚시줄을 드리우고 있으면 정신 집중이 잘 되지?"

"그렇다고 하더군."

"일평생 말하자면 낚시를 주업으로 하면서 살아갈 수 있다면 얼마나 좋을까?"

이러한 정희의 물음에 형진이 응답했다.

"나도 그렇게 생각해. 곧 낚시꾼이 되고 싶다는 거지. 그것도 고뇌를 털고 씻어 버리는 일종의 해탈인 것 같아."

"과연 불교에서의 해탈 외에 완벽한 해탈의 경지가 존재할까?"

"글쎄……, 그런데 정희 누나는 젊고 청순하고 이쁘면서, 말하자면 여성으로서 인생의 절정기에 있으면서, 더구나 신학을 전공으로 하면서 왜 쇼펜하우어에 빠져 있지? 무슨 사연이 있는 게 아닐까?"

"사연은 무슨……"

정희는 말끝을 흐렸다.

"틀림없이 무슨 사연이 있을 거야. 방학 전에도 누나는 학교에 나가지 않는 것 같던데……"

"휴학을 했어."

이렇게 말하면서 정희는 가슴 속의 말을 발설해 버리는 것이 차라리 편하다는 생각을 한 듯 다시 말을 이었다.

"사실은 나는 대학 1학년 때 동학년, 생년월이 나보다 6개월이 적은 남자를 사귀고 있었어. 둘은 손 한번 잡아 본 일도 없었지. 그런데 그 남자는 폐결핵을 앓고 있었어. 나는 그를 위로해 주었고 병이 낫도록 시간만 나면 오랜 기도를 하면서 기다렸지. 만약 신이 존재한다면 그의 병은 나았을 꺼야. 그러나 존재하여야 할 신은 무심했다고 할까? 몸을 낫게 하기는커녕 그에게 재앙을 가져다주었어. 바로 지난 겨울 인도에서 신호등에 따라 길을 건너려고 기다리고 있었는데 차가 인도로 돌진해 들어오면서 그를 덮쳐 버렸어. 신이 존재한다면 그런 일이 가능할까? 나는 신의 존재를 회의하기 시작했어. 쇼펜하우어를 탐독한 오빠의 영향도 있었지만, 그를 잃어버린 나는 쇼펜하우어에 흠뻑 빠져 버린 거야."

"그 철인의 '여성론'에서 독설을 읽고도 쇼펜하우어가 좋았어?"

"독설이지만 상당히 일리가 있는 내용이었어. 맛이 있는 독극물이었다고 할까?"

"정희 누나, 사실은 나도 쇼펜하우어의 명언적 사색을 발췌한 '비극적 인생'이라는 책을 읽었지. 쇼펜하우어는 니체에게 뿐만 아니라 음악가 바그너에게 지대한 영향을 주었지."

"쇼펜하우어와 니체의 공통점은 염세론적 허무주의 세계관과, 음악에의 탐닉, 탁월한 문장력이었음에도 불구하고 차이점은 컸지. 니체가 다혈질이고 광적이며 충동적이고 공격적이어서 열렬한 시적詩的인 외침이 있다면, 쇼펜하우어는 인생을 멀리에서 조용히 관조했고 냉철하고 논리적인 자질이 있었어."

형진은 듣고만 있을 것이 아니라 자신도 한마디하고 싶어서 입을 열었다.

"쇼펜하우어의 '예술적 해탈'에서 조각을 최하위에 두고 음악과 비극을 최상위에 두었지. 조각을 최하위에 둔 것은 조각이 개인에게 감각적으로 욕망을 자극하고 고뇌를 안겨 주는 이유에서가 아닐까? 다시 말하면 쇼펜하우어의 개인적이고 주관적인 견해가 아니었을까?"

"그럴 수도 있지. 곧 형진의 견해도 옳은 것 같아, 그러나 음악과 비극을 정당하고 설득력 있게 평가한 것은 높이 사야 하겠지."

'Crown맥주홀'과 'OB맥주홀'이라는 수상 건조물까지 그들은 갔다. 여전히 강바람 한 점이 없었다. 두 맥주홀에는 아이스 박스 속에 있던 맥주로써 무더움을 식히려는 듯 사람들이 가득차 있었다.

곧 이어서 나타나는 수상 건조물인 댄스 홀에는 춤추는 사람이 없었다. 아직 외국산 선풍기가 제대로 보급되지 않아서 몇 대 안 되는 선풍기 아래에서 발산되는 사람들의 열 때문에 더욱 땀을 흘리며 춤추는 사람이 없는 것이 당연했다. 그런데 그 댄스 홀에서는 두 남자 종업원이 글러브를 끼고 권투를 하고 있었다. 바로 이열치열이었다.

"정희 누나는 춤출 줄 알아?"

"나는 춤출 줄 몰라. 학교에서 생상스의 '백조'나 바하의 'G선상의 아리아'에 따라 단체 무용을 배운 것 외에는 고전 춤을 배울 수 없기 마련이었지."

그들은 더 걸어서 '검사동' 쪽에서의 유원지 입구로 불리우는 계단 위에까지 이르렀다. 곧 구름다리가 나타났다.

"우리 구름다리를 건너가 보자."

정희가 기다렸다는 듯 말문을 열었다.

"그래, 그렇게 하지."

정희가 티켓을 사고 둘은 구름다리 위를 걸었다. 형진이 구름다리 위에서 발을 굴리니 구름다리가 울렁거렸다.

"그러지 마. 무서워."

정희가 만류했다. 구름다리 밑 강물에는 달이 반사되어 일렁 거리는가 하면, 큰 면적을 차지했다가 쪼개어지는 것이었다. 형 진이 말했다.
"쇼펜하우어의 제자가 강물을 무서워 해?"
"선천적으로 여자는 간이 작아."
구름다리의 울렁임 때문에 실낱 같은 바람이 일더니 다시 잠 들었다.
"그런데 정희 누나는 자살을 하기 위해 강물로 뛰어내릴 수 있 어?"
정희는 잠시 침묵을 지키더니 입을 열었다.
"강물로 뛰어내릴 수 있을 것 같아. 내가 만약 시집을 간다고 가정하면, 남편이 세상을 떠날 때는 아닐지라도 아이가 세상을 떠나 버린다고 할 때, 나도 뒤를 따라 강물로 뛰어내릴 수 있을 것 같아."
"여성은 약하나 어머니는 강하다고 했지. 그런데 쇼펜하우어 의 영향을 받아 정희 누나는 현모 악처가 될 가능성이 높겠군. 남 편은 자식과 가정을 위한 도구로 여길 것이며……."
"그럴지도 모르지. 그러나 나는 결혼하지 않을 걸. 왜 내가 남 자를 위해 밥을 짓고 빨래를 해 주고 제사상을 차려야 하지? 나 정희는 결혼 같은 것 안해."
그들은 구름다리를 다 건너가서 아이스케이크점으로 들어갔 다. 아이스 케익을 먹으면서 형진이 말했다.

"쇼펜하우어 제자님, 한 가지 묻겠는데, 쇼펜하우어가 살던 그때 아이스 케이크가 있었다면, 쇼펜하우어가 아이스 케익을 먹어대며 희희낙락했을까?"

"먹는 것이 무슨 죄가 되니? 쇼펜하우어는 희희낙락하지 않고 다소 점잔을 빼며 아이스 케이크를 맛 있게 먹었을 거야."

형진은 한마디 덧붙였다.

"그리고 나서는 습관대로 풀루트를 불고 애견에게 먹이를 주었겠지."

"그래, 그랬을 거야."

그들은 통통배가 아닌 장방형 나룻배를 타고 강을 건너왔다. 그들은 강둑으로 오르기 위해 늪지를 피하여 길을 따라갔다. 늪지에는 키 큰 수초가 자라고 있었다.

"정희 누나, 고등학교에 입학한 후 제일 먼저 읽은 세계문학전집 중의 소설은 토마스 하디의 '귀향'이었어. 'The return of native'였지. 밤에 이쪽 강변을 홀로 걸으면서 이런 수초가 영국의 황무지에 많은 히쓰같이 여겨졌어. 히쓰와 히쓰가 숲 덤불을 이루는 황무지……"

"눈 부시게 공부만 하는 형진이 아니었어. 그늘과 어둠을 이해하고 있었군. 이겨 내지 못할 고독과 그리움도 맛보았을 것이며……"

"정희 누나, 그건 엄연한 사실이었어."

잠시 침묵 후에 정희가 화제를 바꾸려는 듯 입을 열었다.

"형진이, 내가 아이스 케이크를 사 주었으니까, 형진이도 반대급부가 있어야 하지 않겠어? 여기서 강 상류 쪽으로 좀더 올라가서 대가를 지급해. 돈으로 지급하는 게 아니라 그 진주 같은 성대로 지급해. 노래를 부르라는 말이야."

"정희 누나, 노래 한 곡이 얼마나 비싼 줄 알아?"

"그래, 알지. 노랫값이 비싸니까 한국은 외국 성악가를 초청할 수가 없는 형편이지. 그러니까 앞으로는 외국산 성대보다 더 나을 수도 있는 국산 성대로 몇 곡만 부르란 말이야."

그들은 중간 둑으로 올라가서 강의 상류 쪽으로 더 거슬러 올라갔다. 여치와 베짱이 울음 소리가 더한층 강둑을 수놓고 있었다. 그리고 강둑 아래 늪지에 가까운 곳에서 반딧불이가 곡예를 하고 있었다. 둘은 중간 둑에 앉았다.

형진은 '반대 급부'가 아니라 자신의 심중을 고백하기 위해 노래를 부르자고 생각했다.

형진은 일어서서 강 쪽을 바라보며 먼저 '달밤'을 노래했다. 그 노래를 마치자 정희는 박수를 쳤다. 형진은 박수 치기가 미처 끝나기도 전에 다음 곡으로 들어갔다. 정희 누나도 한 포기 수선화처럼 고독에 빠져 있으므로 '수선화'를 부르는 것이었다. '나도 저 눈길을 걸으리'를 마치고 박수 소리를 듣지 못하는 듯이 이어서 김동진의 '내 마음'을 노래했다. 노래를 마치고 형진은 그대로 선 채로 생각했다. 이런 달밤에, 저런 수선화의 고독을 달래기 위해 내 마음은 노 저어 간다. 이만하면 교감이 통하지 않을까? 정희 누나는 교감이 통하듯, 통하지 않듯 정성껏 박수를 친다.

"정희 누나, 노래는 이쯤 해 두면 되겠지?"

"아니야, 더 불러야 돼. 특히 외국 노래를 좀 불러 봐."

형진은 '토셀리의 세레나타'를 부르고 정희 곁에 앉았다.

"오페라 가수님, 앙코르로 두 곡만 더 불러요."

형진은 다시 일어나서, 여인을 칭송하듯이 '오 솔레 미오'를 부르고 이어서 '돌아오라 소렌토로'를 불렀다. 그리고는 선 채로 생각했다. 메시지가 담겨 있는 이 세 곡으로도 교감이 통하지 못할까?

형진은 정희 곁에 앉았다. 정희는 조용히 눈을 감고 앉아 있었다. 그러더니 손가락으로 형진의 등을 쿡쿡 찔렀다.

"꼭 두 곡만 더 불러. 노래는 부르는 사람만이 즐거운 게 아냐. 듣는 사람도 대단히 즐거운 거야. 청자의 심리 상태를 한번 표현해 볼까? 청자는 술을 마시면서 더욱 흥건히 취하기를 간절히 바라는 거야. 그리고 어떤 부류의 청자들은 노래에 취한 채로 최면에 걸려 더욱 감미롭게 꿈꾸고 싶어하는 거야. 앙코르 신청은 다시 아니할 테니까 외국 곡으로 꼭 두 곡만 더 불러. 나도 감미롭게 취하고 꿈꾸고 싶도록 말이야."

형진은 생각했다. 내 심중의 은근한 고백으로 어떤 두 곡을 선택할까? 아, 그렇군. '무정한 마음'과 '물망초' 이다.

형진은 끝을 장식하듯 그 두 곡을 애끓는 마음으로 둑과 강물과 그녀를 향해 내보냈다.

둘은 집으로 향해 둑길을 걸었다. 형진의 노래를 통한 심중의 고백이 통한 것인지 정희는 두 사람의 팔의 살과 옷이 닿도록 형진과 딱 붙어서 걸었다. 노래가 아니었더라도 정희는 형진의 현자다운 혜안을 눈여겨보아 왔었다.

여름 방학이 거의 끝날 무렵이 되었다. 거의 매일 저녁 형진과 정희는 만났었고 교제의 심도가 깊도록 발전되어 갔다.

어느날 저녁 평상에서 정희가 말했다.

"「바람과 함께 사라지다」가 송죽 극장에서 리바이벌되고 있어. 우리 내일 그 영화를 보러 가자. 내가 구경시켜 주고 점심을 사겠어."

"좋아, 내일 정희 누나를 따라가겠어. 그 대신 나중에는 내가 영화 구경을 시켜 줄 테니까, 나를 얻어먹기만 하는 애송이 동생으로 취급하면 안돼."

"그래, 알았어. 그렇지 않아도 나는 형진이의 혜안을 보고 연령과 무관계하게 사고하는 타입으로 생각해 왔어. 동생만은 아니지."

"그럼 뭐란 말이야?"

가슴에서 밀려나오는 궁금증 때문에 형진은 다소 조급하게 물었다.

"그런 것을 꼭 말로 표현해야 알겠니? 잘 하면 연령과 관계 없는 친구가 될 수도 있다는 말이 아닐까? 아니, 나도 잘 모르겠어."

다음 날 둘은 「바람과 함께 사라지다」를 보았다. 정희가 점심으로 산 것은 그 당시 그다지 싸지 않는 자장면이었다. 자장면을 먹으면서 정희가 말했다.

"크라크 케이블이 너무 흉물스럽더구나."

형진이 반문했다.

"남성답고 처세술이 좋은 타입이 아니야?"

"하기는 그래. 아마 나는 깨끗하고 순진스러운 남자가 아니면 남자를 좋아할 수 없나 봐."

2학기인 10월이 되었다. 여전히 피아노 교습과 정희와의 교제와 문학류 독서 등등으로 형진은 학교 교과목을 공부하는 시간이 줄어들었다. 하지만 2학기 중간고사에서 평균 86점으로 여전히 1등 행렬을 계속했다.

팔석이의 집 앞의 평상이 치워졌기 때문에 정희와 형진은 아양교에 가까운 중간 둑에서 만나기를 계속했다.

리바이벌된 명화가 또 있었다.

"정희 누나, 내일 일요일 영화를 보러 가. 「콰이강의 다리」이지. 대도극장에서 상영되지. 이번에는 내가 정희 누나를 초청하겠어."

"초청하는 것이 아니라 '뫼시어야' 되는 게 아냐?"

"이젠 농담도 잘 하시네. 돈을 지출하여 재화·용역을 사는 것은 여자를 사는 것이야. 나도 소액의 돈을 지출하여 정희 누나를 사고 싶어."

"형진이도 내용이 모호한 농담을 잘 하시네. 뭐, 누나를 사? 여자를 산다고?"

이튿날 둘은 '콰이강의 다리'를 관람했다. 그리고 점심은 자장면으로 했다.

그리고 버스를 타고 아양교를 건너가서 함께 내렸다.

"형진이 덕분에 좋은 명화를 보았어. 신비감이 감도는 콰이강 상류인 전장……. 전쟁의 손아귀에 쥐어져 한 치의 사정도 없이, 예외 없이 희생되는 여러 사람들……. 여운을 남기는 극장 안을 떠나기 싫기까지 했어."

"나도 정희 누나 덕분에 좋은 명화를 보았었어. 나는 좀 기다리고 있다가 갈 테니, 잘 가."

"그래, 먼저 갈게."

정희는 주위에 있는 사람들을 살피며 K2 비행장 입구를 향하여 걷고 있었다.

이렇게 하여 비밀리에 만나는 남녀로서 누나, 동생의 관계보다 더 깊은 이성간의 관계로 발전해 나갈 전기가 만들어진 셈이었다.

며칠 전, 10월 16일 하굣길이었다. T일보 신문사 앞에는 게시

판보다 더 위쪽 벽에 전날 5대 대선의 개표 결과의 집계가 글씨로 써져서 계속 붙어지고 있었다. 계속하여 이미 붙어진 표 위에 새로운 집계표가 붙고 있었다. 요즈음 같으면 컴퓨터로 쉽게 처리되는 것이 당시에는 어렵게 어렵게 집계되어 수작업이 계속되는 것이었다. '집계'와 '붙이기'가 계속 이어졌다. 또 계산되고 다시 붙고 하는 것이 시민들의 호기심을 무척 자극했다. 마지막 집계에 가까울 무렵 박정희와 윤보선은 겨우 10만 표 차이로서 엎치락뒤치락했다. 결국 최종 집계에서 박정희가 15만 6천표 차로 당선되었다.

가을과 겨울 방학은 빨리 지나갔다. 세월은 쾌속의 화살촉을 지니고 있었다. 말할 것도 없이 형진은 학년말을 반 1등으로 장식했다.

그런데 여기서 형진의 1년간의 학업 성적에 대하여 짚고 넘어가야 할 사항이 있고 또한 짚고 넘어가야 할 필요가 있다. 형진은 학년말에 이르기까지 단 한번도 반 1등을 빼앗기지 않고 반 1등의 행렬이 계속되었다.

그러나 학년말 전교 석차는 저조했다. 즉 360명 중 10등으로 하락하고 말았다.

1년간 학업 성적의 추이를 살펴보면 다음과 같았다.

　　　1학기 중간고사 성적 평균 88점, 반 1위(전교 3위)

1학기말 성적 평균 84점, 반 1위.

2학기 중간고사 성적 평균 86점, 반 1위

학년말 성적 평균 수, 반 1위 (전교 10위)

원인을 조사하려면 다음의 형진의 생활 계획을 분석해야 한다.

시간이 적게 소요되는 것부터 시작하여 많이 소요되는 것의 순서로 나열하면 다음과 같다.

① 통학 거리 멀고 시간 많이 소요됨. (매일)
② 아침, 자전거 타고 가서 철봉을 하거나 아침 수영을 함. 키를 더 키우기 위해서임. (매일)
③ 시작(詩作). (주간 몇 시간)
④ 일기 쓰기. (매일)
⑤ 문학 서적 탐독. (주간 다량의 시간)(이는 노래 연습, 음악 공부보다 더 긴 시간이 걸리는 주(週)도 있음. 재미가 있어 끊지를 못하고 계속 읽기 때문임.)
⑥ 노래 연습과 음악 공부 (매일)
⑦ 나머지 시간으로써 학교 교과 학습 (매일)

먼저 통학 거리가 멀다는 점이 지적된다. 이는 좀 유치한 면도 있지만 사실대로 기술하는 수밖에 없다. 합리적이고 정확한 분석을 위해서……(일단 써 놓고 지울 수도 있다).

다음으로 아침에 자전거를 타고 가서 모교인 T국민(초등)학교에서 철봉을 하거나, 학교에서 금호강 상류로 더 거슬러 올라가서 아침 수영(5월 중순에서 9월 중순까지)하는 것도 시간이 적잖게 걸렸다(매일).

다음으로 성적 우수 학생으로서 형진에게만 있는 시작詩作으로 시간이 많이 잡아 먹혔다(주간 몇 시간).

그리고 일기 쓰는 것도 시간이 꽤 소요되었다. 펜과 잉크로 남이 봐도 알아볼 수 있도록 쓰는 데에는 분량이 그리 많지 않은 날에도 시간이 꽤 소요되었다(매일).

그 다음으로 문학 서적 탐독인데 이는 노래 연습과 음악 공부와 엇비슷하게 시간이 많이 소요되었다. 시집을 읽는 때도 있었으나 주로 세계문학전집과 같은 소설류를 읽었다. 대개 계획·할당된 시간보다 더 많은 시간을 썼다(주간 다량의 시간).

그리고 교과 학습을 제외하고 남보다 가장 많은 시간을 투자하는 항목은 노래 연습과 음악 공부였다.

이들 항목을 제외하고 교과 학습에 시간을 썼다.

위의 것이 계획대로 100% 실행되지는 못했다 할지라도 교과 학습에 소요될 시간이 많이 잠식되었다. 말할 것도 없이 영민이나 학규보다 교과 학습 시간은 적었다.

다시 한번 형진의 학업 성적의 변화·추이를 살펴보자.

형진이 입학한 후 첫 시험인 1학기 중간고사 평균 점수는 88점으로서 전교 3위였다. 영어가 난해해서 69점밖에 안되었지만 반에서 최고이며 학년말에 상대 평가로서 '수'가 된 점은 특기할 만했다. 어쨌든 전국 제2의 명문 학교에서는 하늘의 별 따기인 반 1등이었으며 한편 전교 3위를 따낸 시기는 아무래도 교과학습 외에 개인적 공부—노래와 음악 공부, 그리고 개인별 취미 생활이 계획보다 적게 실행된 것으로 볼 수 있다. 그런데 그 다음부터는 형진은 쉽게 반 1등을 할 수 있다는 자신을 갖고 음악 연습, 문학 서적 독서 등에 할당되는 시간을 제대로 다 활용했다. 그래서 1학기 말에 평균 성적이 84점밖에 안 되는 반 1등으로서, 우등상을 놓칠 정도로 떨어진 것을 관찰할 수 있다. 그래서 2학기 중간고사 무렵에는 정신을 차려서 음악, 문학이라는 제2의 공부 시간이나 개인적 취미 생활을 다소 단축하여 평균 86점으로 올려 놓기는 하였으나 2학기 말 고사가 있을 때까지도 제2의 공부와 개인적 취미 생활을 포기하지 않음으로써 학교 학업 성적이 떨어질 수밖에 없었다. 즉 전교 10위로 하락해 버린 것을 관찰할 수 있다.

형진은 1학년말 성적표에서 전교 10위에서의 10 자를 연필로 작게 구멍을 뚫어 없애 버렸다. 자존심과 지기 싫어하는 성격 때문에 '10' 자는 그를 한없이 불쾌하게 만들었기 때문이었다. 그런데 이와 관련하여 한 가지 특기할 점이 있다. 1학기말 평균점이 84점이므로 우등상을 주기 위한 2학기말 평균점은 86점 이상이 되어야 한다. 그런데 2학기 중간 평균은 86점이므로 2학기말의 평균은 역시 86점이 되어야 한다. 곧 2학기말만의 평균점은 86점

이상으로 건실한 기록을 냈다고 할 수 있다. 그러니까 2학기말만의 평균점은 전교 10위 보다 얼마간 높은 등위임을 보여주고 있다.

물론 학년도의 평균이라는 수치는 의미가 있다. 그러나 '평균치'만이 의미를 지니고 있지는 않다. '평균치'도 좋지만 '최고치'라는 개념도 그에 못지 않게 큰 의미를 갖는다. 소위 '전성기'와 '최고 봉우리'라는 개념도 살아 남아서 인생과 세계의 의미를 밝혀 준다.

그리고 각 반마다 소위 '학습 문화'라는 것이 존재하여 반의 성원에게 영향을 미친다. 그리하여 다른 반에 비교되는 특색과 다른 반과의 격차가 존재한다. 그러므로 한번도 자리를 내 주지 않고 4회나 연거푸 반 1등을 차지한 것도 의미가 있다고 생각했다. 그래서 그런지 우선 1학년 4반 구성원들부터 형진을 인정해 주었다. 그의 성적은 전교 3위다. 왜냐하면 학교 교과를 공부하는 시간이 적다. 수업 중 휴식 시간에도 세계문학전집을 읽는다 (그리고 소문대로 별도로 음악과 문학공부를 한다). 그의 실제 교과 학습 시간은 적다. 특히 반 5등인 윤희준부터 형진을 칭찬했다. 어떻게 해서 평균 30여 점인 수학 시험에서 90점을 땄느냐고 물었다. 그리고 국어 II에서 국어 문법(말본)에서 구석구석에서 심화된 항목과 항목을 어떻게 외우고 있었느냐고 물었다. 사실은 외워서 된 것이 아닌데…….

그보다 더 중요한 것이 있었다. 담임 선생부터 박형진은 전교

3등에 걸맞는 학생임에는 틀림없다고 하며 형진을 칭찬해 주었다. 뿐만이 아니었다. 바로 경쟁자들인 학규, 영민 등도 형진을 최상위층의 경쟁자로 인정해 주었다.

사실 그리할 만하다. 결과론이지만, 형진이 음악과 문학 공부를 포기했었다면, 나중에 검사한 IQ 수치가 영민보다 14나 우위인 형진은 당당히 영민을 물리치고 전교 1위도 할 수 있는 여지가 있다고 할 수 있었다. 설령 그리하지 못할지라도 형진을 실질적으로 대표하는 학업 성적은 전교 3등의 봉우리임에 틀림 없다고 주위에 있는 학생들이 공인해 주었다.

1년간 성악의 면에 있어서도 성대가 성숙기에 들어 있어서 성량이 약간 더 커지고, 투명하고 깨끗한 음색은 계속 닦여져 가고 있었다.

형진은 겨울 달밤에 굽이치는 강물이 내려다보이는 둑길을 홀로 걸으면서 마음 속으로 외쳤다. 히틀러의 '나의 투쟁'은 너무 거창하다. 그러나 나는 어머니를 잃게 하고 나에게 슬픔을 가득 안겨 준, 시한부의 생명의 임대자인 이 행성과 계속해서 싸운다.

제4부
오지 않는 여명

늑대 울음의 시작,
그리고 작별들

2월달 봄 방학이 시작되었다.

동촌국민(초등)학교 동기 동창 아홉 명이 팔공산으로 등산을 하기로 했다.

출발하는 날이 되자 모두들 외관상으로는 등산객의 구색을 갖추고 있었다. 그들은 동화사행 버스를 기다리고 있었다. 각자가 군용 각반을 매고 있었고 잠자리에 추위가 달라붙지 않도록 담요를 챙겨 넣었었다. 군용 텐트와 돗자리까지 준비를 했다. 팔석과 형진은 텐트를 운반하는 책임을 맡았다.

버스가 초만원이어서 텐트를 내려놓을 공간을 찾기도 어려웠다. 버스가 몇 차례 기우뚱거릴 때, 검정색으로 물들여 형진이 입은 군용의 빳빳하고 꽉 죄는 바지에 스쳐 그의 고추의 껍질이 벗겨졌다. 그렇지 않아도 순진하고 부끄러움이 많은 형진은 자신의 포경 상태가 '성 불구'에 가깝다는 판단을 했었다. 버스 안에서 형진은 결정적으로 극심한 충격을 받고 말았다. 껍질이 벗겨지고 난 고추의 알맹이가 매우 쓰리고 아렸기 때문이었다. 바로 그때 포경이라는 것보다 '쓰리고 아리다'는 것 자체가 형진을 '성 불구'로 만들도록 부추겼다. 버스 종점에 내려 형진이 팔석과 텐트를 어깨 위에 얹고 걸을 때에도 매우 쓰렸다.

 튼튼한 텐트를 가져왔으나 곳곳에 눈이 쌓여 있어서 그것을 칠 장소가 없었다. 그래서 그들 일행은 민박을 하는 수밖에 없었다. 저녁을 지어 먹고 난 후 그들 일행이 음담 섞인 여자 이야기를 하는 동안 웃고 있어야 할 형진은 정신적으로 고통스러운 수렁에 빠져버리고 말았다. 느닷없이 격렬한 리듬과 화음을 거느린 음률이 형진의 귓전을 엄습해 왔다. 뭇소르그스키의 개성이 뚜렷한 '민둥산의 하룻밤'이었다. 민둥산에서 악귀들이 한도 없이 출몰하고, 괴성을 발하고, 마귀가 뱉어낸 바람이 휘몰아치고 산을 휘젓고, 산을 후비듯 맴도는 소리들이었다. 나아가서 민둥산이 일렁거리듯 요동치고 있었다. 밤 자체가 악귀들에게 파먹히고 있었다. 나는 불구자다. 이제 나의 웃음은 종말을 맞이할 수밖에 없는지 모른다. 웃음의 상실만이 아니라 공부에 있어서도 전성기가 끝나갈지 모른다. 산바람이 굶주린 늑대처럼 우짖고, 나목裸木의 숲이 불안하게 술렁대고, 계곡이 번뇌의 함성을 내질렀다.

봄 방학이 끝나고 형진은 2학년으로 진급했다. 그러나 그의 귀를 지배하는 것은 굶주린 늑대 울음 소리와 공중을 맴도는 까마귀 떼의 불길한 울음소리였다. 능숙하게 해 왔었던 자학자습에서도 단 몇 분 이상 정신을 집중할 수 없었다. 집에 와서 공부를 하려고 하는 기본 자세는 개켜 놓은 이불에 등과 목을 기대는 것이었다. 병 증세는 외면적으로 신체적 고통으로 나타났다. 실제로 왼쪽 목구멍이 아프고 오줌통이 울렁거리는 것이었다. 그러한 육체적 이상만으로도 형진의 공부를 방해하기에 충분했다. 형진은 위와 같은 병적 증세로 시달리면서 1학기 중간 고사에 간신히 응시했다. 결시까지 했다. 그가 재미 있어 하던 독일어와 화학을 결시하고 말았다. 형진은 성적표도 그 내용을 한 글자도 읽지 않고 찢어 버렸다. 아버지 규수는 성적표라는 말을 끄집어 내지 못한 채 좀 이상하다고 생각했다.

형진은 같은 반 친구의 말대로 병원 정신과에 가 보았다. 그러나 형진은 수치심을 느껴서 의사에게 포경이니 오줌통의 울렁거림이니 하는 것을 감추고 진료를 받았다. 그러므로 의사는 병의 원인을 정확히 진단해 내지 못하고, 증세가 자못 심각하다고 판단했다.

6월이 되었다. 낮 동안에는 다소 더위를 느끼게도 하지만 밤에 불어 오는, 그다지 온기를 품고 있지 않은 훈풍은 포근하게까지 느껴졌다. 그 포근함 속에서 먼 데서 오는 등불 빛을 받으며 팔장을 끼고 둑길을 걷는 젊은 남녀들은 형진에게 슬픔과 고뇌와 절망을 안겨다주었다.

일요일이 되자 형진은 아버지의 방으로 들어갔다. 쉬는 날이었지만 아버지는 앉은뱅이 책상에 일거리를 놓아두고 열심히 생각하고 있었다. 형진은 그 책상 옆에 앉으며 말했다.

"아버지, 드릴 말씀이 있어요."

"그렇지 않아도 나는 너에게 할 말이 좀 있었다. 그래, 무슨 말을 하고 싶으냐?"

"아버지, 저를 깊은 산속으로 보내주세요. 암자 같은 곳이겠지요."

"왜 하필이면 깊은 산속이야? 집에 있는 것이 더 편안하지 않을까?"

"아버지, 사실 저는 절박한 상태에서 정신 질환에 걸려 있다고 합니다. 정신과 의사가 진단을 한 것이지요."

"뭐, 정신 질환……?"

"예, 그렇습니다. 의사는 요양이 필요하다고 말했지요."

"애야, 마음을 굳게 먹어라. 너는 1학기 중간고사 성적표도 내게 보여주지 않았다."

"저도 보지도 않고 찢어 버렸어요."

"어쨌든 좋다. 너는 너의 일을 스스로 해 내는 자신만만한 애였다. 나는 너를 믿는다. 그까짓 성적표보다 훨씬 나은 성적표를 보여 주겠지. 기회는 얼마든지 있다. 그렇지만 남자로서 병을 앓는 것은 일종의 악덕이다. 특히 직장에서 아파하는 모습을 보이면 상급자는 인상을 찌푸리고 병자를 추하게 생각한다. 그래서 악덕이라고 표현한 것이다. 만약 너에게 책을 사 볼 돈이 없으면 나는 어떠한 수단으로든 해결해 주겠다. 그리고 사고에 의한 부상 같은 육체적 병은 너의 잘못이 아니므로 나는 적극적으로 치유해 주겠다. 그러나 그 외의 병은 네가 스스로 책임져야 한다. 육체적 병이라 하지만 그것도 대부분 정신이 지배한다. 마음을 강하게 먹으면 육체적 병도 틈입해 들어오지 않는다. 남자란 강해야 한다. 너는 지금까지 잘 해 왔다. 너는 마음과 몸이 강했기 때문에 병 없이 대영재의 실력을 발휘할 수 있었다. 그런데 소위 '정신병'이라는 것은 허무맹랑한 것이다. 그것은 병도 아니다. 네 스스로의 마음속에 있는 '정신병'이라는 말이 무척 나를 실망시키고 있다. 병이 아니라 이름만 붙인 터무니없는 말이다."

"아버지, 정신 질환은 실제로 존재하는 것입니다. 그것은 뇌를 어지럽히는 동시에 육체적 통증으로 나타나는 것이죠. 저의 경우는 왼쪽 목구멍에 통증이 있으며 실제로 피가 나왔어요."

아버지는 언성을 높이며 말했다.

"바로 그거라니까. 뇌에 이상이 있는 것이 아니라 목 그 자체에 이상이 생긴 거야. 심호흡을 하며 목 운동을 규칙적으로 하면 낫게 되어 있다. 정신병 같은 것이 있다 하더라도 그것은 근본적으로 정신이 못난 소인배들이나 앓게 되는 것이다. 나는 지금까지 살아오면서 감기에 걸린 것도 몇 번 되지 않는다. 그리고 형극의 한 가운데서 난관을 극복해 내었다. 그런데 가보고 싶은 산속이라면 어디이냐?"

"강원도 해변에 있는 N사의 M암자로 가고 싶어요."

"좋다. 가는 것을 허용해 주는 대신에 너는 나에게 약속을 해야 할 것이 있다. 하산할 때까지 너의 병이라고 하는 것은 완전히 치유되게 해야 한다. 이미 말했지만 육체의 병도 정신이 못났기 때문에 걸리는 것이다. 육체의 병에서 완전히 회복되어야 한다. 그리고 특히 정신병이니 뭐니 하는 것은 완전히 퇴치하고 돌아와야 한다. 만약 산속으로부터 내려온 이후에 또 그런 병 증세 같은 것이 네 몸에 붙어 있다면, 너는 아버지를 닮지 않은 못난 사람으로 판단하겠다. 곧 너는 더 이상 '장한' 아들이 되지 못한다는 것이다. 그리고 너에 대한 신뢰감을 버리고 말겠다."

이 말에 형진은 무서운 절망감에 사로잡혔다. 너무 어려운 약속이 아닐까? 정신의 잘나고 못남은 다분히 주관적 판단에서 온 것이며, 성격의 차이이며, 보는 각도에 따라 달리 평가될 수 있는 것이 아닐까? 이제 아버지와는 대화가 통하지 않는다. 이러다가는 아버지와 나와의 감정의 골이 패어지는 시초가 되지 않을까? 나는 건성으로 거짓말 같은 말을 하겠다.

"좋습니다. 약속을 지키기 위해 최선을 다하겠어요. 참, 그런데 저는 성적 우수자 장학생이므로 공납금은 내지 마세요."

"그런 건 신경 쓰지 마. 너야 중학교 때부터 공납금을 내 본 것이 몇 번 되지 않았으니까."

며칠 후였다. 학교에서 5교시 수업이 진행되고 있었다. 형진은 체육 시간에 축구를 하고 있었다. 형진은 5월이 계절의 여왕이라는 것은 틀림없다고 생각했다. 5월까지는 많은 꽃이 개화되기는 하지만 아직 더 필 꽃도 많아서 6월도 꽃향기가 아주 물씬거리는 달인 것 같다고 형진은 생각했다. 그리고 5월은 덥지는 않은 온기와 그늘에서 흘러나오는 매우 약간의 찬 바람마저 있어 생산적인 사람에게는 활동하기가 썩 좋은 달임에 틀림없다고 생각되었다. 벌써 6월이 되어 버렸다. 5월의 꽃에다가 6월은 많은 꽃이 개화가 추가되어 그 향기가 훈풍을 타고 있었다. 또한 6월은 사람의 힘을 돋구며 세상을 음미하고 놀기에 매우 좋은 달인 것 같았다. 형진에게는 6월이라 하면 무엇보다 식물의 연두색이 진초록으로 바뀌는 싱싱한 신록이 떠올랐다. 그러나 병이 악화되어 가는 형진은 신록이 두려워지기까지 했다. 형진은 축구를 하다가 몸이 나른해져서 운동장 한쪽 화단 가에 서서 꽃과 풀숲을 내려다보고 있었다.

나비 한 마리가 강력한 성장력과 흡인력이 있어 보이는 풀숲의 진초록빛을 향하여 빨려들어가다가 풀숲에 바로 닿아 있는 꽃 위에 앉았다. 그리고는 나비는 향기로 충만한 공간을 음미하다가 향기에 취해 가는 듯했다. 행복에 겨운 듯이, 달콤한 꿈 속을 헤매듯이 몸짓이 유유했다. 형진의 고뇌와는 대조적이었다.

형진은 나비와 꽃을 바라보다가 풀숲을 이루는 억새풀 한 잎을 유심히 내려다보고 있었다. 억새풀은 형진에게 깊은 열등감을 느끼게 했다. 주시하고 있는 그 억새풀에서 고개를 돌려 시선을 다른 곳에 던지고 있다가 다시 그 억새풀을 보니, 시선을 피하고 있던 짧은 순간 동안 잎의 길이가 더 커져 있었다. 살아 있는 모든 것은 싱싱하게 성장한다. 학우들은 싱싱하게 성숙되어 간다. 그러나 나만이 정체되어 있고 위축되어 있는 것 같다. 나보다 키가 작은 녀석들이 나보다 더 커 보인다. 그리고 빠른 속도로 키가 커지고 체중이 늘어나는 것만 같다.

물론 짧은 순간 동안 억새풀이 더 자라나 보이는 것은 착각이라는 것을 형진은 알고 있었다. 그러면서도 열등감과 절망감을 느끼지 않을 수 없었다.

운동장 스탠드에 미루나무 잎사귀가 몇 개 떨어져 있었다. 형진은 잎사귀를 주워서 살펴보았다. 인간이 요절하듯이 6월에도 낙엽이 지는군. 숱한 잎새 가운데 상당한 수의 잎들은 여름에도 낙엽이 된다. 이 6월의 낙엽은 약간의 부분을 제외하고는 거의 모든 부분이 갈색으로 되어 버렸다. 시나브로 죽어왔던 것일 게다. 나도 이 낙엽과 같은 존재로 화해 가는 것이 아닐까?

형진은 나뭇잎을 쥔 채로 피로감을 쫓아 버리려는 듯 눈을 감았다. 그는 눈을 감고도 편하지 않았다. 나는 사람 앞에 있기가 두렵다. 공포감이 엄습해 온다. 내가 범죄를 저질렀고 앞에 있는 사람이 그 사실을 아는 것처럼 느껴진다. 이런 것이 바로 '피해망상'이라고 하는 걸까? 그리고 정신 질환의 시초가 이런 것일까? 눈이 감겨진다.

"형진아!"

누군가가 부르는 바람에 형진은 눈을 떴다. 그리고 화단에서 이어지는 스탠드 위로 시선을 던졌다. 학규가 형진을 부른 것이었다. 형진은 학규가 있는 스탠드 맨 위로 올라갔다. 학규는 수채화를 그리고 있었다. 그의 반은 미술 시간이었다.

"학규야, 수업 시간인데 왜 나를 부르냐?"

"야, 형진이 너 2학년에 올라와서는 서로 보는 것이 어찌 좀 뜸하게 되었냐? 왜 얼굴을 내비치지 않냐?"

"그럴 일이 좀 있어."

"그럴 일이라니? 무슨 병에라도 걸렸나?"

"그런 편이야."

"그런 편이라니? 병이면 병이고 아니면 아니지, 무슨 똥딴지 같은 소리를 하나?"

"몸과 정신이 좀 온전치 못한 것 같아."

형진은 누구에게도 기댈 수 없는 고독감 속에서 심드렁하게 대답했다.

학규는 형진의 얼굴에서 심상치 않는 고독을 읽어 내고는 무엇인가를 위로하고 싶은 마음으로 다음과 같이 말했다.

"인상을 찌푸리지 마라. 양력이라지만 오뉴월이 되면 모두가 다 그래. 갑자기 몸과 마음이 나른해지기도 하고……."

형진은 화제의 방향을 돌렸다.

"학규야, 너는 그림 솜씨도 대단하구나."

"그러니까 예능 성적이 나쁘지 않아 전교에서 1·2등을 할 수 있지."

"잎사귀 뒷면에 은백색의 솜털이 나 있는 미루나무 잎사귀⋯⋯. 그것이 팔랑거릴 때 잎사귀 뒷면이 햇빛을 받으면 흰빛을 반사하며 아른거리지. 그 상큼한 미소를 짓고 있는 것을 인상적으로 잘 묘사하고 있구나. 신선한 생명 영위, 미소, 춤, 미래, 희망―이런 것들이 잘 묘사되어 있어. 저기 실제로 서 있는 미류나무⋯⋯. 희망에 취해 살랑대며 속삭이는 소리가 들리지 않아? 작년만 해도 나는 교정에서 저런 잎사귀의 살랑대는 춤과 속삭임을 듣고 보면 희망과 얼마간의 희열까지 느꼈었어. 그러나 이제는 미루나무의 저런 모습을 보면 오히려 두려워지기만 하는구나. 질척한 절망의 늪에 빠지게 되지."

"아니, 니 무슨 말을 하고 있는 것이고? 왜 그렇게 되지? 니 정말 어디가 이상해진 게 아니가?"

밀려오는 훈풍을 맞으며 형진은 말했다.

"학규야, 잘 있어. 나는 간다. 떠난다. 슬픈 미지의 나라로. 격리되고 고립된 나라로. 유배지인 나라로. 여자도 없고 남자도 없는, 아니, 사람이 존재하지 않을 수도 있는 고적한 나라로⋯⋯."

학교 담 밖에서 자동차 경적 소리가 훈풍에 녹아들고 있었다.

"아니, 형진이 니 무슨 말을 하고 있는 것이고? 얼굴은 왜 그렇게 쓸쓸해 보이면서 말이다. 니, 정신이 좀 어찌 된 것 아니가? 아니면 병에라도 걸렸나? 무슨 무서운 병에라도 말이다."

학규가 아주 심각한 표정을 하고 그렇게 물었다.

"아니야. 무서운 병은 아니야."

"아니, 형진이 니 무슨 말 못할 병에라도 걸린 것 같다. 제발 털어놓아 보란 말이다. 내가 도울 수 있는 것이라면 도와 주겠어."

"아냐. 아니라니까."

"아니라면, 몹쓸 말이지만 범죄라도 저질렀나? 완전 범죄 같은 것 말이다. 완전 범죄라고 하지만 양심의 가책 때문에 고통스러워하는 것은 아니가?"

"범죄?…… 어쩌면 그런 것을 저질렀는지도 모르지."

형진은 자신을 비웃으며 그렇게 말했다.

학규는 다그치듯 말했다.

"이야기해 봐. 나는 그런 것에서도 너를 도와줄 수 있어."

운동장에서는 축구를 하기 때문에 몇 군데에서 흙바람이 일어났다.

"모두 다 나중에 알게 될 수도 있을지 모르지. 나 자신이 나중에 이야기 할 수도 있고."

형진은 의외로 담대하게 말을 내뱉었다.

학규가 위로하듯이 말했다.

"그렇다면 마음가짐을 편안하게 해라. 그리고 피끓는 청춘답게 힘을 내라, 형진아……."

"내일부터 나는 장기 결석에 들어간다. 이미 담임 선생의 허락을 받았어. 잘 있어."

"만류해야 할 담임 선생부터 허락, 묵인이라……? 그건 또 무슨 얘기가? 야, 형진아, 내가 그런 이야기를 듣고 잘 있을 수가 있나? 다시 말하지만 시원하게 말 좀 해 봐라."
"그만 해 두자. 잘 있어. 나는 간다. 떠난다."
"야, 형진아……."
형진은 꼭뒤에서 학규가 부르는 소리를 남겨두고 스탠드에서 내려왔다. 곧 수업 종료 시각을 알리는 종소리가 날 것 같았다.
6월의 훈풍은 밤이 되자 다소 선선한 느낌을 주는 미풍으로 변했다. 많은 꽃향기와 사과 향기를 머금은 미풍이 밤에 사람들의 얼굴을 어루만질 때, 사람들은 정말 향유할 만한 가치가 있는 것이 인생이며, 또한 인생은 풍요롭게 느껴질 것이라고 형진은 생각했다. 이미 말한 대로 5월의 밤보다 6월의 밤은 사람들이 삶을 향유하고 즐기기에 더 나은 달이라고 형진은 생각했다.
강원도 사찰인 N사로 떠나기 전날 밤 형진은 강둑에서 정희를 만났다. 둑을 따라 멀리 가지 않고, 램프가 켜져 있는 낚시터 부근까지 왔다. 그리고는 중간 둑으로 내려와 앉아 있었다. 과연 여러 꽃의 향기와 사과 향내가 미풍에 실려 날아와서 코를 포함한 얼굴 전체에 끼얹어졌다. 그들은 독특한 재배 기술에 의하여 특별히 일찍 생산된 '축'이라는 비싼 푸른 사과를 하나씩 먹었다. 껍질을 벗기지 않고 깨물어서 와삭와삭 씹어 먹었다.
형진은 사과를 다 먹고 난 뒤에 입을 열었다
"정희 누나, 밤이 너무 깊었어. 돌아갈 시간이야. 그런데 내일이면 나는 가. 떠나는 거야."

정희는 깜짝 놀라는 표정이 되어서 물었다.

"느닷없이 어디로 간다는 말이지?"

"멀고 먼 나라로, 슬픈 미지의 나라로, 격리되고 고립된 나라로, 유배지인 먼 나라로, 여자도 없고 남자도 없는, 아니, 사람이 존재하지 않을 수도 있는 고적한 나라로……."

"느닷없이 왜 밑도 끝도 없는 얘기를 하고 있어? 그래, 구체적으로 어디로 간다는 말이니?"

"강원도 N사로 가게 되었어."

"왜? 무엇 때문에……"

"혼자서 절대의 고독을 마시면서 연명하기 위해……."

"여전히 밑도 끝도 없는 얘기야. 무슨 병이라도 생겼니?"

형진은 강물을 바라보면서 자신을 비웃는 표정이 되었다. 어둠 때문에 정희는 형진의 표정을 관찰하지 못하고 있었다.

"그래, 무슨 병이 생긴 것 같아."

형진은 얼굴에 자조적인 냉소를 그리면서 대답했다.

"무슨 병이니?"

"나도 몰라."

"역시 뚱딴지같은 말만하고 있구나. 형진이는 생활의 어둑스레한 한쪽 그늘에서 자포자기하고 있는 것 같아."

형진은 더욱 더 자신을 비웃으며 학대하고 있었다.

"나도 무슨 범죄를 저지른 것 같아."

"저질렀으면 저지른 것이지, 왜 저지른 것 같다고 말하고 있어? 무슨 병에다 무슨 죄라니······?"

"누나는 자세히 알 것 없어."

"아니야, 제발 납득이 가도록 얘기해 봐. 병과 범죄는 차라리 여자가 잘 이해하고 도와 줄 수 있어. 나는 여자야. 모든 것을 모성애의 방향으로 이끌어 갈 수 있어."

"모두 다 나중에 알게 될 수도 있을지 모르지. 나중에 나 자신이 직접 얘기 할 수도 있고······."

"너는 왜 나를 슬프게 해 놓고 떠나려고 하고 있니? ······좋아, 더 이상 묻지 않겠어. 건강히 잘 갔다 와."

"정희 누나, 나 같은 건 잊어 버려."

"왜 자꾸만 너 자신을 스스로 학대하고 있니?"

둑 건너편 국도를 달리는 고물 화물 자동차가 유난히 요란스럽게 털털거리고 있었다. 잠시 두 사람 사이의 공간에 침묵이 육중하게 내려앉아 있었다.

형진이 망설이다가 말을 꺼냈다.

"그런데 정희 누나, 한가지 청이 있어. 나는 정희 누나와 몇 살 차이도 안 될 뿐더러 정신은 성숙해져 있어. 작별의 키스를 하고 싶어. 어쩌면 영원한 이별이 될지도 모르지."

"그런데 한가지 묻겠는데, 형진이는 나를 이성으로서 좋아하니?"

"진정 그렇게 되고 말았어."

"형진의 순진스럽고 순수함이 서려 있는 눈. 동경하는 눈. 연령을 초월하여 소녀나 나이 든 여자마저 다시 한번 쳐다보게 하는 눈. 차라리 영원한 로맨티스트의 눈…… 불행하게도 그 눈에 사로잡히고 만 내가 슬퍼져. 자, 동촌의 대영재, 더 가까이 와. 키스해 주겠어."

이성의 눈으로 받아들인다고? 불구자일 내가 받아들여진다고? 나는 슬퍼. 그러나 어쨌든 나는 이겼어. 형진은 정희의 가슴에 가까이 갔다. 그리고 몸을 밀착하여 꼬옥 끌어안았다. 그리고는 둘은 키스를 했다. 정희의 입술에서는 달콤한 사과 향기가 났다. 형진은 끌어안은 채 말했다.

"정희 누나, 누나가 가지고 있는 쇼펜하우어의 책을 모두 챙겨 줘. 산속에서 조용히 읽고 싶어."

"그래, 이따가 집에 가서 가지고 나올 께."

둘은 미풍이 흐르는 둑길을 따라 몸을 밀착시키면서 걸었다.

그러면서 형진은 생각했다. 나는 저항할 힘을 잃었다. 하지만 나를 에워싼 것들과 싸울 힘을 되찾아야 한다. 어떻게 해야 하나?

제2의 반항

 이튿날 형진은 강원도 N사로 떠났다. N사 본절[本寺刹]이 있는 위치에서 가까운 산속으로 물러앉아 있고, 약간 고도가 더 높은 M암자를 찾았다. M암자는 N사로부터 북서쪽으로 위치하고 있지만 만灣이 들어와 있어서 바다가 그다지 멀지 않은 암자였다. 형진은 M암자에서 숙식을 하기로 결정했다.
 도착한 다음날부터 형진은 책을 펴고 학교 공부하기를 시도했다. 그러나 학교 공부는 쉽게 되지 않았다. 공부를 하기에는 너무나 잡념이 많았다. 우선 그는 외로움에 몸을 떨었다.
 특히 정희와 작별한 밤이 형진의 뇌리에서 떠나지 않았다. 정희는 자꾸만 형진을 부르는 것 같았다. 거리만 멀지 않으면 그는 곧장 산속으로부터 내려가서 정희를 다시 한번 만나고 돌아오고 싶었다. 정희라는 존재는 형진의 가슴에 깊이 각인되고 말았다.

M암자의 비구승들은 점잖고 겸손했다. 그리고 조용하고 부지런했다. 새벽 예불 때 목탁 두드리는 소리와 염불하는 소리가 아직 잠들어 있는 형진의 방에 스며들었다. 그리고는 날이 완전히 새기도 전에 빗자루로 절의 뜰을 쓰는 소리가 들려왔다. 그제서야 형진은 일어났다. 그리고는 밖으로 나왔다. 뜰을 청소하는 사람은 동자승이나 피고용인이 아니었다. 뜰을 청소하는 사람은 장년층의 비구승이었다. 암자에서 비구승들은 걸음마저 조용했다. 염불과 특히 목탁 두드림으로—얼마간 최면의 효과가 있기는 하지만—이성의 사랑을 멀리 물리치고 있다고 형진은 생각했다. 그 외의 세속적 욕망을 목탁 소리로 깡그리 물리친 깨끗한 남자들이라고 생각했다. 비록 육체적인 목욕을 자주하지는 않는다고 하지만.

시일이 좀 흐르자 형진은 암자에서의 생활에 익숙해졌다. 그러나 학교 공부는 제대로 되지 않았다. 그래서 정희가 챙겨 준 쇼펜하우어를 읽기에 열중했다. 쇼펜하우어도 불교적 해탈을 부분적으로 긍정한 사람이었다.

형진은 여러 날에 걸쳐서 대학 교재인 화성학을 공부하는데 열중했다. 나중에는 역시 대학 교재인 대위법을 공부했다. 여태까지의 피아노 교습을 통하여 악기도 없이 화음까지 읽어내며 작곡을 할 수 있을 만큼 독보력이 뛰어난 정도가 되어 있었다.

출렁이는 동해를 멀지 않은 위치에서 바라보고 또한 그 반대

방향으로 산을 바라보는 형진은 마음이 청량해졌다. 실제와는 다르게 소금기를 머금은 듯한 바닷바람이 불어왔다.

승려들 가운데는 전국의 사찰을 돌아다니는 시인, 에세이스트, 그리고 명상록을 쓰는 명상가들이 적지 않았다. 바랑을 등뒤에 매달고 굽이진 산길의 모퉁이를 돌 때 장삼 자락의 펄럭임에서 작품이 생성되는 것 같다고 형진은 생각했다.

어느 날 누군가가 형진의 방 앞에까지 와서 말했다.

"학생, 아직도 잠에 빠져 있는 거요?"

"아녜요."

형진은 방문을 열었다. 젊은 명정 스님이었다.

"학생, 늦잠을 자지 말아요. 어디가 아파요? 정신적으로 무슨 고민에 빠져 있는 거요?"

"아녜요, 명정 스님."

"어딘가 아픈 것 같아요. 내가 보기에 안쓰러워서 도와주고 싶었어요. 여기는 공기가 좋아요. 아침에 일찍 일어나서 운동을 좀 해봐요. 그리고 동해 일출을 바라봐요. 비싸고 좋은 보약을 먹는 것보다도 정신에 좋은 치료 효과를 가져다줄 거요. 하루의 일과 전체가 상쾌해 질 거요. 일출은 정말 감동적인 장관이오. 방에 좀 들어가도 돼요?"

"예, 명정 스님, 들어오세요."

"특히 가부좌를 틀고 앉아서 일출을 보면 더욱 상쾌해져요."

산중의 바람은 얼마간 드센 편이어서 형진의 방 앞 처마 밑에서 계속하여 풍경 소리가 났다. 형진의 방에 들어온 명정 스님은 형진에게 가부좌를 트는 방법을 가르쳐 주었다.

형진은 다음 날 일출을 보려고 마음먹었다.

다음 날 매우 이른 아침 형진은 바위 위에서 동해 쪽으로 향하여 가부좌를 틀고 앉아 있었다. 세찬 바람이 불었다. 바닷물이 출렁거리고 있는 것 같았다. 그러나 태양은 일렁거림 없이 의연하게 바다 위에 떠오르고 있었다. 바다 위에 반쯤 올라온 태양은 장관을 연출해 주었다. 아름답고 커다란 꽃송이가 바다 끝에서 떠받쳐지는 것처럼 떠오르고 있었다. 붉은 빛이 바다를 물들였다. 일출은 인간에게 새로운 탄생, 희망, 용기, 싱싱한 생기, 축복, 신비스러움을 안겨다 주는 것 같다고 형진은 생각했다.

그러나 형진은 그 장관을 사랑할 수 없었다. 일출이 주는 새로운 탄생, 희망, 용기, 싱싱한 생기, 새로운 축복, 신비스러움은 오히려 형진에게 열등 의식, 심신의 위축감과 절망을 안겨다 줄 뿐이었다. 나에게는 일출이 새로운 탄생, 새로운 출발, 새로운 축복, 희망이 될 수 없어. 차라리 나는 깊숙한 어둠을 사랑하겠다.

형진은 도박을 하다가 무일푼이 된 사람처럼 허탈감에 빠지면서 일어섰다.

암자로 온지 한 달 반쯤 지난 후였다. 형진은 대낮에 숲 속 너럭바위 위에 앉아 바다를 바라보고 있었다. 바다는 아름답고 신비스러웠다. 바다 오른쪽에 있는 작은곶도 아늑한 아름다움을 더 한층 장식해 주었다. 형진은 바다를 바라보다가 눈을 감고 있었다.

사이비 종교의 교주는 자신이 직접 여호와나 다른 신과 대화를 했다고 주장한다. 보통 사람들은 그것이 거짓이라고 질타한다. 그러나 그것은 거짓이 아니다. 최면에 걸려 있는 상태에서 신의 음성을 직접 듣게 되는 환청이 있는 것이다. 형진에게도 어릴 때부터 몽유병에 걸릴 만큼 감수성이 예민하므로 간혹 환청 또는 그것과 유사한 체험을 했었다.

형진이 눈을 감은 채로 한참 있었을 때 말소리가 들려왔다. 기억 속에서 가물가물 되살아나는 할아버지의 목소리였다.

"애, 형진아, 너는 한쪽으로는 바다, 반대편으로는 산―이렇게 풍치가 좋은 곳에 있구나. 너는 도대체 무엇을 하고 있나? 무슨 병에라도 걸렸냐? 니가 예쁜 아기일 때 너의 고모나 다른 여자들이 너를 업고 놀다가 니가 다치기만 하면 나는 몹시 화를 내었다. 나중에는 너를 데리고 밖으로 나가는 것마저 금지시켰다. 손자에 대한 편애가 있었다고 하지만, 내가 보기에 너는 참으로 귀엽고 앞으로 큰 사람이 될 것 같았다. 형진아, 너도 이제 나이가 찼다. 무엇을 하고 있냐? 너는 해군 제독이 되기 싫거나 그렇게 되기가 어렵다면 해적 왕이 되어라. 그리하여 이 할애비의 원수를 갚아다오."

형진은 더 듣기 위해 그대로 눈을 감고 있었으나 말소리는 끝나서 더 이상 들리지 않았다. 그래서 눈을 떴다. 목소리가 났던 위치나 향방을 종잡을 수 없었다.

다음 날 이른 오후에 형진은 숲 속 너럭바위 위에 앉아서 바다를 바라보았다. 역시 한낮의 바다는 과시하듯 아름다움과 신비를 머금고 있었다. 형진은 눈을 감았다. 졸음이 올 무렵 역시 환청이 있었다. 어머니의 목소리가 들리는 것이었다.

"형진아, 너는 병을 앓고 있는 것 같다. 나로서도 네가 어디가 아픈지 모르겠다. 아무도 너를 도와주지 않았구나. 나도 도와줄 수가 없고……. 너 하나를 건사하지 못한 아버지……. 아버지도 나와 같이 너에게 대하여 무정하고 불성실한 면이 있구나. 그런데 형진아, 너는 어찌하여 너의 고향인 남해의 해역을 잃고 국민학교 때에는 서해, 지금은 동해에 와 있니? 물론 이 어머니의 책임도 있다. 형진아, 지금 바다의 저 끝을 바라보듯이 인생을 장기적으로 보아라. 그리고 현실이 슬플수록 노래를 불러라. 그리고 작곡을 해라.

목소리를 남기는 오페라 가수만을 지망해서는 안 된다. 너의 빛과 그림자를 모두 풀어 넣어 후세에 남길 음악을 작곡하여라. 나는 네가 병이 생긴 것을 바라보고도 도와 줄 수가 없구나. 니가 고아였을 때 어린 너 혼자 세파를 헤쳐나갔듯이 너는 너의 문제를 극복해 나갈 수밖에 없구나. 어쩔 수 없는 숙명이구나. 언제 너 홀로 우뚝 설 수 있겠니? 너의 인생을 너 자신이 극복해 나가도록 해라. 너 자신이 너에게 패배 당해서는 안 된다."

바로 그 날 밤 형진은 숲을 곁에 두고 있는 길을 거닐었다. 바다는 검정색으로 변해 있었다. 이쪽 해안에서 등대불이 깜빡거리고 있었다. 밤하늘이 바다를 대신해 주듯 한낮의 바다 색조로 펼쳐져 있었다. 별들은 속삭이고 조각달은 노를 감춘 채 흘러 떠 내려가고 있었다. 형진은 어두운 길을 따라 경사가 급하고 가파른 계곡으로 내려갔다.

형진의 뇌리에는 브람스의 바이올린협주곡 D장조의 2악장이 흐르고 있었다. 그 음악은 푸른 하늘에 수놓아진 별들이 빛나는 밤의 노래라고 형진은 생각해 왔었다. 적요하게 노래를 풀어 올리는 목관악기의 선율과 화음이 특히 그러했다. 고독, 한없는 인내, 비감이 서려 있으면서도 고고한 별의 눈짓과, 오래고 오랜 기다림이 담겨져 있다고, 형진은 소리를 형상화形狀化했다.

형진은 더욱 깊어진 계곡으로 내려가면서 생각에 잠겼다. 아무도 나를 도와주지 않는다. 나는 사바세계에서 더할 수 없는 고독한 자이다. 모든 것으로부터 떨어져 격리되어 있고 고립된 자이다. 내가 서 있는 넓고 넓은 들녘에 밥을 지으려고 피우는 불의 연기조차 보기가 어렵다. 다시 말하면 연기를 내는 집 자체가 거의 없을 정도로 드문드문하다. 나에게 있어 세상은 공소空疎한 들녘이다. 허무의 들녘이다. 내 앞에 놓여진 길은 슬픈 인내의 길일 뿐이다. 그 길을 저버릴 수는 없다. 살아야 한다. 어머니와 할아버지의 음성들이 뭍이나 물 바닥에 가라앉아 있지 않고 허공에 떠 있는 한…….

나는 조용한 승려가 되었다고 마음먹어야겠다. 탄탈로스와 시시포스의 고통을 감내하여야 한다.

쇼펜하우어와 니체는 나와 마찬가지로 세상에서 가장 큰 슬픔을 머금고 있던 고독한 자들이었을 것이다. 이제 나도 그들의 뒤를 따르겠다. 그들의 인생의 궤적을 더듬으며 나아가야 하겠다.
나는 이 세상 끝 절벽으로 더 이상 밀릴 수 없다. 노래 부르기와 작곡을 둘 다 하겠다. 화성학과 대위법의 기초를 공부한 것은 잘한 일이라고 생각한다. 그것들을 내용으로 하는 책은 또 있으니 다음 책들을 독파해 나가야 하겠다.
형진은 희미한 달빛 외에는 모든 것들이 외면을 하는 계곡을 한참이나 내려가고 있었다. M암자에까지는 소리를 질러도 들리지 않는 계곡이었다.
형진은 문득 노래를 하고 싶어졌다. 이 밤중에 혼자서만 들을 수 있는 노래를······. 형진은 M암자에 거처한 첫날, 둘째 날, 셋째 날에 걸쳐서 노래를 했었다. 정희를 향한 노래였다. 그러나 넷째 날부터는 노래 부르기를 그만두어 버렸다. 새로운 마음의 갈등 속에서 정희를 잊어야 한다고 생각했기 때문이었다. 그러나 오늘부터는 다시 노래를 시작해야 한다. 이제부터는 정희와 여성만을 위해서 부르는 노래가 아니다. 남성도 들을 수 있어야 한다. 그리고 사랑에 빠진 남성에 한해서 들어야 하는 것도 아니다. 대상은 모든 민중이다. 피가 끓는 모든 민중의 가슴에 노래를 불어넣어 호소하는 것이다. 그것도 세계 무대 위에 서서······.
형진은 애끓는 노래들을 절실하게 호소하듯 노래했다. '동심초', '그 여자에게 내 말 전해 주', '넌 왜 울지 않고', '남몰래 흐르는 눈물', '별은 빛나건만'…….

1964년도 예정 수업일수는 228일로서 진급을 할 수 있는 최대 결석일수는 수업일수의 1/3인 76일이었다. 거기다가 여름 방학 36일 까지 합해서 112일이나 형진은 등교하지 않았다. 그 중에서 110일째 되는 날까지 형진은 산속에 머물러 있었다.

동해 일출을 성공적으로 목격하기 위하여 형진은 몇 번이나 시도했으나 실패로 끝났다. 일출은 새로운 탄생, 새로운 출발, 새로운 축복, 새로운 희망을 형진에게 가져다 주지 못했다. 형진은 산속에서 차라리 깊숙한 어둠을 사랑해 왔다고 할 수 있었다.

그런데 산속에 들어온 지 109일째 되는 날 형진은 언뜻 떠오르는 것이 있었다. 일출에 침을 뱉고 차라리 그 반대 현상인 일몰을 사랑해야 되겠다고, 그리하여 일몰을 지켜보아야 하겠다고 생각한 것이었다. 바로 그날 형진은 낮은 서쪽 산이 바라보이는 바위 위에 가부좌를 틀고 앉아서 일몰을 기다렸다. 일몰, 낙조, 낙일, 석양, 노을, 어스름, 땅거미, 황혼―이렇게 여러 유사 개념으로 표현되는 현상은 오히려 형진에게 안정감을 안겨다 줄 것 같기 때문이었다.

태양은 낮은 산봉우리 옆쪽에서 떨어져 내리고 있었다. 태양이 거의 다 내려앉을 무렵 낙일의 비장함을 머금은 노을은 하늘의 넓은 면적에 이르도록 붉은 빛에 가까운 자줏빛 꽃잎의 색조로 물들여져 장관을 이루고 있었다. 그렇다. 나에게는 일출보다는 차라리 장엄하게 어둠을 준비하느라고 진통을 겪고 있는 낙일과 노을이 더 아름답다. 비장하면서도 아름답기 그지없고 서럽도록 황홀하다. 낮에 의해서 떠밀리고 밤에 의해서 생명이 스러지는 낙조와 노을-나는 그 속에서 살고 싶다. 나는 그 속에서 난관과 고난의 길을 뚫고 나가야 하겠다. 나는 이 암자에서 쇼펜하우어와 니체의 인생의 궤적을 더듬으며 나아가야 하겠다고 마음먹었다. 그러나 낙조와 노을이 있는 지금부터는 '연애하는 쇼펜하우어'가 되겠다.

나는 이성을 사랑할 수 있을까? 아니다. 사랑할 수 없다. 아니다. 사랑할 수 있다. 그러므로 사랑하겠다. 나는 범죄자가 되는 것이다. 사랑을 위한 라스코리니코프가 되는 것이다. 그리하여 여자의 앞가슴을 풀어헤치고 젖꼭지를 빠는 것이다. 킥킥킥······. 안 된다. 그것은 위험한 생각이다. 아무리 내가 라스코리니코프처럼 사색의 천재라 할지라도 지킬 것은 지켜야 한다. 나는 플라톤의 고상한 품격을 매우 좋아한다. 정신을 고양시키겠다. 전력을 다 하겠다. 나는 행동 강령을 만들어서, 100% 적용하지 않더라도 최선을 다해 원칙을 지키겠다.

연상의 정희는 나의 고백 뒤에, 자신의 자존심을 지키면서도 자연스럽게 나를 좋아한다고 말했었다. 불리한 사랑의 게임에서 승리한 것은 나였다. 대어를 낚았었다. 무척 기뻤었다. 또 다시 그녀에게 다가가고 싶다. 그렇지만 다가가서는 아니될 것 같기도 하다. 어떻게 보면 정희와의 서로 좋아함은 이미 한계에 달했는지도 모른다. 몸을 꼬옥 끌어안고 키스를 했기 때문이다. 그런데 내 마음은 왜 이럴까? 정희가 나타나기만 해도 그녀를 맞이해서 포옹을 하고 키스하고 싶다.

이제 정희와의 관계를 끊고 다른 여자를 찾아야 할 것 같다. 오히려 남자를 약간 두려워하는 듯한 동년배쯤의 여학생을 찾아야 하지 않을까? 라보엠에서 폐 질환으로 죽어 가는 미미 같은 청초한—어쩌면 창백한—여자를 찾아야 할 것 같기도 하다.

형진이 산속으로 들어온 지 대체로 두 달 반 동안은 북서쪽에 연이어진 두 개의 둥근 산봉우리들이 정희가 누워있을 때 위로 튀어나온 젖무덤으로 보였다. 그 두 젖무덤 같은 형상을 욕망의 대상으로 생각했을 때는 그 산봉우리들이 형진에게 고뇌를 안겨 주었다. 그 산봉우리들은 불안과 두려움으로 다가와서 형진으로 하여금 시선을 피하게 했다. 그러나 뒤에 가서 그 산봉우리들을 대담하게 정면으로 보았을 때는 젖무덤으로 보였기는 하지만, 고뇌와 불안과 두려움으로 다가오지 않았다. 그 젖무덤은 모성적이며 안락하고 포근한 것으로 그의 시야에 들어왔다. 형진은 생각했다. 왜 일찍이 그 산봉우리들을 정면으로 응시하지 않았을까? 훗날 형진은 생각을 적극적으로 펼치지 않고 삼십육계 치는 소극형이 되지 않았다면 보다 병이 일찍 치유될 수 있었다고 생각했다.

곧 형진은 그에게 고유한 행동강령을 만들었다. 행동강령 제1호—나는 사랑해야 한다. 나와 다른이가 나를 공격할 수 있다 하더라도 나는 아름다운 범죄자가 되는 것이다. 나는 타인이 말하는 범죄자라고 일단 받아들이고 양보할 수 있기까지 할 수 있다. 나는 사랑을 위한 라스코리니코프가 되는 것이다. 사색의 천재답게 노니는 것이다. 행동강령 제2호-나는 플라톤의 고상한 품격의 사유를 좋아한다. 최대한 플라토닉한 사랑을 추구하겠다. 행동강령 제3호-나는 연애하는 쇼펜하우어가 되겠다. 행동강령 제4호-(제3호)까지를 완성하기 위하여, 여자의 젖무덤을 주물러서는 안 된다. 행동강령 제5호-마찬가지로 여자의 히프를 더 듬거나 만져서는 안 된다. 행동강령 제6호-원칙적으로 키스를 해서는 안된다. 행동강령 제7호-단 여자를 나에게묶어두고 독점할 수 있도록 키스를 할 수 있다.

 형진은 암자에 와서 심신이 얼마간 안정되어 가고 있었던 것은 좋은 일이라고 생각했다. 학교 공부는 해 놓은 것이 거의 없었다. 그러나 화성악과 대위법을 읽어 낸 것은 큰 수확이라고 생각했다. 그리고 성악 연습은 대체로 만족스럽게 해 낸 것 같았다.

 황홀감을 주며 붉게 타오르다가 서서히 붉은 빛깔이 연해져 가는 노을······. 그 아래서 형진은 하산하기로 결심했다. 나는 치유되어서 내려가는 것이 아니다. 첫째, 부딪치면서 투쟁하러 간다. 둘째, 화성학과 대위법을 더욱 심화시키기 위하여······. 셋째, 멀지 않은 시일 내에 무대에 설 수 있도록 목소리를 더욱 갈고 닦기 위하여······.

 산속의 숲은 바람이라는 악기를 통해서 노래하고 있었다.

김학규

형진이 강원도 N사 M암자에서 하산한 후 몇 달이 흐른 뒤 그는 마치 자폐증에 빠진 사람처럼 제약 속에서 생활을 해 나온 것 같았다.

집 밖으로 나가 있을 때 잘 생기지 못한 여자를 보면 겁이 났다. 일종의 공포증에 가까웠다. 남자를 보아도 열등감에 빠졌다. 그래서 외면상 외계와의 관계를 최대한 축소해 버리고 자신의 삶만에 몰두하려고 했었다.

학교에 가니 학규와 영민을 비롯한 여러 학우들이 형진을 반갑게 맞아 주었다. 그들은 형진이 없는 동안 키가 엄청나게 커지고 체중이 늘어나 있는 듯만 싶었다. 외계의 생명체들은 끊임없이 성장을 계속했으나 형진 자신만이 정체되어 있는 듯만 싶었다. 그러나 그러한 현상들은 착각이었다. 키가 보통은 되는 형진에게는 실제로 그보다 키가 더 작은 학생이 더 크다고 생각되었다. 길에 나설 때 키가 160cm에 가까우나 조금 못 미치는 여학생들이 최소한 5~6cm나 더 큰, 키가 한국의 옛날(1960~1970년대) 남자 산술 평균치는 되는 형진보다 키가 더 큰 것처럼 보였다. 특히 여학생들이 학교 행사를 위하여 거리에서도 한복을 입고 있으면 더 커 보였다.

책에서이거나 영화에서이거나 학교 수업에서이거나 또는 바로 곁에 있는 사람의 입에서 '불구하고'라는 언어가 나오면 형진은 '성불구'가 연상되어 정신적인 통증을 앓았다. 그때는 전신이 떨리는 전율을 치러내야 했다. 형진과 대화하는 사람이든 제삼자들이든 성에 관한 이야기를 하면서 일종의 공격적인 언어를 사용하면, 형진은 자신에게 공격을 가한다고 착각하는 때가 많았다. 바로 '피해망상'이었다. 그리고 '추적 망상'의 증후症候가 있기도 했다.

동급생들은 체육 시간이나 쉬는 시간 시간에 차마 귀로 들어주지 못할 음담패설을 많이도 지껄여대었다. 그것은 학교가 청년기에 있는 그들의 심리적 욕구에 제한을 가한다는 것에 대한 불만의 해소이며 일종의 반항이었다. 그러나 학우들은 정의감이 있었고 행동이 제법 의젓해져 있었다.

하교 후에 만나는 친구도 거의 없었다. 그전에는 시간이 나기만 하면 형진이 찾았던 친구가 적지 않았다. 국민(초등)학교 동기 동창으로서 재학 시절에 같은 패거리였으며 지금은 야구 선수로서 유격수인 종렬을 가끔 만나기는 했다. 종렬은 운동을 하는 학생답게 낙천적이고 단순했으나, 형진이 자신의 고민 거리를 얘기하면 귀를 잘 기울였고 형진의 마음을 달래 주듯이 우스운 얘기를 많이 했었다.

정희와의 만남도 뜸해졌다. 하산 후에 처음 만나서 빌린 책을 돌려 줄 때 정희의 몸매는 더 풍만해져 있었다. 그것이 그로 하여금 모성애를 느끼도록 했으나, 한편으로는 형진에게 고뇌를 안겨 주었다. 그런가 하면 정희는 형진의 비밀을 알게 되면 서슴없이 형진으로부터 등을 돌릴 것만 같은 불안이 생기기도 했다.

이런 저런 이유에서 사람과의 교제를 줄여 가며 자주 찾는 곳은 신축된 교사의 음악실이었다. 성악의 광狂 영만은 여전히 음악 감상 해설을 맡고 있었고, 음악실 문을 언제든지 딸 수 있는 열쇠를 갖고 있었다.

영만은 형진을 반기며 맞아들였고 둘은 더욱 친해졌다. 형진은 절간에서 악보를 읽으며 독파했던 화성학과 대위법을 아버지나 학우들 몰래 피아노를 쳐서 복습해 나갔다. 또한 노래를 부르며 자기 세계의 외곽에 담을 쌓고 음악에 몰두했다. 개미 만한 절망이여, 나의 큰 몸뚱이 속에서 나를 얼마든지 갉아먹어 보렴.

형진은 집에 피아노가 없으므로 늦도록—때로는 영만이 하교한 뒤까지—피아노의 화성에 많은 관심을 기울이고 몰두할 때가 많았다. 그는 대담하게 11월 중순까지 일단 피아노 소품의 작곡의 준비 공부를 마치고 작곡을 할 태세를 취하고 있었다. 학우들이 학업을 쌓아 가는 그 시간에 그도 음악에서 일정한 수준의 성취를 보이겠다고 결심했다. 사실상 이 땅에 대한 어려운 도전이었다. 아버지가 알면 큰일이 벌어지게 된다는 것도 알고 있었다. 그러나 그의 결심은 완강했다.

그러던 중 일요일에는 대구 B대학교 도서관으로 갔다. 거기에서 학교(KB고교)에서 빌린 십여 권이나 되는 음악해설집을 읽고 있었다. 형진의 학업 성취의 전성기에는 집에서 공부하는 것이 최고의 능률을 올리게 했는데, 처음으로 도서관 출입을 해 보니 그 곳도 전성기 때에 거의 가까울 정도로 정신 집중이 잘되었다. 그런데 도서관에서 학교 공부를 하는 것은 시도해 보았으나 잘 되지 않았다. 도서관에서 공부에 열중하는 것은 다른 사람과 경쟁도 되고 2000년대 도서관과는 달리 칸막이가 없어서 앞이 탁 트이고 많은 책을 올려놓을 수 있도록 1인당 면적도 적지 않는 것 같았다.

형진은 자신이 대학생도 아니고 고시 준비생도 아니어서 일반 독서실의 깊숙한 안쪽에 앉는 것이 부끄럽게 느껴졌다. 그래서 형진은 독서실 출입문과 마주보는 창가의 책상에 앉아 있는 때가 많았다.

시간을 얼마간 거슬러 올라가서 11월 중순 일요일 형진이 처음으로 B대학교 도서관에 가서 창가에 앉아 작곡의 도중에 정신의 준비 체조로서 음악해설집을 읽고 있을 때, 같은 책상의 맞은편에 한 여학생이 와서 앉았다. 그 다음 주 일요일에도 똑같은 일이 일어났다. 대구와 경북도내 최고의 여고인 KV여고 1학년 학생이었다. 치마 양쪽에 흰 줄을 박은 것과 머리를 땋지 않은 것을 보고 형진은 1학년임을 알 수 있었다. 다음 주 일요일에는 창가의 다른 줄로 자리를 바꾸어 보았다. 그런데도 그 여학생은 그의 맞은편으로 찾아와 앉는 것이었다. 그 여학생은 약간 둥글고 우아한 얼굴에 발랄한 성격이 엿보였다. 또 하나의 특징은 크고 명랑해 보이는 눈인데 좀 과장을 하자면 한 쪽 눈이 입만큼 컸다. 작곡을 준비하고 있는 형진이었지만 토요일인데도 그 도서관에 가 보았다. 그러면 또 그 여학생이 형진의 맞은편에 앉는 것이었다. 소문에 의해서 알고 보니 그녀는 대학교내 로터리에 위치한 매점 주인의 딸이었다. 이름은 서현숙이었다.

그런데 토요일과 일요일에 애써 찾아간 그 도서관의 2층 독서실에 그녀가 나타나지 않을 때는 왠지 마음이 허전하고 쓸쓸해졌다. 그의 가슴속에는 여러 건조물을 철거해 버린 황량하고 공소한 들녘이 펼쳐졌다.

형진은 자신의 마음을 읽었다. 쓸쓸함과 서글픔과 그리움의 마음은 거의 자연발생적으로 그녀를 그의 곁에 붙잡아두고 싶어 했다. 그래서 형진이 나중에 작곡한 녹턴 C단조에는 그녀의 이미지가 상당히 짙게 깔려 있었다.

그런데 사실 형진은 서현숙을 마음에 두기 이전부터 다른 여학생에게 관심을 두고 있었다.

등교할 시각이면 동촌 아양교 쪽으로 이사 온, T여고 1학년 학생과 마주쳤다.

형진이 M암자로부터 하산할 무렵, 대구 중심가로부터 한 세대가 와서, 둑에 바로 인접한 공터를 사들였다. 그리고 아베크 족속을 위하여 여관을 지었다. 그 집 딸이 바로 T여고 1학년생이었다. 그 여학생은 집 안에서 귀염을 듬뿍 받으며 자라났다는 것이 얼굴과 몸 전체의 자태에서 나타나 있었다. 얼굴은 약간 긴 계란형이며, 눈이 좀 작았으나 그 점이 그녀의 결점이라고 할 수는 없었다. 형진은 종렬을 통해서 그녀의 이름을 알아내었다. 송연주였다.

그런데 겨울 방학이 되니 슬쩍 마주칠 기회마저 없어졌다. 형진의 가슴에 자신도 모르게 그리움이 담겨져 출렁이고 있었다. 그래서 형진이 나중에 작곡한 녹턴 e단조에는 형진 자신도 모르게 송연주에 대한 그리움과 그녀의 이미지가 배어 있었다.

형진은 본격적인 작곡에 들어갔다. 그리고 도서관에 가지 않고 학교 음악실이나 집에서 곡을 쓰고 있었다.

먼저 피아노 반주의 '우리 가곡'을 세 곡이나 썼다. 김영랑의 '모란이 피기까지는', 박용철의 '떠나가는 배'와 김광균의 '와사등'에 곡을 붙였다. 형진의 예상과는 달리 작곡을 하기 위해 실제로 펜을 들었을 때 많은 시간이 소요되었다. 노래 가사와 결합된 선율도 선율이거니와 피아노 반주에서 화음을 조합하는데 어려움을 겪었다. 형진은 대체로 결과를 만족하게 여기면서도 타인에게 의외로 악평을 들을 가능성이 있지 않을까 하면서, 불안한 감정을 억제하지 못하고 있었다.

12월 중순부터 피아노 곡을 썼다. 에튀드(연주용 연습곡) 2곡, 녹턴(야상곡) 3곡, 연주용 전주곡 2곡을 썼다.

형진은 1965년 방학 중인 1월 중순에 일직을 하러 나온 남정연 선생께 작곡이 완료된 악보를 가지고 갔다. 남정연 선생과 형진은 음악실로 갔다.

"내가 피아노 반주를 할 테니까 니가 작곡한 노래를 직접 불러 봐라."

형진은 자신이 작곡한 세 곡을 연이어서 노래했다. 세 곡 다 최고음이 High B였다. 남정연 선생은 먼저 이 점을 지적했다.

"제대로 된 성악가는 High B 음을 무리 없이 낼 수 있다. 그러나 작곡의 초심자가 처음부터 연주가에게 높은 B음을 요구하는 것은 그다지 바람직하지 못하다."

잠시 상념에 빠져드는 자신을 억제하면서 형진은 남정연 선생의 말에 귀를 기울였다.

"그렇습니까? 그런 것은 사사하지 않으면 초심자가 잘 예측할 수 없는 것입니다."

"평자들은 초심자에게 불평이 많고 트집잡는 데에 익숙해져 있다. 아무것도 아닌 것을 결점으로 지적해 댄다. 내가 말하는 것을 기분 나쁘게 생각하지 말아라. B음을 A음으로 고쳐라. 물론 그 반주도 고쳐야 되겠지. 그런데 놀랍게도 반주의 화음이 많이 공부해서 초심자답지 않게 익숙한 듯한 모습으로 짜여져 있다. 그러면 기악곡들을 내가 피아노로 쳐 보겠다."

한참 동안의 연주를 마치고 남정연 선생은 말했다.

"피아노 연주는 상당히 기본적인 것이므로 나는 피아노를 부전공으로 했다. 그러므로 피아노 음악은 어렵지 않게 감별해 낼 수 있다. 이러한 입장에서 너의 곡을 평해 볼까 한다."

이때 형진은 강조해서 말했다.

"작곡을 했다지만 저는 좀 쑥스럽고 부끄럽습니다. 왜냐하면 많은 악기의 성질과 특성을 잘 알지 못하므로 제가 배운 피아노의 곡만을 작곡한 것입니다."

"피아노 곡도 어렵다. 인간의 희로애락을 거의 모두 표현했다는 쇼팽의 200여 곡에도 관심을 가지고 있어야 한다. 작곡에서 악기 편성의 문제는 너무 어렵게 생각할 필요가 없다. 많은 음악의 해설집을 연구하면서 음악회에 자주 나가고 레코드로 공부할 수도 있다. 선율은 매우 곱고 화성은 적절하다."

남정연 선생은 형진이 작곡한 곡을 피아노로 다 치고 나서 다시 말했다.

"선율과 화성은 상당히 독창적으로 처리한 흔적이 보인다. 이 시대, 이 세계에 대한 반항의 음이 꿈틀거리기도 하고. 녹턴은 감미롭기도 하면서 개성이 나타나고 있다. 즉흥곡은 베토벤의 바이올린 콘체르토 1악장에서 그러하듯이 거만 티가 엿보인다. 에튀드는 우리가 몸담고 있는 세계에 반항을 내뿜고 있다. 그리고 나이에 걸맞지 않게 높은 완성미를 보여주고 있다."

"정말 그렇습니까?"

"자신은 자신의 무의식이나 잠재 의식을 자각할 수 없기 마련이지. 성악곡 3곡, 녹턴 3곡, 연주용 에튀드 2곡, 연주용 전주곡 2곡이라…, 꽤나 노력해서 공부한 흔적이 보인다. 그런데 비평가는 초심자가 독창적이고 반항적일 때 정당하게 평가하지 않는다. 오히려 트집을 잡는 데에 익숙해져 있다. 독창적인 면이 많으면, 애송이가 거만스럽게 까분다고 깎아 내리는 경향이 있다. 자, 연필을 꺼내라. 내가 지금부터 악보를 다시 그리고 빨리 읽으면서 지적해 줄 테니 표시해 두었다가 고치도록 해라. 성악곡은 이미 지적되었으니 제외한다."

사실상 고쳐야 하도록 지적 받은 총 분량은 많지 않았다.

"곡들의 정정이 끝나면 다시 한번 더 나에게 가져오거라. 나는 학교 일 때문에 오늘부터 매일 학교에 나오니까."

형진은 피아노 음악의 지적된 부분을 마치 처음부터 창작하듯이 뜯어고쳤다. 남정연 선생을 만난 바로 이틀 후 형진은 악보를 가지고 학교로 갔다.

음악실 창문 밖에는 내린 눈이 희끗희끗했다. 남정연 선생은 정정한 부분을 피아노로 치고 나서는 말했다.

"이만하면 됐다. 이 정도로 파격적인 면은 괜찮다. 작곡가가 아닌 나로서는 더 지도할 것은 없는 것 같다. 그러나 박형진, 너는 자만하거나 매사를 쉽게 생각해서는 안 된다. 유럽이나 미국에서는 이미 오래 전부터 많은 음악가가 아주 파격적이며 새로운 음악을 창작하기 위해 많은 노력을 쌓고 있었다. 이미 '무조음악'이니 '12음 기법'이니 '음렬음악'이니 기타 무슨 음악이니 하며 명칭을 내걸고 이 지상에 전혀 없던 새로운 음악들을 만들고 있다. 쇤베르크, 베베른, 베르크 등을 포함한 작곡가들에 의해서이다. 메시앙은 인도의 음악에서 무엇인가 신비로운 것을 찾아내려고 하고 있다. 리듬의 혁신으로 신고전주의의 대가가 된 스트라빈스키마저 욕을 먹고 있다. 현대 음악 작곡의 역량을 갖고 있는 시벨리우스가 바르톡, 힌데미트와는 달리 현대 음악에 등을 돌리고 핀란드의 영웅이 되었다. 현대 음악 작곡의 역량이 있는 음악가들이 현대 음악에 환멸을 느끼고 지휘자의 길을 택하고 있다. 니가 작곡가가 되려면 험한 준령을 넘어야 한다. 그래도 작곡을 하고 싶나?"

"그런 것까지도 생각해 봤습니다. 그래도 음악의 창조를 꿈꾸고 있습니다."

"불행히도 너는 성악이라는 연주와 창작을 다 할 수 있는 역량이 있다고 보여진다."

"그렇게 말씀해 주서서 고맙습니다."

"두 마리 토끼를 잡기 위해서는 정열로써 인생을 불태워야 할 것이다."

성악가일 뿐만 아니라 피아노 연주에도 자질을 갖춘 까다로운 남정연 선생으로부터 우수한 평점을 받은 형진은 집의 방 안에서 혼잣말을 했다. 학우들이여, 나는 작곡이라는 학년말 시험을 무사히 치러냈다. 건강이 좀 나빠진 나로서 너희들이 노력한 만큼 나도 노력하여 결실을 맺게 되었다. 그런데 이 악보는 어떻게 써먹지? T시립 교향악단과 관계하는 피아니스트가 연주를 해줘? 그야 어림도 없는 일이겠지. 내가 초심자일 뿐, 나이에 걸맞지 않게 완성미가 있고 파격적이라고 말해 줄 사람이 많이 있을까?…… 그리고 나는 변신을 하여야 하겠지. 나중에 국가적 음악 콩쿠르에서의 작곡 부문에 응모를 하지. 지금은 거기에 나갈 어려운 관문을 통과했다고 할 수 있지. 학우들이여, 다시 한번 말하지만 나는 작곡이라는 학년말 시험을 무사히 치러냈다. 그러니 나도 놀이에 끼워 주기 바란다.

형진은 명랑하고 자신감이 생긴 기분이 되어 먼저 학규를 만나기로 했다. 종례 후 음악실에서 만나기로 약속을 하고 형진은 음악실에 먼저 가서 열쇠로 문을 열었다. 남정연 선생이 영만과 형진에게 준 바로 그 열쇠였다. 난로 불을 끈 지가 얼마 되지 않아서 아직도 미지근한 훈기가 얼마간 남아 있었다. 창고 음악실에서 옮겨와 새로 단장한 음악실이었다. 형진은 덮개를 열고 피아노를 쳤다. 즉흥적인 연주였다.

잠시 후 학규가 음악실에 들어왔다.

"형진아, 아까 얼굴을 마주쳤지만 니가 하산한 직후에 보고 오늘은 그 후로 처음 만나는 거다. 아직도 너의 몸은 그다지 편치 않은 것 같다. 건강을 좀 돌보아라."

"같은 학교에 있으면서 왜 이렇게 만나기가 어렵냐?"

"우리 동기들은 자기 길을 묵묵히 걷고만 있는 게 아닐까? 형진이 너는 고민이라는 숲 속에서 맴돌며 남보다 더욱 더 밖으로 나오지 않고 있지."

"학규 너나 영민이도 마찬가지야. 단 10분이라도 공부 시간을 빼앗기지 않으려 하니까."

"나는 좀 달라. 시간을 가지고 그렇게 인색하게 굴지는 않지. 그런데 시간은 마구 치닫는 급류야. 3년이란 짧은 세월 동안 잠시 몇 글자를 함께 공부했다고 해서 우리는 동기 동창이 되는 거지. 그리고 아옹다옹 쉴 새 없이 경쟁이나 해 놓고 화목하고 우애 깊게 지낸 동기라고 하지."

"하기야 중세의 수도원학교에서도 그랬지."

"형진아, 나를 불렀으면 생음악이나 좀 들려줘 봐라. 우선 노래부터 한번 뽑아 봐라."

"노래까지 하려면 시간이 모자라겠는데. 좋아. 딱 한 곡만 하지. 한국 가곡에서 우정을 노래하는 것은 '해는 져서 어두운데'가 있고 '동무 생각' 즉 '사우'가 있지만 전자는 너무 오래 된 곡이기도 하니 '사우'를 노래하겠어. 피아노를 치면서 해야 하니 앉아서 노래하는 것을 양해해 줘. 그리고 1절은 생략하겠어."

더운 백사장에

밀려 들오는
저녁 조수 위에
흰 새 뜰 적에
나는 멀리 산천 바라보면서
너를 위해 노래, 노래 부른다.
저녁 조수와 같은 내 맘에,
흰 새 같은 내 동무야.
니가 내게서 떠돌 때에는
모든 슬픔이 사라진다."

학규는 박수 치며 환호하고 있었다.
"야, 박형진! 공짜로 듣기에는 너무 아까운 목소리이다. 추위가 사라진다. 마약 먹인다. 벌써 중독되어 한 곡 더 듣지 않고는 못 배기겠다."
"아니야, 그만 해. 피아노 소나타를 쳐주기 위해서 너를 불렀단 말이다."
"피아노 곡은 피아노 곡이고 단 한번의 앙코르도 물리칠 셈이가?"
"좋아, 단 한 곡이다. 'Non ti scordar di me' 즉 '물망초'를 노래한다."
형진은 '물망초'를 애잔하게 노래했다.
"좋아. 또 듣고 싶지만 약속을 지킨다. 너는 신출내기 아마추어가 아냐. 이미 완벽하게 가꾸어지고 단장된 목소리다. 내가 너 같으면 구질구질한 공부 같은 것 다 내던져 버리겠다. ······그래, 이제 피아노 소나타를 쳐 봐라."

학규는 흥분을 가라앉히지 못한 채 호기심으로 가득 차 있었다.

"'피아노 소나타 C장조'—이 작품을 김학규에게 헌정한다. 그 이유는? 첫째, 사실상 나는 학교 공부를 포기한 셈이므로 마음으로는 이 학교를, 그리고 김학규를 떠난다. 이윽고 나는 없다. 어쩌면 김학규를 보지 못할지도 모른다. 둘째, 김학규만이 나의 고민과 병을 걱정해 주고 있었고, 안타까워했었다. 깊이 우려하고 있었다."

"헌정······? 형진아 고맙다. 형진아, 정말 고맙다. 그런데 왜 가슴 속을 써늘하게 적셔 놓으려고 하나? 오냐, 피아노를 쳐라. 그리고 슬픔을 녹여 버려라."

형진이 전 악장을 치는 시간 내내 의자에 앉은 학규는 또 하나의 의자의 등받이를 끌어안고 열심히 귀를 기울이고 있었다.

전 악장을 다 치자 날이 어두워지고 있었다.

"형진아, 내게 선사한 소나타 C장조에 대해서는 할 말이 적지 않다. 날이 어두워지고 추워지니 우리 학교 뒷골목 만두집으로 가자. 거기서는 막걸리도 판다. 거기 가서 막걸리 한 잔과 만두를 먹으면서 이야기하자."

"학규 니가 술을 다 먹어?"

"약 2년 전 그때 등촉회 신입회원 환영식 때 나 술 마시는 것 못 봤나? 점잖은 사람 부뚜막에 먼저 올라간다."

"너 만두집에 가끔 갔었구나."

"교외지도니 뭐니 하면서 학교에서 단속을 했다지만 한번도 걸린 일이 없었지. 자, 형진아, 나가자."

그들은 음악실 문을 잠그고 정문으로 나갔다. 그리고는 학교 담장을 따라서 학교 뒤쪽으로 걸었다.

"눈이 조금 내리다가 그쳤군. 대구는 눈이 적게 내려서 탈이야."

학규의 말이었다. 그들은 골목으로 접어들어서 만두집을 찾아 안으로 들어갔다. 실내에는 T상고 학생 몇이 있을 뿐 대부분이 노무자들이었다. 학규와 형진은 모자를 벗었다.

"여기 만두 좀 주시고 대포 두 잔도 갖다 주이소."

학규가 주문을 했다.

막걸리와 만두가 나오자 둘은 술잔을 높이 들었다.

"우리들의 건승을 위하여!"

둘의 말이 떨어지자 마자, 그 말만으로는 부족하다는 듯 학규가 외치듯이 말했다.

"특히 형진의 음악상의 탁월한 발전을 위하여!"

"또한 학규의 학업상의 진전을 위하여!"

형진도 친구를 위해서 한마디 했다.

둘은 시원하게 몇 모금 들이키고는 잔을 놓았다. 안주로 콩 조림과 만두를 먹었다.

"나는 음악에 대해서 아주 모르는 것은 아니야. 드보르작은 향수에 젖은 음악이 많고 차이코프스키의 '비창 교향곡'이 있는가 하면 베토벤의 '비창 피아노 소나타'가 있고, 소나타 형식이 어떻게 진행되는지 대강은 알지. 그런데 형진의 피아노 소나타 C장조는 좀 어렵더라. 하기는 나를 위해서 곡을 썼기 때문에 나는 많은 벽을 허물고 공감할 수 있기는 했지."

"나의 서투른 솜씨로 현대 음악적 요소를 가미했기 때문에 좀 어렵게 느껴지는 부분이 있었겠지."

"그런데 너의 음악은 장쾌하게 시작하고 있지만 전 곡을 통하여 애수의 음이 너무 많이 흐르고 있더군. 환희를 느끼는 시간은 적고, 친한 벗을 멀리 두고 그리워 함, 즐거운 만남, 그러나 이별을 예견하고 쓸쓸해 함, 석별의 정—이런 것으로 가득 차 있더군. 하기는 다시 극적인 만남과 환희의 노래가 있지만 그 부분을 너무 짧더군. 그런데 피아노를 칠 때는 무척 많은 생각을 했는데, 지금은 막상 입을 여니 그 무척 많은 생각이 떠오르지 않는데. 너무 곡을 치밀하게 잘 쓴 탓일 거야. 형진아, 수고 많이 했어. 무척 고맙다."

"내 음악을 잘 이해해 줘서 고맙다. 내가 떠나도 쓸쓸해하지 말고 열심히 살아."

"또 떠난다는 말을 하는구나. 왜 떠난다는 말이가? 형진아, 너는 무슨 병 같은 게 있는 것만 같군. 무슨 병인지 나에게만 말 해 줄 수 없나? 그래야 고민도 없어지게 되는 게 아닐까?"

학규는 말을 마친 후 답답하다는 듯이 술을 한 모금 들이켰다.

"……."

"말이 없구나. 요즈음에 와서는 암 이외에는 치료하지 못하는 병이 없어. 치료할 수 있는 한 내가 도와야 해."

"치료를 하든 말든 나의 음악적 성취가 문제야. 그 성취가 있으면 병 따위로 고통받는 희생 정도야 견뎌야지. 아니, 사실은 병 때문에 고민하는 게 아냐. 병은 없어. 마음의 병 외에는……."

"바로 마음의 병이라는 것을 치료해야 하지 않겠나?"

"내가 알아서 하지. 나는 나 혼자만의 두터운 고치 속에서 열심히 살기 위하여, 아까 말한 대로 마음을 학교로부터 떠나게 하도록 해야겠어. 어쩌면 영원히 떠나게 될지도 몰라."

"떠난다는 말은 하지 마라. 같은 학교에 있으면 적어도 몇 번은 만나질 게 아니가?"

"내가 피하듯 몸을 감춘다는 말이지."

"영원히 떠나게 될지도 모른다는 것은 뭐고?"

"내가 퇴학이라도 하면 또는 장기 결석이라도 하면 영원히 떠나게 되는 것이지."

"제발 그런 소리 마라."

"떠나면서 너에게 일러두고 남겨 둘 말이 있다. 들어 둘 테냐?"

"무슨 얘기인데? 말해 봐라. ……아, 그러기 전에 대포 한 잔씩 더 마시자."

"나는 됐어. 너나 한 잔 더 마셔라. 너는 앞으로 술도 세겠구나."

"세기는 뭐가 세냐? 우리 학교에서 깡패같이 폼을 잡는 녀석들이 소주에 얼마나 센지 알아?"

"학규야, 너는 학습 방법을 좀 고쳐야 한다고 생각된다. 물론 너는 눈 앞의 교내 성적보다 입학 시험 성적에 신경을 쏜다는 것을 나는 잘 알고 있다. 그러나 그런 점 외에 니가 영민에게 전교 1위를 1·2학년 동안 빼앗겨 온 데에는 나름대로 이유가 있을 것이다. 공부의 즉 학습의 방법에 문제가 있다고 생각된다."

"그런 얘기라면 영민에게 일러 주어서 계속 전교 1위를 굳히게 해야 된다고 생각하지는 않나?"

"넌 내가 영민에게 달라붙는 것을 싫어하고 있다. 일종의 시샘을 하고 있다. 영민도 학규처럼 인간미가 썩 좋다. 그러나 나는 학규를 나의 가장 친한 벗으로 택했다. 영민은 강력하게 밀어붙이는 힘이 대단하기 때문에 전교 1위를 2년 동안이나 빼앗기지 않은 것은 아닐까? 학규 너는 '제1과목 완료 후 제2과목 학습'—이라는 방법을 지양해야 할 것으로 보인다. 다시 말한다. 어느 1과목 공부 완료(떼어내기)를 하고 제2과목 학습에 들어가는 학습은 단점이 있다. 이를 지양하여 다른 방법의 학습이 필요하다. 그것은 바로 '시간제 학습'이다. 시간제 학습은 시험 준비 등 일정기간을 큰 단위로 하여 과목당 시간을 할당해 주는 방법이다. 예를 들어 문예 활동, 음악 활동, 서클 활동 등 불가피한 시간이 학습 시간을 잠식했다면 과목당 비례적인 시간 단축을 한다."

"아, 그런 미점이 있구나."

학규는 막걸리를 몇 모금 들이키고는 형진의 말에 경청했다.

"'시간제 학습'의 특징은 다음과 같다. 첫째, 어느 한 두 과목에 집착하게 되어 적지 않게 시간의 낭비의 원인이 되는 일이 '시간제 학습'에서는 훨씬 적다. 둘째, 어느 한두 과목에서 어려운 부분에 부딪힐 때, 그 적은 부분에 많은 시간을 허비하게 되는데 그 시간은 사실상 '쉬는 시간'이 되어 버려, 시간 손실이라 할까, 여하튼 'loss of time'이 발생하는 일이 '시간제 학습'에서는 훨씬 적다. 특히 학습자가 슬럼프에 빠질 때 'loss of time'이 적다. 비례적인 시간 단축을 하므로. 셋째, 시간제 학습으로 하면 시간마다 새로운 분위기에 젖게 되고 항상 새로이 긴장하게 되어 능률이 오른다."

"그렇다. 형진이 니 말은 일리가 있다. 시행만 잘 된다면 매우 타당성이 높을 것 같다. 그런데 '시간제 학습'이라 하면 과목당 시간 할당이 큰 문제가 되지 않겠나?"

"잘 지적했다. 과목당 시간 할당은 중요한 문제이지. 절대적 기준이 없으니까. 제일 먼저 고려할 일은 학교 수업 시간표에서의 과목당 시간 수와 아울러 1시간당 수업량 즉 수업 진척도가 될 것이다. 그러나 그것을 완벽한 기준으로 삼을 수는 없지. 수업량과 관계되는 과목의 난이도, 각 개인마다의 과목에서의 학습 능력 등을 또한 고려해야 하겠지. 예를 들어 1주일 동안이라는 학습 계획 사이클을 한번 돌고 나면 대체로 기준이 세워지고 요령이 생기겠지."

"알 것 같다. 이해가 된다."

학규는 술잔을 들어 또 한 모금 들이켰다. 형진은 하던 말을 계속 했다.

"그래도 과목당 시간 할당은 쉽지 않고 주의할 점이 많다. 너무 많이 할당할 수도 있고 너무 적게 할당할 수 있다. 수학을 예로 들어보자. 또한 수학과 관련하여 나의 경우를 예로 들어보자. 나는 후회가 되도록 학교 시간표를 너무 존중했던지 수학의 할당 시간이 너무 적었다. 수학이란 할 것이 없다면 없고, 할 것이 많다면 너무 많다. 그래서 나는 공식의 암기와 교과서에 나오는 문제를 한번 푸는 것으로 대충 끝냈었지. 그리고는 시험 시간 바로 그때 공식과 두뇌를 결합하게 되면 문제가 없다고 생각했었어. 공식이 너무 적고 암기 사항이 적은 것이 한 원인이었어. 그리고 나 자신은 두뇌가 탁월하다는 것을 너무 믿었던 것이 또 하나의 원인이었지. 또한 수학은 많은 수련을 요한다는 것을 미처 몰랐었지. 형이나 형 같은 사람이 있었더라면 나에게 충고를 해주었을 텐데. 말하자면 나는 생판 개척자인 그대로 1등의 인간이었지. 그래서 나는 1학년 때 평균 30점이었던 수학 시험에서 90점을 따고도 학년말에 수학이 '우'가 되고 말았지. 중학교 3학년 때는 수학에서 이해, 기능은 '수'였지만 태도는 '우'였어. 이와 관련하여 학규 니가 '시간제 학습'을 공부 방법으로 택한다면, 수학과 독일어 등에 시간 할당을 적절히 해야 할거야. 참, 그런데 또 한가지 유의해야 할 점이 있어. 영민이는 말 할 것도 없이 공부량이 많지만, 시험에서 출제 안 될 만한 것은 빼어 버리는 요령이 있는지도 모른다. 하기야 공부 내용이 건설적인 것이 못 되고 자질구레하고 지엽적인 암기 사항 같은 것은 적절히 대응하는 것도 공부에 도가 트인 것과 관계가 되긴 하지. 그러나 대부분의 공부벌레들은—너와 나를 포함해서 말이야—공부 내용을 한 군데도 빼먹지를 않지. 빼먹으면 찜찜하니까. 참, 이런 문제는 영민이에게 직접 물어보는 게 어떨까?"

"아니야, 빼먹을 수도 있어. 경쟁이 극심하여 군웅이 할거할 때는……. 공부함에 있어서도 감각적 테크닉이 생겨날 수 있기도 해. 어떠한 항목은 희생될 수도 있어. 묻는다고 가르쳐 줄까? 비밀 사항으로 묶어 두고 가르쳐 주지 않을 거다. 그러한 것은 사소한 점이지만 중대한 비결이며 비밀이 될 수 있지. 됐어. 그런 문제에도 신경을 쓰며 나 자신을 관찰해 보지. 너로부터 좋은 이야기 잘 들었다."

학규는 술잔을 들어 두 모금을 들이키고는 지극히 호의적인 눈빛으로 형진을 바라보았다. 형진이 입을 열었다.

"이제 몇 달이 지나지 않아서 3학년이다. 내가 제시한 대로 학습 방식을 조정한다면 3학년 때는 학규가 대단한 공부벌레인 영민을 물리치고 원래 너의 것이었던 정상을 탈환할 것이다. 그리되면 학규 너는 나에게 한턱 내야 할 게다."

"지금이라도 한턱 낼 만하다. 나라고 해서 비결과 비밀이 없는 것은 아니지만 형진이 너는 정말 중요한 얘기를 해 주었다. 겉에서 피상적으로 관찰하면 아무것도 아닌 일로 들릴지 모르지만 참으로 소중한 내용의 얘기를 들려주었다. 너의 비결과 비밀을 송두리째 넘겨준 거다. 정말 새롭고 무서운 다크 호스이며 떠오르는 별은 어디로 사라지려 하느냐? 그런데 너는 나로부터 보상받을 것이 없을까? 금전으로 보상할 수 있는 문제가 아니다. 다만, 응원하면서 흔드는 나의 손을 생각하고 열심히 음악을 해라."

그들은 이야기하느라고 배가 고픈지도 모르고 있다가 아직 꽤 남은 식은 만두를 먹고 술잔의 적은 술을 입에 털어 넣었다. 그리고는 학규가 돈을 치르고 밖으로 나왔다. 그 동안에 눈이 조금 내려 있었다.

"형진아, 잘 가거래이. 그리고 떠난다는 말은 하지 말거래이."

학규가 일부러 경상도 방언의 어미에 강세를 넣었다.

"아냐, 떠난다는 말에 너무 서글퍼 하지 마라. 어차피 심적으로 떠난다는 것은 사실이 되고 말 거야. 퇴학이라도 하거나 하면 영원히 떠나는 것이 되고 말 거야."

"퇴학한다 하더라도 제발 떠난다는 말은 하지 마라. 떠나고 남는 사람들의 가슴 속에다 썰렁한 얼음물을 퍼부어 넣고 또한 한 아름 슬픔을 안겨 놓고 어디로 간다는 말이고? 니가 떠난다는 말만 하면 가슴 속에서 썰렁한 얼음물이 철렁거린다."

"학규아, 원래 너의 것이었던 정상 탈환을 꼭 해야 한다. 잘 가거라. 참, 너에게 헌정된 작품의 악보를 잊고 있었구나. 가져가

거라."

"야, 형진아, 떠나더라도 다시 온다는 말을 해라. 안되겠다. 다시 만난다는 말만으로는 안되겠어. 우리 나중에 옆집, 앞집, 뒷집으로 가까이에서 살자. ……엄마야, 누나야, 강변 살자…… 아니, 강변이 아니라도 좋다."

"그것은 쉽게 되질 않을 걸, 우리는 일생 동안 이 지구 덩어리를 위해 투쟁해야 할 게 아닌가?"

"그래, 그러나 투쟁 중 쉬는 날이라도 가까이에서 만나며 살자. 잘 가거래이."

그들은 잠시 두 손을 잡은 채 작별 인사를 했다. 다시 눈이 흩날리고 있었다.

큰 무대(상권)

초판 1쇄인쇄　2024년 1월 3일
초판 1쇄발행　2024년 1월 6일
저　자　김해권
발행인　박지연
발행처　도서출판 도화
등　록　2013년 11월 19일 제2013-000124호
주　소　서울시 송파구 중대로34길 9-3
전　화　02) 3012-1030
팩　스　02) 3012-1031
전자우편　dohwa1030@daum.net
인　쇄　유진보라
ISETSBN ㅣ 979-11-92828-41-1*04810
ISBN ㅣ 979-11-92828-42-8*03810
정가 15,000원

잘못 만들어진 책은 교환해 드립니다.
저자와 출판사의 허락 없이 책의 전부 또는 일부 내용을 사용할 수 없습니다.

도화道化, fool는

고정적인 질서에 대한 익살맞은 비판자,
고정화된 사고의 틀을 해체한다는 뜻입니다.